唐詩經典新解

講劉
唐學
詩鍇

孟郊　韓愈　柳宗元

字句交織
墨香縈繞
體會唐詩的壯麗與深情

翻閱唐詩，猶如穿越歷史長河
探索詩人的足跡，品味意境與韻律
在字句間感受詩詞與歷史交織的魅力

劉學鍇 著

目 錄

劉方平　　　　　　　　　　　　007

張繼　　　　　　　　　　　　　011

柳中庸　　　　　　　　　　　　017

劉長卿　　　　　　　　　　　　021

嚴維　　　　　　　　　　　　　041

韋應物　　　　　　　　　　　　045

錢起　　　　　　　　　　　　　063

韓翃　　　　　　　　　　　　　067

郎士元　　　　　　　　　　　　071

■目錄

耿湋	075
盧綸	079
李端	089
司空曙	093
顧況	099
戎昱	103
竇牟	107
戴叔倫	111
暢諸	119
李益	123
張籍	139

王建	153
孟郊	165
韓愈	175
張仲素	231
柳宗元	235
劉禹錫	263
崔護	307
盧仝	311
李賀	315
元稹	357

■ 目錄

劉方平

　　劉方平，生卒年未詳。唐河南府（今河南洛陽）人，出生於世代仕宦之家。高祖政會，為唐開國元勳，封邢國公。祖奇，武后時為吏部侍郎。父微，吳郡太守、江南採訪使。二十工詞賦，蕭穎士稱其為「山東茂異」。天寶九載（西元750年）舉進士不第。曾短期入幕，三十餘歲即退隱潁陽大谷，終身不再仕。與李頎、元魯山、皇甫冉等交善。與皇甫冉過從尤密。善畫山水，墨妙無前，李勉甚愛重之。《新唐書·藝文志》著錄其詩一卷。現存詩二十七首，以樂府居多。工七絕。令狐楚纂《御覽詩》首列劉方平詩，共選錄其詩十三首。

夜月 [01]

　　更深月色半人家[02]，北斗闌干南斗斜[03]。今夜偏知春氣暖，蟲聲新透綠窗紗[04]。

[校注]

[01] 題一作〈月夜〉。[02] 半人家，指月色映照著人家房屋的一半，係形容月光斜照之狀。[03] 闌干，橫斜貌。北斗七星，列成斗形，夜深時斗轉星移，橫斜散亂。南斗，即斗宿，有星六顆，形似斗，故稱。[04] 新，初。

劉方平

📖 [鑑賞]

　　劉方平是盛唐時期一位並不有名的詩人，但他的幾首小詩卻寫得清麗、細膩、新穎、雋永，在當時獨具一格。

　　據皇甫冉說，劉方平善畫，「墨妙無前，性生筆先」（〈劉方平壁畫山水〉），這首詩的前兩句就頗有畫意。夜半更深，朦朧的斜月映照著家家戶戶，庭院一半沉浸在月光下，另一半則籠罩在夜的暗影中。這明暗對比更加襯出月夜的靜謐、空庭的闃寂。天上，北斗星和南斗星都已橫斜。這不僅進一步從天象上點出了「更深」，並且把讀者的目光由「人家」引向寥廓的天宇，讓人感到那碧海似的青天之中也籠罩著一片夜的靜寂，只有一輪斜月和橫斜的北斗南斗默默無言地暗示著時間的流逝。

　　這兩句詩成功描繪月夜的靜謐，但它所顯示的只是月夜的普遍特點。如果詩人的筆僅僅停留在這一點上，詩的意境、手法便不見得有多少新鮮感。詩的高妙之處，就在於作者另闢蹊徑，在三、四句展示出很少人寫過的獨特境界。

　　「今夜偏知春氣暖，蟲聲新透綠窗紗。」夜半更深，正是一天當中氣溫最低的時刻，然而，就在這夜寒襲人、萬籟俱寂之際，響起了清脆、歡快的蟲鳴聲。初春的蟲聲，可能比較稀疏，也許剛開始還顯得很微弱，但詩人不但敏銳地注意到，而且從中聽到了春天的訊號。在靜謐的月夜中，蟲聲分外引人注意。它象徵著生命的萌動、萬物的復甦，所以它在敏感的詩人心中所激起的，便是春回大地的美好聯想。

　　三、四兩句描寫的景象，自然還是月夜的一角，但它實際上所蘊含的卻是月夜中透露的春意。這構思非常新穎別緻，不落俗套。春天是生命的象徵，它總是充滿繽紛的色彩、喧鬧的聲響、生命的活力。如果以「春來了」為題，人們總是選擇呈現出在豔陽之下的活力事物來加以表

現，而詩人卻撇開花開鳥鳴、冰消雪融等一切常見的春之象徵，獨獨選取靜謐而散發著寒意的月夜為背景，以靜謐突顯生命的萌動與歡樂，以料峭夜寒突顯春天的暖意，譜寫出一支獨特的回春曲。這不僅表現出詩人藝術上的獨創精神，而且顯示出其敏銳、細膩的感受力。

「今夜偏知春氣暖」，是誰「偏知」呢？看來應該是正在試鳴新聲的蟲兒。儘管夜寒料峭，敏感的蟲兒卻首先感知到在夜氣中散發著的春之訊號，從而情不自禁地鳴叫起來。而詩人則又在「新透綠窗紗」的「蟲聲」中感知到春天的來臨。前者實寫，後者則意在言外，而又都用「偏知」一語加以總結，使讀者簡直分不清什麼是生命的歡樂，什麼是發現生命的歡樂之歡樂。「蟲聲新透綠窗紗」，「新」字不僅蘊含著久盼寒去春來的人，聽到第一聲報春訊號時那種新鮮感、歡愉感，而且和上句的「今夜」、「偏知」密切呼應。「綠」字則進一步襯出「春氣暖」，讓人從與生命連結在一起的這抹綠色上，也感受到春的氣息。這些地方，都可見詩人用筆的細膩。

蘇軾的「春江水暖鴨先知」是享有盛譽的名句。實際上，他的這點詩意體會，劉方平幾百年前就在〈月夜〉詩中成功地表現過了。劉詩不及蘇詩流傳廣泛，可能和劉詩無句可摘、沒有特意表現某種「理趣」有關。宋人習慣將自己的發現、認知清楚地告訴讀者，而唐人則往往只表達自己對事物的詩意感受，不習慣言理，這之間是本無軒輊之分的。

■ 劉方平

張繼

　　張繼，生卒年未詳。字懿孫，行二十。襄陽（今屬湖北）人。郡望南陽。天寶十二載（西元753年）登進士第。約至德元載（西元756年）起曾避亂遊越、杭、蘇、潤等地。大曆四年（西元769年）以檢校祠部員外郎出任轉運使判官，掌財賦於洪州。約大曆末卒於洪州。以氣節自矜，與詩人劉長卿、皇甫冉交善。有詩一卷。《全唐詩》錄繼詩四十七首，其中多混入他人之作（詳周義敢〈張繼詩考辨〉）。高仲武《中興間氣集》選錄其詩三首，並評其詩曰：「員外累代詞伯，積習弓裘。其於為文，不自雕飾。及爾登第，秀發當時。詩體清迥，有道者風。如『女停襄邑杼，農廢汶陽耕』，可謂事理雙切。又『火燎原猶熱，風搖海未平』，比興深矣。」長於七絕，〈楓橋夜泊〉傳誦最廣。

楓橋夜泊 [01]

月落烏啼霜滿天，江楓漁火對愁眠[02]。姑蘇城外寒山寺[03]，夜半鐘聲到客船[04]。

[校注]

[01] 影宋鈔本《中興間氣集》卷下選錄此詩，題作「夜宿松江」，嘉靖本、汲古閣本《中興間氣集》「宿」作「泊」。楓橋，在蘇州閶門外。橋跨運河，西有寒山寺。或云本名封橋，因張繼此詩而相沿作「楓橋」。然杜牧〈懷吳中馮秀才〉（一作張祜〈楓橋〉）已云：「唯有別時今不忘，暮煙

■ 張繼

疏雨過楓橋。」[02] 火，《全唐詩》原作「父」，據《中興間氣集》改。[03] 姑蘇，蘇州的別稱，因其地有姑蘇山而得名。寒山寺，在今蘇州市西楓橋鎮。相傳唐詩僧寒山及拾得曾居於此，故名。始建於梁天監年間，本名妙利普明塔院，又名楓橋寺。[04] 夜半鐘，歐陽脩曾對夜半寺院敲鐘之事提出疑問（見其《六一詩話》）。然據前人、今人考證，唐代詩賦中言及寺院夜半敲鐘者甚多，且不止蘇州一地。詳參《王直方詩話》、《能改齋漫錄》、《石林詩話》、《老學庵筆記》及傅璇琮《唐代詩人叢考·張繼考》。

■ [鑑賞]

　　一個秋天的夜晚，詩人泊舟蘇州城外的楓橋。江南水鄉秋夜幽美的景象，深深吸引這位懷著旅愁的客子，使他領略到情味雋永的詩意美，寫下了這首意境清遠的小詩。

　　題為「夜泊」，實際上只寫「夜半」時分的景象與感受。詩的首句，寫到與午夜時分密切相關的三種景象：月落、烏啼、霜滿天。上弦月升起得早，半夜時便已沉落下去，整個天宇只剩下一片灰濛濛的光影。烏鴉本就有夜啼的習慣，這時大概是因為月落前後光線明暗的變化而驚醒，便在棲宿的樹上發出幾聲啼鳴。月落夜深，繁霜暗凝。在幽暗靜謐的環境中，人對夜涼的感覺變得格外銳敏。「霜滿天」的描寫並不符合自然景象的實際情形（霜華在地、在樹、在屋頂，而不在天），卻完全切合詩人的感受：深夜侵肌砭骨的寒意，從四面八方圍向詩人夜泊的小舟，使他感到身外的茫茫夜氣中正瀰漫著滿天霜華。整句詩中，「月落」寫所見，「烏啼」寫所聞，「霜滿天」寫所感，層次分明地展現出先後承接的時間過程和感受過程，而這一切，又都和諧地融合在水鄉秋夜的幽寂清冷氛圍和羈旅者的孤子清寥感受中。從這裡可以看出詩人運思的細密。

詩的第二句接著描繪「楓橋夜泊」的特徵景象與旅人的感受。在朦朧夜色中，江邊的樹只能看到模糊的輪廓，之所以直接稱作「江楓」，也許是因為「楓橋」這個地名而引起的推想，或是日間所見江邊有楓之故。而「江楓」這個意象本身也能喚起秋色秋意的聯想，給予人離情羈思的暗示。「湛湛江水兮上有楓，目極千里兮傷春心」、「青楓浦上不勝愁」、「楓落吳江冷」，這些前人的詩句可以說明「江楓」這個意象所沉積的感情內涵和它給予人的聯想。透過霧氣茫茫的江面，可以看到星星點點幾處「漁火」。由於周圍昏暗迷濛背景的襯托，使它顯得特別引人注目、引人遐想。「江楓」與「漁火」，一靜一動，一暗一明，一江邊，一江上，景物的配搭組合頗見用心。寫到這裡，才正面點出泊舟楓橋的旅人，即詩人本身。「愁眠」，指懷著旅愁躺在船上的不眠旅人。「對愁眠」的「對」字包含了「伴」的意涵，不過不像「伴」字外露。這裡確實有孤寂的旅人，以及面對霜夜江楓漁火時縈繞的縷縷輕愁，但同時又隱含著對旅泊幽美風物的新鮮感受。我們從那個彷彿相當客觀的「對」字當中，似乎可以感覺到舟中旅人和舟外景物之間無言的交融與契合。

　　詩的前半部布景密度很高，十四個字寫了六種景象，後半部卻特別疏朗，兩句詩只寫了一件事：臥聞寺中夜鐘。這是因為，詩人在楓橋夜泊中所得到的最鮮明深刻、最具詩意美的景象，就是這寒山寺的夜半鐘聲。月落烏啼、霜天寒夜、江楓漁火、孤舟客子等景象，固然已從各方面顯示出楓橋夜泊的特點，但還不足以完整傳達其神韻。在暗夜中，人的聽覺提升為對外界事物感受的首位，而午夜萬籟俱寂時的鐘聲，給予人的印象又特別鮮明突出。如此這般，「夜半鐘聲」不但襯托出了夜的靜謐，而且顯示夜的深邃和清寥，而詩人臥聽疏鐘時，種種難以言傳的感受也就盡在不言中了。

■ 張繼

　　這裡似乎不能忽略「姑蘇城外寒山寺」。寒山寺在楓橋西一里，初建於梁代。相傳唐初詩僧寒山、拾得曾從天臺國清寺移居此寺，故稱。楓橋的詩意美，有了這座古剎，便帶上了深遠的歷史文化色澤，而顯得更加豐富，引人遐想。因此，這寒山寺的「夜半鐘聲」彷彿就迴盪著歷史的回聲，滲透著宗教的情思，而給人古雅莊嚴之感。詩人之所以用一句詩來點明鐘聲的出處，看來不為無因。有了寒山寺的夜半鐘聲這一筆，「楓橋夜泊」之神韻才得到最完美的表現，這首詩因此不再停留在單純的楓橋秋夜景物畫的水準，而是創造出了情景交融、含蘊雋永的典型藝術意境。夜半鐘的風俗，雖早在《南史》中即有記載，但把它寫進詩裡，成為詩歌意境的點睛之處，卻是張繼的創造。在張繼同代或以後，雖也有不少詩人描寫過夜半鐘，卻再也沒有作品能達到張繼的水準，更不用說創造出完整的藝術意境了。

　　這首詩的前後雖然一密一疏，似乎相差很大，但全篇的色調、意境卻非常和諧統一，呈現出秋夜江南水鄉特有的清迥寂寥的美感。詩中出現的一系列意象，如月落、烏啼、霜天、江楓、漁火、孤月、客子、姑蘇城、寒山寺、夜半鐘，全都統一在朦朧、淒寂、清寥的氛圍中。特別是詩的中心意象夜半鐘聲，更使所有圍繞著它的意象成為一個鮮活的整體。前人對此詩的評論，絕大部分聚焦在「夜半鐘」之有無上，正是由於看到了它在全詩中所發揮的關鍵作用。援引有關詩例或證據，證實「夜半鐘」之有，是有意義的。因為詩的中心意象（特別是像〈楓橋夜泊〉這樣的羈旅行役詩）如果在實際生活中根本不存在，那麼詩的真實性便成為大問題，感發力量也會大打折扣。這不能用一般的藝術虛構理論來解釋，因為它是旅泊中親耳聞見的景物情事。如果細心一點，還會發現，連「姑蘇」、「寒山寺」這種地名，也著有意形成意象色調的統一。用「姑

蘇」而不用「蘇州」，是因為「姑蘇」較之「蘇州」有更悠遠的歷史文化色彩；而「寒山寺」除了上面已經提到的寺的古老和詩僧寒山曾居此這兩層原因外，還因為「寒山寺」的「寒山」二字，和霜天秋夜的淒寒色彩、清迴意境有著密切關聯，而「霜」又和「鐘聲」有著內在連繫。《山海經·中山經》：「（豐山）有九鐘焉，是知霜鳴。」郭璞注：「霜降則鐘鳴，故言知也。」「霜鐘」從而成為常用的詩歌意象。詩人在握筆之際未必想到這些，但詩人的歷史文化素養，卻使他在選擇並組合詩歌意象時，自然地作出這種而不是別種安排。王士禛說第三句若改成「南城門外報恩寺」豈不可笑，正說明詩歌意象色調的統一和諧對於構成完整藝術意境的重要效果。

　　詩中直接點明詩人感情的只有「對愁眠」三字，不少論者因此而認為全篇抒寫的便只有旅人的愁緒，乃至悲恨。這未免有些以偏概全，將詩人旅泊楓橋時的感受理解得過於簡單了。詩人在面對霜天暗夜、江楓漁火時，心中縈繞著羈旅者的輕愁是事實，但這種愁緒並不沉重，它本身因與周圍的景物氛圍交融契合，同時又具有一種美感，特別是當聽到寒山寺的夜半鐘聲傳到客船上時，就倍感霜天清夜、旅泊楓橋的清迴雋永之美，其中顯然寓含著發現並欣賞這種美感境界的喜悅。總之，詩人的感情，絕非一個「愁」字可以概括。

■ 張繼

柳中庸

柳中庸，生卒年不詳。名淡，以字行。祖籍河東（今山西永濟），後遷居京兆（今西安）。幼善屬文，與兄並、弟中行均有文名。天寶中師事蕭穎士，蕭以女妻之。安史亂中避地江南。大曆九年（西元774年）在湖州，與顏真卿、皎然等聯唱。曾詔授洪州戶曹參軍，不就。與陸羽、李端等友善，有唱酬。《全唐詩》錄其詩十三首，多征戍、閨怨之作。

征人怨 [01]

歲歲金河復玉關[02]，朝朝馬策與刀環[03]。三春白雪歸青塚[04]，萬里黃河繞黑山[05]。

[校注]

[01]《全唐詩》原作「征怨」，校：「一本『征』下有『人』字。」茲據補。[02] 金河，河名，今名大黑河，流經今內蒙古自治區呼和浩特市南，至榆林入黃河。唐置金河縣，屬單于大都護府所轄。玉關，即玉門關，在瓜州晉昌郡北。另有漢之玉門故關，在沙州敦煌郡西北。[03] 馬策，馬鞭。刀環，刀柄上的銅環。[04] 歸，歸向。青塚，即昭君墓。在今內蒙古自治區呼和浩特市南。塞外草白，而傳說昭君墓上草獨青，故名。[05] 黑山，又名殺虎山，在今呼和浩特市境內。

■ 柳中庸

📖 [鑑賞]

　　在唐代邊塞詩中，這是一首很具藝術特點的作品。它給人的突出印象與感受有以下幾點：一是題為「征人怨」，而通篇不著一個「怨」字，但仔細尋味，又感受到字裡行間，處處滲透並散發出怨思。二是四句皆對，且均為精工的對仗，但讀來絲毫不感到板滯，而是自然流暢，一氣呵成。三是運用一系列的地名，構成極其廣袤的空間畫面。四是多用色彩鮮明的表色字構成工整的對仗和鮮明的對比，使全詩的色彩感特別強烈。

　　首句凌空而起，寫征人戍守之地頻繁更換。金河與玉關，一在北，一在西，分屬單于大都護府與河西節度使府管轄，彼此完全無關。有一說以為詩中金河、青塚、黃河、黑山均在單于都護府轄境，而斷定此詩的主角是單于都護府的征人，但「玉關」顯然不在單于都護府管內，此說實不可通。蓋此句意在突顯遠戍征人調動的頻率之高，忽而遠戍玉關，忽而戍防金河，著一「復」字，正見調動戍防地之頻繁與相距之遙遠。而句首的「歲歲」二字則進一步突顯渲染了這種遠距離的頻繁調動，年年皆然。因此，可以想見遠戍的辛苦以及調戍的長途跋涉之苦。

　　次句寫征戍生活的單調寂寞。長期的戍守、行軍生活中，天天面對的首先便是手中的馬鞭與刀柄上的刀環。「馬策」，正透露出跋涉之意，與上句「金河復玉關」相互呼應，不說「刀」而說「刀環」，自寓微意。蓋「環」諧音「還」，見刀環則思歸還故鄉，但長期戍守，返鄉的願望根本無法實現，只能空對刀環而思歸。「怨」意已含其中。

　　第三句「三春白雪歸青塚」，是寫征戍之地的嚴寒。三春季節，內地早已是豔陽高照、百花爭豔，一片花團錦簇的明麗景象，而在窮邊絕域，卻是白雪紛紛，灑向青塚，一派冰封雪飄的肅殺蕭條景象。白雪自

征人怨 [01]

然不會只飄灑在青塚上，但作為生長在內地、日日盼望回歸故鄉的征人，他的目光卻自然而然地聚焦在那荒寒大漠中孤零零的青塚上，感到自己的命運似乎也像在大漠中被遺忘的孤塚一樣，顯得分外孤單寂寞。而萬里「白雪」中的一點「青塚」，更以鮮明的色彩對照，強化了「青塚」的渺小孤子。而「歸」字則給予人漫天白雪一齊歸聚於「青塚」的視覺想像，使它在蒼蒼茫茫的白雪中顯得更加無助和孤單。這種景象，於寫實中帶有某種象徵含意，卻又不是刻意運用象徵手法，很耐人玩味。

「萬里黃河繞黑山。」末句更從大處落墨，將寫實與想像融合起來，描繪出萬里黃河蜿蜒曲折，奔騰東去繚繞黑山而過的景象。「黑山」固然是在單于都護府境內，但「萬里黃河」卻是自西向東，延伸至整個北中國的大地。身在征戍之地的征人，當然不可能望見萬里黃河，但作為「歲歲金河復玉關」、征戍調動頻繁的戰士，心目中自有萬里黃河的整體印象，因此這「萬里黃河繞黑山」的描繪，正符合其征戍的經歷和體會。所歷者廣，故眼界自寬，眼前的黃河自然和想像中的萬里黃河連結在一起。單看此句，或許只覺得境界雄渾壯闊，但前半部的「歲歲」、「朝朝」四字，卻是一直連貫到後半部，因此在「歲歲」、「朝朝」面對「萬里黃河繞黑山」的情況下，這原本雄渾壯闊的境界反倒更襯托出了征人的孤單寂寞和生活的單調。「繞」字既具體顯示黃河蜿蜒曲折的態勢和畫面的動態感，也透露出征人跋涉輾轉於黃河上下之征戍生活的辛苦和心中牽繞不已的怨思，同樣具有象外之致。

全篇對偶極為精巧，除一二、三四對起對結外，各句中又自為對（「金河」對「玉關」，「馬策」對「刀環」，「白雪」對「青塚」，「黃河」對「黑山」），且「金」、「玉」、「白」、「青」、「黃」、「黑」，均有意選用色彩鮮明的詞語。但這樣精工而錘鍊的對偶並沒有使詩篇顯得呆板，由於從頭到

■ 柳中庸

尾貫穿著神馳萬里的氣勢,詩人的目光和視野從不侷限於眼前的狹小空間,故能創造出具有廣闊時空感的雄渾境界,使首尾渾然一體,一氣呵成,而且使征人的「怨」思與雄渾壯闊的境界相融,全篇的情調便不顯得淒涼低沉,而是「怨」而仍「壯」。

劉長卿

　　劉長卿（？～約西元790年），字文房，郡望河間，祖籍宣州，自幼居洛陽。少居嵩山讀書。屢試不第。肅宗至德二載（西元757年）禮部侍郎李希言知江東貢舉時登第，任長洲尉。翌年正月，攝海鹽令。旋因事下獄，貶潘州南巴（今廣東電白東）尉。廣德元年（西元763年）量移浙西某縣。永泰元年（西元765年）前後入轉運使幕。大曆前期，曾在京任員外郎。二年（西元767年），以轉運使判官兼殿中侍御史奉使淮西。三月，至淮南。五年，移使鄂岳，遷鄂岳轉運留後、檢校祠部員外郎。遭鄂岳觀察使吳仲孺誣奏，貶睦州（今浙江建德）司馬。建中初（西元780年）遷隨州刺史。李希烈叛，長卿失州東歸。貞元元年（西元785年）入淮南節度使杜亞幕。約貞元六年卒。工詩，自稱「五言長城」。有《劉隨州集》。《全唐詩》編其詩為五卷。今人儲仲君有《劉長卿詩編年箋注》、楊世明有《劉長卿集編年校注》。

逢雪宿芙蓉山主人 [01]

日暮蒼山遠 [02]，天寒白屋貧 [03]。柴門聞犬吠，風雪夜歸人 [04]。

[校注]

[01] 芙蓉山，在常州義興（今江蘇宜興）陽羨山附近。長卿於陽羨山築有碧澗別墅。《宋高僧傳》卷十一〈唐常州芙蓉山太毓傳〉謂太毓曾「止於毗陵義興芙蓉山」。《江南通志》卷十三：「荊南山，在宜興縣西南，荊

劉長卿

溪之南。」、「山之東麓為靜樂山，南為芙蓉山，西為橫山，一名大蘆山，北為南嶽山（即陽羨山）。」詩作於大曆十年（西元775年）閒居義興期間。楊世明《劉長卿集編年校注》記此詩於大曆六年（西元771年）冬、出使湖南時，謂芙蓉山指潭州（今湖南長沙）近處之芙蓉山，參見該書第338頁。[02] 蒼山，指芙蓉山。[03] 白屋，指不施彩色，露出木材的房屋。為古代平民寒士所居。《尸子・君治》：「人之言君天下者瑤臺九累，而堯白屋。」一說，指以白茅覆蓋的房屋。《漢書・王莽傳上》：「開門延士，下及白屋。」顏師古注：「白屋，謂庶人以白茅覆蓋者也。」[04] 夜歸人，指夜歸的主人。

[鑑賞]

這首小詩寫天寒日暮投宿山居主人家的情景，題材很平常，卻寫得意境清遠，情韻悠長，經得起反覆咀嚼品味。

題曰「逢雪宿芙蓉山主人」，見出此次投宿不僅因為「日暮」，且與「逢雪」有密切關聯。因此，前兩句雖未直接寫到雪，卻不能忽略這個天氣背景。

「日暮蒼山遠」，首句寫日暮時分，詩人孑然獨行所見所感。暮色蒼茫，天陰欲雪，前面的芙蓉山顯得更加灰暗渺遠。「遠」不僅是空間距離，而且是心理距離。由於天陰欲雪，急於投宿，感到蒼茫的前山似乎更遠了。雖是關鍵字，句法卻顯得自然渾成，似不經意道出。

「天寒白屋貧」，次句描寫到達芙蓉山主人所居時所見所感。標明「白屋」，顯示主人的身分當是貧寒的普通百姓或寒士。「天寒」自因欲雪，但在詩句中，卻與「白屋貧」之間存在著感受上的因果連繫。由於天寒，原就簡陋的「白屋」顯得更加蕭瑟淒冷，別無長物。「白屋」原本

就是貧民所居，用「貧」來形容白屋，似乎多餘。但這裡的「貧」字卻主要是在表現一種氛圍，表達一種心理感受。它使人感到，這簡陋的白屋中，似乎每一處空間都在散發著蕭瑟淒冷的氣息、寒意襲人的氛圍。

全詩的前半部，描寫詩人從行路到投宿所見所感，意境、氛圍是清冷淒寒，但後半部的意境與氛圍卻有了明顯的變化。

「柴門聞犬吠，風雪夜歸人。」前半部點出「日暮」，後半部則已入「夜」，前後之間有一段時間流逝。從「聞」字可以揣知，詩人在芙蓉山主人家投宿以後，已經入睡。夜間忽然聽到簡陋的柴門邊響起了犬吠聲，接著便聽到由遠而近的腳步聲、敲門聲，家人起身、點燈、開門聲和主人進門聲，這才知道，原來是主人在漫天風雪之夜歸來了。「犬吠」聲打破了山居夜間的靜寂，隨著犬吠聲出現的是因「風雪夜歸人」而產生的一系列聲響和動態，更使這原來顯得淒冷蕭瑟的「白屋」變得熱鬧、活絡起來，充滿了親切溫煦的氣息。這靜寂中的熱鬧，寒天風雪中的溫煦，暗夜中的光亮，構成鮮明的對比，使詩人心中充滿新鮮的詩意感受。他把這場景記敘下來，並定格在「風雪夜歸人」這個動人瞬間。而在這之前、之後發生的許許多多事情，通通被略去。

唐詩的魅力有眾多構成因素，但其中最關鍵的一點是唐代詩人所獨具的詩心，即從日常生活中發現的詩意。詩人對這種靜寂中的熱鬧、風雪中的溫暖、暗夜中的光亮的鮮明對照，成功發現並展現出詩意美，這正是這首詩的魅力所在。詩之所以止於「風雪夜歸人」而不必再贅一辭，正是由於這一場景是詩意美的充分表現。

劉長卿

送靈澈上人 [01]

蒼蒼竹林寺 [02]，杳杳鐘聲晚。荷笠帶斜陽 [03]，青山獨歸遠。

[校注]

[01] 靈澈（西元746～816年），一作靈徹，唐代著名詩僧。俗姓湯，字源澄，會稽（今浙江紹興）人。幼出家於雲門寺。肅、代間從嚴維學詩。約大曆末至吳興，與詩僧皎然唱和。興元元年（西元784年）赴長安，因皎然致書，得御史中丞包佶延譽，詩名大噪。貞元後期，與劉禹錫、柳宗元、韓泰、呂溫等關係甚密。後被誣流竄汀州，約元和初赦還。四年（西元809年）至廬山，住東林，後東歸。元和十一年卒於宣州開元寺。其門人從其平生所賦詩二千首中刪取三百首，編為《澈上人文集》十卷，又取其與人唱和酬別之作，另編為十卷，均佚。《全唐詩》編其詩為一卷。劉禹錫有《澈上人文集紀》，《宋高僧傳》有傳。儲仲君《劉長卿詩編年箋注》謂此詩作於大曆十二年長卿貶睦州司馬期間。「當為靈澈遊睦，掛錫山寺，日間相聚，傍晚送歸，故有是作。」楊世明《劉長卿集編年校注》則置於未編年詩中。[02] 竹林寺，楊注謂在鎮江。《宋高僧傳》卷八有〈唐潤州竹林寺曇璀傳〉。據《輿地記勝》，寺在黃鶴山。儲注則謂：「潤州（竹林寺）肅代間詩人均稱之為鶴林，未聞有稱竹林者⋯⋯此詩所云，非必專名。寺旁多竹，即可謂為竹林寺也。」[03] 荷笠，戴著斗笠帽。

[鑑賞]

這首五絕寫詩僧靈澈在夕陽晚鐘中荷笠歸山寺的情景，堪稱詩中有畫。但尤為難得的是，詩中所含的悠閒淡遠的情致和悠然神遠的韻味。

而這種情致韻味既與題內的「送」字密切相關，又與詩人主觀情思密不可分。

首句寫遠望中的竹林寺，即靈澈晚歸之所。這是一個晴朗的傍晚，遠處的青山下，一座竹林環抱中的寺廟，在夕陽暮靄中顯現出一片青蒼之色。「蒼蒼」既點晚暮，更顯出所望之遙遠，它使得遠望中竹林環抱的古寺既對晚歸的詩僧具有吸引力，又有一份杳遠難即之感。

次句寫遙聞竹林寺的鐘聲。山寺暮鐘，是平凡景色，它通常給予人歸宿感，也因它的悠長餘響喚起悠遠飄渺的情思。妙在前面冠以「杳杳」二字，賦予這無形的鐘聲杳遠而隱約的神韻；而句末的那個「晚」字，不但點明山寺暮鐘，而且顯示出一種動態，彷彿在一聲接一聲的悠遠飄渺鐘聲中，天色逐漸向晚。上句從視覺角度寫竹林寺的蒼茫杳遠，下句轉從聽覺角度寫山寺晚鐘的飄渺杳遠。兩重不同角度的渲染，已然創造出悠遠的情致韻味，而兩句句首以「蒼蒼」、「杳杳」疊字為對，更透出悠閒從容的意涵。

三、四兩句，從遠望、遠聞中的山寺、晚鐘轉寫歸寺的靈澈。「荷笠帶夕陽」句展現的是一個頭戴斗笠、在夕陽餘暉映照下悠然歸去的僧人身影。這幅寫意式的剪影，透出瀟灑出塵的情致。「帶夕陽」的「帶」字，尤饒韻味，彷彿可見夕陽的光影在斗笠上閃動流淌的情狀。在整個逐漸蒼茫黯淡的背景上透出了幾許溫煦的色彩。

末句「青山獨歸遠」是朝著遠處的青山緩緩歸去、在視野中越來越小直至最後融入蒼茫暮色的身影。「獨」字透出遠離塵俗的孤高情致，而「遠」字則不但顯示暮色蒼茫中前路悠遠，更表現出悠閒淡遠的情韻。

全篇不著「送」字，但透過遠望中蒼蒼山寺和耳際杳杳寺鐘的描寫，已使讀者感受到詩人與靈澈在臨別之際一起遙望山寺、遙聞晚鐘的神馳

劉長卿

情景，惜別與嚮往之意均寓其中。後兩句更顯示詩人目送靈澈的背影在夕陽餘暉中緩緩朝青山獨去的情景，其神馳之狀可以想見。正是這一系列對目見耳聞、目眩神馳情景的描寫，將題內的「送」字寫得既渾含不露，又使人悠然神遠。

比起詩人許多詩作中，經常流露出的寂寞淒涼情思，這首詩雖也出現「夕陽」的意象和「蒼蒼」、「杳杳」、「獨歸」一類詞語，但詩中所表現的情思卻主要在於對悠閒淡遠境界的嚮往與欣賞，這既是對靈澈精神風貌的寫意，也是詩人自身心靈境界的展示。

二 碧澗別墅喜皇甫侍御相訪 [01]

荒村帶返照 [02]，落葉亂紛紛 [03]。古路無行客，寒山獨見君 [04]。野橋經雨斷，澗水向田分 [05]。不為憐同病 [06]，何人到白雲 [07]。

[校注]

[01] 碧澗別墅，在常州義興（今江蘇宜興）陽羨山中。儲仲君云：「長卿削籍東歸（指大曆八、九年間任鄂岳轉運留後、檢校祠部員外郎期間遭鄂岳觀察使吳仲孺誣陷，而再貶睦州司馬）後，即在常州義興營碧澗別墅。碧澗，地志無載。按長卿〈酬滁州李十六使君見贈〉詩注云：『李公與予俱在陽羨山中新營別墅。』則碧澗亦在陽羨山中……獨孤及有〈得李滁州書以玉潭莊相托因書春思以詩代答〉詩（《全唐詩》卷二四七），知李滁州幼卿莊名玉潭。《江南通志》卷一三〈山川三〉：『玉女潭，在荊溪縣（按即宜興）張公洞西南三里，深廣逾百尺，舊傳玉女修煉於此。唐權德輿稱：陽羨佳山水，以此為首。』玉潭，蓋玉女潭之省也。以此知碧澗別墅當在陽羨山中，張公洞側。皇甫侍御，即皇甫曾，曾字孝常。獨孤

碧潤別墅喜皇甫侍御相訪 [01]

及〈唐故左補闕安定皇甫公（冉）集序〉（《全唐文》卷三八八）云：『孝常既除喪，懼遺制之墜於地也，以及與茂政前後為諫官，故銜痛編次，以論撰見託，遂著其始終以冠於篇。』《四庫全書》本《二皇甫集》載及此序，署大曆十年。是知皇甫曾編次乃兄遺文畢，嘗於大曆十年（西元775年）至常州求序於及。訪劉長卿於義興，當在同時。」考證詳實可信。或有謂「碧潤別墅」在睦州者，非。皇甫曾有〈過劉員外長卿別墅〉云：「謝客開山後，郊扉與水通。江湖千里別，衰老一尊同。返照寒川滿，平田暮雪空。滄洲自有趣，不復哭途窮。」為同時期之作。皇甫曾於廣德至大曆初，在京任殿中侍御史，故稱皇甫侍御。[02] 返照，夕陽，傍晚的陽光。[03] 王融〈古意〉：「況復飛螢夜，木葉亂紛紛。」[04] 君，指皇甫冉。[05] 謂雨後水漲，潤水盈滿，分流到田間。[06] 時長卿因鄂岳觀察使吳仲孺的誣陷，削職東歸，暫居義興碧潤；而皇甫曾大曆六、七年間亦因事貶舒州司馬，卸任後閒居丹陽，暫時無官職，故云「同病」。《吳越春秋・闔閭內傳》：「子胥曰：『吾之怨與喜同。子不聞河上之歌乎？同病相憐，同憂相救。』」「同病」語出此。[07] 白雲，指自己棲隱的寒山。謝靈運〈入彭蠡湖口〉：「春晚綠野秀，巖高白雲屯。」陶弘景〈詔問山中何所有賦詩以答〉：「山中何所有？嶺上多白雲。只可自怡悅，不堪持寄君。」到白雲，猶到深山隱棲之地。

[鑑賞]

這是劉長卿第二次在仕途上遭到嚴重打擊之後，削職東歸，暫居義興陽羨山中碧潤別墅期間，因友人皇甫曾的造訪，欣喜而作的一首五律。蕭瑟荒涼的景物和溫煦真摯的情誼在詩中形成鮮明的對照，構成相反相成的情景交融意境，使這首詩呈現出獨特的藝術風貌。

起聯渲染荒村秋景。荒涼蕭索的山村，映帶著一抹夕陽餘暉，枯黃

■ 劉長卿

的落葉，紛亂地飄落向地面。荒村、夕陽、落葉，都是帶有強烈蕭瑟淒寒、凋衰沒落情調的意象。「荒村」而「帶返照」，「落葉」而「亂紛紛」，更疊加出其荒寒衰暮的色調，透露詩人淒寒而紛亂的心境。

頷聯在續寫荒村寒寂的同時轉向正喜友人造訪。荒村的古路上杳無人跡，寂寞得像遠離現實的太古時代，寒山一帶，碧色悽然，而今天卻在這荒寂淒寒的村中，見到了遠道來訪友人的身影。以上四句，一氣直下，荒村、返照、落葉、古路、寒山，這一系列蕭瑟淒涼意象的反覆渲染，將詩人內心的淒冷寂寞之情推向極致，而「獨見君」三字陡然轉折，與前面一系列描繪渲染形成鮮明對照，大力突顯出友人造訪的欣喜。

但寫到「獨見君」，詩人卻不再續寫相見後的具體情景，而是一筆宕開，轉寫荒村景物。「橋」而曰「野」，可見這橋不但置身荒野，而且是那種隨便用幾根木頭草草架成的。由於不久前下了一場大雨，山澗水漲，竟將它沖斷了，足見「荒村」之荒僻，亦見道路之難行。而漲滿了水的山澗則隨意漫溢，分流向兩邊的田中。如果說上句還在繼續渲染荒村的荒僻，以反襯友人造訪的欣喜，下句卻只是點染眼前景，不但景物本身純粹自然，詩人目見此景時的感情也比較閒適輕鬆。故此聯雖亦寫荒村景物，表現的感情卻與前兩聯一味渲染荒寒冷寂有別，這顯然是由於「寒山獨見君」的欣喜影響了詩人觀看景物時之情緒的結果。連帶之下，甚至「野橋經雨斷」的情景也在荒僻中顯示出樸素的美感。

「不為憐同病，何人到白雲。」尾聯總結出全篇主旨，揭示皇甫曾之所以特意造訪荒村別墅，完全是出於同病相憐的情感，這就為此次造訪增添了「同是天涯淪落人」的共同經歷遭際、共同思想感情的內涵，使造訪更顯出情意的真摯，也更顯出詩人的欣喜。用反問語口吻，更顯強調，以「到白雲」指稱友人到訪，不但與前之「寒山」、「荒村」相應，且

傳達出搖曳生姿的風調情致。或以為第四句與尾聯意重，但「獨見君」的原因卻必須有待於「憐同病」的揭示，故雖貌似重複，實為意涵的深化。

描寫友人間同病相憐情誼的詩作，容易陷入悽苦哀傷。此詩卻以荒寒冷寂的荒村景物作為背景與反襯，使朋友之間同病相憐的情誼顯得更珍貴而溫煦。故全篇雖多寫荒寒淒寂景象，而情調卻不冷寂。

二 尋南溪常山道人隱居 [01]

一路經行處 [02]，莓苔見履痕。白雲依靜渚 [03]，春草閉閒門 [04]。過雨看松色，隨山到水源。溪花與禪意 [05]，相對亦忘言 [06]。

📖 [校注]

[01] 詩題明弘治十一年（西元 1498 年）李君紀刊本作〈尋常山南溪道人隱居〉，《文苑英華》卷二百二十六同。儲仲君謂「常山」即唐江南東道衢州之常山縣，乾元二年（西元 759 年）春長卿初貶南巴，由長洲赴洪州，取道睦州、衢州、玉山一路，詩即作於此年春貶謫途中。詳參其《劉長卿詩編年箋注》第 190 頁本篇題注。而《全唐詩》詩題作〈尋南溪常山道人隱居〉。楊世明則謂「南溪」在長卿嵩陽舊居附近，潁水三源之左水即出少室山南溪。詩為天寶中於家居所作。詳參其《劉長卿集編年校注》。按：詩題如依《英華》，則常山似為縣名，唯詩之內容、情趣不似貶謫途中所作；如依楊說，則「常山」或為道人籍貫。詩之內容情趣似與家居尋訪禪友較合。道人，得道之人，據「禪意」語，當為僧人。《世說新語・言語》：「支道林常養數匹馬。或言，道人畜馬不韻，支曰：『貧道重其神駿。』」葉夢得《避暑錄話》卷下：「晉、宋間佛學初行，其徒猶未有僧稱，通曰道人。」隱居，指其棲隱之所。[02] 經行，佛家語。《法華

■ 劉長卿

經‧序品》：「又見佛子，未嘗睡眠，經行林中，勤求佛道。」係指旋繞往返或直接來回於固定地點。此處為行走經過之意。[03] 渚，儲仲君《劉長卿詩編年箋注》引盧文弨本校語：「者，近本作渚，不通。」按：《英華》作「渚」。「靜渚」與下句「閒門」相對，作「靜者」則不對。詩集諸本亦均作「靜渚」。句意為白雲飄蕩在靜寂的沙洲之上，此「白雲」當即籠罩在沙洲上的霧氣，所謂「煙籠寒水」者。[04] 春，《全唐詩》校：「一作芳。」[05] 禪意，猶禪心，指清靜寂定的心境。[06] 忘言，心領神會，不必言傳。《莊子‧外物》：「言者所以在意，得意而忘言。」

📖 [鑑賞]

　　此詩描寫尋訪一位棲隱在南溪的禪僧時，途中所見所感，於清新秀雅、精練穩妥中散發閒適的意趣和禪意，風格接近王維而更為明快。

　　「一路經行處，莓苔見履痕。」首句忽然而起，概述一路行程，次句拈出一個細節：在莓苔遍生的山路上，隱約可見屐履踩過的印痕。莓苔被徑，見其地之清幽；而其上留下的履痕，則暗示所尋訪的禪僧曾經過這裡。詩人注意到莓苔上的履痕，正暗示著題首的「尋」字，踏著印有禪僧履痕的莓苔小徑，詩人尋訪的腳步似乎也加快了。這兩句寫得富有畫面感、動態感，展現在讀者面前的是：在深山密林中，一條逶迤曲折的小路正往密林深處延伸，路上長滿了綠色的莓苔，上面深深淺淺，留下了一串屐履印痕。行走在這條小路上的詩人，邊行走，邊辨認履痕，從急匆匆的步伐，可以想見其即將見到禪僧之際的喜悅。

　　「白雲依靜渚，春草閉閒門。」頷聯寫抵達禪僧棲隱之地所見景象。隱居之所依傍溪邊的洲渚，上面繚繞浮動著白色的雲霧；萋萋春草，封鎖住了幽居的門戶。看來，幽居的主人（亦即詩人所要尋訪的住在南溪

的禪僧）並不在住所。是臨時外出未歸，還是長久外出，詩中未明說，似乎也不必說。總之，是「尋」而未遇。這好像令人有些失望。但眼前展現的景象卻自能帶給詩人也帶給讀者一份美感和意趣，而展現美感和意趣的關鍵字，則是上句的「靜」字和下句的「閒」字。禪僧雖不在隱居之所，但隱居之地既「靜」且「閒」的景象，卻透出了主人的超然逸韻。兩句中的「依」字、「閉」字用得精練而自然。前者突顯出繚繞浮動於溪渚之上的白雲宛如深情相依的情態，為眼前的靜景增添了流動的意致和親切的情趣；而「閉」字不但突顯出春草的繁茂，而且顯示出隱居的幽靜，使「閒門」的「閒」字所蘊含的門雖設而常關之意也流露出來。

　　訪友不遇，似乎掃興，但詩人卻興致不減。本來，尋訪禪僧就是為了盡興適意。友雖不在，但山中景物，隨處皆佳，白雲繞渚、春草擁門，友人不在的隱居之所也別有一番閒靜的情趣。更何況，驟雨初過，松色蒼翠如滴，正值得觀看欣賞；隨著水流淙淙，山勢蜿蜒，忽見水源，更饒窮源探幽之趣。「看」、「到」二字，傳達出一種純任自然、漫無目的卻隨處可見美景、有所發現的喜悅。腹聯所寫的，是在訪道人不遇的情況下縱情適意遊賞山景的興致，表現的是無往而均適意的意趣。故雖不遇道人而已悟道心，已有禪意。其意致與王維的「行到水窮處，坐看雲起時」有些類似。

　　「溪花與禪意，相對亦忘言。」腹聯在「過雨看松色，隨山到水源」的遊蹤中已蘊含著隨緣自適的禪意，故尾聯順勢點明。懷著這份無往不適的禪意，面對山中溪旁自開自放的「溪花」，感到自身心境與客觀物象彷彿交融無間、合而為一，雖彼此無言相對，而靈心妙悟則均在不言之中了。

　　整首詩所表現的正是這般心境：雖尋訪禪僧不遇而隨緣自適，既觀

劉長卿

賞山中美景，又體悟道心禪意。這是一種心靈境界，也是一種人生境界。沒有遺憾和惆悵，只有隨緣自適的欣悅。說全篇「語語是尋」，實在是死扣題目、不符實際的解讀。評論家中只有黃生看出了「但寫南溪自己一路得意忘言之妙，其見道士否不論」這一點，但援王子猷何必見安道為比，則可能引起盡興而來、興盡而返的誤會。實際上，詩人的態度是得見固然歡悅，不遇亦欣然自得的隨緣自適。

長沙過賈誼宅 [01]

三年謫宦此棲遲 [02]，萬古唯留楚客悲 [03]。秋草獨尋人去後 [04]，寒林空見日斜時 [05]。漢文有道恩猶薄 [06]，湘水無情弔豈知 [07]？寂寂江山搖落處 [08]，憐君何事到天涯 [09]！

📖 [校注]

[01]《水經注·湘水》：「湘州城內郡廨西有陶侃廟，云舊是賈誼宅。地中有一井，是誼所鑿，極小而深，上斂下大，其狀如壺。旁有一局腳石床，才容一人坐形。流俗相承，云誼宿所坐床。」《元和郡縣圖志·江南道·潭州長沙縣》：「賈誼宅，在縣南四十步。」《太平寰宇記·潭州長沙縣》：「賈誼廟在縣南六十步。漢時為長沙王傅，廟即誼宅也。」此詩楊世明《劉長卿集編年校注》記於乾元二年（西元 759 年）貶南巴過長沙時。而儲仲君《劉長卿詩編年箋注》則記於大曆六年（西元 771 年）秋任轉運判官、分務鄂岳、南巡湘南諸州時。並謂：「或謂此詩作於貶謫途中，然長卿兩遭貶謫，均未經長沙。蓋詩作於貶謫江西後，感慨頗深，易生誤解耳。」按：長卿貶南巴，經湘水一帶時，有〈秋杪江亭有作〉五律，有句云：「世情何處澹，湘水向人閒。」、「扁舟如落葉，此去未知

還。」時令與〈長沙過賈誼宅〉同。從「湘水」、「扁舟」、「此去未知還」之語來看,〈秋杪江亭有作〉為貶南巴經湘水一帶時所作無疑,則〈長沙過賈誼宅〉當亦同時之作。儲注因認為長卿並未貶至南巴,而是貶於江西,故認為未經長沙。但〈新年作〉有「嶺猿同旦暮」之句,明為嶺南作,故長卿貶南巴經長沙、湘水,越梅嶺,抵貶所之經歷殆屬無疑。詩均作於上元元年(西元760年)秋。[02]《史記·屈原賈生列傳》:「賈生為長沙王傅。三年,有鴞飛入賈生舍,止於坐隅。楚人命鴞曰『服』。賈生既以適(謫)居長沙,長沙卑溼,自以為壽不得長,傷悼之,乃為賦以自廣。」此,指賈誼宅。棲遲,滯留。《後漢書·馮衍傳下》:「久棲遲於小官,不得舒其所懷。」賈誼受絳、灌、東陽侯讒害而被貶之事見《史記·屈原賈生列傳》。[03] 楚客,指賈誼,也可泛指古今遷客。[04] 賈誼〈鵩鳥賦〉:「野鳥(指鵩鳥)入室兮,主人將去。」[05] 賈誼〈鵩鳥賦〉:「庚子日斜兮,鵩集予舍。」上句「獨尋」,此句「空見」的主語是詩人。[06] 漢文,漢文帝。古代歷史上著名的明君,文帝、景帝統治期間,史稱「文景之治」,故曰「漢文有道」。[07]《史記·屈原賈生列傳》:「(屈原)乃作〈懷沙〉之賦……於是懷石遂自沉汨羅以死……自屈原沉汨羅後百有餘年,漢有賈生,為長沙王太傅,過湘水,投書弔屈原。」「於是天子後亦疏之,不用其議,乃以賈生為長沙王太傅。賈生既辭往行,聞長沙卑溼,自以壽不得長,又以謫去,意不自得。及渡湘水,為賦以弔屈原。」[08]《楚辭·九辯》:「悲哉秋之為氣也,蕭瑟兮草木搖落而變衰。」[09] 君,指賈誼,亦可自指。天涯,指長沙。唐人常以「天涯」指稱被貶謫的僻遠之地。

[鑑賞]

在唐代貶謫詩中,劉長卿的這首〈長沙過賈誼宅〉在構思精妙、用典入化和意境創造等方面都具有獨特的成就,堪稱通體完美的七律傑作。

■ 劉長卿

　　詩作於貶謫潘州南巴尉途中。深秋的傍晚，詩人來到長沙賈誼的舊宅。賈誼受讒被貶、懷才見斥的不幸遭遇，觸發千年之後的詩人因「剛而犯上」、受讒被貶的身世遭遇之悲和「直道不容身」的感慨，弔古傷今，寫下這首興在象外、淒傷哀怨的詩篇。借憑弔賈誼以抒發自己的遷謫之悲，是全詩的基本構思。

　　「三年謫宦此棲遲，萬古唯留楚客悲。」首句敘事，點明賈誼謫宦長沙三年的悲劇遭遇，「此」字指賈誼宅，「棲遲」本義為居留，此處轉義為留滯。「此棲遲」三字，聲調低沉壓抑，透露憂傷意緒。次句述說當年賈誼留滯於此舊宅，千年萬代以來，留下賈誼這位被貶「楚客」無窮的悲傷感慨。長沙古屬楚地，故曰「楚客」，其實際意義實同「騷人」、「逐客」。「三年」與「萬古」相對，突顯強調出賈誼三年謫宦經歷留下的是萬古深悲，則其遭遇的強烈悲傷感慨可想而知。而由於賈誼被貶代表了千年萬代古今才人的普遍遭遇，是極切合的典型，因此這「楚客」同時也是歷代無數懷才見斥之逐客騷人的代稱。當詩人由賈誼的三年謫宦經歷聯想到自己「已似長沙傅」的經歷時，這「楚客」的萬古之悲也就自然融合了詩人被貶南巴的深悲，由弔古而傷今，由賈誼而自身，一開頭就將被憑弔的對象與自身的經歷遭遇和棲遲留滯的悲傷感慨融合在一起。

　　「秋草獨尋人去後，寒林空見日斜時。」頷聯承「此」字、「悲」字，寫賈誼舊宅的景物、氛圍，抒寫自己的懷古傷今意緒。昔日的賈誼宅，如今已經是秋草叢生，荒涼破敗不堪，宅旁寒林蕭瑟，斜日映照，一片淒傷黯淡的景象。曰「獨尋人去後」，則昔賢已沒，自己仍在其遺跡上徘徊徬徨、尋覓懷想的情狀如見；曰「空見日斜時」，則舊宅雖留、風景如昔，斯人已泯的空廓失落感和淒寒黯淡心緒可想而知。注家大都注意到「人去」、「日斜」取自賈誼〈鵬鳥賦〉中語，並指出其用典不著痕跡，確實

如此。但它真正的妙處是將眼前所見、心中所感與記憶中的語典毫不著力地融為一體，彷彿隨手拈來，從而將古之情景與今之情景化作一片。這樣運用古典，確實已臻化境。

「漢文有道恩猶薄，湘水無情弔豈知？」腹聯上句承「三年謫宦」，由賈誼被貶的遭遇聯想到君恩的疏薄寡情。漢文帝在歷史上號稱明君，而賈誼仍因大臣之讒害而被貶，故云「有道恩猶薄」。這句措辭之妙，全在它的弦外之音。雖有道而恩猶薄，一則說明，無論遇有道之君無道之君，才人被疏離、遭貶謫都是常事，以突顯出悲劇遭遇的普遍性；二則暗示自己所遇之君，根本不能與漢文帝相提並論，自己受讒遭貶更屬必然。其中包含了對當今統治者的不滿和怨懟，不過說得很委婉含蓄。下句就賈誼作賦憑弔屈原一事抒慨。賈誼渡湘水，感屈原自沉汨羅之事，為賦以弔之。這句表面上是說，湘水悠悠，本自無情，作賦弔屈，情懷又有誰能理解！而言外之意則是：世情悠悠，賈誼借弔屈原以自傷的情懷，並沒有人同情理解。上句怨君恩之薄，下句進而感慨世情之衰。而更深一層的意涵則是：我今溯湘水赴貶所而過賈誼宅憑弔賈誼，又有誰理解我的情懷和悲傷感慨。就這樣，詩人在意念中將屈原、賈誼和自己的悲劇遭遇和悲劇情懷串聯在一起，從而將「萬古唯留楚客悲」的意涵進一步擴展與深化。

「寂寂江山搖落處，憐君何事到天涯！」尾聯承上「秋草」、「寒林」、「三年謫宦」，就眼前草木搖落的江山蕭瑟秋景，以設問句抒寫對賈誼謫宦之事原因的追索和怨悵。賈誼謫貶長沙，是由於才高受到文帝信任，而遭到大臣忌恨讒毀，原因明顯，史有明文，本不必問，而曰「何事到天涯」者，故以問句搖曳出之，既引起讀者對才高遭忌這一普遍悲劇性現象的深層思索，也使詩的結尾餘韻深長，含蓄不盡。「憐君」自是同

劉長卿

情賈誼貶謫天涯的悲劇遭遇，但憐君之中又寓有對自己被貶謫嶺外遭遇的自憐。一「君」字連起雙方，貫串古今，懷古傷今，俱在其中。

方東樹《昭昧詹言》論唐人七律說：「大曆十子以文房為最……文房詩多興在象外。」這首〈長沙過賈誼宅〉正是「興在象外」的顯例。全詩不但以「秋草」、「寒林」、「人去」、「日斜」、「江山搖落」、「天涯」等一系列意象的組合，創造出淒涼蕭瑟的意境，以傳達其遭貶謫後淒傷哀怨的意緒；而且其借古傷今的基本構思，和巧妙入化的用典，使詩中的人、景、事都結合古今，引發讀者由古而今、由賈誼而詩人的聯想，「憐君」之情與自憐之意融為一體。貶謫詩、懷古詩的融合能達到這種境界，唐代詩人中罕見。

═ 別嚴士元 [01] ═

春風倚棹闔閭城[02]，水國春寒陰復晴[03]。細雨溼衣看不見，閒花落地聽無聲[04]。日斜江上孤帆影，草綠湖南萬里情[05]。東道若逢相識問[06]，青袍今日誤儒生[07]。

📖 [校注]

[01] 嚴士元，華州華陰（今屬陝西）人，嚴損之之子，嚴武之堂兄弟。天寶末，在永王李璘幕府，後離去。受命於江南，與在蘇州任長洲尉的劉長卿晤別。時在至德二載（西元757年）春。此後士元赴長安任大理司直，歷京兆府戶曹參軍、殿中侍御史、虞部員外郎、河南令、刑部郎中等職，終國子司業。貞元八年（西元792年）卒，年六十五。《文苑英華》卷九百四十四穆員〈國子司業嚴公墓誌〉載其仕履甚詳。此詩《才調集》作李嘉佑詩，誤。《中興間氣集》卷下、《文苑英華》卷二百七十、

別嚴士元 [01]

《唐詩紀事》卷二十六均作長卿詩。詩題一作〈吳中贈別嚴士元〉。[02] 倚棹，靠著船槳，猶言泊舟或泛舟。闔閭城，指蘇州。《吳郡圖經續記》卷上：「吳自泰伯以來，所都謂之吳城，在梅里平墟，乃今無錫縣境。及闔閭立，乃徙都，即今之州城是也。」[03] 水國，指江南水鄉澤國之地。[04] 閑花，悠閒恬靜的花。[05] 湖，指太湖，在蘇州城南五十里。嚴之「受命南國」當在太湖以南某地。[06] 東道，東道主的簡稱，指嚴士元此去路上遇到的接待宴請的主人。語出《左傳‧僖公三十年》：「若舍鄭以為東道主，行李之往來，共其乏困，君亦無所害。」句意謂：此去路上遇到的東道主如有相識者問起我的近況。[07] 青袍，八品、九品官所穿著之服。上縣縣尉從九品上，穿著青袍。或據此句，謂作詩時劉長卿已受到打擊罷官，甚至已貶南巴尉，故將此詩作年記於乾元元年春甚至更晚，恐誤。「青袍今日誤儒生」不過是自慨之詞，說自己這個夙有抱負的儒生如今屈居尉職，為青袍所誤。與獲罪之事無關。日，殘宋本作「已」。

[鑑賞]

劉長卿的感時傷亂之作與貶謫之作中，常散發蒼涼悽楚或淒傷寂寞的情思，展現出中唐詩的時代氣息和藝術風貌。但他的這首〈別嚴士元〉，卻寫得極細膩秀美、工整流麗，富有情韻、風調之美。這大概跟他作詩時剛入仕途，尚未經歷挫折，心境仍相對輕鬆愉悅有關。

「春風倚棹闔閭城，水國春寒陰復晴。」起聯點明離別之地、時和友人將要乘舟離去的情景。首句不過敘述春天泊舟蘇州城外，卻寫得風華流麗，極饒風韻。用「闔閭城」來代稱蘇州，便已為這座千年古城增添悠遠的歷史想像；不直說泊舟而曰「倚棹」，更具體地表現出友人倚棹佇立船頭，即將啟航而去的情景；再加上句首的「春風」二字，一幅在和煦盪漾的春風中倚棹姑蘇古城，即將作別的景象已完整地展現在讀者面前。

劉長卿

次句集中筆墨，專寫江南水鄉春天乍暖還寒時的季節特徵。「水國」是對「闔閭城」地理特徵的進一步點明，亦與「倚棹」相互呼應。江南水鄉，氣候溼潤，遇到倒春寒時節，天氣忽陰忽晴，變幻不定。這是對「水國春寒」特徵的傳神描寫，也微妙地透露出即將與友人作別的詩人，此時恍惚不定的情思。這個開頭，為全篇定下了極具南國水鄉柔美氣息的基調。

「細雨溼衣看不見，閒花落地聽無聲。」頷聯承「水國春寒」進一步描繪渲染季候特徵與別時景物氛圍。霏霏細雨，如煙似霧，如絲似縷，使人根本看不見它悄然飄落，久而忽然感到衣裳溼潤，這才知道它已經下了好一陣子。在春風細雨中，花靜悄悄地飄落在地上，根本聽不到它隕落的聲音。這一聯不但體物精細，對仗工整，而且創造出極富南國情調的閒靜柔美意境。透過這一切，還可想像出一對友人長久佇立在江畔舟旁依依惜別、無言相對的情景。而詩人對這場在細雨春風中江邊送別情景的詩意感受，也將成為永遠的記憶。

「日斜江上孤帆影，草綠湖南萬里情。」腹聯想像友人乘舟遠去的情景和自己的殷殷送別之情。「江」指吳江，「湖」指太湖。友人當循吳江乘舟入太湖，到太湖以南的某地任職。上句想像日斜時分，友人所乘的一葉孤帆循江而下，逐漸遠去，直至消失於碧空盡頭，下句進而想像友人的舟車橫越浩渺的太湖，行駛在綠草如茵的湖南大地上，而自己的殷殷惜別之情和相思之意也一路伴隨直至天外。下句的情景類似王維〈送沈子福歸江東〉中的名句「唯有相思似春色，江南江北送君歸」，而更凝練而含蓄。次句點明水國的春天氣候特徵是「陰復晴」，故頷聯承「陰」而寫細雨落花，腹聯承「晴」而寫「日斜」孤帆遠去之景。頷聯意境閒靜柔美，腹聯意境寬闊悠遠，二者相濟，更顯示出情景意境的豐富多彩。

尾聯由送友轉到自己的境遇上：「東道若逢相識問，青袍今日誤儒生。」作詩時詩人剛入仕任長洲尉，對一個有抱負的士人來說，縣尉自然非其素望，故臨別時託友人告訴沿途延接的東道主中與自己「相識」者，我如今是一襲青袍，恐誤了平生素志。這本就是送別詩的常見筆法，自謙中雖略寓感慨，卻不必看得過於認真，自然也跟前六句的整體基調並不衝突。

■ 劉長卿

嚴維

　　嚴維（？～約西元 780 年），字正文，越州山陰（今浙江紹興）人。天寶中應進士試未第。至德二載（西元 757 年）登進士第，授諸暨尉。時年已四十餘。寶應元年至大曆五年間（西元 762～770 年），入浙東觀察使薛兼訓幕，檢校金吾衛長史，與鮑防等五十七人聯唱，結集為《大曆年浙東聯唱集》。後閒居越州，與劉長卿過往唱酬甚密。大曆十二年（西元 777 年）入河南府尹嚴郢幕，兼河南縣尉。官終祕書郎。約建中元年（西元 780 年）卒。《全唐詩》錄存其詩一卷，維之〈酬劉員外見寄〉的「柳塘春水漫，花塢夕陽遲」傳為名句，惜全篇不稱。

送人入金華 [01]

明月雙溪水 [02]，清風八詠樓 [03]。昔年為客處 [04]，今日送君遊。

[校注]

[01] 唐江南東道有婺州東陽郡，治金華縣。今浙江金華市。《全唐詩》校：詩題「一作贈別東陽客」。[02] 雙溪，水名。《浙江通志》：「雙溪在金華縣南，一曰東港，一曰南港。東港之源出東陽之大盆山，過義烏，合眾流西行入縣境，又合杭慈溪、白溪、東溪、西溪、坦溪、玉泉溪、赤松溪之水，經馬鋪嶺石碕巖，下與南港會。南港之源出縉雲之黃碧山，過永康、武義入縣境，又合松溪、梅溪之水，經屏山西北行，與東港會於城下，故曰雙溪。」雙溪至金華南合為一，謂之東陽江。[03] 八

■ 嚴維

詠樓，在金華市南隅，婺江北岸，舊名玄暢樓。南朝齊隆昌元年（西元494 年）沈約為東陽太守時所建。約有〈登玄暢樓詩〉，又曾作〈八詠詩〉「登臺望秋月」等八首，題於玄暢樓，一時傳誦，後人遂易其名為〈八詠樓〉。盛唐詩人崔顥〈題沈隱侯八詠樓〉詩，有「綠窗明月在，青史古人空」之句。上句「明月」當與沈詩有關。[04] 昔，《全唐詩》校：「一作少。」

📖 [鑑賞]

在唐人五絕中，有一類明白如話而又韻味深長的作品，總因其看似清淺而不為人所注意。嚴維的這首〈送人入金華〉便是明顯的例證。

詩的內容極單純：送一位友人到自己昔年曾遊之地金華去。乍看之下極為平常而乏詩意，但在詩人筆下，卻寫得音情搖曳、餘韻悠長，能喚起人生的體悟與感慨。

「明月雙溪水，清風八詠樓。」前兩句對起，寫金華勝跡。作為一座歷史悠久的古城，金華有眾多的名勝古蹟，其中具有地理象徵意義的風景名勝，便是雙溪水；而最具文化內涵和詩人流風餘韻的著名古蹟，便是八詠樓。它們正是金華這座城市的「名片」，是它的風景名勝和古蹟的精華。而在它們之上分別冠以「明月」、「清風」，更具體地展現出在明月映照之下，盪舟雙溪之上；在清風徐來之際，登樓覽勝懷古的遊賞之興。雖只有十個字，卻是對金華勝跡和風貌的精練濃縮。

題為「送人入金華」，乍讀之下似感這是向友人介紹金華的名勝風景之美。但如果真是這樣，這開頭兩句便不免顯得平凡而缺乏情味。妙在第三句，承中忽轉，頓闢新境；第四句再轉作收，更饒餘韻。

「昔年為客處」，金華的雙溪水、八詠樓，都是自己昔年作客金華時的歷經之地，從這方面分析，第三句對前兩句是「承」；但對於今日送友

人入金華而言，這「明月雙溪水，清風八詠樓」已經成為逝去的記憶，從這方面來說，它又是「轉」，是由今日送君之遊到遙憶昔日自身遊歷的「忽轉」。這一轉折，頓時使前兩句的描敘變為對昔年曾歷情景充滿詩意的追憶；緊接著第四句又從「昔年」再轉回到「今日」，並以「送君遊」呼應題目，順勢作收。在「昔年」與「今日」的對映中寓含著深長的情思與感慨。

一個人對昔日遊歷之地的追憶，往往與自己昔日年華情事的緬懷連結在一起。詩人對「昔年為客處」的金華「明月雙溪水，清風八詠樓」遊賞情景的追憶，絕不僅僅是懷想這些風景名勝本身，而是同時在緬懷已經逝去的年華歲月、美好青春。在遙想緬懷中，不但將「雙溪水」、「八詠樓」進一步美化、詩化，也將自己逝去的歲月美化、詩化。因此，這首詩的藝術魅力正在於透過今昔的對照，寓含對已逝去歲月的親切記憶和詩意追憶。人生的美好生活體會，雖因年華消逝而不可重複，卻可長存於美好的記憶之中。詩中有深長的感慨，卻無濃重的感傷。

整首詩就像一篇憶昔遊的長篇五古，剛開頭就煞了尾。而它的深長餘韻主要就是有賴於這似乎煞不住卻又就此作煞的結尾當中，無限情思，盡在不言之中了。

■ 嚴維

韋應物

　　韋應物（約西元 737～790 年），京兆杜陵（今陝西西安東南）人。曾祖待價曾相武后。年十五，因門蔭補右千牛衛。改羽林倉曹，授高陵尉、廷評。代宗廣德元年（西元 763 年）至永泰元年（西元 765 年）任洛陽丞，因嚴懲不法軍士被訟，請告閒居洛陽。大曆六至八年（西元 771～773 年），任河南府兵曹參軍，九年為京兆府功曹參軍，十三年為鄠縣令，尋遷櫟陽令，辭官居長安西郊灃上善福精舍。建中二年（西元 781 年）除比部員外郎，三年出為滁州刺史，興元元年（西元 784 年）冬罷任閒居滁州西澗。貞元元年（西元 785 年）轉江州刺史，三年入為左司郎中。四年冬，出為蘇州刺史，六年（西元 790 年）遇疾終於官舍，州人為之罷市。白居易謂其五言詩「高雅閒淡，自成一家之體」，蘇軾謂韋詩「發纖穠於簡古，寄至味於澹泊」。其詩於平淡自然中別饒遠韻，於樸素平易中時見流麗。有詩集十卷。今人陶敏、王友勝有《韋應物集校注》。生平仕歷見丘丹撰〈唐故尚書左司郎中蘇州刺史韋君墓誌銘並序〉。

═ 自鞏洛舟行入黃河即事寄府縣僚友 [01] ═

　　夾水蒼山路向東 [02]，東南山豁大河通 [03]。寒樹依微遠天外 [04]，夕陽明滅亂流中 [05]。孤村幾歲臨伊岸 [06]，一雁初晴下朔風 [07]。為報洛橋遊宦侶 [08]，扁舟不繫與心同 [09]。

韋應物

[校注]

[01] 鞏洛，鞏縣與洛水。鞏縣（今河南鞏義）為唐河南府屬縣。洛水源出洛南縣塚嶺，東流經盧氏、長水、福昌、壽安、洛陽，至偃師與伊水會，復東北流經鞏縣，至洛口入黃河。即事，猶即景，面對眼前景物。府縣，指河南府及其屬縣。詩人於廣德元年（西元763年）冬至永泰元年（西元765年），任洛陽丞。此府縣僚友當指河南府之屬僚及洛陽縣之僚友。詩作於代宗大曆四年（西元769年）秋。時詩人自長安經洛陽、楚州等地赴揚州。[02] 水，指洛水。《元和郡縣圖志·河南道·河南府》：「鞏縣，古鞏伯之國也……按《爾雅》『鞏，國也。』四面有山河之固，因以為名。」[03] 豁，開。大河通，通向黃河。《元和郡縣圖志·河南道·河南府》：鞏縣：「洛水，東經洛陽，北對琅邪渚入河，謂之洛口。亦名什谷。張儀說秦王『下兵三川，塞什谷之口』，即此地。」此句所敘即洛水入黃河附近一帶山川地形。[04] 依微，隱約依稀貌。[05] 明滅，忽明忽暗，形容夕陽映照在盪漾不定的波浪上閃爍不定之景。[06] 幾歲，猶何年，言其時間久遠。伊岸，伊水岸邊（實指伊、洛合流後的洛水岸邊，因此處宜平，故不用「洛」而用「伊」）。[07] 朔風，北風。時已秋令，故上言「寒樹」，此言「朔風」。[08] 洛橋，指洛陽城內的天津橋。《元和郡縣圖志·河南道·河南府》：河南縣：「天津橋，在縣北四里。隋煬帝大業元年初造此橋，以架洛水。以大纜維舟，皆以鐵鎖鉤連之……然洛水溢，浮橋輒壞，貞觀十四年更令石工累方石為腳。《爾雅》：『箕、斗之間為天漢之津，故取名焉』。」洛橋遊宦侶，即題內之「府縣僚友」。[09] 扁舟，小船。《莊子·列禦寇》：「巧者勞而智者憂，無能者無所求，飽食而遨遊，泛若不繫之舟，虛而遨遊者也。」此句謂自己的心境，就如同不停泊繫岸的小舟一樣，無所繫戀牽掛，自由無拘。

自鞏洛舟行入黃河即事寄府縣僚友 [01]

📖 **[鑑賞]**

　　這首以行旅為題材的七律，以清爽流利的筆調描繪由鞏洛入黃河行舟所見沿途風光和由此引發的感受，詩情畫意，融洽無間。

　　起聯寫「自鞏洛舟行入黃河」的一段旅程。鞏縣四面有山河之固，故這一段的洛水，兩岸連綿不斷的山巒，一直隨著山勢向東延伸。著一「夾」字，具體地顯示出兩岸山巒緊束洛水的逼仄態勢。忽然，東南方的山巒像是被打開一道缺口，豁然開朗，洛水與滔滔浩浩的黃河便在瞬間相匯貫通。「豁」字、「通」字，與上句「夾」字緊密關聯並呼應，不但寫出舟行從兩岸皆山的逼仄之境，進入山豁河通、廣闊境界的過程，具有動態感、層次感和變化感，而且透露出詩人因景物境界變化而產生的驚奇感、舒暢感，雖敘行程，而景隨程現，情寓其中。

　　「寒樹依微遠天外，夕陽明滅亂流中。」頷聯承「山豁大河通」，描繪舟行黃河之上極目遠望所見。河洛匯合後的黃河，水勢突然加大，且已進入廣闊無垠的平原地帶，故極目東望，但見寒林一帶，隱現於遠天之外；時值傍晚，夕陽映照下的黃河滾滾波濤，光影閃爍，明滅不定。這一聯向為評論家所稱道，認為上句可畫，而下句畫亦難到。這是因為，上句描繪的是靜景，雖是在舟行過程中遠望，但由於寒樹隱現於天外，故呈現在詩人前面的畫面是靜止不動的，不妨把它看作一幅遠山寒樹圖。而下句所描繪的卻是夕陽映波，光影閃爍，變幻不定的動景，這種變幻閃爍的景色，對於空間藝術的繪畫，確實是畫筆所難到。而「亂流」的「亂」字，不但渲染出大河波濤滾滾、水流急驟而雜亂的態勢，且對「夕陽明滅」發揮加倍渲染的作用，使人產生眼花撩亂之感。這一聯不但寫景極為出色，且進一步將詩人眼見此遼闊壯美之境時那種舒暢自如的快感和興會淋漓之情也表現出來。

■ 韋應物

「孤村幾歲臨伊岸，一雁初晴下朔風。」腹聯仍寫舟行所見之景，但從頷聯的遠望轉為回望、仰觀。回望來路，但見孤村隱隱，遠臨伊洛之上；仰望天穹，但見初晴的秋空中，一隻孤雁，迎著朔風盤旋而下。上句插入「幾歲」二字，便化「孤村臨伊岸」的空間畫面為對遙遠歷史時間的想像；而下句「一雁」與廣闊的晴空相互映襯，更襯托出空間的廣闊。而「一雁」之乘朔風下晴空，固然不免有些孤孑，卻更顯示出翱翔的自由無拘。

頷、腹二聯，均為寫景，而「寒樹」、「夕陽」、「孤村」、「一雁」、「朔風」等景物，又多帶有蕭瑟孤悽的色彩，但這兩聯所創造的境界，卻具有廣闊悠遠、壯美超逸的特點，詩人的感情也並不黯淡低沉，而是透露出對廣大深遠時空的嚮往欣賞。上述帶有蕭瑟孤悽色彩的景物恰恰成了遼闊之境的鮮活組成元素。

「為報洛橋遊宦侶，扁舟不繫與心同。」尾聯應題內「寄府縣僚友」，但它的主要作用卻是自我抒情。全篇中直接抒情的句子只有末句「扁舟不繫與心同」七個字，詩的成敗與藝術方面是否完整，在相當程度上取決於這句詩與前面所描寫的景物及景中所寓之情是否切合。如果二者背離，則前六句的寫景即便再出色，也不免有前後分裂之嫌，至少有結尾敷衍了事之失，但從前三聯的紀行寫景來看，其中所蘊含、所透露的感情從整體上來說，都是對廣大深遠時空境界的嚮往欣賞，以及舒暢愉悅的感受，這和末句所表現的無所牽掛、自由無拘的心境可以說完全切合。因此，末句充分揭示出全篇所抒之情，也是對前六句景中所寓之情的概括，而「扁舟不繫」之語仍緊扣「舟行」作結，更顯出敘事、寫景和抒情的緊密結合。

寫這首詩的時候，詩人因在洛陽丞任上嚴懲不法軍騎而深陷訴訟，

請告閒居，在仕途上遭遇挫折已有數年之久。末句用《莊子·列禦寇》典，多少透露出以「無能者無所求」自命的牢騷，但「泛若不繫之舟」的比喻所透露的卻是他的曠達性情和對自由無拘生活的嚮往。

韋詩多古澹閒逸，此詩卻通篇清爽流利、明快暢達，又具風調情韻之美，可稱別調。

登樓寄王卿 [01]

踏閣攀林恨不同 [02]，楚雲滄海思無窮 [03]。數家砧杵秋山下 [04]，一郡荊榛寒雨中 [05]。

[校注]

[01] 王卿，名未詳。詩集同卷有〈郡齋贈王卿〉：「無術謬稱簡，素餐空自嗟。秋齋雨成滯，山藥寒始華。漫落人皆笑，幽獨歲逾賒。唯君出塵意，賞愛似山家。」當與本篇為同時贈同人之作。陶敏、王友勝《韋應物集校注》謂「王卿，當是被貶至滁州者，名未詳。大曆建中中有太常少卿王紞，王維弟，未知是此人否。」詩作於建中四年（西元 783 年）秋任滁州刺史時。[02] 踏閣攀林，指攀援樹木登山踏階而上樓閣，登覽勝景。恨不同，恨未能與王同登。[03] 楚雲滄海，寫登樓所見景物：楚雲瀰漫，遙連滄海。滁州楚地，故稱所見之雲為「楚雲」。其地離東海不太遠，故登樓可見楚雲連接滄海的景色。「楚雲滄海」與「楚雨連滄海」之境類似，不過易「雨」為「雲」，省略「連」字而已。「思無窮」，思緒無窮，其中蘊含對王某的思念，但不止於此。[04] 砧杵，搗衣石與木杵，此指搗衣聲。[05] 一郡，指滁州郡城。荊榛，叢生灌木。「一郡荊榛」，形容郡城荒涼殘破。

韋應物

📖 [鑑賞]

　　這首登臨寄友的小詩，雖然寫得富饒情韻，卻遭到不少誤解。無論是劉辰翁的「野興正濃」，唐汝詢的「楚雲滄海，天各一方」，還是黃生的「章法倒敘」，都不符合實際情況。其中尤以「楚雲滄海，天各一方」之解，至今仍為學者所沿用，影響相當深遠。

　　起句寫登樓的過程與不能和友人同登的遺憾。「踏閣攀林」，按正常詞序，應為「攀林踏閣」，意即攀援樹枝，登上山嶺，沿著梯階，踏上樓閣。四個字概括了攀援上山，登上山頂的樓閣的過程，由於這是一首仄起的七絕，故為合律而改為「踏閣攀林」。以往登覽出遊，總是與友人攜手同行，此次對方卻因故未能一起攀登，少了同遊的樂趣，故說「恨不同」。正由於未能同登，故有寄詩之事。

　　次句寫登樓遠望所見雲霧瀰漫綿延之景與深長的思緒。滁州古屬楚地，故稱這一帶的雲為「楚雲」。登樓向東極望，但見雲霧瀰漫綿延，遠連滄海，眼前一片浩渺而霧鎖雲埋的黯淡景色。本來就因友人不能同遊而有所遺憾，登樓極望，又見此雲霧連綿黯淡之景，不免更添愁緒。說「思無窮」，自然有包含對友人的深長思念，但無論是從本句「楚雲滄海」，霧鎖雲埋的黯淡之景，還是從三、四兩句所描繪的悽清蕭條之景來體會，這無窮的思緒又自不止於懷友這一層面。

　　這裡需要順便考辨一下王卿其人是否與詩人分居兩地，天各一方。查韋集中，與王卿有關的詩，除本篇及注 [01] 所引〈郡齋贈王卿〉外，尚有〈送王卿〉、〈答王卿送別〉、〈池上懷王卿〉、〈陪王卿郎中遊南池〉、〈南園陪王卿遊矚〉等多首，其中除〈送王卿〉一首可能作於韋在蘇州刺史任上之外，其餘各首均為韋任滁州刺史時作。從諸詩中「郡中多山水……相攜在幽賞」、「鶺鴒俱失侶，同為此地遊」、「茲遊無時盡，旭日願相

將」、「元知數日別,要使兩情傷」等詩句看,詩人與王卿同住滁州,故常相攜出遊,偶有數日之別,也會感到傷感,故此次「踏閣攀林」之遊,王卿未能偕遊,方深以為憾事。因此,將「楚雲滄海」說成是二人「天各一方」,顯然不符合實際情況。此外,前人或謂此詩「先敘情、後布景」,亦未全合。前二句固有「恨不同」、「思無窮」之語,但「踏閣攀林」之過程,「楚雲滄海」之遙望,又何嘗不是景物描寫,至於後兩句,景中寓情,自不待言。

「數家砧杵秋山下,一郡荊榛寒雨中。」三、四兩句將眼光從遙望收回,轉而俯視秋山下的郡城。只聽見城中傳出零零星星、斷斷續續的清亮搗衣砧杵聲。這聲音,在帶著蕭瑟情調的秋山襯托下,顯得分外悽清寂寥;環視郡城,但見寒雨瀟瀟,荊棘叢生,一片荒涼蕭條景象。乍看,可能會覺得詩人是用砧杵、秋山、荊棘、寒雨這一系列帶有蕭瑟悽清、荒涼冷落色調的物象所構成的氛圍、意境,來表達因友人未能同遊而產生的悽清寂寥情思。但連繫到詩人的特殊身分為在任的滁州刺史,一郡的地方首長,特別是連結詩人在滁州的其他詩作,就會感到其中自有更深遠的內涵。在寫這首詩的頭一年(建中三年,西元782年)秋天,他在〈答王郎中〉詩中說:「守郡猶羈寓,無以慰嘉賓……野曠歸雲盡,天清曉露新。池荷涼已至,窗梧落漸頻。風物殊京國,邑里但荒榛。賦繁屬軍興,政拙愧斯人。」所謂「邑里但荒榛」,正是這首詩所描繪的「一郡荊榛寒雨中」的荒涼破敗景象。滁州雖未直接遭受戰亂破壞,但長期戰亂造成苛重的賦稅負擔,對這一帶帶來極大的破壞結果。如寶應元年(西元762年)宰相元載嚴令追徵江淮欠繳租庸,官吏公開掠奪民財。特別是建中二年,河北強藩聯兵抗命,藩鎮割據加劇;三年,河北、山東、淮西諸鎮叛亂,李希烈、朱滔、田悅等結盟稱王;四年正月,李希烈陷汝州。

■ 韋應物

　　作此詩後不久（十月）又發生朱泚之亂。在這樣動亂頻繁的局勢下，滁州勢必會因軍興賦繁，導致邑里荒榛、百姓逃亡的景象。詩人遠眺郡城，不但會產生對百姓的同情憐憫，也自然有「政拙愧斯人（民）」、「邑有流亡愧俸錢」的愧疚之情。秋天本是家家戶戶裁製寒衣的季節，如今秋山之下的郡城，只有「數家」零零落落地傳出砧杵之聲，可以想見因賦稅繁重百姓流亡、人戶稀疏的情景。只不過由於絕句主含蓄尚餘韻，在其他詩體中可以明白說出的那些感觸、感慨就寓情於景，自在不言之中。

　　詩從攀林登樓，寫到登樓遙望楚雲瀰漫綿延，直至滄海之景，再到近瞰俯視郡城悽清荒涼之景，詩人的感情則由一開始不能與友同遊的遺憾，發展到「思無窮」。這無窮之思中，既有思念友人不得的淒寂，更有對郡邑荒涼景象的悲傷感慨和憂心百姓、愧對斯民的複雜意緒。其佳處主要展現在三、四兩句景中寓情，含蘊豐富，情韻深長。全篇情與景均係順敘，倒敘之說亦屬錯會。

寄李儋元錫 [01]

　　去年花裡逢君別，今日花開已一年 [02]。世事茫茫難自料 [03]，春愁黯黯獨成眠 [04]。身多疾病思田里 [05]，邑有流亡愧俸錢 [06]。聞道欲來相問訊 [07]，西樓望月幾回圓。

📖 [校注]

　　[01] 李儋，韋應物關係最親密的朋友。據〈贈李儋侍御〉詩，儋曾官殿中侍御史或監察御史。建中年間，曾在太原參河東節度使馬燧幕。見韋〈寄別李儋〉詩。韋集中，有關李儋的詩有〈贈李儋〉、〈將往江淮寄李十九儋〉、〈雪中聞李儋過門不訪聊以寄贈〉、〈善福閣對雨寄李儋幼遐〉、

寄李儋元錫 [01]

〈贈李儋侍御〉、〈寄李儋元錫〉、〈送李儋〉、〈寄別李儋〉、〈酬李儋〉等多首。元錫，洛陽人，字君貺。貞元十一年（西元795年），為協律郎，山南西道節度推官。元和年，歷衢州、蘇州刺史，福建、宣歙觀察使，授祕書監分司，以贓貶壁州，後為淄王傅，卒。詳見《元和姓纂》卷四及岑仲勉《元和姓纂四校記》。韋集中，有關元錫的詩有〈滁州園池燕元氏親屬〉、〈南塘泛舟會元六昆季〉、〈郡中對雨贈元錫兼簡楊凌〉、〈寄李儋元錫〉、〈宴別幼遐與君貺兄弟〉、〈送元錫楊凌〉、〈月溪與幼遐君貺同遊〉、〈與幼遐君貺兄弟同遊白家竹潭〉、〈與元錫題琅琊寺〉等多首，過從亦甚密。據陶敏、王友勝《韋應物集較注》，此詩係德宗興元元年（西元784年）春在滁州刺史任上所作。參注[02]。或謂貞元初在蘇州刺史任上所作，誤，參注[08]。[02] 建中四年（西元783年）暮春，李儋曾至滁州探望韋應物。〈贈李儋侍御〉詩云：「風光山郡（指滁州）少，來看廣陵（揚州）春。殘花猶待客，莫問意中人。」同年秋，有〈寄別李儋〉詩云：「首戴惠文冠，心有決勝籌。翩翩四五騎，結束向并州。名在相公幕，丘山恩未酬……遠郡臥殘疾，涼氣滿西樓。想子臨長路，時當淮海秋。」建中三年（西元782年）秋，元錫曾來滁訪韋應物，有〈郡中對雨贈元錫兼簡楊凌〉詩及〈滁州園池燕元氏親屬〉詩。四年夏，有〈南塘泛舟會元六昆季〉詩。此二句敘與李、元二人之逢與別，當以與李逢、別時間為主。去年花裡，指建中四年春。今日花開，指興元元年春。逢君別，逢君並作別。[03] 建中四年十月，詔涇原節度使姚令言率師東征。丁未，涇原軍士入長安城，倒戈作亂。德宗出奔奉天。亂兵奉朱泚為帥，泚自稱帝。朱泚軍圍攻奉天，渾瑊力戰始得保全，至十一月奉天之圍方解。興元元年正月，李希烈仍稱帝，國號大楚，以汴州為大梁府。二月，李懷光與朱泚通謀，反。德宗奔梁州。是年春，韋應物作〈京師叛亂寄諸弟〉詩云：「羈離守遠郡，虎豹滿西京……憂來上北樓，左右但軍營。函谷行

人絕，淮南春草生。」此句所謂「世事」，當包括從去年十月至今春的京師叛亂等戰亂情事在內。茫茫，模糊不清貌。[04] 黯黯，沮喪憂愁貌。李商隱〈自桂林奉使江陵途中感懷寄獻尚書〉：「江生魂黯黯，泉客淚涔涔。」此「黯黯」，即黯然銷魂之「黯然」。[05] 田里，猶故里、田園。《史記·汲鄭列傳》：「黯（汲黯）恥為令，病歸田里。」[06] 流亡，因戰亂饑饉而逃亡流落到外地的百姓。[07] 問訊，慰問。《後漢書·清河孝王慶傳》：「慶多被病，或時不安，帝朝夕問訊，進膳藥，所以垂意甚備。」或解曰「打聽」，非。[08] 西樓，或指滁州城西門城樓。長安城在滁州之西。注 [03] 引〈京師叛亂寄諸弟〉有「憂來上北樓」，指郡城北門城樓似可類證。也有可能指所居郡齋之西樓。注 [02] 引〈寄別李儋〉詩有「遠郡臥殘疾，涼氣滿西樓」之句，則滁州亦有「西樓」，此「西樓」似指應物所居之郡齋西樓。高步瀛《唐宋詩舉要》引《清統志》：「江蘇蘇州府：觀風樓在長洲子城西。龔明之《中吳紀聞》：唐時謂之西樓，白居易有〈西樓命宴〉詩。」文研所《唐詩選》從之，並將此詩繫於唐德宗貞元初年韋應物任蘇州刺史時。無論此「西樓」是指滁州西門城樓，還是指郡齋西樓，均在滁州無疑，非指在蘇州者，蘇州素來富庶，與「邑有流亡」之語亦不相符。

[鑑賞]

這首寄懷友人的七律，有以下幾個突出的特點。一是題曰「寄」，且起結均抒懷念想望之情，但主要內容卻是向友人傾訴自己的感慨和苦悶，全篇像是一封自訴情懷的詩體書信。二是感情極其真摯自然，彷彿從肺腑中流出。三是風格清暢閒淡，如行雲流水，一氣舒卷，雖為律體，實近古風。

首聯從與對方的「逢」與「別」寫起。建中四年（西元783年）暮春，

寄李儋元錫 [01]

李儋曾來滁州探望韋應物，韋有〈贈李儋侍御〉詩，其後二人相別；元錫於建中三年秋，亦曾來滁探訪應物，韋亦有〈郡中對雨贈元錫兼簡楊凌〉詩，元錫在滁時間較長，四年夏猶與應物南塘泛舟。與二人之「逢」與「別」並不同時，但詩同寄二人，故這裡的「去年花裡逢君別」自單指李儋，不必拘泥。次句接以「今日花開已一年」，以「今日」對「去年」，以「花開」應「花裡」，以「已一年」承「逢君別」，似對非對，似重非重，語辭流易清暢，構成蕭散自然的風調韻致，而時光流逝之易與相念之情之殷均包含其中。這一聯的句式，完全是七言古風的風韻。

頷聯卻從「君」與我的逢與別跳開，單寫自己的感慨和愁緒。紀昀可能是由於看到前四句有諸如「花裡」、「逢君別」、「花開已一年」、「春愁黯黯獨成眠」一類的詞語詩句，而說此詩「竟是閨情語，殊為疵累」，恐怕是讀後世閨情詩詞（特別是清代女性詩詞）而形成的慣性思考方式。其實這一聯中的「世事」和「春愁」都離不開次句的「花開已一年」，因此它和次句乃是跡似斷而神實連。「世事」一語，既可泛指人世間的一切情事，包括時代、社會和個人諸事，也可主要指軍事政治方面發生的時代大事。在「去年花裡」到「今日花開」這一年裡，發生了撼動全國的朱泚之亂，德宗逃奔奉天，被叛軍包圍，形勢極其危急；後又因李懷光與朱泚通謀，德宗再奔梁州。寫這首詩時，長安仍為朱泚盤踞，安史之亂的情形似乎又在重演。這一切，都是詩人所未料及的；國事如此，詩人自己的前途命運自然也跟國事一樣，茫茫不可知。故說「世事茫茫難自料」。這裡所包含的，正是對國家、個人命運難以預卜的茫然感和憂傷感。下句的「春愁」承「今日花開」，但內容卻絕非一般的時光流逝、年華將暮的哀愁，而是和「世事」變化緊密連結的憂國憂民之情。與此詩同時作的〈京師叛亂寄諸弟〉說：「弱冠遭世亂，二紀猶未平。羈離官遠郡，虎豹

韋應物

滿西京，上懷犬馬戀，下有骨肉情。歸去在何時，流淚忽沾纓。憂來上北樓，左右但軍營。函谷行人絕，淮南春草生。鳥鳴野田間，思憶故園行。何當四海晏，甘與齊民耕。」其中所抒發的憂世難未平、憫齊民未安、傷羈離難歸、痛骨肉分離的感情，正是「春愁」所涵蓋的感情內容。這種複雜的憂思，使自己情懷黯然，夜難成眠，著一「獨」字，突顯出飄泊遠郡的孤寂感和無奈感。這一聯將世亂和家庭骨肉分離、百姓流離困苦、自身前途命運不著痕跡地融為一體、對偶工整，而上下貫通。與上一聯一氣蟬聯，如行雲流水，略無停頓，而抒發的感慨與憂思卻深摯而悠長。

「身多疾病思田里，邑有流亡愧俸錢。」腹聯上句承「春愁黯黯」，描寫在國難家離之憂思難以消解的情況下，想到自己身多疾病，對時局又無能為力，因而產生歸休田里的念頭，下句承「世事茫茫」，說自己忝為州郡長官，因軍興賦繁，百姓逃亡流離，卻又無能為力，深感有愧於官吏的俸錢。話說得很平淡，彷彿脫口自出，卻極真摯樸實，道出了一個有良心、有同情心的官吏在面對國憂民困的現實時，無力改變狀況的自愧自責。由於這一聯所抒寫的感情在封建社會的一部分士人官吏中，具有很高的普遍性和代表性，充分表現出他們既同情百姓又無力改變其現實處境的矛盾苦悶情緒，因而引起歷代文士的共鳴。特別是由於詩人在抒寫上述矛盾苦悶時，完全發自內心，言辭真率自然，「無一字做作」，故讀來倍感親切，感到與詩人在精神層面可以毫無距離地交流。這種境界，最近陶詩之平淡真切、情味雋永。需要注意的是，詩人之所以思歸田里，從詩面看似因「身多疾病」而起，但實際上真正的原因卻緣「邑有流亡」所致。在滁州任上所作的另一首〈答崔都水〉詩中說：「氓稅況重疊，公門極熬煎。責逋甘首免，歲晏當歸田。」可見他的「思田里」之情

主要還是由於作為地方官，不忍心向百姓催繳酷重繁多的賦稅，與其被責免官，不如乾脆歸居田里，以免忍受內心的煎熬，故上下兩句，雖似獨立，意自互補。

在這種憂思苦悶難以消釋的情況下，對友人的思念更加深切。尾聯遂由一開頭因「逢君別」引起的思念，進一步發展為對友人前來相會的熱切期盼：「聞道欲來相問訊，西樓望月幾回圓。」聽說你倆有意前來慰問我這個羈守遠郡、處境困難、心情苦悶的朋友，我已屢上西樓，翹首以待，但西樓之月已經數回圓，我們間的聚會卻到現在還未實現。月圓而友人未來，是由於戰亂道路受阻，還是由於別的原因，詩人沒有說，也不必說。為讀者留下想像的空間，情味更顯雋永。

寄全椒山中道士 [01]

今朝郡齋冷，忽念山中客[02]。澗底束荊薪[03]，歸來煮白石[04]。欲持一瓢酒，遠慰風雨夕。落葉滿空山，何處尋行跡？

[校注]

[01] 全椒，唐淮南道滁州屬縣，今屬安徽滁州市。宋王象之《輿地紀勝》：「淮南東路滁州：神山在全椒縣西三十里，有洞極深。唐韋應物〈寄全椒山中道士〉詩，即此道士所居也。」未知所據，錄以備參。詩作於興元元年（西元784年）秋任滁州刺史時。[02] 山中客，指全椒山中道士。[03] 束，《全唐詩》校：「一作採。」荊薪，荊條柴木。[04] 煮白石，舊傳神仙、方士煮白石為糧，藉以指道士修煉。葛洪《神仙傳‧白石先生》：「常煮白石為糧，因就白石山居。」庾肩吾〈東宮玉帳山銘〉：「煮石初爛，燒丹欲成。」

■ 韋應物

📖 [鑑賞]

　　如果要從近六百首韋詩中選出一首最能展現詩人胸襟氣質、個性風神的作品，這首〈寄全椒山中道士〉無疑是首選。它的高妙之處，就在於全任自然，單純憑詩性邏輯的自然流動，不加任何雕飾，一片神行，不可複製。雖通篇淡淡著筆，而所寄對象和詩人自己的風神畢現，所創造的清寂悠遠而又充滿人情味的意境更令人神遠。在所有唐代詩人中，能創造出這種近於天籟之作品者，大概只有李白，儘管他們的個性似乎迥然不同。

　　「今朝郡齋冷，忽念山中客。」起二句自然淡遠，如敘家常。身在郡齋，心念山中。「郡齋冷」的「冷」字，寫的是一種複合的感覺，既是寒秋季節那種襲人的寒冷，又透出郡齋的清冷空寂，而由天氣寒冷與環境冷寂所引起的心境冷寂也隱隱傳出。如此豐富的意涵，只用極平常隨意的一「冷」字便全部包括，卻毫不著力，像是隨口說出。這樣的天氣、環境氛圍和心境，最易引起對友人的懷念。而所「念」的對象卻是一位「山中客」、「全椒山中道士」。韋應物在地方官任上，多與方外之士交往，這自然與他高潔恬淡的個性密切相關，這些方外之士也就成為郡齋中的常客。〈宿永陽寄璨律師〉寫道：「遙知郡齋夜，凍雪封松竹。時有山僧來，懸燈獨自宿。」即使詩人因事離郡齋外出，這些方外之友也時常來獨宿。從「山中客」這個稱謂可以看出，這位全椒山中道士也是滁州郡齋中的常客之一。因此，詩人在寒冷空寂的環境氛圍和清冷寂寞的心境中心念「山中客」，就顯得非常自然，句首的那個「忽」字，下得既飄忽又自然，彷彿「忽」然想到卻又自然會想到，詩人淡泊恬靜的性格和對山中客的關切思念都從中隱隱透出。

　　「澗底束荊薪，歸來煮白石。」三、四兩句緊承次句，遙想「山中客」

寄全椒山中道士 [01]

的生活情景：從山澗深谷採集捆紮了荊條柴枝，回到所居之處來燒煮白石。「煮白石」本是道士的修煉方式之一，用它來點明「山中道士」的身分，點綴其日常生活情景，自然相當貼切。但詩人在這裡主要想表現的是遠離塵俗、清寂淡泊的生活品格、精神追求，與清高自守的風貌。「煮白石」與其說是具體的修煉方式，不如說是清高絕塵精神風貌的象徵。在遙想中，詩人的嚮往欣羨之情也自然蘊含其中。

「欲持一瓢酒，遠慰風雨夕。」山中的生活，是高潔絕塵的，也是清冷空寂的。詩人由「今朝郡齋」之「冷」，聯想到「山中」之「冷」，因此自然產生持一瓢酒遠慰在風雨寒秋之夕寂處山中之友人的念頭。應物詩中，有〈寄釋子良史酒〉、〈重寄〉、〈答釋子良史送酒瓢〉一類的詩，其中有「秋山僧冷病，聊寄三五杯」之句，可見寄酒或持酒給方外僧道是常有的事，並非一般的應酬之詞。從「遠慰風雨夕」之句，可以想像詩人在風雨之夕，與山中客對床共話的詩意場景。前兩句將山中客的生活與精神風貌渲染得那樣清高絕塵，彷彿不食人間煙火，這兩句卻將對友人的懷念與關切寫得充滿如此溫煦親切的人情味。二者相映相襯，展現的境界既清靜幽寂，又溫暖安恬，這也正是詩人心靈世界的全面展現。

「落葉滿空山，何處尋行跡？」結尾緊承五、六兩句，仍寫遙想中的情景：值此風雨寒秋之夕，蕭蕭落葉，布滿了整座空寂的山林，山中人行蹤本就飄忽不定，又如何能從落葉滿徑中尋找你的行跡呢？這種詩句絕不能從字面上去尋求它的含意，以為詩人是欲尋山中友人而擔心尋找不到，或者是為欲前往山中而終未去找原因，死於句下，不免把詩境破壞無遺。詩人的真意是透過詩意的想像創造出比起前面所描寫的情景更加空靈悠遠、令人神遠的意境。它所表現的與其說是尋而不可得的失落和茫然，不如說是對這種空靈飄渺、杳遠難尋之境界的神往。詩的實際

059

■ 韋應物

藝術效果也正是引導讀者對「落葉滿空山」之境產生欣賞與陶醉。這首詩的超妙絕詣，固然與整體的圓融完美、一片神行密切相關，但關鍵卻在此一結，它把詩的境界提升到了更高遠飄渺的層次。

二 滁州西澗 [01]

獨憐幽草澗邊生[02]，上有黃鸝深樹鳴[03]。春潮帶雨晚來急[04]，野渡無人舟自橫。

📖 [校注]

[01] 興元元年（西元784年）冬，韋應物罷滁州刺史，寓居滁州西澗。此詩當是貞元元年（西元785年）春所作。詩人於貞元元年元日作〈歲日寄京師諸季端武等〉云：「少事河陽府，晚守淮南壖。……昨日罷符竹，家貧遂留連。……聽松南巖寺，見月西澗泉。」《大明一統志》卷十八〈滁州〉：「西澗，在州城西，俗名烏土河。」即上馬河。[02] 獨，最、特別。憐，愛。杜甫〈題李尊師松樹障子歌〉：「已知仙客意相親，更覺良工心獨苦。」[03] 黃鸝，黃鶯。[04] 春潮，形容水勢如春潮之湧，非實指通長江之海潮。西澗係小河，不可能有潮水流通。

📖 [鑑賞]

讀這首詩，有兩點需要注意。一是首句一開頭的「獨憐」二字，並不只指「幽草澗邊生」而言，也不僅包括前兩句，而是貫串全篇，統指詩中所描繪的所有景象以及由它們所構成的意境。二是詩中所描繪的景象，並不屬於同一時段，具體地說，前兩句是晴晝之景，後兩句則是雨暮之景，當然地點都是「滁州西澗」所見所聞。

滁州西澗 [01]

「獨憐幽草澗邊生。」首句寫澗邊幽草，係俯視所見。西澗沿岸，幽草叢生，這景象極平常而不起眼，而詩人卻「獨憐」（特別喜愛）之。是因為它雖處於幽僻之境不為人所注意卻欣欣然有生意而偏愛它，還是由於詩人自身自然就對幽靜景物有所偏好使然？似乎兼而有之。

「上有黃鸝深樹鳴。」次句寫深樹鸝鳴，係仰聽所聞。西澗岸邊，有茂密的樹林，時值暮春，黃鸝的鳴聲時不時地從茂密的樹林中傳出。黃鸝的鳴叫聲，流美清脆，這聲音彷彿打破寧靜。但曰「深樹」，曰「有」，透露出整個環境是深幽、寂靜的，只是從密林深處偶或傳來那麼一陣兩陣黃鸝的鳴叫。這樣的「鳴」，正反襯出了整個環境的幽靜，就像長夏永晝，偶聞蟬噪，更感環境之寂靜一樣。以上兩句，描繪的是暮春晴晝之景，如果是像三、四句那樣的雨驟風急之時，黃鸝並不會歡快鳴叫，即使鳴叫，也會被風雨聲所淹沒而聽不到。詩人〈幽居〉云：「微雨夜來過，不知春草生。青山忽已曙，鳥雀繞舍鳴。」寫景抒情，與前二句相似，可供參校。

三、四兩句，轉寫西澗雨暮之景。前後之間的時間推移過渡，詩人採用暗場處理，略去不寫，但「獨憐」之情，仍一意貫串。第三句「春潮帶雨晚來急」，描繪的是帶有明顯動態感的景象。春天的傍晚，西澗上下起了急雨，颳起了風，河水陡漲，風捲浪湧，其勢如潮；風助雨勢，潮湧雨急。單看這一句，也許會覺得不但所寫的客觀景象富有動盪之感，而且詩人的主觀感情和心態也不平靜，但三、四兩句是一個整體，寫「春潮帶雨晚來急」，正是要帶出第四句「野渡無人舟自橫」。在雨驟風急潮湧的河面上，一艘孤零零的渡船正悠悠然地橫躺在那裡。因為是荒郊野渡，行人本就稀少，加以風急雨驟，更是斷無行人，那艘渡船在風吹浪湧中，便兀自橫轉船身，晃晃蕩蕩地在水面上搖曳。「野渡無人舟

■ 韋應物

「自橫」的景象，可以出現在不同的時間和天氣條件下，本身有其相對的獨立性，故總是被摘句者單獨拎出來欣賞。但在這首詩裡，它和特定的時間、特定的天氣條件所構成的環境背景緊密相連，即與「春潮帶雨晚來急」緊密相連，渾然一體，不可分割。因此，綜觀三、四兩句，詩人所要表現的乃是在風急雨驟浪湧這種具有明顯動盪感的環境反襯下的寂靜和悠然，「晚來急」與「舟自橫」形成鮮明的對比。潮之湧、風之急、雨之驟，恰恰反襯出這「無人」野渡的荒寂幽靜和一葉橫舟的悠然自適。而詩人的那份靜觀雨驟潮湧舟自橫景象的幽閒自得情趣也就更加突顯出來了。

詩中所寫的景象，並非一味的幽靜悠閒，其中既有第二句所寫的黃鸝鳴於深樹的景象，更有第三句所描繪的雨驟潮湧的情景，但它們在詩中所發揮的作用，卻是反襯整體環境的幽靜和心境的悠閒。正是這些景象的反襯，使整體環境的幽靜和心境的悠閒更加突出，也使這種幽靜與悠閒不會陷於死寂與幽冷，而是帶有生意的幽靜和悠閒。

吳喬曾激烈批判唐詩被宋人說壞，從這首詩的詮釋史來看，他的批判不無道理。儘管謝枋得以牽強附會的詮釋遭到後代評論家的強烈指責，但善解詩者如黃生卻仍說「全首比興」，直至當代，仍有謝說的餘響，可見這種穿鑿之風流毒深遠。

錢起

　　錢起（？～西元 782 或 783 年），字仲文，吳興（今浙江湖州）人。天寶十載（西元 751 年）登進士第。釋褐祕書省校書郎。曾奉使入蜀。乾元二年（西元 759 年）至寶應二年（西元 763 年）春，在藍田尉任，與王維唱酬。大曆中歷拾遺、祠部員外郎、考功員外郎，官終考功郎中。約建中三或四年卒。高仲武《中興間氣集》選大曆詩人之作，以錢起冠首。《新唐書・盧綸傳》謂「與郎士元齊名」，姚合選《極玄集》，於李端下謂其「與盧綸、吉中孚、韓翃、錢起、司空曙、苗發、崔峒、耿湋、夏侯審唱和，號『十才子』」。有集十卷，《全唐詩》編其詩為四卷。錢起為大曆十才子和整個大曆詩風的代表人物，在當時享譽盛名，但詩實工整而平庸。偶有佳作，除〈省試湘靈鼓瑟〉當時即享盛譽外，均未入《中興間氣集》、《極玄集》等選，可見其時之詩壇尚好。

歸雁 [01]

　　瀟湘何事等閒回 [02]？水碧沙明兩岸苔 [03]。二十五弦彈夜月 [04]，不勝清怨卻飛來 [05]。

📖 [校注]

　　[01] 大雁秋天南飛，春天北歸，故稱「歸雁」。作詩時詩人身在北方。瑟曲有〈歸雁操〉。[02] 瀟湘，瀟水和湘水合流一帶地區。瀟水源出今湖南寧遠縣九嶷山，至永州西北匯入湘水。這一帶相傳是雁南飛止宿

錢起

之處,附近的衡山有回雁峰,舊有雁南飛不過衡陽之說。等閒,輕易,無端。[03] 苔,苔蘚,生長在潮溼的地方,相傳雁所喜食。杜牧〈早雁〉:「莫厭瀟湘少人處,水多菰米岸莓苔。」[04] 二十五弦,指瑟。《史記·孝武本紀》:「泰帝(即太昊伏羲氏)使素女鼓五十弦瑟,悲。帝禁不止,故破其瑟為二十五弦。」彈夜月,在月夜下彈奏。此暗寫湘靈月下鼓瑟。[05] 不勝,不能禁受。清怨,指瑟所奏出的悽清怨慕之音。卻,返。卻飛,猶返飛,即「歸」也。

[鑑賞]

在中國古代詩歌中,雁作為一種詩歌意象,經常與鄉思羈愁連繫在一起。詠雁的詩,也因此而具有大體相近的構思套路。這首題為〈歸雁〉的小詩,卻完全跳脫習慣性的構思,別出心裁地將雁之「歸」與音樂的強烈渲染力連繫在一起。透過想像,創造出悽清悠遠的意境,並具有搖曳的風神和無盡韻味。

詩人身處北方,春天見南雁北歸而觸發詩思。衡山有回雁峰,相傳雁南飛不過衡陽,瀟湘一帶,正是南飛的大雁止宿之地。春來南雁北歸,本是作為候鳥的大雁習性使然,詩人卻似乎故作不知,劈頭發問:「瀟湘何事等閒回?」在瀟湘待得好好的,為什麼輕易飛回北方呢?發端新奇而突兀,使讀者留下了懸念。

「水碧沙明兩岸苔。」次句緊承「何事等閒回」,補充說明「瀟湘」之美好宜居。「瀟」字本身就是形容水之清深。《水經注·湘水》:「二妃從征,溺於湘江,神遊洞庭之淵,出入瀟湘之浦。瀟者,水清深也。」故說「水碧」。「沙明」,則是形容湘江岸邊的平沙,一片白色,皎潔如霜。「兩岸苔」,則顯示這一帶雁的食物豐富。詩人用清詞麗句,展現出清澄皎潔、安恬豐美的境界,進一步突顯出對大雁「何事等閒回」的疑問,從

而逼出三、四兩句的轉折和對疑問的解答。

「二十五弦彈夜月」,「二十五弦」是瑟的代稱。是誰在月色似水的夜間彈奏清瑟?或謂是詩人自己彈瑟,恐非。下句明言「不勝清怨」,顯示雁是由於不能禁受瑟聲的悲怨,而從彈奏之地瀟湘飛回北方。如果是詩人自己彈瑟而雁飛來,那根本稱不上什麼「不勝清怨」,而是為瑟聲之清怨所吸引才飛來的,這顯然不符合詩人的原意。根據「瀟湘何事等閒回」的發問和二妃溺於湘江,「出入瀟湘之浦」的傳說,以及湘靈鼓瑟的記載,特別是詩人〈湘靈鼓瑟〉中「流水傳瀟浦」的詩句,這位彈瑟者自是非湘靈莫屬。而在皎潔靜謐的月夜,瑟聲顯得更為悽清幽怨。

「不勝清怨卻飛來。」此時水到渠成地引出末句,解答了首句提出的疑問:大雁是由於無法禁受湘靈彈奏的瑟聲中傳出的無限悽清幽怨之情,而離開如此清澄幽潔、美好豐饒的瀟湘之地,飛歸北方。

詩題為「歸雁」,著眼處似乎在那個「歸」字。從表面上來看,詩好像就是為了解釋瀟湘的雁何以從如此清澄豐美的地方北歸,原因就是「不勝」湘靈鼓瑟的「清怨」。那麼,詩人是在渲染大雁通曉音樂、具有人的情感嗎?似乎不像。那麼,詩人是意在透過雁的「不勝清怨」而強調湘靈之善於鼓瑟嗎?是渲染湘靈鼓瑟的藝術渲染力嗎?或者更進一層,是為了渲染湘靈透過鼓瑟所表達的無限悽清幽怨之情嗎?好像都是,又好像都不足以概括全詩的意涵。如果從整體玩賞此詩,就不難發現,詩人是就月夜歸雁展開一系列詩意的想像,創造出一個明淨清澄、高遠寥廓,而又悽清寂寥、充滿幽怨的境界。在這個境界中,北歸的大雁、鼓瑟的湘妃和「不勝清怨」的詩人境似而情通,三位而一體,都融為一塊,與境俱化了。問答的方式和起承轉合的藝術則更增添了搖曳的風神和無盡韻味。

■ 錢起

韓翃

　　韓翃，字君平，南陽（今屬河南）人。天寶十三載（西元754年）登進士第，代宗寶應元年（西元762年），淄青節度使侯希逸辟為掌書記，檢校金部員外郎。永泰元年（西元765年），希逸為部將所逐，翃隨其還朝。在京閒居期間，與錢起、盧綸等唱和。約大曆六年（西元771年）曾居官長安。八年初，曾在滑州令狐彰幕。後入汴宋節度使田神功幕，九年神功卒，曾至長安。神玉繼任，翃仍為從事。十一年神玉卒，汴州兵亂，節鎮數易，翃仍先後留李忠臣、李希烈、李勉幕。德宗建中元年（西元780年），除駕部郎中、知制誥，遷中書舍人。約貞元初卒。翃為「大曆十才子」之一。與歌妓柳氏的悲歡離合故事，為許堯佐寫成傳奇《柳氏傳》。有詩集五卷，《全唐詩》編其詩為三卷。

寒食 [01]

　　春城無處不飛花 [02]，寒食東風御柳斜 [03]。日暮漢宮傳蠟燭，輕煙散入五侯家 [04]。

📖 [校注]

　　[01]《文苑英華》卷一百五十七題作〈寒食日即事〉。寒食，節日名，在清明節前一日或二日。《荊楚歲時記》：「去冬節（冬至日）一百五日，即有疾風甚雨，謂之寒食。禁火三日，造餳大麥粥。」寒食節及禁火之俗起源甚早，至晉陸翽《鄴中記》、范曄《後漢書·周舉傳》始附會介子推

■ 韓翃

事〔介子推隨晉公子重耳出亡於外十九年，重耳回國後為君（晉文公），賞賜隨從諸臣，介子推不言功，祿亦不及，隱於綿山。文公覓之，焚綿山，之推抱樹而死。後人為紀念他，遂於冬至後一百五日禁火〕。[02] 春城，指春天的長安城。[03] 御柳，指宮苑中的柳。當時風俗，寒食節折柳插門。[04] 漢宮，借指唐宮。《唐輦下歲時記》：「清明日取榆柳之火以賜近臣。」元稹〈連昌宮詞〉：「初屆寒食一百六，店舍無煙宮樹綠……特敕街中許燃燭。」《西京雜記》：「寒食日禁火，賜侯家蠟燭。」五侯，《漢書·元后傳》：河平二年（西元前 27 年），漢成帝悉封諸舅：王譚為平阿侯、王商為成都侯、王立為紅陽侯、王根為曲陽侯、王逢時為高平侯。五侯同日封，故世謂之「五侯」。又《後漢書·宦者傳》：東漢桓帝封宦官單超新豐侯、徐璜武原侯、具瑗東武陽侯、左悺上蔡侯、唐衡汝陽侯。五人亦同日封，故世亦謂之五侯。

📖 [鑑賞]

在「大曆十才子」中，韓翃的詩風最接近盛唐，這在他的七古與七絕中，展現得尤為明顯。

這首聞名當時的七絕，描繪帝京寒食景象。寒食節有兩個最突出的特徵：一是暮春的時令特徵，二是節俗的禁火特徵。七絕篇幅有限，更應集中筆墨，描繪主要特徵。但由於是在京城長安，因此在描繪時令及節俗特徵時，又要緊扣帝京的特點，寫出帝京寒食特有的景象。這首詩正是以帝京為主軸，分別描繪帝京寒食節的時令特徵和節俗特徵。並透過這種描繪，渲染出繁華貴盛的承平氣象。

「春城無處不飛花，寒食東風御柳斜。」前兩句當一起讀。用春城代指長安，是詩人的獨創，不僅渲染出帝京長安的繁華富麗、春天的生機

活力,而且透露出詩人置身長安,觸處皆春的主觀感受。這種「觸處皆春」的感受,用「無處不飛花」來形容渲染,確實是再恰當不過的了。單看這五個字,眼前也許會浮現長安的大街小巷、宮廷池苑,處處花瓣紛飛的景象,但連結到下句的「東風」和「柳」屬於暮春的時令特徵,就不難發現詩人所說的「飛花」,實際上是指漫天紛飛的柳絮。一般的春花,如桃、李、杏、梨等花,在盛開至快凋謝時,東風起處,自然也會飄散隕落,但不會像楊花那樣漫天飛舞,因此「飛花」的「飛」字,正是對楊花柳絮在東風吹拂下滿城飛舞的精準形容。這樣理解,也許少了一點繁花似錦的鮮豔色彩,但卻更傳神地展現出暮春的節令特徵和滿城柳絮飄飛的熱鬧氣息。次句明點「寒食」,不僅點題,且明示時令。這漫天飛舞的楊花柳絮,再加上隨風飄拂搖曳的柳枝,將帝京長安暮春時節的繁盛熱鬧氣氛和婀娜風流的韻致,生動地呈現在讀者面前。次句點出「御柳」,既為三、四句「漢宮」作引,又為「傳燭」埋下伏筆(取榆柳之火以賜近臣)。而「東風」則貫串全篇,既上應「無處不飛花」,又呼應本句「御柳斜」,更下啟「輕煙散入」,連結上下,使全篇渾然一體。

「日暮漢宮傳蠟燭,輕煙散入五侯家。」三、四兩句轉寫寒食的節俗特徵,卻緊密結合帝京來寫賜火。寒食例須禁火。但依據等級制度規定,帝王權貴卻可享有比一般百姓更多特權。點出「日暮」,表明時間的推移,且為「傳燭」作引。「傳蠟燭」之「傳」,即含有依次轉授之意。宮中先以榆柳取新火以燃燭,然後再依照地位高低,先顯宦近臣,後一般官吏,然後及於民間。竇叔向〈寒食日恩賜火〉云:「恩光及小臣,華燭忽驚春。電影(指火種)隨中使,星輝拂路人。幸因榆柳暖,一照草茅貧。」可以清楚看出「蠟燭」由宦官從宮中依次傳出的順序:先貴近(竇詩中略去,從「恩光及小臣」句可想),後小臣,後平民。這裡擷取的

■ 韓翃

　　正是「傳火」過程中最早也最風光的一幕：威風凜凜的宦官騎著高頭大馬，將蠟燭新火首先傳遞給顯赫的權貴近臣，讓他們最先享受到皇帝的恩寵。隨著走馬傳送的嘚嘚蹄聲，「五侯」之家紛紛升起了新火帶來的縷縷輕煙。「輕煙散入」四字，正具體地表現了「五侯」首先享受到的恩光和榮耀。詩人在描繪這種景象時，明顯帶有欣羨、欣賞、嚮往的感情色彩。他把「傳火」先及「五侯」的場景，當作寒食節的一道風景、一樁盛事來描繪渲染。「五侯」在這裡只不過是一個符號，是顯貴之家的代稱，關鍵問題是詩人的口吻神情中，流露的感情究竟是欣羨還是厭惡。

　　自清初高士奇、賀裳等人首創諷刺之說以來，後世解此詩者紛紛附和，除諷刺對象究竟是指貴戚還是宦官有分歧外，在寓諷這一根本上幾乎是空前一致（除俞陛雲持不同意見外）。實際上，這種說法無論是從這首詩本身的神情口吻、形象意境，還是從韓翃現有的全部詩作來看，都找不出任何實際依據。我們看他的〈羽林騎〉、〈贈張千牛〉、〈少年行〉等作，雖所寫對象不過是羽林軍騎、千牛將軍乃至游俠少年，但語句之間流露的神情口吻全是欣羨之情，更不用說寒食先受賜火恩寵的「五侯」了。但也不必因此而貶低這類作品。作為京城寒食特徵景象的素描，這首詩寫得既華美清麗，又瀟灑輕揚，生動地展現出繁華貴盛的帝京氣象，自有其美學價值。刻意地提升其思想價值，或斥之為粉飾太平，似乎都不全然符合實際情況。作品所描繪的客觀現象可能會引發讀者皇恩先及權貴的聯想，但這和詩人主觀上是否寓諷是兩回事。至於德宗賞愛此詩的事實，或因此得出諷刺隱微的結論，或相反得出德宗有感悟之意而特用之的結論，那就更是任意評說，毫無定準了。

郎士元

郎士元，字君冑，定州（今屬河北）人。天寶十五載（西元 756 年）登進士第。寶應元年（西元 762 年）補渭南尉。廣德二年或永泰元年（西元 764 或 765 年）入朝為拾遺。大曆中後期為員外郎。大曆後期出為郢州刺史。後曾任某司郎中。卒於建中末或貞元初。詩與錢起齊名，時稱「前有沈、宋，後有錢、郎」。《中興間氣集》謂「自丞相以下，出使作牧，二君無詩祖餞，時論鄙之……就中郎公稍更閒雅，近於康樂」。《全唐詩》編其詩為一卷。

送楊中丞和蕃[01]

錦車登隴日[02]，邊草正萋萋[03]。舊好尋君長[04]，新愁聽鼓鞞[05]。河源飛鳥外[06]，雪嶺大荒西[07]。漢壘今猶在，遙知路不迷。

📖 [校注]

[01] 楊中丞，御史中丞楊濟。《舊唐書・吐蕃傳下》：「永泰二年（西元 766 年）二月，命大理少卿兼御史中丞楊濟修好於吐蕃。」詩當作於其時。蕃，指吐蕃。[02] 錦車，以錦為飾的車。《漢書・西域傳下・烏孫國》：「馮夫人錦車持節，詔烏就屠詣長羅侯赤谷城，立元貴靡為大昆彌，烏就屠為小昆彌，皆賜印綬。」顏師古注引服虔曰：「錦車，以錦衣車也。」「錦車」因而常用作出使外國或邊地使車的美稱。虞世南〈擬飲馬長城窟〉：「前途錦車使，都護在樓蘭。」隴，隴山，在今陝西、甘肅交

郎士元

界處。赴西北邊地或吐蕃須越過隴山。[03] 萋萋，草茂盛貌。[04] 舊好，指唐與吐蕃素為友好的與國。《新唐書·吐蕃傳上》：「（貞觀）十五年，妻以宗女文成公主，詔江夏王道宗持節護送，築館河源王之國。弄贊率兵次柏海親迎，見道宗，執婿禮恭甚。」、「中宗景龍二年，還其昏使……明年，吐蕃更遣使者納貢，祖母可敦又遣宗俄請昏，帝以雍王守禮女為金城公主妻之。」故唐與吐蕃素為舅甥之國。君長，指當時吐蕃的首領。尋，《全唐詩》校：「一作隨。」[05] 鼓鼙，軍中的大鼓與小鼓，此借指戰伐之聲。廣德元年（西元763年）後，吐蕃連年入侵，戰爭激烈。[06] 河源，指黃河發源地一帶。《新唐書·吐蕃傳上》：「玄宗開元二年，其相坌邊延上書宰相，請載盟文，定境於河源。」《舊唐書·吐蕃傳上》：「（開元）十八年……詔御史大夫崔琳充使報聘。仍於赤嶺各豎分界之碑，約以更不相侵。」赤嶺在今青海西寧西，亦近河源一帶。[07] 雪嶺，泛指吐蕃境內積雪的山嶺。大荒，荒遠的邊地。

📖 [鑑賞]

　　這首送大理少卿兼御史中丞楊濟赴吐蕃修好的五律，作於永泰二年（西元766年）二月。吐蕃自代宗廣德元年（西元763年）以來，連年侵擾。元年十月，寇涇州，犯奉天、武功，京師震駭，代宗奔陝州，吐蕃入長安。二年（西元764年）八月，僕固懷恩率回紇、吐蕃十萬眾將入寇，京師震駭，十月，懷恩率回紇、吐蕃至邠州。又圍涼州。永泰元年（西元765年）九月，僕固懷恩誘回紇、吐蕃、吐谷渾、党項、奴剌數十萬人同時入寇，吐蕃大將尚結悉贊摩、馬重英等從北路往奉天。十月，吐蕃退至邠州，遇回紇，又聯合入寇，至奉天，圍涇州、屯北原。永泰二年二月命楊濟修好於吐蕃，正是在吐蕃連年侵擾的形勢下，唐王朝被迫所採取的修好行動。這種特殊的形勢和背景，對於理解這首詩的內容

意涵，具有重要意義。

「錦車登隴日，邊草正萋萋。」首聯想像楊中丞使車登隴時的情景。隴山在唐代繁榮昌盛的時代，只是一道天然的地理分界線，隴山東西雖自然風物殊異，卻離唐王朝西北的邊境很遠。但安史之亂以來，隴右、河西兩鎮精兵內調，邊防空虛，吐蕃陸續攻取兩鎮所屬各州。特別是廣德元年以後數年間，西北數十州相繼失守，自鳳翔以西、邠州以北，均成吐蕃領地。隴山因此也成了當時唐、蕃之間實際的邊界。裝飾華美的錦車本是天朝上國使臣身分顯赫的象徵，茂盛的春草本應給予人生機盎然之感，但一將「登隴」與「邊草」連繫起來，便自然透露出唐王朝在內憂外患的夾攻中，疆土逼仄的現實處境，而詩人和被送者眼見或想像此境時的悲涼感觸也隱隱傳出。如果將此聯單純看作描繪楊中丞啟程時之季候景物，不免淺會詩意。

「舊好尋君長，新愁聽鼓鼙。」頷聯點題內「和蕃」。唐與吐蕃自唐太宗下嫁文成公主、中宗下嫁金城公主以來，世為舅甥之國，開元中又於赤嶺會盟立碑，約定不互相侵擾，故稱吐蕃為「舊好」。但如今這素稱甥國的「舊好」卻趁亂屢次侵掠占領唐王朝的領地，導致作為天朝上國的唐朝竟不得不屈尊派遣使臣，不遠萬里，前往修好。「尋君長」的「尋」字值得玩味，說明唐王朝的君主如今已不再像強盛時那樣，高居長安宮闕，安坐等待吐蕃來朝貢、來求親，而是必須特遣使臣、尋訪對方的君長，以求修好。強弱態勢互易，導致主賓易位，「尋」字中正透出屈辱的悲涼和感慨。下句「新愁聽鼓鼙」補足上句，指出吐蕃連年入侵、戰事不斷、京師告急的情景，這也正是「舊好尋君長」的現實背景。就在楊中丞出發前數月，吐蕃即有一次聯合回紇入侵的軍事行動，故說「新愁」。「聽」字加強了戰爭不斷進行的臨場感和緊急氣氛，使上句的「尋」字中

郎士元

包含的無奈更加突出。

「河源飛鳥外，雪嶺大荒西。」腹聯進一步遙想楊中丞出使吐蕃途經河源、雪嶺一帶的情景。黃河源頭一帶，昔日唐王朝強盛時，是唐、蕃分界之地，如今已經成為飛鳥所不能及的吐蕃腹地，說「飛鳥外」，正見其遠出天外，而詩人翹首遙望凝視之態亦如在眼前。下句「雪嶺」非指岷山雪嶺，因為岷山之東為成都平原，沃野千里，不應稱「雪嶺大荒西」。此「雪嶺」當指吐蕃境內積雪皚皚的群山，其山嶺正處荒遠的青藏高原之西，故云。這一聯境界壯闊、氣象雄渾、聲調宏亮、骨格遒勁，儼然盛唐餘響，向來被評論家推為佳聯，但和前後諸聯連繫起來體會，卻感到在雄渾壯闊、宏亮遒勁之中，隱隱透出曠遠孤寂感，這正是時代衰颯氛圍在詩人心中的投射。

「漢壘今猶在，遙知路不迷。」漢壘，即唐壘，指唐朝盛時在河源一帶地區所築的營壘，非指漢時的營壘（紀昀謂「漢有征蕃之壘」，非）。尾聯承腹聯「大荒」之語，謂楊中丞一行值此曠遠孤寂之境，雖一路辛苦寂寞，但盛時唐軍所築舊壘猶在，尚可指引路程，不致迷誤；言外則見昔日之營壘，猶可想見當時國家之強盛，找回一點自信。全詩也就在透露出一絲樂觀的氣息中結束。「遙知」二字總結全篇。

耿湋

耿湋（西元 736～787 年），字公利，蒲州（今山西永濟）人。寶應二年（西元 763 年）登進士第，任左衛率府倉曹參軍。約廣德二年（西元 764 年）改盩厔尉。約大曆初因王縉薦，擢左拾遺。大曆九年（西元 774 年）秋奉使往江淮括圖書。十二年，坐元載、王縉事貶許州司倉參軍，量移鄭州司倉參軍。約建中三年（西元 782 年）任河中府兵曹參軍。轉京兆府功曹參軍，貞元三年（西元 787 年）廿六卒於任。長於五言古詩。在「大曆十才子」中，耿湋的詩風比較樸素少雕飾，善寫世態人情與亂離荒涼景象，前者如〈春日即事〉（其二）、〈邠中留別〉，後者如〈宋中〉（日暮黃雲合）、〈路旁老人〉、〈秋日〉。《全唐詩》編其詩為二卷。生年見〈唐故京兆府功曹參軍耿君墓誌銘並序〉。

秋日

返照入閭巷[01]，憂來誰共語？古道少人行，秋風動禾黍[02]。

📖 [校注]

[01] 返照，夕陽反射的光照。閭巷，猶里巷。[02]《詩·王風·黍離》：「彼黍離離，彼稷之苗。行邁靡靡，中心搖搖。知我者，謂我心憂；不知我者，謂我何求。」「秋風動禾黍」與次句「憂來」均化用其意。《詩序》曰：「《黍離》，憫宗周也。周大夫行役至於宗周，過故宗廟宮室，盡為禾黍，憫周室之顛覆，徬徨不忍去而作是詩也。」

■ 耿湋

📖 [鑑賞]

　　這首仄韻五絕雖以「秋日」為題，內容卻不只是描繪一般的秋日蕭瑟景象，而是渲染出亂後荒涼蕭條、空寂悽清的境界，散發著萬緒悲涼、無可告語的憂思，雖思深而憂廣，表現卻樸素含蓄，極富韻味。

　　「返照入閭巷。」起句寫秋日的殘陽斜照映入深幽的里巷之中。閭巷本是平民百姓聚居之處，在承平年代，無論城市鄉鎮，閭巷中總是傳出熱鬧喧鬧的人間生活氣息，即使在渭川那樣的隱居之地，也照樣有「斜陽照墟落，窮巷牛羊歸。野老念牧童，倚杖候荊扉」這種和平恬適、充滿人情味的景象。可是眼前的這條「閭巷」卻空寂寥落，杳無人跡（從下文「誰共語」、「少人行」可知）。秋日慘淡的斜陽殘照映入這空蕩蕩的閭巷，更增添了空寂悽清、荒涼蕭森的色彩。

　　「憂來誰共語？」次句由環境氛圍轉到詩人自身的情思上。劈頭一個「憂」字，揭示出詩人身處此境時自然觸發的憂思。這種憂思，和末句的「秋風動禾黍」連繫起來，明顯是化用《詩・王風・黍離》「彼黍離離，彼稷之苗。行邁靡靡，中心搖搖。知我者，謂我心憂；不知我者，謂我何求」之語及意，具體指對於國家命運的深切憂思和對亂後荒涼殘敗景象的無限憂傷。而這種憂思和憂傷，雖觸緒萬端，不可斷絕，卻無可告語。之所以如此，表面上似是因為眼前空寂無人，找不到傾訴的對象，但更深層的意涵，則未嘗不是「眾人皆醉我獨醒」之意。就以同時酬唱的「大曆十才子」來說，在錢起、韓翃、李端等人的詩作中，歌頌乃至粉飾亂後暫時出現的表面承平氣象，已經顯露端倪。在這種詩壇風氣中，耿湋也許真的感到自己「憂來誰共語」。這是獨醒者的寂寞與深憂。

　　「古道少人行，秋風動禾黍。」三、四兩句由空廓蕭森的「閭巷」轉到寂無人行的「古道」，隨步換形，寫古道所見的另一種荒涼景象。行走在

秋日

眼前這條歷史悠久的「古道」上,昔日車馬交馳、行人熙攘的景象已不復見,路上杳無人跡,只見道旁的田野中,秋風蕭瑟,吹動田中的禾黍,搖盪不已,沙沙作響。禾黍在秋風中搖盪的景象,正烘托出村巷的空寂無人,荒涼蕭條。而目睹此景象的詩人,自不免中心搖搖,觸緒百憂,難以為懷。詩以景結情,不著一字正面抒情,而詩人的憂國傷世情懷已充溢流注於筆端。這樣的結尾,極雋永而有韻味。

■ 耿湋

盧綸

　　盧綸（西元約 744～約 798 年）[01]，字允言，蒲州（今山西永濟）人。安史亂起，避亂寄居鄱陽。大曆初，數舉進士不第。約大曆六年（西元 771 年），經宰相元載推薦，補閿鄉尉，遷密縣令。後因王縉薦，為集賢學士、祕書省校書郎。十二年元載、王縉獲罪，綸坐累去官。十四年調陝府戶曹。建中元年（西元 780 年）任昭應令。興元元年（西元 784 年）入河中節度使渾瑊幕。貞元十三年（西元 797 年）秋，因其舅韋渠牟推薦，超拜戶部郎中，未幾卒。綸與吉中孚、韓翃、錢起、司空曙、苗發、崔峒、耿湋、夏侯審、李端皆能詩齊名，號「大曆十才子」。憲宗詔中書舍人張仲素訪集遺文，文宗遣中人悉索家笥，得詩五百篇。《全唐詩》編其詩為五卷。今人劉初棠有《盧綸詩集校注》。

[注釋]

[01] 舊據〈綸與吉侍郎……〉云：「八歲始讀書，四方遂有兵……是月胡入洛，明年天隕星。」天寶十四載十二月，安史叛軍攻陷洛陽。是年盧綸八歲，則當生於天寶七載（西元 748 年），然據其父盧元翰撰妻〈韋氏（盧綸生母）志〉，韋氏天寶元年與元翰結婚，四載三月卒，則綸當生於天寶二年或三載。

盧綸

═ 和張僕射塞下曲六首[01] ═

其二

林暗草驚風[02]，將軍夜引弓。平明尋白羽[03]，沒在石稜中[04]。

其三

月黑雁飛高，單于夜遁逃[05]。欲將輕騎逐[06]，大雪滿弓刀。

[校注]

[01] 張僕射，有二說，文研所《唐詩選》謂指張延賞。《舊唐書·張延賞傳》：「張延賞，中書令嘉貞之子……貞元元年，以宰相劉從一有疾，詔徵延賞為中書侍郎、同中書門下平章事。與鳳翔節度使李晟不協，晟表論延賞過惡，德宗重違晟意，延賞至興元，改授左僕射。……貞元三年……復加同中書門下平章事……七月薨，年六十一。」張延賞〈塞下曲〉原作已佚，盧綸唱和該詩而作六首，作於河中渾瑊幕期間。這組詩最早見於令狐楚編選之《御覽詩》，題作〈塞下曲〉。第三首「月黑雁飛高」一作錢起詩，非。傅璇琮《唐代詩人叢考·盧綸考》、吳汝煜《全唐詩人名考》及陶敏《全唐詩人名考證》則均謂題內之「張僕射」指建封。傅《考》云：「據《舊唐書》卷一四〇〈張建封傳〉：『貞元四年，以建封為徐州刺史，兼御史大夫、徐泗濠節度支度營田觀察使。……十二年，加檢校右僕射。十三年冬，入覲京師，德宗禮遇加等……』張建封卒於貞元十六年……盧綸此詩極有可能作於貞元十三年冬張建封入朝，及第二年貞元十四年（西元 797～798 年）還朝期間……盧綸當是在張建封入朝時，為稱頌張建封的武功而作此詩。」陶敏《考證》引權德輿〈張建封文集序〉提到「歌詩特優，有仲宣之氣質，越石之清拔」，以證建封之能

詩。而劉初棠《盧綸詩集校注》則據組詩第六首「亭亭七葉貴」之句，謂建封父張玠乃一介白衣，而延賞祖孫三代為相。盧綸此詩當和延賞作，或作於貞元二年（西元786年）秋。按：劉說較優，茲從之。陳尚君疑此張僕射指曾任尚書左僕射之張獻甫，係盧綸弟媳之父。詳〈盧綬墓誌〉。
[02]《易‧乾》：「雲從龍，風從虎，聖人作而萬物睹。」「草驚風」，暗示有虎。[03] 白羽，指羽箭尾部裝設的白翎。[04] 沒，陷入。石稜，石頭的稜角，亦指多稜的山石。此指後者。《史記‧李將軍列傳》：「廣出獵，見草中石，以為虎而射之，中石，沒鏃，視之，石也。」此二句暗用其事。又，《韓詩外傳》卷六：「昔者楚熊渠子夜行，見寢石，以為伏虎，彎弓而射之，沒金飲羽，下視，知其為石。」事與之相類。《呂氏春秋‧精通》：「養由基射兕中石，石乃飲羽，誠乎兕也。」[05] 單于，漢時匈奴君長的稱號。此借指當時北方民族的君長。[06] 將，率領。輕騎，輕裝快捷的騎兵。逐，追逐。《六韜‧五音》：「夜半，遣輕騎往至敵人之壘。」

[鑑賞]

盧綸〈和張僕射塞下曲六首〉，是一組組織嚴密、首尾完整的五絕組詩。六首分別描寫軍中操練、將軍夜獵、追逐遁敵、宴飲慶功、呼鷹射雉、功高不名。劉永濟《唐人絕句精華》云：「此題共六首，乃和張僕射之作，故詩語皆有頌美之意，與他作描繪邊塞苦寒者不同。」頌美的具體對象，當即張延賞。從和作推測，張延賞的原詩應當亦寫軍中生活及征戰慶賞等情事。文研所《唐詩選》謂「盧綸答和此詩時，正在渾瑊鎮守河中的幕府中當幕僚。」似可從。在河中渾瑊幕期間，盧綸有〈臘日觀咸寧王部曲娑勒擒豹歌〉，內容、風格與〈塞下曲〉近似，可為旁證。但詩並非歌頌渾瑊之作。

先看第二首。這一首寫將軍夜獵，其題材可能與諸多古籍中所載射

盧綸

石沒羽之事，特別是流傳最廣的李廣射石沒鏃之事有關，但這首詩卻並非單純演繹古事，而是藉此富有戲劇性的題材表現將軍的神勇，為第三首追逐遁敵烘托聲勢。

首句「林暗草驚風」，以突兀之筆凌空起勢，渲染緊張氛圍。漆黑的夜晚，幽暗的叢林中忽然傳出一陣迅速急疾的風聲，使草叢猛烈搖動。著一「驚」字，不僅傳神地表現出風之勁疾倏忽，草之披靡偃伏，且宛聞風聲之雜沓呼嘯。而林之暗、風之勁、草之驚，又暗示猛虎即在近處伺伏，使人聯想到其隨時躍出、森然欲搏人的態勢。這一句純從將軍的視覺、聽覺感受著筆，雖無一字寫到虎，但卻傳神地描繪出猛虎近在咫尺、躍然欲出的緊張氣氛。

次句緊承，寫將軍引弓射虎。點明「夜」字，既應上「林暗」，又啟下「平明」。上句極力描寫情勢之緊急。這一句寫將軍射虎，卻顯得氣度從容而自信。「夜引弓」三字，殊可玩味。暗夜幽林之中，目不能辨，雖疑其有虎，卻看不到對象，「引弓」而射，全憑循聲辨蹤的敏銳感受和應聲而射的高超技巧。故此句雖僅平平道來，卻自具從容鎮定的大將風度。

「平明尋白羽，沒在石稜中。」「夜引弓」的戰果如何？將軍並沒有立即尋檢，這是因為將軍對自己射藝相當有自信，早已料其必中鵠的，無須當場檢驗，只需明日清晨再清點戰果即可。但結果卻讓人大出意料之外：昨夜射出的箭，沒有射中猛虎，卻射中了一塊稜角凸起的巨石。寫到這裡，才透露出「將軍夜引弓」之舉乃是由於「林暗草驚風」現象而產生錯覺，而暗夜中巨石偃臥的模糊形狀則更加深疑似有虎的錯覺。

這好像是一場純粹的誤會。聞風吹草動，見巨石崢嶸而疑其為真虎，引弓而射的結果卻射中了巨石。但詩人描寫這樣一場戲劇性的誤

會，目的卻是藉此突顯將軍的神勇。虎皮雖厚韌，利箭勁射自能貫穿；鋒稜凸出的巨石，其堅硬程度遠超虎皮，而將軍引弓而射的結果，不但直穿巨石，且使箭尾的白羽也陷沒在巨石之中，將軍此一箭所發出的神力，便遠超乎人們的想像。正是這一誤射，使將軍的超常神勇得以淋漓盡致地發揮。值得玩味的是，《史記・李將軍列傳》在「廣出獵，見草中石，以為虎而射之，中石沒鏃，視之石也」之後，還有這樣兩句：「因復更射之，終不能復入石矣。」這正說明，在以石為虎的緊急情況下，李廣的神力得到超常的發揮；而一旦知其為石，則心理上無此戒備機制，亦不再發揮超常能力。而寫將軍的超常神勇，又正顯示出他所統率的部隊戰無不勝、所向披靡的氣勢，為下一首「單于夜遁逃」烘托聲勢。

　　第三首寫敵軍夜遁、我軍輕騎追逐。首句「月黑雁飛高」承第二首仍寫暗夜景象。「月黑」，指沒有月亮的夜晚；「雁飛高」，以雁之高飛興起下句敵之夜遁。全句正寫出幽暗微茫、便於敵人趁暗夜遁逃的環境。

　　第二句緊承首句，正面寫敵軍夜遁。此前的情形，均略去不寫。是兩軍交戰，對方一觸即潰，故乘夜追逐，還是聽說我方主帥士兵英勇善戰，故聞風而遁，抑或經艱苦戰鬥後對方自料不敵，故乘夜逃脫，均不作交代，任憑讀者想像，但我方軍威令敵膽懾則全可想見。五絕篇幅極短，此等可以省略不寫的過程或具體情景自當略而不提，反增含蘊。

　　「欲將輕騎逐，大雪滿弓刀。」三、四兩句，承單于夜遁而有率輕騎夜逐之舉，務求全殲敵軍，以獲全勝。黃生謂三、四「倒敘，言雖雪滿弓刀，猶欲輕騎相逐」。此意固然含於句中，但謂二句倒敘，則並不符合詩的語氣口吻。蓋第三句「欲」字透露，將軍聞敵軍夜遁，正欲率輕騎追逐之際，忽見紛揚的大雪灑滿弓刀。「欲」之意願在前，見大雪滿弓刀之景象在後，次序先後明確。而詩之高妙，正在欲逐未逐、忽見此大雪

盧綸

滿弓刀景象時戛然而止。遂使此一景象定格為最富內涵的時刻，留下了大片空白給讀者，以豐富想像餘地。諸如輕騎星奔、追亡逐北之勢，大獲全勝、盡殲殘敵之景自然可於想像得之。而將士不畏艱苦、不避嚴寒、一往無前之戰鬥精神亦隱然可見。絕句篇幅有限的短處在這裡正轉化為長處。

這兩首詩的風格都極雄健遒勁，適合它所表現的內容。但雄健遒勁的風格並沒有導致發露無餘，而是在雄健遒勁中兼具蘊蓄之致，其中的奧祕即在選取富有內涵的細節和時刻。第二首的「林暗草驚風」與白羽沒石的細節，第三首的「欲將輕騎逐，大雪滿弓刀」就是典型的例證。

晚次鄂州 [01]

雲開遠見漢陽城 [02]，猶是孤帆一日程。估客晝眠知浪靜 [03]，舟人夜語覺潮生。三湘衰鬢逢秋色 [04]，萬里歸心對月明。舊業已隨征戰盡 [05]，更堪江上鼓鼙聲 [06]！

[校注]

[01] 題下原注：「至德中作。」至德，指池州屬縣至德。「中」字衍。《新唐書·地理志》：「池州……縣四……至德，至德二載析鄱陽、秋浦置。」盧綸安史亂起後流寓鄱陽，後改為池州至德縣。大曆初，再舉進士不第，歸至德。次，途次止宿。鄂州，今武昌市。或疑此詩並非作於在至德流寓時，而作於建中二年秋（西元781年）自南方回故鄉蒲州旅途中，似較合。[02] 漢陽，唐淮南道沔州治所，今湖北漢陽市。與鄂州隔江東西相對。漢陽在漢水之北。[03] 估客，指舟中的行商。[04] 三湘，泛指湘江流域及洞庭湖地區。[05] 舊業，原有的產業，包括田地、第宅等。[06] 鼓鼙，軍中的大鼓、小鼓。此以「鼓鼙聲」代指戰伐之聲。

晚次鄂州 [01]

📖 [鑑賞]

　　這首吟詠行旅生活的七律，由於真切描寫生活經驗，又融入了對時代亂離的感受，遂使它成為同類作品中富有時代生活氣息的佳篇。

　　首聯寫舟行望中所見，兼記行程。詩人此次旅行，當是溯長江西上，而漢陽則是此行的目的地或由水而陸的重要轉乘地（從尾聯及第六句推測，有可能是到漢陽後再轉道北上往故鄉蒲州）。「雲開遠見漢陽城，猶是孤帆一日程。」連日陰霾，江上霧鎖雲埋，一片迷茫。此時忽然雲開霧散，天氣轉晴，向西邊遠眺，舟行的終點漢陽城城郭已經在望。長時間的舟行，生活本就單調，加上天氣陰霾，更覺心情黯然。此時不但天氣轉晴，且漢陽在望，心情不禁為之豁然開朗。首句寫望中所見，正透露出詩人內心的開豁與喜悅。下句卻就勢轉折，說漢陽雖遠遠可見，計算航程，卻仍需要行駛一整天。上水船走得緩慢，故漢陽雖遙遙可見，走起來卻費時。「猶是」二字折轉，透露出可望而難即的些許遺憾和盼望早到舟行目的地的急切。二句一開一合，一縱一收，筆意曲折有致，聲情跌宕多姿，傳達出詩人遠望之際心情的微妙起伏變化。而「猶是一日程」即透露出「晚次鄂州」的緣由。雖未明點題面，卻緊扣題意。

　　「估客晝眠知浪靜，舟人夜語覺潮生。」頷聯分承一、二句。上句寫未抵鄂州時舟中所見所感，從這一聯看，詩人所乘的船並非自己獨自租用，而可能是搭乘來往長江沿岸行商的商船，故船上有不止一位估客。這些估客，早就習慣了水上漂泊的生活，只要風平浪靜，哪怕是大白天，也能安然酣睡。將「知浪靜」與首句「雲開」連繫起來體會，可以推知近日來不但天氣陰霾、雲霧瀰漫，而且江間風浪洶湧，舟行顛簸搖晃，更增艱苦遲滯。此刻雲開霧散，風平浪靜，故估客們均酣然晝臥。從「知浪靜」三字中可以看出，詩人此時已置身船艙之中，他是從「估客

■ 盧綸

畫眠」的情態，推知艙外江面上風平浪靜的情景。不僅體察真切細緻，而且透露出悠閒靜觀的情趣。下句「舟人夜語覺潮生」，是寫夜泊鄂州所聞所感。在夜半似夢非夢、半睡半醒的迷糊狀態中，聽到船伕們對話的聲音，加上船體搖晃動盪之聲，知道是夜潮上漲，船伕們正在固纜定舟。暗夜身處船艙，自然看不見「潮生」之狀，只能憑感覺感知。若只寫因船身的晃動與潮水擊舷之聲而得知，便比較一般；這裡寫因「舟人夜語」而「覺潮生」，便新鮮生動，別饒情趣。這種體會，非久歷江上舟行夜宿者不能有，此前亦從未有人道及。故這一聯向為評論家所稱賞。尤為難得的是，二句純用白描，以樸素平易的言辭，描摹新鮮而富有生活氣息的細節（估客晝眠、舟人夜語），表達真切而獨特的感受，遂能千古常新。

「三湘衰鬢逢秋色，萬里歸心對月明。」腹聯轉寫「晚次鄂州」見月思歸之情。「三湘」或言指瀟湘、沅湘、蒸湘，或言指湘潭、湘鄉、湘陰，實不必拘。唐人詩文中之「三湘」多泛指今湖南及洞庭湖一帶廣大地區，靠近洞庭湖的鄂州、漢陽也可以包含在內（王維〈漢江臨泛〉「楚塞三湘接」可佐證）。此借指詩人當時身處之地，「秋色」則點所逢之時。以漂泊之身，「衰鬢」之年（建中二年，詩人年近四十），羈泊異鄉，又適逢秋色蕭瑟之際，更覺孤寂悽清，思鄉之情遂益發強烈。而蒲州故園，遠在千里之外，獨對江上明月，雲山迢遞，阻隔重重，歸思遂綿綿不已。上句「逢」字，下句「對」字，或加倍渲染，或寓慨言外，雖情味雋永，卻並不顯得著力。上句賓，下句主，「衰鬢」而「逢秋色」，更覺歸心之急切深厚。

尾聯緊承「萬里歸心」，進一步抒寫思歸而不得的心情，並就眼前景收轉作結。萬里思歸之心雖切，但長期的戰亂，家鄉蒲州的舊產早已蕩

晚次鄂州 [01]

盡，即使回到家鄉，也形同毫無產業的遊民，無以安居，更何況眼前這江上，又處處傳來軍中鼙鼓的聲音，戰爭的氣息正充溢著大江南北，哪裡又能找到一片安樂寧靜的地方呢。末句轉進一層，「更堪」二字，將萬里思歸的感情，與國家的憂患、戰爭的背景緊密連繫起來，使詩人的旅泊思歸之情帶有鮮明的時代色彩。

這首詩前兩聯著重寫舟行旅泊，後兩聯著重寫萬里思歸，二者之間本來就自然連繫在一起。但從情調方面來看，前兩聯比較舒緩平和，後兩聯則轉為悽楚傷感。前者側重於寫舟行旅泊真切的生活經驗，後者側重於寫因秋色明月而觸發的思鄉情懷。二者之間的過渡，在頷聯的「知浪靜」與「覺潮生」中已暗暗透出。蓋詩人在估客晝臥、舟人夜語之際並未入睡，其漂泊孤寂意緒，實已暗啟後半部之「歸心」，此種過渡，不妨謂之有神無跡。

■ 盧綸

李端

　　李端,字正己,趙州(今河北趙縣)人。大曆五年(西元770年)登進士第,授祕書省校書郎。與錢起、盧綸、韓翃等文詠唱和,遊於駙馬郭曖之門。以清羸多病,辭官居終南山草堂寺。《新唐書・藝文志》著錄《李端詩集》三卷。《全唐詩》編其詩為三卷。

聽箏 [01]

　　鳴箏金粟柱[02],素手玉房前[03]。欲得周郎顧[04],時時誤拂弦[05]。

📖 [校注]

　　[01] 箏,古代撥弦樂器,形狀似瑟。其弦數歷代由五弦增至十二弦、十三弦、十六弦。《隋書・樂志下》:「絲之屬曰:一曰琴……四曰箏,十三弦,所謂秦聲,蒙恬所作者也。」《急就篇》注:「箏,瑟類也。本十二弦,今則十三。」李商隱〈昨日〉:「十三弦柱雁行斜。」[02] 鳴箏,彈箏。金粟柱,箏上用以繫弦的木以金粟粒為飾,以形容箏之華貴。[03] 玉房,以玉為飾的房屋,狀其華美。或謂玉房係箏上安枕之處。[04] 周郎,周瑜。《三國志・吳書・周瑜傳》:「瑜年二十四,吳中皆呼為周郎,少精意於音樂,雖三爵之後,其有闕誤,瑜必知之,知之必顧。故時人謠曰:『曲有誤,周郎顧。』」顧,回頭看。[05] 誤拂弦,指故意彈錯音調。

■ 李端

📖 [鑑賞]

　　和詩人寫女子拜月的〈拜新月〉類似，這首五絕也好似一幅人物素描，描繪的對象也是年輕女子，而所要透露的則是其內心的隱祕情愫。不同之處是〈拜新月〉是藉助女子拜月時「細語人不聞，北風吹裙帶」的行動和景象，避實就虛，引發讀者的豐富想像；而這首〈聽箏〉則透過女子彈箏時故意「時時誤拂弦」的典型細節，明白揭示出其「欲得周郎顧」的內心隱祕想法。但由於這一典型細節本身的獨特性和富有包孕，詩同樣寫得情味雋永，耐人吟味。

　　「鳴箏金粟柱，素手玉房前。」前兩句寫女子彈箏，當一氣連讀，意謂在華美的玉房前，女子的纖纖素手，在裝飾華美的弦柱上彈奏出動人的樂曲。「金粟柱」、「玉房」等華麗的字眼，透露出彈奏的地方是富貴之家。而「玉房」與「素手」、「金粟」相互映襯，更顯示出女子的冰膚雪貌和瑩潔風神。雖未具體描繪其人，而其形神已隱約可見。

　　「欲得周郎顧，時時誤拂弦。」周郎在這裡既是知音者的代稱，更是年輕英俊男主角的代稱。這位彈箏者可能是顯貴之家的樂伎，或許是教坊的樂伎，似乎比較有可能為前者。貴家多蓄聲伎，以供主人娛樂。按照一般情況，彈箏的樂伎總是力求在主人面前充分展現自己的彈奏技藝，以博得精通音樂的主人的欣賞。唯恐彈奏過程中出現錯誤，遭到知音主人的指責。但這位彈箏女子的心思卻不在以高超技藝博得知音主人的欣賞上，而是另有所圖希望自己能得到主人的特別眷顧。顯然，她認為自己真正能引起對方注意的，並不是高超的音樂技藝，而是曼妙的容顏和動人的風神。而對一位「知音」主人來說，動人的樂曲和高超的演奏技藝，只能使他如痴如醉地沉溺於音樂的意境中，而完全忽略了演奏者的存在。為了引起「知音」主人的注意，聰明的女子使出了意想不到的招

數，用「誤拂弦」的反常舉動來引起這位「知音」周郎的特別關注。而一次乃至兩次的「誤拂弦」還不足充分引起對方的注意（以為只是演奏中偶然的疏忽失誤），於是便「時時」而「誤拂」，對方這才感到演奏者舉動的異常，而不得不一顧而再顧，從而使自己的容顏得到對方充分的關注。詩寫到這裡，即收行束。以後的情節發展，便全憑讀者馳騁想像。

欲求知音賞，本是演奏者的普遍願望。但這位彈箏女子希望對方欣賞的卻不是「藝」而是「貌」或「色」，於是便有了反常而合乎其特殊願望的舉動。透過這一反常而合理的典型細節，不著痕跡地表現出彈箏女子對英俊而知音的主人的傾慕、希望引起對方注意和眷顧的隱祕願望，以及為了達到這一目的而施展的小聰明乃至狡獪，當然還有對自己容顏的自信自賞、她的大膽與嬌羞。典型細節在短小的五絕中所具有的豐富蘊含，在這首詩中得到了最充分的展現。這正是它雖明白揭示「欲得周郎顧」的願望，卻仍然耐人玩味的原因。

■ 李端

司空曙

司空曙，字文明，一字文初。廣平（今河北永年）人。一說京兆（今陝西西安）人。安史之亂中避難寓居江南。約大曆初登進士第。六、七年間（西元771、772年）任拾遺；與錢起、盧綸等文詠唱和。大曆末貶長林丞。任滿後久滯荊南。貞元初佐劍南西川節度使韋皋幕，檢校水部郎中。官終虞部郎中。曙為大曆十才子之一，五律、五絕、七絕均有佳作。《新唐書·藝文志》著錄《司空曙詩集》二卷；《全唐詩》編其詩為二卷。

雲陽館與韓紳宿別 [01]

故人江海別[02]，幾度隔山川。乍見翻疑夢[03]，相悲各問年[04]。孤燈寒照雨，溼竹暗浮煙。更有明朝恨[05]，離杯惜共傳。

📖 [校注]

[01] 雲陽，唐京兆府屬縣，在今陝西涇陽縣西北。館，驛館。韓紳，《全唐詩》校：「一作韓升卿。」疑即韓紳卿，韓愈之叔父。《新唐書·宰相世系表三上》：韓氏：叡素子晉卿、季卿、子卿、仲卿、雲卿、紳卿、升卿。升卿，易州司法參軍。陶敏《全唐詩人名考證》：「《全文》卷三五〇李白〈韓仲卿去思頌〉稱睿素『成名四子』，仲卿外，尚有少卿、雲卿、紳卿，未及升卿。卷五六四韓愈〈韓岌志〉亦云睿素『有子四人，最季者曰紳卿』，與李白文合。愈乃睿素孫，仲卿子，所云必不誤。恐以

■ 司空曙

作韓紳卿為是。」則題內「紳」下當脫「卿」字。紳卿曾任涇陽縣令、京兆府司錄參軍。[02] 江海別，猶遙隔江海之別。[03] 翻，反而。[04] 年，指年齡。[05] 明朝恨，指明晨作別之恨。

[鑑賞]

大曆時期詩歌風貌的重要特徵之一，就是對亂離時代的人生體悟與悲傷感慨。「大曆十才子」中的盧綸、司空曙都有過安史亂起避難南方的經歷，對時代亂離有親身體會與深切感受。司空曙的這首〈雲陽館與韓紳宿別〉便是吟詠亂離時代人生體悟的典型代表。

「故人江海別，幾度隔山川。」首聯先敘與故人之間的闊別。「江海別」指與故人之間遙隔江海，通常指稱朋友之間的闊別，多指時間的久遠，這裡強調的則是空間的遙隔，亦即下句所謂「隔山川」。這種情況的產生，自然跟安史亂起，士人多避難南方有密切關係。本來過從甚密的朋友，由於戰亂而天各一方，遙隔江海山川，相見無期。唐汝詢說「江海」、「山川」未免重複，其實「江海別」與「隔山川」正可互相闡明補充，類似修辭中的「互文見義」。不僅是空間上遙隔山川江海，而且又是「幾度」相隔，可以想見，像這樣遙隔江海山川的送別，在他們之間已經是「幾度」發生了，則相別時間之久遠亦可知。十個字寫出他們之間的遠別、屢別與久別。雖未有一字正面觸及亂離時代，但亂離時代的影子卻隱約可見。

「乍見翻疑夢，相悲各問年。」頷聯緊承起聯的遠別、久別與屢別，寫驟然相見後的複雜感情。「乍見」，指兩人在雲陽館驟然相見的剎那，其中亦自然蘊含有感到意外、突然的情緒。久別、遠別的朋友意外相逢，感到分外驚喜自屬常情，但說「翻疑夢」，則透露出濃郁的時代氣

息。承平年代，即使是西出陽關，遠涉萬里的朋友歸來重逢，也未必會有「疑夢」之感，因為在那個「九州道路無豺虎，遠行不勞吉日出」、「海內富安，行者萬里，不持寸兵」的「全盛日」，遠別朋友平安歸來與重逢自然是可以預期的。只有在「喪亂死多門」、「生還偶然遂」的戰亂年代，遠別朋友間的重逢才會變得茫茫不可預期，乃至連對方的生死存亡都感到茫然不可預測。正因如此，才會將面對的真實存在疑為夢境，不敢相信它是真的。「乍見翻疑夢」，不僅透露出亂離年代與朋友久別重逢的瞬間那種意外、突然之感，而且表現出乍見之際那種驚疑、恍惚、如真似幻、不敢置信的感受，那種驚訝、驚喜交雜的感情。類似的描寫，在杜甫的〈羌村三首〉之一中也出現過，但那是在傍晚歸來已與妻子相見之後，夜深秉燭相對之時，在搖曳朦朧的燭光中浮現的「相對如夢寐」之感，那是在經歷最初相見的驚訝、疑惑、悲痛之後，仍然覺得重逢恍惚如夢。而在這首詩裡，則是「乍見」的剎那間強烈的情感衝擊，「夜聞更秉燭，相對如夢寐」則是事後追思時的惘然和感情餘波蕩漾。而其共同的根源則是「世亂遭飄蕩，生還偶然遂」。

在最初一剎那的情感強烈反應過去之後，接下來便是「相悲各問年」。當兩位老朋友終於由「疑夢」轉而相信老友重逢的真實以後，第一眼看到的便是雙方都已是「鬢髮各已蒼」老境將至之人。聯想到這些年來的亂離時世和各自的漂泊身世，不禁悲從中來。由於久別，彼此雖是熟悉的故友，卻已記不清對方的年齡，因而有「各問年」的舉動。「相」字、「各」字，說明這「悲」和「問」乃是彼此自然而一致的情感反應。「問年」之舉，與其說是向對方打聽年齡，不如說是對生命在戰亂、別離中悄然流逝的深沉悲傷感慨。

「孤燈寒照雨，溼竹暗浮煙。」在抒寫乍見之際的強烈情感反應與既

■ 司空曙

見之後湧現的深沉悲傷感慨之後，詩人卻掉轉筆鋒，去描繪雲陽館中的景物。這是個寒冷的雨夜，室內，一盞孤燈熒熒如豆，映照室外的纖纖雨絲，使彼此默然相對的朋友都感受到孤燈、雨絲的寒意；而窗外的竹子，被雨絲所沾溼，反射出幾許亮光，孤燈所照不到的竹林深處，則飄著一層朦朧的煙霧。這是宕開寫景，渲染環境氛圍，更是藉此烘托雙方淒寒孤寂、黯淡迷茫的心境。「孤燈」、「寒雨」、「溼竹」、「浮煙」，這一系列景象組成的意境，正與上述心境融合，此詩極具象外之致。

「更有明朝恨，離杯惜共傳。」久別重逢，已經觸發無限人生悲傷感慨，相逢的悲喜交集還來不及散去，再一次的離別又迫在明朝。尾聯出句點出「明朝恨」，用「更有」二字將舊日的別恨與明朝的別恨疊加在一起，使人生的別離之悲更進一層。正因為舊恨新恨相續，因此，久別重逢的酒杯也就成了離別的酒杯。想起在離亂中悄然流逝的人生，便更感到需要珍惜眼前這短暫的相聚，就讓這別夜在離杯共傳中悄然消逝，為彼此的人生再留下一點珍貴的友誼記憶吧。結尾由逢而別，感情上再起波瀾，詩境上也再創新境，不再是單純的悲傷感慨，而是在悲傷感慨的同時更加珍惜短暫的重逢。

這首詩的頷聯，純用白描，抒寫乍見之際的複雜感情反應，固然為評論家交口稱譽的佳聯。但如無首聯對雙方闊別的著重渲染，尾聯對明朝重別的深一層揭示，特別是腹聯對環境氛圍的出色烘染，詩就不可能達到情景交融、渾然一體的境界。它的成功，不在局部而在整體。

江村即事 [01]

釣罷歸來不繫船[02]，江村月落正堪眠。縱然一夜風吹去，只在蘆花淺水邊[03]。

📖 [校注]

[01] 即事，就眼前景物情事為題材的即興之作。詩中所寫的是江村釣者歸來不繫船而眠的情景。[02] 不繫船，不用纜索（繫在岸邊的木樁上）將船固定停泊在岸邊。《莊子·列禦寇》：「泛若不繫之舟。」[03] 蘆葦多生江邊淺水中，故云。

📖 [鑑賞]

從詩題看，這首詩像是一首佇興而就的即景書事之作，但在通俗明快、樸素自然的描繪中卻寓含著蕭散自得、無拘無束的生活態度，一種純任自然的人生態度。

「釣罷歸來不繫船，江村月落正堪眠。」前兩句寫釣罷歸來，就船而眠的情景。江村月落時分，垂釣的漁翁興盡歸來，該是繫舟泊岸歸家而眠的時候了。但這位漁翁卻一反常情，雖「釣罷歸來」，卻不繫纜泊岸、歸家而眠。「不繫船」的原因，自然不是由於其「不欲眠」，而是因為在他看來，這「江村月落」時分的靜謐環境和身處的小舟，正是他最佳的安眠環境。「江村月落正堪眠」這七個字，表現出主角隨緣自適、隨遇而安的生活態度，將自身的勞作、休憩與大自然融為一體的生活追求。「正堪眠」三字，不妨說是對「眠」的一種審美追求。在旁人看來或許有些荒唐頹放的舉動，在主角看來正是瀟灑自然的精神享受。在月落後的靜寂中，置身朝夕不離的小舟，在江水拍舷中酣然入睡，較之歸家而眠，無

司空曙

疑是超凡脫俗的享受。「不繫船」與「正堪眠」相互呼應，透出瀟灑自得的風神。

「縱然一夜風吹去，只在蘆花淺水邊。」三、四兩句，從「不繫」與「眠」生出。可以理解為詩人對漁翁「江村月落正堪眠」情景的進一步想像，也可以理解為這位漁翁就船而眠時的內心獨白。實則詩人與漁翁，已融為一體，漁翁亦即詩人的化身。第三句用「縱然」先放開一步，第四句用「只在」收回。一縱一收之間，將詩人那種蕭散自得、顧盼自賞的風神情趣，更淋漓盡致地表現出來。「一夜風吹去」似乎要將小舟帶到茫然杳遠之境，「蘆花淺水邊」出現的卻是安恬自適的世界。「只在」一語，傳達出自賞自得、安然恬然的心境。

詩雖寫得很通俗淺顯，寓含的感情卻並不浮淺。在思想觀念上顯然淵源於《莊子‧列禦寇》：「巧者勞而智者憂，無能者無所求，飽食而遨遊，泛若不繫之舟，虛而敖遊者也。」但它卻並非用具體的生活場景來詮釋生活哲理，而是透過生動活潑的生活場景表現一種純任自然、無拘無束的生活態度和審美愉悅。詩中的這位漁翁，也許會使人聯想起張志和這位「煙波釣徒」筆下的漁翁：「青箬笠，綠蓑衣，斜風細雨不須歸。」「不繫舟」的漁翁與「不須歸」的漁翁，同樣陶醉於大自然的美景之中，與自然融為一體，充分享受蕭散自得的天趣，兩人在這一點上，不正是一脈相通的嗎？

顧況

　　顧況（西元約 727～約 816 年），晚字逋翁，自號華陽山人。祖籍潤州丹陽（今屬江蘇），後遷居蘇州海鹽橫山。至德二載（西元 757 年）登進士第。歷杭州新亭監鹽官。大曆六至九年（西元 771～774 年）任溫州新亭監鹽官。建中二年（西元 781 年）至貞元三年（西元 787 年）在浙江東西觀察使、潤州刺史韓滉幕為判官。三年閏五月後任祕書郎，遷著作佐郎。五年貶饒州司戶。九年歸隱茅山。約元和中卒。顧況性詼諧狂放，其詩風、畫風均見其個性。皇甫湜稱其「逸歌長句，駿發踔厲」，然「七言長篇，粗硬中時雜鄙句，惜有高調而非雅音」（賀裳評）。真正可讀的作品倒是他的絕句。《新唐書·藝文志》著錄《顧況集》二十卷，已佚。《全唐詩》編其詩為四卷。

過山農家 [01]

板橋人渡泉聲，茅簷日午雞鳴。莫嗔焙茶煙暗 [02]，卻喜晒穀天晴。

📖 [校注]

[01] 此詩《全唐詩》卷二百四十二作張繼詩，題為「山家」。胡震亨《唐音統籤》卷二百十八〈張繼集〉、季振宜《全唐詩稿本》第二十六冊〈張繼集〉均不載此詩，而宋《華陽真逸集》、《顧況詩集》，明《唐五十家詩集》、《唐百家詩》均收入此詩，題為〈過山農家〉。故此詩當為顧況之作。[02] 焙茶，烘製茶葉。製作茶葉的一道工序，用微火烘烤，以去掉

■ 顧況

其中的水分,烘出香氣。陸羽《茶經‧茶之具》:「棚,一曰棧,以木構於焙上,編木兩層,高一尺,以焙茶也。」

📖 [鑑賞]

　　六言絕句這一詩體,整個唐代作品寥寥。時代較早而且寫得相對成功的當推盛唐詩人王維的〈田園樂七首〉,其第六首云:

　　桃紅復含宿雨,柳綠更帶春煙。
　　花落家僮未掃,鶯啼山客猶眠。

　　在鮮妍清新的畫面中,流淌著高人隱居田園恬然自適的生活情趣,堪稱詩中有畫。中唐詩人顧況的這首〈過山農家〉,同樣饒有畫意,卻是道地的山村風光、農家本色,於質樸清淡的筆墨中含有真淳的生活美。詩約作於詩人晚年隱居潤州延陵大茅山期間。題內的「過」字,是訪問的意思。

　　前兩句是各自獨立又緊密承接的兩幅圖畫。前一幅「板橋人渡泉聲」,畫的是山農家附近的一座板橋,橋下有潺潺的山泉流淌,橋上有行人經過。「人渡」與「泉聲」,分寫橋上與橋下,本屬二事,「人渡泉聲」,彷彿無理,卻真切地表達了人渡板橋時,滿耳泉聲淙淙的新鮮喜悅感受。詩中有畫,這畫便是彷彿能聽到泉聲的有聲畫。畫中的「行人」,實即詩人自己。大概是由於目見耳聞瑩澈鏘鳴的水聲泉聲,恍惚置身畫圖之中,落筆時便不知不覺將自己化為畫中人。抒情的主體融入客體,成了景物的一部分。這一句寫出農家附近的環境,「板橋」、「泉聲」顯示山居的特點,「人渡」暗點「過」字。

　　後一幅「茅舍午雞圖」,正寫「到山農家」,是「山農家」本色。日午雞鳴,彷彿是打破了山村的沉靜,卻更透出了山村農家特有的靜寂。在

溫煦的正午陽光照耀下，茅舍靜寂無聲，只偶爾傳出幾聲悠長的雞鳴。如此便把遠離塵囂、全家都正在勞作的山農家特有氛圍傳達出來。「農月無閒人，傾家事南畝」（王維〈新晴野望〉），這裡寫日午雞鳴的閒靜，正是為了反襯閒靜後面的忙碌。從表現手法來說，這句是以動襯靜，以聲顯寂；從內容的暗示性來說，則是以表面的閒靜暗寫繁忙。三、四兩句，便直接寫到山農的勞動之景。

「莫嗔焙茶煙暗，卻喜晒穀天晴。」這兩句普遍都理解為山農對詩人表達歉意的話，意思是說，您別怪罪屋裡因為燒柴烘烤茶葉弄得烏煙瘴氣，將就著在破茅屋裡歇歇腳；可喜的是今天正好有大太陽，場上的穀子要趁晴翻晒，實在分不開身來招待您。這當然也可以看出山農的純樸好客和雨後初晴農家的繁忙，而且神情口吻畢肖。不過，理解為詩人對山農說的話，也許更符合題意，也更富情味。詩人久居山中，跟附近一帶的山農已經相當熟稔，當他信步閒遊，來到這一戶山農家時，主人因為焙茶煙霧瀰漫，不免有些歉意，詩人則用輕鬆幽默的口吻對他說：彆氣焙茶弄得煙霧騰騰的，可喜的是今天雨後新晴，正好翻晒穀子呢。乍看之下，三、四兩句之間並無必然連繫，細加尋味，便可發現它們都同樣出現在雨後新晴這一特定的天氣背景中。久雨茶葉返潮，需趕緊用微火焙烤製作；而雨後新晴，空氣溼度較高，茅屋裡的煙霧透不出去，故有「焙茶煙暗」的景象；但雨後放晴，正可趁此晒穀，故說「卻喜晒穀天晴」。不熟悉農家生活、農民心理，說不出這般道地的農家語。詩人雖只隨口道出，略不經意，卻生動地表現出他跟山民之間不拘形跡、融合無間的關係，讓人感到他並不是山農茅舍中陌生的尊貴來客，而是跟這個環境高度契合的「此中人」。相比之下，把這兩句理解為山農致歉的話，詩人與山農間的關係不免顯得生分了。從題目與內容的關係來看，首句

■ 顧況

　　是過訪途中情景，次句正寫到山農家所見所聞。三、四句進一步描繪詩人與山農不拘形跡地閒話家常。全篇都緊緊圍繞「過」字抒寫主角的活動，語意一貫，順理成章。而首句「泉聲」暗示「雨後」，次句「雞鳴」暗透「天晴」，更使前後貫串緊密，渾然一體。

　　清新明麗的山村風光，閒靜而繁忙的勞動生活氣息，質樸真淳的關係，親切家常的農家言語，這一切極度和諧地統一在一起，呈現出淳厚真樸的生活美。這正是這首短詩藝術魅力之所在。

　　六言絕句，由於每句字數都是偶數，六字明顯分為三頓，因此自然趨於對偶駢儷、工緻整飭、言辭較為工麗。顧況這首六言絕句雖也採取對起對結格式，但由於純用樸素自然的言辭進行白描，前後句式與寫法（一為寫景，一為記言）又有變化，讀來絲毫不感單調、板滯，而是顯得清新爽朗，輕快自如。詩的內容和格調呈現出高度的和諧。

　　貞元四年夏，顧況任著作佐郎時，在長安宣平里家中與柳渾、劉太真、包佶等人聚會賦六言詩，次日朝臣皆和，舉國傳覽，結集為《諸朝彥過顧況宅賦詩》一卷。今包佶集中尚存〈顧著作宅賦詩〉六言律詩一首。看來，顧況在當時還是一位六言體詩的倡導者。

戎昱

　　戎昱，長安（今陝西西安）人。少舉進士不第。乾元二年（西元759年）在浙西節度使顏真卿幕。大曆元年（西元766年）遊蜀，二年入荊南節度使衛伯玉幕為從事。大曆四年前後入湖南觀察使崔瓘幕。後流寓湘中，客居桂林。八年入桂州觀察使李昌巙幕。建中三年（西元782年）為殿中侍御史。四年謫辰州刺史。貞元七年（西元791年）入杜亞幕，十二年出任虔州刺史。《新唐書・藝文志》著錄《戎昱集》五卷。《全唐詩》編其詩為一卷。

詠史 [01]

　　漢家青史上 [02]，計拙是和親 [03]。社稷依明主 [04]，安危託婦人。豈能將玉貌，便擬靜胡塵 [05]。地下千年骨，誰為輔佐臣？

[校注]

　　[01]《全唐詩》校：「一作〈和蕃〉。」[02] 青史，古代以竹簡記事，故稱史籍為「青史」。[03] 和親，封建王朝利用婚姻關係與邊疆各族統治者結親和好。《史記・劉敬叔孫通列傳》：「（高祖）取家人子名為長公主，妻單于，使劉敬往結和親約。」[04] 依，靠、倚仗。[05] 將，持、拿。擬，打算。靜，平息。胡塵，指胡人入侵。二句當一起讀。

■ 戎昱

📖 [鑑賞]

　　戎昱著詩名於當時，實因此詩（見《雲溪友議・和戎諷》）；而其貽譏評於後世（見吳喬、紀昀評語），亦因此詩。連嚴羽《滄浪詩話》謂「戎昱在盛唐為最下，已濫觴晚唐矣」，亦與〈詠史〉之諸多議論有關。故對此詩之評價，關鍵在如何看待此詩之議論。

　　此詩題〈詠史〉，開篇又直截了當地揭示「漢家青史上，計拙是和親」，尾聯更謂「地下千年骨，誰為輔佐臣」，似乎詩的主旨就是痛斥漢代的和親政策以及制定施行這一政策的君主大臣。但唐代自安史之亂以來，因內亂外患，國勢衰危，卻屢有嫁公主和親之事。如肅宗乾元元年（西元758年），以幼女寧國公主下嫁回紇；大曆三年，以僕固懷恩幼女為崇徽公主為其繼室；德宗時，以咸安公主下嫁回紇，均其例。戎昱此詩，很可能是針對當代的現實情況，有感而發，否則詩中抒發的感情不會如此強烈。

　　「漢家青史上，計拙是和親。」一開頭奮筆直書，斥和親之策為「計拙」。「拙」者，愚拙、拙劣之謂；「計拙」，謂其計窮而不得不為此愚蠢之下策也。一筆抹倒，不留餘地，斬釘截鐵，不稍假借。這是將歷史上、現實中的「和親」之策定下整體定位。「漢家」既指漢代，也可包括歷代以漢族為主體的封建王朝以及當前的唐朝。封建時代的和親政策，有各種不同的時代背景和雙方強弱不同的態勢。有雙方均出於交好的動機而進行的、有正向意義的和親，也有處於弱勢的漢族王朝不得已的、甚至帶有屈辱性質的和親，不能一概而論。詩人在這裡雖似概斥和親之舉為「計拙」，實際上他針對的是胡人入侵時，漢族封建王朝屈辱性的和親，這從下文「安危託婦人」、「便擬靜胡塵」等句可以明顯看出。

「社稷依明主，安危託婦人。」頷聯以沉痛憤激之辭抨擊「和親」之「計拙」。兩句貌似直白，實有蘊含，值得涵泳玩味。出句是說，治理和保衛國家社稷應該依靠聖明的君主。這彷彿是極平常的議論，但一和對句連繫起來，這平常的議論就成了強烈的反諷。對句是說，拙劣的和親政策卻把國家社稷的安危託付給一介柔弱的婦人。品味此句，詩人顯然是指漢族封建王朝處於弱勢時屈辱性的「和親」，否則不會說將國家安危託於婦人。正因為君主將「安危」託付給根本無法承擔如此重任的婦人，就反過來證明了君主已經無法承擔這原本應當承擔的政治責任，也就根本不是什麼「明主」，而是「庸主」、「衰主」甚至「昏主」了。兩句對應，既使人意會對施行「和親」政策的君主的諷嘲與憤激，亦將對「婦人」的同情憐憫寓於其中。「婦人」無力承擔卻不得不承擔拯救社稷安危的重任，因而遠嫁異域，甚至成為犧牲品，詩人於同情中又含有沉痛之情。

「豈能將玉貌，便擬靜胡塵。」腹聯用流水對，一氣直下，直斥這種屈辱的和親政策之天真愚蠢、一廂情願，亦即「計拙」。「豈能」、「便擬」，前呼後應，諷意顯然。處於強勢的胡族，之所以恃強乘機入侵，自有更大的目的，根本不會因下嫁公主而休兵，即便暫時言和，不久又將入侵。靠「婦人」的「玉貌」來「靜胡塵」只是不切實際的幻想。

「地下千年骨，誰為輔佐臣？」制定與施行這種天真愚蠢的屈辱性和親政策，既有君主的責任，也有輔佐大臣的責任。他們實際上都是「和親」政策的決策者和主要負責人。對君主，詩人採用暗諷手法，感情雖憤激，言語卻比較委婉；而對「輔佐臣」，則痛斥其非，感情激憤痛切到直欲喚起千年地下之骨並當面痛斥的程度。而這樣的「輔佐臣」，千年之前有過，當今也同樣存在。詩人在痛斥「地下千年骨」的同時，其言外之意自可默默領會。

■ 戎昱

　　議論和直陳是這首詩的顯著特點，但這和無蘊蓄並不完全相同。關鍵是這種議論本身是否具有深刻的內涵和深沉的感慨，是否具有詩的熱情和韻味。這首詩正是將二者妥善結合的例子。沈德潛多次提及「議論須帶情韻以行」，並以此詩為例，他的看法相對中肯。

竇牟

竇牟（西元約 749～822 年），字貽周，竇叔向次子。貞元二年（西元 786 年）登進士第，授祕書省校書郎。歷東都留守巡官，河陽、昭義節度使從事，東都留守判官。元和五年（西元 810 年），入為虞部郎中。出為洛陽令。歷都官郎中、澤州刺史、國子司業，長慶二年（西元 822 年）二月卒。韓愈曾師事之，有〈國子司業竇公墓誌銘〉。《新唐書・藝文志》著錄《竇氏聯珠集》五卷，收錄牟與兄弟共五人詩各一卷，今存。《全唐詩》錄存其詩二十一首。

奉誠園聞笛 [01]

曾絕朱纓吐錦茵 [02]，欲披荒草訪遺塵 [03]。秋風忽灑西園淚 [04]，滿目山陽笛裡人 [05]。

📖 [校注]

[01] 奉誠園，原注：「園，馬侍中故宅。」馬侍中，指馬燧（西元 726～795 年），唐中期著名將帥。大曆至建中間，屢平李靈曜、田悅、李懷光等叛亂。拜司徒，兼侍中，與李晟皆繪入凌煙閣。《舊唐書》卷一百三十四、《新唐書》卷一百五十五有傳。《新唐書・馬燧傳》附其子馬暢傳云：「燧沒後，以貨甲天下。暢亦善殖財，家益豐。晚為豪幸牟侵……貞元末，神策中尉楊志廉諷使納田產。至順宗時，復賜之。中官往往逼取，暢畏不敢吝，以至困窮……諸子無室廬自託。奉誠園亭觀，

■ 寶牟

即其安邑里舊第云。故當世視暢以厚畜為戒。」馮翊《桂苑叢談》:「馬司徒之子暢,以第中大杏饋中人竇文場,文場以進德宗,德宗以為未嘗見,頗怪暢。暢懼,進宅,改為奉誠園。」奉誠園在長安安邑坊內,見《雍錄》。「聞笛」,見注 [05]。[02] 絕朱纓,扯斷結冠的髮帶。據劉向《說苑・復恩》載:楚莊王宴群臣,日暮酒酣,燈燭滅。有人引美人之衣。美人援絕其冠纓以告王,命上火,以得絕纓之人。王不從,命群臣盡絕纓而上火,盡歡而罷。後三年,晉與楚戰,有楚將奮死赴敵,終勝晉軍。王問之,始知即前宴席上引美人之衣而絕纓之人。此以「絕纓」借指曾受馬燧之恩遇。事又見《韓詩外傳》卷七。吐錦茵,《漢書・丙吉傳》:「吉馭吏耆酒,數逋蕩。嘗從吉出,醉歐(嘔吐)丞相車上。西曹主吏白欲斥之,吉曰:『以醉飽之失去士,使此人將復何所容?西曹地(但)忍之,此不過汙丞相車茵耳。』」吐錦茵,醉酒嘔吐汙車上錦繡的墊褥。此亦借指馬燧寬厚待人,不計較細小過失,於己有恩。[03] 披,撥開。訪遺塵,尋訪昔日馬燧居此時的遺跡。[04] 西園,傳為曹操所建園林,故址在今河北省臨漳縣鄴縣舊址北。曹丕、曹植及王粲、劉楨諸文人常宴遊於此。王粲〈雜詩〉云:「日暮遊西園。」劉楨〈公宴詩〉云:「月出照閣中,珍木鬱蒼蒼。」曹丕〈芙蓉池作詩〉云:「乘輦夜行遊,逍遙步西園。」曹植〈公宴詩〉:「清夜遊西園,飛蓋相追隨。」此句「西園淚」可能指昔年曾與馬燧及其子輩同遊飲宴,今燧已逝,而其安邑里舊第荒廢,故悲而下淚。西園,借指奉誠園。[05] 山陽笛,晉向秀與嵇康、呂安友好,嵇、呂亡故後,向秀經其山陽(今河南修武)舊居聽鄰人吹笛,作〈思舊賦〉追憶昔日遊宴之好,其序云:「余逝將西邁,經其舊廬。於時日薄虞淵,寒冰悽然。鄰人有吹笛者,發音寥亮。追思曩昔遊宴之好,感音而嘆,故作賦云。」句意謂在奉誠園聽到笛聲,懷念起昔日對自己有知遇之恩

而今已逝世之馬燧，不禁有滿目淒涼、不勝今昔之感。著眼處在「舊居」二字。

[鑑賞]

　　絕句尚白描、貴風韻，一般很少用典。這首七絕卻連用四典（絕朱纓、吐錦茵、西園淚、山陽笛），密度之高，極為罕見。但讀完全篇，不但深感用典貼切，而且可以看出它們在創造意境、形成情韻風神方面的獨特作用。這是因為，詩人始終用濃郁沉摯的懷舊之情將這一系列典故串聯起來，使它們成為渾然一體的藝術整體。

　　「曾絕朱纓吐錦茵」，首句連用二典，顯示詩人與「奉誠園」舊主人之間特殊的關係。這兩個典故有一個共通點：主人的地位尊貴（一為明主、一為賢相）而待下寬厚，不以下屬有小過而施罰，而臣下或賓客則雖有過失而得到主人的寬待，受到主人的恩遇。用「曾」字提起，暗示過去自己曾作為賓客而遊於馬燧之門，受到馬燧的優容厚遇。詩人未必真有「絕纓」、「吐茵」那樣的情事，但從用典中卻可想見當年賓主之間不拘形跡、不拘小節的親密關係，這正是詩人對這位位高權重的舊主人始終懷著特殊親切之情的緣故。疊用二典，正加重了這種親切感懷之情。

　　「欲披荒草訪遺塵」，第二句由感懷昔日的親切恩遇，自然轉到尋訪舊主人所在的遺址上。往日的安邑里府邸，自當是雕樑畫棟、車水馬龍，極為繁華熱鬧的，如今卻已是荒草被徑，一片荒蕪冷落景象。從上句的「朱纓」、「錦茵」，即可想像當年賓客盈門、陳設華麗的景象，這正與眼前的荒草滿徑之景形成鮮明對比，言外自含世事滄桑的感慨。作為曾受厚待恩遇的賓客，在面對荒草叢生的舊居時，心中興起的或許更有世態炎涼的感慨。「欲」字、「訪」字，顯示出詩人面對荒園時，那種恍

寶牟

然茫然、尋尋覓覓，而又若有所失的情態，濃郁的懷舊之情，亦於「披荒草訪遺塵」中自然流出。

「秋風忽灑西園淚，滿目山陽笛裡人。」「西園」的典故，暗示自己當年為門下客時，曾像昔日劉楨、王粲等人與曹丕、曹植等西園雅集、冠蓋相隨那般。而今，秋風起處，荒草離披，一片荒涼，觸景傷情，不禁潸然淚下，此即所謂「西園淚」。這是懷舊恩、追昔遊、傷物是人非、慨人事滄桑之淚。「忽」字生動傳神，傳達出因景物的觸動而忽生悲傷感慨的神態。正好在這時，又傳來一陣陣淒涼的笛聲，聯想起山陽聞笛的典故，觸發自身對已經逝去的馬燧的懷念傷悼，恍惚之間，遂覺滿目都是舊日恩主的影子，而更感慨唏噓不已。「滿目山陽笛裡人」自然是一種幻覺式的聯想，但這種聯想卻十分真切地表達出詩人悲悼懷念之情的真摯與深沉，典故本身所包含的懷舊、感逝、悲悼等情感，將歷史與現實、實景與幻境融為一體，情致蒼涼、風神悠遠，結尾得極饒韻味。

戴叔倫

　　戴叔倫（西元 732～789 年），字幼公，一字次公，潤州金壇（今屬江蘇）人（梁肅〈戴叔倫神道碑〉：「公諱融，字叔倫，譙國人。」與墓誌異）。天寶年間師事蕭穎士。約至德二載（西元 757 年）至廣德二年間（西元 764 年）登進士第。後為劉晏舉薦，授祕書省正字。大曆後期因劉晏表薦，以監察御史裏行出任湖南轉運留後，大曆末調河南轉運留後。前後在漕運任十一年。建中元年（西元 780 年）劉晏被貶，叔倫出為東陽令。四年入江西節度使李皋幕為判官，後守撫州刺史。貞元二年（西元 786 年）辭官還鄉，四年授容州刺史、容管經略使。五年四月以疾受代，六月，北還途中卒於端州。《新唐書‧藝文志》著錄其《述稿》十卷，已佚。《全唐詩》編其詩二卷，其中多摻入歷代偽作。經明胡震亨及岑仲勉、富壽蓀、傅璇琮、蔣寅諸學者考證，可確定的偽作達五十六首，可確信的戴作一百八十四首，另有六十首真偽待定。蔣寅有《戴叔倫詩集校注》考辨甚詳。

除夜宿石頭驛[01]

　　旅館誰相問[02]，寒燈獨可親。一年將盡夜，萬里未歸人[03]。寥落悲前事，支離笑此身[04]。愁顏與衰鬢[05]，明日又逢春[06]。

[校注]

　　[01] 石頭驛，在今江西新建縣贛江西岸。《水經注‧贛水》：「贛水又逕豫章郡北為津步，步有故守賈萌廟……水之西岸有盤石，謂之石頭，

津步之處也。」《通鑑・大曆十年》考異：「石頭驛，在豫章江之西岸。」《全唐詩》校：「一作石橋館。」按：《文苑英華》卷一百五十八題作〈除夜宿石頭館〉。[02] 相問，問候，慰問。《論語・雍也》：「伯牛有疾，子問之。」[03] 梁武帝〈子夜四時歌・冬歌〉：「一年漏將盡，萬里人未歸。」三、四二句化用其語意。[04] 支離，流離、流浪。杜甫〈詠懷古蹟五首〉之一：「支離東北風塵際，飄泊西南天地間。」[05] 愁，《文苑英華》作「衰」；衰，《文苑英華》作「愁」。[06] 又，《文苑英華》作「去」。

[鑑賞]

本篇收入高仲武編選的《中興間氣集》，該集收詩止於大曆十四年。故此詩當作於此前的某年除夕，當是奉使外出宿石頭驛時所作。

除夕思歸詩與節俗心理密切相關。中國傳統節俗之中，中秋與除夕都是家人團聚的節日，尤以除夕更為全家所有成員所重視。時至今日，此風仍深入每一個華人的心靈世界。古代交通遠不如今日發達，外出遠宦遠遊的人除夕無法回到故鄉與家人團聚是常有的事，因此寫除夕夜旅宿孤寂懷鄉思親的詩屢見不鮮，唐詩中這類題材的佳作，除本篇外，像高適的〈除夜作〉、崔塗的〈巴山道中除夜抒懷〉都是歷代傳誦的佳作。這首詩的獨特之處，在於它抒發除夕夜旅宿孤寂淒涼之感的同時，織入了身世、時世之感，使它的內容超越一般的遊子思歸懷親之情，而反映出時代亂離的面向。

「旅館誰相問，寒燈獨可親。」首句劈頭以沉重的慨嘆起始，似乎有些突如其來，卻與「除夜」旅宿的特定時間、情景密切相關。平常的日子，哪怕是其他節令，驛館內總會有過客住宿，獨有除夕夜，不但一般情況下不會有旅客住宿，恐怕連驛館的員工也早早回家與家人團聚了，

因此這空蕩蕩的石頭驛便顯得特別悽清孤寂，不要說有人相伴對談，連人慰問一下除夕獨處是否孤寂也沒有。「誰相問」這一聲打從心底的嘆息，將詩人那種彷彿被拋棄在荒島上的空寂感生動地傳達出來。孤子無依，獨對寒燈，按說當更倍感心頭的冷寂，那在寒風凜冽中明滅閃爍的孤燈，通常也會帶給人凜寒之感，但詩人卻一反常情，說「寒燈獨可親」。這是因為寒燈雖「寒」，但畢竟可與孤寂的詩人相對，伴他度過這漫長而孤清的除夕夜，那一點閃爍的燈火，有時也能為詩人帶來些許暖意，使他不至於沉入無邊的孤寂與黑暗之中，因此反而感到它「獨可親」。「寒燈獨可親」一語，正透露出在旅宿石頭驛的除夕夜，除此之外，再無可親之物、相伴之人。「獨」字應上「誰」字，「獨可親」三字，在彷彿有些許欣慰中傳出慘然的意緒。

「一年將盡夜，萬里未歸人。」頷聯上句緊扣題內「除夜」，下啟「明日又逢春」，下句緊扣「宿石頭驛」，點明自己旅泊未歸。「萬里」字只言離家遙遠，不必拘泥，像唐汝詢那樣，認為「幼公家於潤，去石頭不遠，而曰萬里未歸，詩人多誣，不虛哉」（沈德潛仍襲唐說），固緣誤考石頭驛在今南京；即使新建離金壇，亦不到千里，此類字面，如果真計較起來，詩就不能作了。此聯向稱名聯，而實有所本，即梁武帝蕭衍〈子夜四時歌·冬歌四首〉之四的「一年漏將盡，萬里人未歸」，原詩係女子思念外出未歸的男子之作，故接下來有「君志固有在，妾軀乃無依」之語，戴詩只將「漏」字改成「夜」字，其他一字未改，只稍微調換了次序，而給人的感覺卻大有區別。關鍵就在於原詩是兩個完整的句子，表達的是一年將盡的除夕，萬里之外的男子尚未歸來，屬於比較單純而明顯的意思和女子對男子的思念。但改動次序之後的戴詩次聯，卻是兩個帶定語的名詞短語（即一年將盡之夜、萬里未歸之人），它們之間既以

■ 戴叔倫

「未歸人」為中心而相互連繫，又相互對應、各自獨立，從而構成概括了悠長時間和廣闊空間的意境，使處於其中的這個「未歸」之「人」形影愈顯孤單寂寞，處境愈加冷寂淒涼，其中又蘊含詩人對自己在兀兀窮年中漂泊難歸之身世的無窮感愴，創造出「無字處皆其意」的境界。謝榛評論此詩「八句意相聯屬，中無罅隙，何以含蓄」，實在是未細體詩境所致。

「寥落悲前事，支離笑此身。」頷聯於廣大深遠的時空境界中，已暗示身世漂泊之慨，腹聯便將抒情的重點自然轉到這方面。「寥落」一語，評論家多忽略未加解釋。按「寥落」有稀少、衰落、冷落諸義，此處所用當為「稀少」之義，白居易〈自河南經亂〉詩「田園寥落干戈後，骨肉流離道路中」之「寥落」正為此義，亦即所謂「時難年荒世業空」之意。戴氏所謂「寥落悲前事」，當亦指安史亂起及永王兵亂，他隨親族逃難至江西鄱陽，家中產業田園有所損失，寥落稀疏之事，因距此詩之寫作時間已較久，故曰「前事」。這既是家事，亦緊密連結著世事。下句「支離」即漂泊之義，亦即杜詩「支離東北風塵際」之「支離」。回想自己這些年來的經歷，依人作幕，羈泊飄零，奔波勞頓，直到如今，仍然連除夕夜都遠離故鄉親人，孤處驛館，如此身世，真讓人覺得可憐亦復可笑。「支離笑此身」的「笑」，用故作曠達幽默的口吻，笑對自己的身世飄零，其意更加悲愴，與次句「寒燈獨可親」都是表面平淡而蘊蓄深厚的詩句。這一聯由眼前除夕夜旅宿的孤寂悽清進而聯想到整個身世經歷，其中還蘊含了時代亂離之悲，內容已大幅拓廣加深，但又沒有脫離除夕夜旅宿的境況。

「愁顏與衰鬢，明日又逢春。」因除夕夜旅宿之孤寂悽清，而聯想到萬里之外的家鄉親人，聯想到整個流離漂泊的身世，悲愁之情層層加深，故說「愁顏與衰鬢」。而一年將盡，明日又是一年開頭的春日。如此

憔悴悲苦的形容，面對永珍更新的春天，相形之下，更覺難受。詩寫到這裡，黯然而收，留下無窮的感慨，讀者自可默然領會。「又」字極富含蓄。萬里作客、羈泊飄零，在懷鄉思親中度過除夕夜已經不是第一次了，「明日」所「逢」，又是一個明媚嶄新的春天，而自己卻在年復一年的悲愁中衰老下去，「又」字中正含有無限淒涼。

這首詩和同類題材的作品相比，突出特點之一是全篇均用抒情語而極少作景語，詩中唯一可視為景物描寫的「寒燈」，也因下接「獨可親」而成為抒情濃烈的詩句。但通篇卻瀰漫著濃郁的孤寂悽清、悵惘傷感的氣氛。這是因為，詩中的情感、悲傷感慨，都離不開除夕夜旅宿、獨對寒燈這個環境。這說明，不但所有成功的景語皆情語，而且一切成功的情語也均蘊含著觸發它的客觀景物。

過三閭廟 [01]

沅湘流不盡[02]，屈子怨何深[03]。日暮秋風起[04]，蕭蕭楓樹林[06]。

📖 [校注]

[01] 三閭廟，即屈原廟。在今湖南汨羅市。《史記‧屈原列傳》：「屈原至於江濱，被髮行吟澤畔。顏色憔悴，形容枯槁。漁父見而問之曰：『子非三閭大夫與？何故而至此？』」王逸〈離騷序〉：「屈原與楚同姓，仕於懷王為三閭大夫。三閭之職，掌王族三姓，曰：昭、屈、景。」《水經注‧湘水》：「汨水又西，逕羅縣……汨水又西，為屈潭，即汨羅淵也。屈原懷沙自沉於此，故淵潭以屈為名……淵北有屈原廟。」《括地志》：「故羅縣城在岳州湘陰縣東北六十里，春秋時羅子國，秦置長沙郡而為縣地。按：縣北有汨水及屈原廟。」蔣寅《戴叔倫詩集校注》記此詩於在湖

戴叔倫

南任轉運留後期間。時在大曆三年（西元768年）。但建中三年（西元782年）在湖南觀察使李皋幕期間作此詩的可能性也不能排除。[02] 沅湘，沅水和湘水。流入洞庭湖的兩條江。屈原遭放逐後，曾長期流浪於沅、湘間。《離騷》有「濟沅湘以南征兮，就重華而陳詞」之句。[03] 子，《全唐詩》原作「宋」，校：「一作子。」茲據改。[04] 風，《全唐詩》原作「煙」，校：「一作風。」茲據改。屈原〈九歌・湘夫人〉有「裊裊兮秋風，洞庭波兮木葉下」之句。[05]《楚辭・招魂》：「湛湛江水兮上有楓，目極千里兮傷春心，魂兮歸來哀江南。」

[鑑賞]

　　一篇僅二十字的五絕，抒寫對屈原的憑弔之情，顯然不可能涉及屈原的生平遭際等具體情事，只能從虛處著筆、空際傳神。這首詩的高明之處，就在於將眼前景與屈賦中的經典意象、意境融為一體，創造出濃郁的氛圍，從而使屈原的怨憤、屈賦中所表現的怨歎和後人對屈原的哀思憑弔之情，不著痕跡地形成一個藝術整體。

　　屈原廟就在湘水支流的汨羅江邊，屈原放逐之地就在沅、湘一帶，作品中更多次提到沅湘。因此詩的前半部就從眼前的湘水發興，因湘水而聯及沅水，說明詩人在目睹眼前的湘水時已經神遊往古，聯想到屈原在沅湘一帶遭放逐時的經歷與創作，從而將滔滔北去、奔流不盡的沅湘和屈原的遭際、感情乃至創作連繫起來，這一切，都集中匯成一個「怨」字。正如司馬遷在《史記・屈原列傳》中所說：「屈平正道直行，竭忠盡智，以事其君，讒人間之，可謂窮矣。信而見疑，忠而被謗，能無怨乎？」「忠而被謗」的「怨」，正是對屈原生平遭際、思想感情、辭賦創作的充分濃縮。詩人將「流不盡」而「深」的沅湘與屈原的「怨」連繫起來，具體地表現出屈原怨憤的悠長深沉和強烈奔放。不直說屈原之怨如沅湘

之悠長和深沉,而是先出現「沅湘流不盡」的畫面,再引出「屈子怨何深」,便使前兩句不再是單純的比喻,而是由眼前景(也融合了想像中的景)自然觸發的聯想和詩人深切追思憑弔之情,那「流不盡」的「沅湘」彷彿成為屈原深沉悠長怨憤的媒介,又好像成為屈原怨憤的具象化和象徵。讀者彷彿可以從沅湘的滔滔流水上感受到一股繚繞千年的怨憤之氣。這樣的藝術效應是單純的比喻根本不能達到的。黃生說:「言屈原之怨,與沅湘同深,倒轉便有味。」雖然看出了「倒轉便有味」,卻仍然無法透徹理解它的藝術含蘊。

「日暮秋風起,蕭蕭楓樹林。」後兩句轉寫祠廟邊的景物和環境氣氛。日暮時分,四望蒼茫,秋風起處,廟邊的楓樹林蕭蕭作響,落葉紛紛。這幅圖景,充滿了蒼茫黯淡、悽清悲涼的情調,自然非常適合用來表現詩人追思憑弔屈原時哀傷淒涼的情思。但詩的妙處卻不僅是即景寓情,亦在於將屈賦中的相關意象、意境與眼前景觀自然融合起來。「日暮」的意象,《離騷》中即有「日忽忽其將暮」、「時暗暗而將罷兮」等句,其中即寓含對時代的象徵含意;「秋風」更有〈九歌‧湘夫人〉中「裊裊兮秋風,洞庭波兮木葉下」的千古名句,以此為這一充滿蕭瑟情調的意象意境作先導;而「楓樹林」的意象則又來自〈招魂〉的「湛湛江水兮上有楓,目極千里兮傷春心,魂兮歸來哀江南」,其中寓含了對國家危亡的哀憤和對亡魂的追思哀悼。詩人將這一切有著豐富內涵的屈賦意象意境與眼前景象自然融合,從而使這兩句詩不僅僅是出色的環境氛圍渲染,而且能觸發讀者深遠的聯想與思緒。楚國國勢的昏暗且岌危,亡國的淒涼,乃至懷王魂歸故國的哀傷,詩人對前賢的追思憑弔,都隱現於字裡行間,但又絕不拘泥於以實語道出,只憑讀者想像。這樣以屈賦寫屈、弔屈,即景寓情,貫串古今,確實達到了詩藝的極致。

■ 戴叔倫

暢諸

　　暢諸，生卒年不詳，汝州（今屬河南）人。開元初登進士第。九年（西元721年）中拔萃科。曾任許昌尉。或謂其是暢當弟，誤。其年輩早於當，籍貫亦異。生平事蹟見《元和姓纂》卷九〈四十一漾〉、李翰〈河中鸛雀樓集序〉。《全唐詩》錄存其詩一首，其名作〈登鸛雀樓〉誤入暢當詩。

登鸛雀樓 [01]

迥臨飛鳥上 [02]，高出世塵間 [03]。天勢圍平野，河流入斷山。

📖 [校注]

　　[01] 鸛雀樓，已見前朱斌〈登樓〉詩注 [01]。《全唐詩》原作暢當詩，此蓋沿《唐詩紀事》之誤。按李翰〈河中鸛雀樓集序〉云：「前輩暢諸，題詩上層，名播前後。山川景象，備於一言。」宋人沈括《夢溪筆談》卷十五〈藝文二〉：「河中府鸛雀樓三層，前瞻中條，下瞰大河，唐人留詩者甚多，唯李益、王之渙、暢諸三篇能狀其景……暢諸詩曰：『迥臨飛鳥上，高出世塵間。天勢圍平野，河流入斷山。』」彭乘《墨客揮犀》卷二：「河中府鸛雀樓，五（當作三）層，前瞻中條，下瞰大河，唐人留詩者甚多。暢諸詩曰：『迥臨飛鳥上，高出世塵間。天勢圍平野，河流入斷山。』」敦煌殘卷「伯三六一九」有暢諸〈登鸛鶴樓〉詩，係八句之五言律詩：「城樓多峻極，列酌恣登攀。迥林飛鳥上，高榭代人間。天勢圍平

■ 暢諸

野，河流入斷山。今年菊花事，並是送君還。」似是此詩原貌。《唐詩紀事》卷二十七始誤作暢當詩。岑仲勉《讀全唐詩札記》對此有詳細考證。[02] 迥臨，猶高臨。[03] 世塵間，猶人世間，亦狀其細如微塵。

[鑑賞]

　　鸛雀樓為唐代著名登覽勝跡，它的出名，固然與其所處「前瞻中條，下瞰大河」的地理形勢有關，更由於唐代詩人在登覽時留下了一系列傑出的詩篇，其中朱斌、暢諸二作，尤為翹楚。歷代詩評家亦多將其相提並論，分析比較。實際上，暢諸的原作很可能是一首五言律體，在流傳的過程中，後人因其首尾兩聯平平，與中間兩聯不相稱，遂截頭去尾，成為一首對起對結的五絕。這種刪改，亦見於高適的〈哭梁九少府〉（將一首五古的頭四句裁，成五絕）及劉長卿的〈聽彈琴〉（將一首五律去掉首尾成為五絕）。這種歷代的淘汰刪削，展現出詩的藝術生命力所在，也表明了讀者審美評判能力的公正。如果我們把一首詩在流傳過程中經改動後提升其藝術水準，視為其生命的延續成長，那麼便可以理直氣壯地將改動後的作品，作為評判對象而不必拘泥於它的原始面貌。

　　前兩句寫登樓的最高層俯瞰所見，首句突兀而起，說鸛雀樓高臨於飛鳥之上。飛鳥翱翔於天空，而樓卻高出於飛鳥之上，則可想見其凌空矗立的雄姿。這並非誇張的形容，亦非視覺的反差，而是寫實。鸛雀樓建於黃河中的小島上，地勢本高，加以樓高三層，在最高層上俯瞰，見飛鳥從樓下掠過，自然屬正常現象，這是我們登上高山或高樓時常見的景象。岑參〈與高適薛據同登慈恩浮圖〉亦云：「下窺指高鳥，俯聽聞驚風。」可參證。此句係俯瞰近處所見。

次句「高出世塵間」，寫俯瞰遠處地面所見。蒲州城繁華熱鬧的街市行人、城外的村莊房舍、田野樹木，在詩人的視野中都變得非常渺小，這正應驗了世間如微塵的說法。這同樣是登高俯瞰地面人間的實際感受，此情形類似於在升高的飛機中俯瞰城市鄉村的感覺。但這兩句卻非單純的客觀描繪，從「迥臨」、「高出」詞語中，自能體會出詩人在登高俯瞰之際，居高臨下的凌雲氣勢和超凡脫俗的高逸情懷。

「天勢圍平野」，第三句寫登樓遠望天地相接的景象。極目四望，圓穹似的天空似乎籠罩了廣闊的平原田野，一「勢」字顯示出天宇自高處低垂的態勢，給予人動態感，而「圍」字則展現出四面圍合的畫面感。這種感受，只有登高四顧，而所處之地又正好在廣大平原附近地區才能產生。

「河流入斷山」，末句是登樓順著黃河奔流的方向遠眺時所見的景象。奔騰咆哮的黃河由樓前流過，挾巨浪滾滾而去，詩人的目光也一直送它遠去，直到它流入中條山與華山之間的山峽，掉頭東去，隱沒不見為止。「入斷山」三字之於畫面極為準確，也極富氣勢力量。黃河沖決一切的強大力量彷彿劈斷了本來連成一體的山脈，使之成為河東、河西夾岸對峙的兩山，而滔滔巨浪則穿峽而去。詩人的目光雖止於斷山，而詩情和想像仍隨河流遠去。故此句與上句雖係寫實，但實中寓虛，讀者從中仍可感受到籠罩宇宙的氣勢和沖決奔騰的力量。

■ 暢諸

李益

　　李益（西元 746～829 年），字君虞，隴西狄道（今甘肅臨洮）人。大曆四年（西元 769 年）登進士第，同年再中超絕科，翌年又中主文譎諫科，授河南府參軍，轉華州鄭縣主簿。秩滿為渭南縣尉。後山南東道洎鄜、邠郊皆以管記之任請，由監察、殿中歷侍御史，自書記、參謀為節度判官。約貞元十七、八年入幽州節度使劉濟幕為營田副使，檢校吏部員外郎，遷檢校考功郎中，加御史中丞。元和元年（西元 806 年）徵拜都官郎中，進中書舍人，出為河南少尹。約七年入為祕書少監，兼集賢學士，轉太子右庶子、左庶子，官至右散騎常侍。大和元年（西元 827 年）以禮部尚書致仕。三年八月卒。益自稱「五在兵間，故為文多軍旅之思」。德宗曾詔徵益之著述，令詞臣編錄，詩作流傳海外，為夷人所寶。令狐楚編選《御覽詩》，錄其詩三十六首。諸體皆工，尤長七絕。《全唐詩》編其詩為二卷。按：李益曾兩入朔方（崔寧、杜希全）幕府（墓誌未載），其邊塞從軍諸作多作於此期間。生平仕歷據崔郾〈李益墓誌銘〉。

喜見外弟又言別 [01]

　　十年離亂後 [02]，長大一相逢。問姓驚初見，稱名憶舊容。別來滄海事 [03]，語罷暮天鐘。明日巴陵道 [04]，秋山又幾重！

[校注]

[01] 外弟，表弟。[02] 十年離亂，指安史之亂。天寶十四載（西元755年）冬安史之亂爆發，至代宗廣德元年（西元763年）始告平定，首尾歷九年。此舉成數而言。[03] 滄海事，指世事經歷滄海桑田的鉅變。《神仙傳》卷上：「麻姑自說云：接侍以來，已見東海三為桑田。向到蓬萊，又水淺於往日會時略半耳，豈將復為陵谷乎？王遠嘆曰：聖人皆言，海中將復揚塵也。」[04] 巴陵，唐江南西道郡名。《元和郡縣圖志·江南道三·岳州》：「本巴丘地……吳於此置巴陵縣，宋文帝又立為巴陵郡……武德六年，復為岳州。」治所在巴陵縣（今湖南岳陽）。

[鑑賞]

由於時代相近、題材相似，歷代評論家多將司空曙的〈雲陽館與韓紳宿別〉與李益的〈喜見外弟又言別〉相提並論，特別是它們的頷聯。其實，這兩首詩在抒寫亂後意外重逢的情景時，有兩個明顯的區別。其一，司空詩的晤別雙方是多年未見的故友，彼此在別前已屆壯年；而李詩晤別的雙方則是亂前年尚幼小，亂後重逢時已長大的表兄弟。即兩首詩的晤別雙方在年齡上有差異。其二，由於經歷亂離，重逢時的感情自是悲喜交加，但司空詩的感情明顯偏重於悲，而李詩的感情則偏重於喜。

「十年離亂後，長大一相逢。」首聯重筆提起，明點「離」與「逢」。但這卻不是普通的離別與重逢，而是經歷了「十年離亂」的時代浩劫與滄桑鉅變之後的別後重逢，因此雙方的晤語主題自然離不開這一特殊的時代背景，這一點，李詩與司空詩都是相同的，只不過司空詩未明點「離亂」而已。但「長大一相逢」卻代表著別離前雙方都還是幼年。李益出生

於天寶五載,安史之亂爆發時年方十歲,其外弟的年齡自然更小,十年離亂之後,彼此都已長至青年,故說「長大一相逢」。這個「一」字強調悠久而紛亂的十年歲月中,雙方僅相逢唯一一次,從而突現出它的難得與珍貴,為「喜」字埋下伏筆。這一聯主要是敘事,交代背景,但在敘事中即寓含對時代與人生的感慨。而正是這「十年離亂」的特殊背景和幼別長逢的特殊經歷,決定了頷聯雙方相逢時的特殊情態。

「問姓驚初見,稱名憶舊容。」由於雙方別前年方幼小,重逢時卻已「長大」,而一個人的容貌變化,最顯著的時期便是從幼到大的十幾年,因此雙方乍見之時形同陌生人。從情理推測,外弟應是主動前來尋訪李益的,因此在看到這位表兄時雖也感到陌生,但畢竟知道對方就是久違的表兄,但李益卻是在完全不知情的情況下,乍見這位外弟,因此便有了這頗具戲劇性的一幕。當外弟突然出現在面前時,由於對方容貌大變,全感陌生,因而自然而然地問對方「貴姓」,而當對方道出姓氏並說出自己的表弟身分,稱詩人為表兄時,詩人竟一時感到茫然無緒,覺得似乎與這位自稱表弟的人是初次相見,從未謀面。「驚初見」的「驚」字,傳神地表現出詩人當時那種驚訝、遲疑、驚異、驚奇的複雜心態。詩人的這種遲疑情態自然會引起對方的注意,於是乎便主動說出自己的名字。詩人這才恍然大悟,原來此刻站在面前的便是十多年前和自己一起玩耍的表弟。可面對這位形容陌生的表弟,竟想不起他幼小時的容貌、模樣,於是便在記憶中努力搜尋。這就是所謂「稱名憶舊容」。這個「憶」是一種恍恍惚惚、遙遠模糊的記憶。從詩人「問姓」而「驚」,到外弟「稱名」而詩人努力記「憶」,這一少小離別、十年重逢的場景,將詩人的心理、情態變化,描繪刻劃得極為真切、細膩、曲折、生動,格外富有戲劇性。而這一切,又純用素樸的言辭進行白描,使人不得不嘆服

詩人的藝術功力。

「別來滄海事，語罷暮天鐘。」腹聯轉寫雙方重逢後的敘談。十年離亂，雙方斷絕，音信不通，國事、世事、家事以及雙方各自的情況都發生了巨大變化。這一切，都是雙方敘談時必然觸及的話題，但在短短的十個字中，卻無論如何也無法道盡，只能用高度概括的「滄海事」三字，將別後情事包舉，而由此引起的滄海桑田之感慨亦自然寓含其中。妙在下句宕開寫景，虛處傳神，寫彼此敘談語罷之際，天色已經向晚，遠處傳來一陣陣暮鐘的聲音，在耳邊縈迴蕩漾。這個場景，不僅暗示出敘談時間之長、內容之繁、感慨之深，而且將雙方在暮天鐘聲中默默相對無言時，心潮的迴盪起伏也表露而出，傳達出更豐富的感情和令人神遠的雋永意涵。如果說，頷聯的成功在於真切細膩的描繪，在於實處見工，腹聯的成功就在於高度概括，虛處傳神，具有遠神遠韻。一實一虛，都展現出詩人的藝術功力。

「明日巴陵道，秋山又幾重！」尾聯從別後重逢過渡到「明日」再次離別。「巴陵道」是外弟明日要踏上的道路。詩人想像，明日外弟又要沿著巴陵道迤邐而去，山川重阻，秋雲黯淡，一別之後，彼此又被重重秋雲籠罩的山川阻隔，天各一方了。末句以景語作設問，有悠然不盡的情致，正與別情的悠長相應。

綜觀全篇，表現的感情雖亦有對十年離亂滄桑鉅變的感慨，但主導的感情傾向是亂後意外重逢的驚喜。對於「明日」的再次離別，雖有依依惜別的感情和深摯的思念，卻無明顯悲感。這和司空曙的〈雲陽館與韓紳宿別〉直接揭出「相悲」，抒寫乍見疑夢、恍如隔世的悲感，在腹聯的景物描繪中滲透淒寒冷寂的心態有明顯區別。如果說，司空詩表現的是中年人的心態，則李益這首詩多少還展現出青少年的心態。

夜上受降城聞笛 [01]

回樂烽前沙似雪[02]，受降城下月如霜[03]。不知何處吹蘆管[04]，一夜征人盡望鄉。

📖 [校注]

[01]《舊唐書·張仁願傳》：「神龍三年，突厥入寇，朔方軍總管沙吒忠義為賊所敗，詔仁願攝御史大夫，代忠義統眾。仁願至軍而賊眾已退，乃躡其後，夜掩大破之……仁願請乘虛奪取漢南之地，於河北築三受降城，首尾相應，以絕其南寇之路，中宗從之，六旬而三城俱就。以拂雲祠為中城，與東西兩城相去各四百餘里。皆據津濟，遙相應接，北拓地三百餘里。於牛頭、朝那山北，置烽候一千八百所。自是突厥不得度山放牧，朔方無復寇掠。」中受降城在今內蒙古自治區包頭市西，東城在今內蒙古托克托南，西城在今內蒙古杭錦後旗烏加河北岸。此指西受降城。《樂府詩集》卷八十〈近代曲辭二〉錄此詩，題為〈婆羅門〉，解題引《樂苑》曰：「〈婆羅門〉，商調曲，開元中西涼府節度楊敬述進。」又引《唐會要》曰：「天寶十三載，改〈婆羅門〉為〈霓裳羽衣〉。」《全唐詩》卷二十七雜曲歌辭重錄此詩，亦題為〈婆羅門〉，當是以此詩配〈婆羅門〉曲名改題。《舊唐書·德宗紀》：大曆十四年（西元779年）十一月，「癸巳，加崔寧兼靈州大都督，單于鎮北大都戶、朔方節度等使，出鎮坊州」。又，興元元年（西元784年），「八月甲辰，以金吾大將軍杜希全為靈州大都督、西受降城、天德軍、靈鹽豐夏節度營田等使」。李益〈從軍詩序〉云：「迨貞元初，又忝今尚書（指杜希全）之命，從此出上郡、五原四五年，荏苒從役。其中雖流落南北，亦多在軍戎。」此詩當作於在崔寧幕之某年巡行朔野時。詳參陳鐵民〈李益五入邊地幕府新考〉，《文

李益

學遺產》2021年第1期。西受降城正崔寧管內之地。[02] 回樂烽，在西受降城附近之烽火臺。或說指靈州回樂縣之烽火臺，但回樂縣距西受降城甚遠。據詩意，此回樂烽與西受降城當相距不遠，故指回樂縣烽火臺之說，恐非。其〈夜上西城聽梁州曲二首〉之西城即指西受降城。首二句「行人夜上西城宿，聽唱梁州雙管逐」與本篇「聞笛」近似。烽，《全唐詩》原作「峰」，校：「一作烽。」茲據改。〈暮過回樂烽〉云：「烽火高飛百尺臺。」可證當作「回樂烽」。[03] 下，《全唐詩》校：「一作外。」[04] 蘆管，胡人吹奏的樂器。宋陳暘《樂書》云：「蘆管之製，胡人截蘆為之，大概與觱篥相類，出於北國者也。」曾慥《類說·集韻》：「胡人卷蘆葉而吹，謂之蘆笳。」

📖 [鑑賞]

這是李益一系列邊塞佳作中最出名的一首。之所以特別出名，一是由於它的代表性。李益的邊塞七絕，多借軍中聞樂抒久戍思鄉之情，如〈從軍北征〉、〈聽曉角〉，都寫得相當出色，而這首〈夜上受降城聞笛〉則意境最為渾融，表現最為自然。二是由於它的時代色彩。雖同樣寫久戍思鄉，但風貌與盛唐顯然不同，帶有特定的時代悲涼色彩。

詩的前半部寫「夜上受降城」所見，兩句互文，「回樂烽」當在「受降城」附近。合而言之，即回樂烽前，受降城下，平沙似雪，月色如霜。這是一幅月色籠罩下平沙萬里、寥廓廣闊、悽清寂靜的境界。月光在這裡發揮了關鍵作用。如果是在白天，則沙漠的顏色多呈黃褐色或淡黃色，且可明顯見到沙丘的高低起伏。但入夜之後，在銀色的月光映照下，浩瀚無垠的沙漠不但失去高低起伏的形狀，變成浩浩無垠的萬里平沙，連顏色也變成一片潔白，白得像無垠的雪原。這一切，正是因「月如霜」所致。月色如霜，本不單屬北方邊塞地區，中原內地、江南水

鄉，處處可見。但當它出現在邊塞朔漠地區，和浩浩無垠的萬里平沙融為一體時，便顯出北方大漠之夜特有的廣闊寥廓、悽清寂靜境界。它美得讓人神遠心醉，也美得讓人心淒神傷。「雪」和「霜」不但是對平沙、月光色澤的形容描摹，更暗透眼見此境的詩人（也包括征戍將士）心理上悽清寂寞的感受。整個畫面中除了明月的萬里清光和浩蕩無垠的如雪平沙外，幾乎看不到任何人和物的活動，聽不到任何聲息，只有無邊的荒寂。兩句似是純粹寫景，但景物描寫中已暗暗透出抒情主角的孤寂悽清，這正是鄉思的前奏。

「不知何處吹蘆管，一夜征人盡望鄉。」詩的後半部由望而聽，由色而聲，轉寫登城「聞笛」。蘆管，即蘆笛，亦即題內之「笛」，蘆管本胡人吹奏的樂器，帶有濃郁的異域情調，聲調又特別悲涼，因此極易引發征戍之士的思鄉之情。妙在「不知」二字，突然作轉，傳神地描摹出在皓月當空、平沙萬里、似雪如霜的無邊荒寂之境中，忽然傳來悲涼的蘆管聲，使聽者怦然心動、悠然神馳的情景。這聲音不但使登城的詩人鄉思湧動，遙望故鄉，想必也使所有遠戍此地的征人鄉思悠悠，一夜無眠，起而望鄉。末句由己推人，其中蘊含了詩人的想像，使詩的內容更具普世性，意境也更為廣大深遠。「一夜」猶整夜，言時間之長；「盡」言人數之眾，包括全體聞笛的征人。雖是刻意強調的詞語，但全句卻顯得自然渾成，不見著力之跡。而「不知」與「一夜」、「盡」相互呼應，又使三、四兩句顯得搖曳生姿，極具詠嘆情味。比起〈從軍北征〉的「磧裡征人三十萬，一時回首月中看」，後者不免稍露誇張之跡，比起〈聽曉角〉的「無限塞鴻飛不度，秋風捲入小單于」，後者亦略顯深曲，均不及此詩後半部之自然天成。

遠戍思鄉，是邊塞征戍之作最常見的主題。但在不同的時代，卻顯

李益

示出不同的情調意境。盛唐邊塞詩儘管也寫鄉思邊愁,但其中大都貫注著狀闊雄渾之氣,像王昌齡的〈從軍行〉之一:「烽火城西百尺樓,黃昏獨坐海風秋。更吹羌笛關山月,無那金閨萬里愁。」雖亦吹笛而懷閨人思故鄉,而雄闊之氣終不能掩。而李益此詩,則雖闊大曠遠,但其中已經自然散發出時代的悲涼蕭瑟色調,與王詩顯然有別。

李益的七言絕句,前人多讚其可與龍標、太白競爽。從藝術風貌方面來看,似乎更近於李白之自然俊爽。像這首詩,就很容易使我們聯想起李白的〈春夜洛城聞笛〉:「誰家玉笛暗飛聲,散入春風滿洛城。此夜曲中聞折柳,何人不起故園情?」但正如前面已經提及的,李白詩儘管亦寫夜聞笛而起故園情,但詩中卻蕩漾著盎然的春意;而李益此詩,卻透出悽清的寒意,這並不單純受所寫時令影響,而且由整個時代氛圍所牽動。

二 汴河曲 [01]

汴水東流無限春,隋家宮闕已成塵[02]。行人莫上長堤望[03],風起楊花愁殺人。

📖 [校注]

[01] 汴河,即汴水,隋通濟渠、唐廣濟渠之東段。《通鑑·隋煬帝紀》:「大業元年三月辛亥,命尚書右丞皇甫議發河南、淮北諸郡民,前後百餘萬,開通濟渠,自西苑引穀、洛水達於河。復自板渚引河歷滎澤入汴。又自大梁之東引汴水入泗,達於淮。」因自滎陽至開封一段為古汴水,故唐、宋人遂進而將滎陽至盱眙入淮之通濟渠通稱汴河或汴水。[02] 隋家宮闕,指隋煬帝為遊江都在通濟渠沿岸所設的行宮。《隋書·煬帝

紀》：「大業元年，自長安至江都，置離宮四十餘所。」[03] 長堤，即汴堤，隋煬帝沿通濟渠、邗溝（江、淮之間的一段古運河，隋煬帝時重開）岸邊築御道，道旁植柳。

📖 [鑑賞]

　　這是一首懷古詩。題中的汴河，唐人習慣指隋煬帝所開通濟渠的東段，即運河從板渚（今河南滎陽北）到盱眙入淮的分段。當年隋煬帝為了遊覽江都，前後動員了百餘萬民工鑿通濟渠，沿岸堤上種植柳樹，世稱隋堤。還在汴水之濱建造了豪華的行宮。這條汴河，是隋煬帝窮奢極欲、耗盡民膏，最終自取滅亡的歷史見證。詩人的弔古傷今之情、歷史滄桑之感，就是由眼前這條汴河引發出來的。

　　首句撇開隋亡舊事，正面著重描寫汴河春色。汴水碧波，悠悠東流，堤上碧柳成蔭、柔絲嫋娜，兩岸綠野千里、田疇相接，望中一片無邊春色，使本來比較抽象的「無限春」三字具有鮮明的畫面感。但「春」字既可指春色又可指歲月。從隋煬帝開鑿通濟渠到詩人寫這首詩時，時間已經過去好幾百年，如果再上溯到魏晉時的汴梁渠乃至古汴水，則時間更長。因此，這「無限春」既可將讀者的想像引向廣闊的現實空間、無邊春色，又可將讀者的思緒引向悠遠的歷史時間。這兩方面，都極易引發人們的滄桑感，從而不著痕跡地過渡到第二句。劉禹錫〈楊柳枝〉說：「煬帝行宮汴水濱。」第二句中的「隋家宮闕」即特指汴水邊的煬帝行宮。春色常在，但當年豪華的隋宮則已荒廢頹破，只留下斷井頹垣供人憑弔。「已成塵」，用誇張的筆墨強調往日豪華蕩然無存，與上句春色之無限、時間之永恆正形成怵目驚心的強烈對照，以見人世滄桑，歷史無情。「臺城六代競豪華，結綺臨春事最奢。萬戶千門成野草，只緣一曲後庭花。」（劉禹錫〈金陵懷古‧臺城〉）包含在「隋家宮闕已成塵」中

李益

的意涵,不正是這種深沉的歷史感慨嗎?

一、二兩句是就春色常在而奢華不存這一點泛泛抒感,三、四句則進一步抓住汴水春色的典型代表隋堤柳色來抒寫感慨。柳絮春風,飄蕩如雪,本是令人心情駘蕩的美好春色,但眼前的隋堤柳色,卻連結著隋代的興亡,歷史的滄桑,滿目春色,不但不能使人怡情悅目,反倒令人徒增感慨。當年隋煬帝沿堤栽柳,本是為他南遊江都點綴風光,到頭來,這隋堤煙柳反倒成了荒淫亡國的歷史見證,讓後人在它面前深切感受到豪奢易盡、歷史無情。那隨風飄蕩、漫天飛舞的楊花,在懷著深沉感慨的詩人眼裡,彷彿正是隋代奢華消逝的象徵(「楊花」的楊與「楊隋」的楊,在意念上也自然構成連繫,很容易讓人產生由此及彼的聯想)。但是,更使人感愴的也許是如下客觀現實:儘管隋鑑不遠,覆轍在前,但當代的封建統治者卻並沒有從亡隋的歷史中汲取深刻教訓。哀而不鑑,只能使後人復哀後人。這也許正是「行人莫上長堤望,風起楊花愁殺人」這兩句詩中所寓含的更深一層的意旨吧。

懷古與詠史,就抒寫歷史感慨,寄寓現實政治感受方面這一點來看,有相通之處。但詠史多因事興感,重在寓歷史鑑戒之意;懷古則多觸景生慨,重在抒今昔盛衰之感。前者較實,而後者虛。前者較具體,後者較空靈。將李益這首詩跟題材、內容相近的李商隱詠史七絕〈隋宮〉略作對照,便不難看出二者的差異。〈隋宮〉掌握「春風舉國裁宮錦,半作障泥半作帆」這一典型事例,見南遊江都所造成的巨大靡費,以寓奢淫亡國的歷史教訓;〈汴河曲〉則只就汴水春色、堤柳飛花與隋宮的荒涼頹敗作對照映襯,於今昔盛衰中寓歷史感慨。一則重在「舉隅見煩費」,一則重在「引古惜興亡」。如果看不出它們的共通點,就可能把懷古詩看成單純的弔古和對歷史的感傷,忽略其中所寓含的傷今之意;如果看不

到它們的差異點，又往往容易認為懷古詩的內容過於虛泛。懷古詩的價值往往不易被充分了解，這大概是重要原因之一。

上汝州郡樓 [01]

黃昏鼓角似邊州，三十年前上此樓。今日山川對垂淚 [02]，傷心不獨為悲秋 [03]。

📖 [校注]

[01] 汝州，唐都畿道郡名，治所在梁縣（今河南汝州）。[02] 川，《全唐詩》原作「城」，校：「一作川。」茲據改。《世說新語·言語》：「過江諸人，每至美日，輒相邀新亭，藉卉飲宴。周侯（顗）中坐而嘆曰：『風景不殊，舉目有山河之異。』皆相視流淚。唯王丞相（導）愀然變色曰：『當共戮力王室，克服中國，何至作楚囚相對！』」「山川對垂淚」暗用其事。[03] 宋玉〈九辯〉：「悲哉秋之為氣也，蕭瑟兮草木搖落而變衰。」

📖 [鑑賞]

絕句貴簡省含蓄，但像李益這首詩一樣，簡省到對正意不著一字，含蓄到使讀者對某一詩句產生歧解的，卻為數不多。而這首詩所獨具的深沉含蘊風格，又正和上述表現手法密切相關。

這是一首登臨抒慨之作。汝州，唐時屬都畿道，州治在今河南汝州市。從地理位置上來說，河南為中州之地，汝州更是王畿近甸，本來應當是人煙相接、桑柘遍野的和平富庶之鄉。但安史亂起，洛陽附近一帶淪為唐軍與叛軍反覆爭奪拉鋸的戰場，屢經兵火洗劫，早已殘破不堪。安史亂平，藩鎮割據。淮西地區從代宗大曆十四年（西元 779 年）李希烈

■ 李益

割據叛亂，到憲宗元和十二年（西元817年）吳元濟被平定，前後為軍閥割據近四十年，其間戰爭不斷。汝州地近蔡州，正是與軍閥交戰的前線地區。這首詩當作於元和十二年淮西藩鎮被討滅之前。詩的開頭一句「黃昏鼓角似邊州」，就以寓含深沉感喟的筆觸，勾畫出一幅冷落荒涼、充滿戰爭氣氛的圖景：日暮黃昏，田野蕭條，悲涼的鼓角聲不斷地從城樓上傳出，迴盪耳邊。登樓四顧，恍惚中竟覺得置身於沿邊的州郡。這種感覺，使人聯想起杜甫〈秦州雜詩〉中的詩句：「鼓角緣邊郡，川原欲夜時。秋聽殷地發，風散入雲悲⋯⋯萬方聲一概，吾道欲何之？」但那是置身真正的邊郡，而李益此刻所在的卻是王畿近甸的中原腹心之地，氣氛竟如同邊州，則汝州一帶軍事形勢的緊張和景象隱約可知。一「似」字正含有無限傷時感亂之痛。姜夔的〈揚州慢〉寫劫後的揚州「漸黃昏，清角吹寒，都在空城」，內容情調與此類似。但姜詞注重刻畫，此詩則含渾不露。

「三十年前上此樓」，第二句由今日之登樓聯想到三十年前登此樓的情景。由於此詩確切寫作年代不詳，「三十年前」究竟是哪一年也無從詳考究。但大致可以肯定是在安史之亂以後（安史之亂爆發那一年，詩人才十歲。如此時登樓，恐不太會留下深刻印象，更不太可能有多少感觸）。假定詩人是在淮西地區剛被軍閥割據時到過汝州，[據《通鑑》載，德宗建中四年（西元783年），李希烈兵陷汝州，執別駕李元平，遣將四出抄掠]則到元和初已達三十年，與此詩所寫情景正合。「三十年前上此樓」的具體情景，句中一字未提。但連繫上下文（特別是上句），不難揣知，今日登樓所見所聞所感，正和三十年前上此樓時相似。時間距離久遠，景象、感觸卻相似，形成意味深長的對照，使詩人在思前想後中感慨更深了。這就勢必引出三、四兩句來。

「今日山川對垂淚，傷心不獨為悲秋。」宋玉悲秋，歷來被視為貧

士失職而志不平的一種表現。這裡說自己今日面對汝州的山川而傷心垂淚，原因不單是個人的落拓失意之悲。言外之意是，自己之所以「傷心」、「垂淚」，是由於對國家的前途命運懷著更深層的憂憤。但這一層心意，卻並未直接說出，而是用「傷心不獨為悲秋」這樣的詩句從反面微挑，虛點而不明說。這就留下許多涵泳、思索的餘地。實際上，當詩人面對三十年來山川依舊的汝州城時，藩鎮割據勢力的長期猖獗，統治集團的腐敗無能，人民生活的艱難困苦，唐王朝國運的衰頹沒落，都不免在日暮黃昏、鼓角悲涼的慘淡氣氛中縈繞於腦際。詩人的「傷心」、「垂淚」既如此深遠，自然只能以不了語作結，只說「不獨為悲秋」了。「山川對垂淚」字面上，當與《世說新語·言語》周之「風景不殊，舉目有山河之異」，「皆相視流淚」之事有關，讀者正可從中引發對國運衰頹和世事滄桑的悲傷感慨。

這首詩在構思方面的顯著特點，就是用三十年前後兩登汝州城樓所見所聞所感的相似性，來充分表達在長期戰亂中，對整個時代衰頹不振的深沉感慨。由於它充分發揮了絕句長於含蓄的特點，虛處傳神，吞吐而出，遂使這首小詩具有深廣的時代內涵和感情內涵，經得起反覆玩味。

塞下曲 [01]

伏波唯願裹屍還[02]，定遠何須生入關[03]。莫遣只輪歸海窟[04]，仍留一箭定天山[05]。

[校注]

[01]〈塞下曲〉，樂府橫吹曲舊題。此為唐代新樂府辭。[02] 伏波，指東漢名將馬援，曾封為伏波將軍。《後漢書·馬援傳》：「璽書拜援伏

■ 李益

波將軍。」曾曰：「方今匈奴、烏桓尚擾北邊，欲自請擊之。男兒要當死於邊野，以馬革裹屍還葬耳，何能臥床上在兒女子手中邪！」、「會匈奴烏桓寇扶風，援以三輔侵擾，園陵危逼，固請行，許之。」[03] 定遠，指東漢名將班超，因立功西域，封定遠侯，邑千戶。《後漢書·班超傳》：「為人有大志……家貧，常為官傭書以供養。久勞苦，嘗輟業投筆嘆曰：『大丈夫無它志略，猶當效傅介子、張騫立功異域，以取封侯，安能久事筆研間乎！』」、「西域五十餘國悉皆納貢內屬焉。明年……封超為定遠侯，邑千戶。超自以久在絕域，年老思土（故土）。（建初）十二年，上疏曰：『……臣不敢望到酒泉郡，但願生入玉門關……』，帝感其言，乃徵超還。」[04] 遣，讓、使。只輪歸，《春秋公羊傳·僖公三十三年》：四月，「晉人與姜戎要之（指秦軍）殽（山名，在今河南洛寧北）而擊之，匹馬隻輪無反者。」海窟，指胡人所居的極遠的巢穴之地。[05]《新唐書·薛仁貴傳》：「詔副鄭仁泰為鐵勒道行軍總管。時九姓眾十餘萬，令驍騎數十來挑戰，仁貴發三矢，輒殺三人，於是虜氣懾，皆降……軍中歌曰：『將軍三箭定天山，壯士長歌入漢關。』九姓自此衰弱，不復更為邊患也。」此處為與上句「只輪」對仗，且詩律宜用仄聲，故改「三」為「一」，更顯將軍之神勇。

📖 [鑑賞]

　　此詩不但在整個中唐詩中堪稱別調，就算在古代絕句史上也是別具一格之作。它的突出特點，就是句句用典，句句對仗。這兩個特點在一般情況下視為絕句創作藝術上的大忌。絕句貴含蓄、貴空靈，句句用典（特別是事典）極易使詩的內容、風格過實，缺乏想像空間和言外餘韻。絕句貴風神搖曳，情韻悠長，句句對仗，特別是工整的對仗，極易使詩的風格流於板滯。但李益此作，卻在犯絕句創作板與實兩大忌的情況

下，成功地發揮了用典與對仗的長處，並避開了用典與對仗可能引起的弊病，寫出一首感情悲壯激越、風格雄渾蒼勁、通體一氣渾成的傑作。

首句「伏波唯願裹屍還」用馬援典，意在突出其為國禦敵，勇於犧牲，以戰死疆場為榮的英雄氣概。馬援的話本身就是極具個性色彩的人生宣言，詩人又用「唯願」二字重筆勾勒，強調其唯一性，從而將它提升到人生價值觀的高度。值得注意的是，馬援的這一人生宣言是針對「方今匈奴、烏桓尚擾北邊」的形勢而發。之後，他真的實踐自己的誓言，「自請擊之」，將人生觀付諸實行，最後如願死於軍中。因此，讀者從這個事典中所感受到的，就不僅僅是馬援豪言壯語中顯示出來的英雄氣概，而且是其整體人生價值觀，以及與此連結的實際英雄人生，即這一英雄人物的整體形象。而「方今匈奴、烏桓尚擾北邊」之語，也在無形中具有現實針對性。

次句「定遠何須生入關」，同樣是用一位東漢名將的典故。班超經營西域三十餘年，使西域五十餘國納貢內屬，其功勳之卓越可以說是超越了前輩張騫，使東漢王朝的國威遠颺域外，真正實現其早年的大丈夫志略。晚年思故土而「願生入玉門關」，也是人之常情，但詩人卻以「何須」二字與上句「唯願」相呼應，反其意而用之，說班超既立功西域，就乾脆為維護漢王朝的國威而終老異域，何必戀故土而入玉關呢！班超的功績如此卓越，猶以「何須」之語表示不足而感遺憾，則可見詩人的宏偉志向。上句正用，以「唯願」從正面強調；下句反用，以「何須」從反面表示不足。對仗雖極工整，意思卻不重複，正反相濟，更加顯出為國立功，終老異域，死於疆場的英雄氣概和人生理想。「唯願」與「何須」，上下連結呼應，使兩句意思貫通，一氣流注。

前兩句著重從人生觀的高度，借馬援、班超的典故，表達英雄人物

應有的志向氣概，下兩句進一步從實踐志略的角度突出英雄人物應具備的行動與功績。「只輪歸」用秦晉殽之戰，秦人「匹馬隻輪無反」之典，強調對來犯之敵，要堅決、徹底、乾淨地加以消滅，不使其一兵一卒生歸巢穴，以絕後患。這句雖是正面用典，卻主要用其語，而與具體的人物、事件無關，用法靈活多變。「海窟」似是詩人的獨創語，意指位於瀚海沙漠極遠處的胡人窟穴。句首用「莫使」二字，有告誡之意，說明此詩可能是作為壯詞以激勵戍邊將帥。

末句「仍留一箭定天山」。用薛仁貴三箭定天山的事典，卻將原典中的「三」改為「一」。這一改動，不但是為了與上句「只輪」構成銖兩相稱的工對，而且更是為了突顯將軍的神勇。「三箭」而「定天山」，已傳為軍中佳話，「一箭」而「定天山」，則又超越仁貴而更上一層，顯出其英勇絕倫。用「仍留一箭」之語，既有奮其餘勇之意，又兼平定另一強敵之意，品味自知。「莫遣」句著意強調，重重提起；「仍留」句輕輕放下，口吻輕鬆，似乎是說請再留下區區一箭，把天山一帶地區也順帶平定。輕重抑揚之間，表現出對將軍神勇的高度信任與讚揚，也使兩句詩上下貫串一氣，顯得搖曳有致，氣定神閒。

綜觀全詩，可以看出四句詩之所以能構成渾融的藝術整體，既取決於內在貫通首尾的「氣」，即堅信自己理想信念的精神力量，又得力於四句中「唯願」、「何須」、「莫遣」、「仍留」等詞語的連結呼應，使強大而充盈的「氣」貫注於字裡行間，使原來含意相對實重的典故變得靈動起來，每一句都充溢著英雄主義氣概。而典故用法的多變和對仗句式的變化，又增添了全詩揮灑自如的風神韻味。

張籍

張籍（西元 766～830 年），字文昌，吳郡（今江蘇蘇州）人。少時已寓居和州烏江（今安徽和縣）。貞元十五年（西元 799 年）登進士第。元和元年（西元 806 年），始補太常寺太祝。十一年秋冬任國子監助教，十五年夏秋間任祕書郎。長慶元年（西元 821 年）因韓愈之薦，遷國子博士，二年除水部員外郎，四年任主客郎中。大和二年（西元 828 年）遷國子司業，大和四年卒。籍與王建早年相識，且均工樂府，故稱「張王樂府」。與韓愈、孟郊交誼亦厚。白居易稱其「尤工樂府詩，舉代少其倫」。近體五律、七絕亦有清新之作。《新唐書・藝文志》著錄《張籍詩集》七卷。《全唐詩》編其詩為五卷。

征婦怨 [01]

九月匈奴殺邊將[02]，漢軍全沒遼水上[03]。萬里無人收白骨，家家城下招魂葬[04]。婦人依倚子與夫[05]，同居貧賤心亦舒。夫死戰場子在腹，妾身雖存如晝燭[06]。

[校注]

[01] 本篇係新題樂府。《樂府詩集》卷九十四〈新樂府辭・樂府雜題〉收入此篇。[02] 匈奴，古代北方游牧民族。此借指當時北方邊境入侵的胡族。九月秋高馬肥，正是胡人入侵內地的季節。[03] 遼水，即今之遼河。《水經注・大遼水》：「《地理志》曰：渝水自塞外南入海，一水東北

出塞，為白狼水，又東南流至房縣，注於遼。」按：《漢書・地理志八下・遼東郡・望平》：「大遼水出塞外，南至安市入海，行千二百五十里。」這一帶是唐王朝與奚、契丹等族經常交戰的地區。[04] 招魂葬，指人死後未能收得其屍骨，用其生前所著衣冠，招其魂而葬。《晉書・袁瑰傳》：「時東海王越屍既為石勒所焚，妃裴氏求招魂葬越，朝廷疑之，瑰與博士傅純議，以為招魂葬是謂埋神，不可從也。」[05] 依倚，倚仗、依賴。《儀禮・喪服》：「婦人有三從之義，無專用之道。故未嫁從父，既嫁從夫，夫死從子。」[06] 晝燭，白天點燃的蠟燭，喻其係多餘之物。

[鑑賞]

這首詩所寫的戰爭，據「漢軍全沒遼水上」之句，係發生在遼河流域一帶。但據《新唐書・北狄傳》：「自至德後，藩鎮擅地務自安，鄣戍斥候益謹，不生事於邊，奚、契丹亦鮮入寇。歲選酋豪數十入長安朝會，每引見，賜與有秩，其下率數百皆駐館幽州。至德、寶應時再朝獻，大曆中十三，貞元間三，元和中七，大和、開成間凡四。」在張籍生活的年代，這一帶似乎並沒有發生過這樣大規模的戰事，則所寫似非當代之事。而在此前，「天寶四載……（安）祿山方幸，表討契丹以向帝意。發幽州、雲中、平盧、河東兵十餘萬，以奚為鄉導，大戰潢水南，祿山敗，死者數千。自是祿山與相侵掠未嘗解，至其反乃已」，則亦有可能借詠安祿山邀功敗績之事，以揭露黷武戰爭帶給百姓的苦難，如白居易〈新豐折臂翁〉中，借楊國忠討南詔事以戒邀邊功而禍民者。

此詩八句，分前後兩段，前段四句總寫此次戰役死者之眾、狀況之慘。開頭兩句，寫九月秋高馬肥季節，胡人進犯，邊將被殺，漢軍全部覆沒於遼水之上。「全沒」二字，沉痛切至，可以想見遼水沿岸，屍體纍纍，到處橫陳的慘狀。接下來兩句，立即由遼水岸邊的戰場轉到後方征

征婦怨 [01]

人的家庭。「萬里無人收白骨，家家城下招魂葬。」萬里，是指征人遠征東北邊地，離家萬里。家人自然不能跋山涉水，前往戰地收屍埋葬，因而只能在家鄉的城下用征人生前的衣冠招其魂魄歸來而葬。但也反映出鎮守邊地的統帥，對士兵生命和犧牲的漠視，任由自己的士兵陳屍遼水而不加收埋。「家家」二字，應上「全沒」，正因為全軍覆沒，無一生還，故征人之家，家家城下作招魂之葬。從中可以想見征人家屬沉痛欲絕、哀苦無告、呼天搶地的慘景。以上四句，可以說是為「征婦怨」建構起一個大背景，揭示詩中所抒寫的「怨婦」之「怨」並非特例，而是千千萬萬征人征婦共同悲劇命運的寫照，具有普世性和代表性。

後段四句，由面及點，將筆墨集中到一位具體的征婦身上。「婦人依倚子與夫，同居貧賤心亦舒。」先退開一步，寫征婦的微末願望。說婦人的命運寄託在丈夫和兒子身上，只要夫妻同居、闔家團聚，即使過著貧賤的生活，心情也是舒暢的。在一般情況下，總覺得「貧賤夫妻百事哀」，但在戰爭災禍降臨到家庭面前時，卻覺得「同居貧賤心亦舒」了。這種心理狀態正是戰爭造成的，願望說得越微末，越令人感到心酸。

「夫死戰場子在腹，妾身雖存如晝燭。」七、八兩句，旋即逼進一步，逼出全篇的警策。如今，丈夫已經戰死沙場，而子卻仍在腹中。失去全家的棟梁，這個家就垮塌了，尚在腹中的子女即使僥倖平安降生，在如此艱困的條件下，又如何將他撫養成人，看來依靠尚在腹中的子女更是遙遙無期，希望渺茫。自己一無所依，雖暫時活在世上，也如同白晝點燭般毫無意義。「晝燭」之喻，新穎獨創、前所未見。這兩句將婦人對生活、對將來絕望的沉痛心情表達得非常深刻有力。雖寫「怨」，卻不僅是無告的哀怨，也有沉痛激憤的控訴。張籍詩總是於結處用力，作尖銳沉痛之語，旋即收束，給予人急閘截流，水勢奔湧迴盪不已之感，此詩亦如是。

張籍

節婦吟寄東平李司空 [01]

君知妾有夫，贈妾雙明珠。感君纏綿意，繫在紅羅襦[02]。妾家高樓連苑起[03]，良人執戟明光裡[04]。知君用心如日月，事夫誓擬同生死[05]。還君明珠雙淚垂，何不相逢未嫁時[06]。

[校注]

[01] 四庫本《張司業集》、四部叢刊本《張司業集》詩題均作〈節婦吟〉。據劉明華〈關於張籍〈節婦吟〉的本事及異文等問題探討〉一文考證，北宋初姚鉉所編《唐文粹》卷十二〈樂府辭〉所收本篇，題下始有注：「寄東平李司空。」南宋計有功《唐詩紀事》卷三十四「張籍」條下收此詩，題作〈節婦吟寄東平李司空〉。茲從之。而最早出現此詩寫作背景的敘述，則始於南北宋之交王銍之《四六話》卷上：「唐張籍用裴晉公薦為國子博士，而東平帥李師道辟為從事，籍為〈節婦吟〉以辭之云……」南宋祝穆編撰《古今事文類聚》前集卷三十收入此詩，則題為〈節婦吟寄東平李司空（辭辟命作）〉，而南宋洪邁《容齋三筆》卷六則謂：「張籍在他鎮幕府時，鄆帥李師古又以書幣辟之，籍卻而不納，而作〈節婦吟〉一章寄之。」是詩題有〈節婦吟〉、〈節婦吟寄東平李司空〉、〈節婦吟寄東平李司空師道〉（《全唐詩》）之異；對李司空則有指李師古、李師道之異。按：東平，唐鄆州東平郡，治所在須昌（今山東東平西北），中唐時為淄青節度使府所在。據《新唐書‧藩鎮傳‧淄青橫海》，李師古與其異母弟師道曾先後任淄青節度使［師古卒於元和元年（西元806年），師道卒於元和十四年］，且均曾封司空，故注家對李司空有指師古及師道之異說。劉明華認為：張籍中進士後與李師古共時較短，如果張籍真有拒聘某司空之事，為師道的可能性較高。詩之副標題很可能是姚鉉根據相關傳聞

所加。作此詩的時間,當在任太常府太祝的困窮期間,而非任國子助教博士之時。劉文見《中國唐代文學學會第十四屆年會暨國際學術研討會論文彙編》。[02] 羅襦(ㄖㄨˊ),絲綢短襖。[03] 苑,宮苑。[04] 良人,女子稱丈夫。執戟,秦漢時的宮廷侍衛官,因值勤時手持戟,故稱。《史記·滑稽列傳》:「官不過侍郎,位不過執戟。」明光,漢桂宮殿名,漢武帝時建。《三輔黃圖》卷二引〈三秦記〉:「未央宮漸臺西有桂宮,中有明光殿,皆金玉珠璣為簾箔,處處明月珠、金釭玉階,晝夜光明。」[05] 擬,必。表極度肯定的語氣副詞,非「打算」、「準備」之意。[06] 何,《全唐詩》校:「一作恨。」按:宋代各本及總集、筆記、類書所引均作「何」。明代詩話之引用中,始有作「恨」者。

[鑑賞]

對這首樂府名篇的解讀,應將對原題及文字的解讀與後代關於此詩本事及託意的分析評論分開來討論,否則會治絲益棼、纏夾不清,無法理清頭緒。

先討論宋代以來關於此詩本事的記載、副題的增入、寓言託意及所寄對象等問題。這些問題均有關聯,故合併在一起討論。關於此詩詩題開始有「寄東平李司空」的內容,始於北宋初姚鉉《唐文粹》,至南北宋之交王銍《四六話》而更具體化為「東平帥李師道辟為從事,籍為〈節婦吟〉見志以辭之」。姚鉉編選《唐文粹》在大中祥符四年(西元1011年),距離張籍作此詩之年約二百年,姚氏以此詩為「寄東平李司空」,可能得之傳聞,也可能確有所據。從張籍生平經歷來看,姚合〈贈張籍太祝〉已有「甘貧辭聘幣」的明確記載,可見其確有寧願守窮而辭聘之事。當然姚合詩並未指明所辭對象,只能據此推知其事當在其任太常寺太祝期間或以前,即元和元年(西元806年)至十一年秋冬或更早之前。而元

■ 張籍

和元年李師古已卒，因此如果是在任太常寺太祝期間辭聘，似以辭李師道之聘之可能性較高。但李師道元和十一年十一月始加司空，且元和十年六月已發生師道遣刺客刺殺宰相武元衡之事，八月又與嵩山僧圓淨謀反，遣勇士數百伏於東都進奏院，欲暗中焚燒宮殿而肆行焚掠，如師道於元和十一年十一月加司空後再辟聘張籍為從事，一則此時籍可能已離太祝任轉國子助教，與姚合詩所述情況不符，二則張籍在師道反跡已彰的情況下，似乎也不可能再說「知君用心如日月」之類的話。故籍「甘貧辭聘幣」之事雖有之，但所辭對象卻不可能是李師道，反倒有可能是李師古。因為姚合詩所說「甘貧辭聘幣」之事，也可能發生在其任太常寺太祝之前。李師古於永貞元年（西元805年）三月兼檢校司空，元和元年（西元806年）六月卒。張籍貞元十五年（西元799年）登進士第，元和元年始官太祝。永貞元年三月至元和元年六月這期間，正是他窮極潦倒之時，師古辟聘其為從事，正可謂救其困窮，而籍則因「師古雖外奉朝命，而嘗畜侵軼之謀，招集亡命，必厚養之，其得罪於朝而逃詣師古者，因即用之」，德宗死時，又「冀因國喪以侵州縣」，故婉辭其辟聘，似較符合情理。再從當時詩壇風氣來看，也確實有此類比興寓言之作，如與張籍直接有關的朱慶餘〈閨意獻張水部〉及籍之〈酬朱慶餘〉，即屬此類比興之作。如朱詩題內無「獻張水部」四字，又無籍之酬作，讀者完全可以將朱之〈閨意〉解為對新嫁娘心情神態之生動傳神的描寫。

下面，不妨先從肯定此詩確為有本事的比興體這個角度，來對它的比興含義作簡單的解讀。

「君知妾有夫，贈妾雙明珠。」張籍貞元十五年已登進士第，至此時雖或尚未正式授官，但為唐之臣僚的身分已定，故說「有夫」。李師古在明知張籍即將正式成為朝廷官吏的情況下，禮聘其為幕僚，故說「君

知妾有夫，贈妾雙明珠」。洪邁說「張籍在他鎮幕府，鄆帥又以書幣辟之」，單從這兩句來看，洪邁的解讀可能更為合理，但一則文獻無籍曾在他鎮幕府的記載，從姚合的〈贈張籍太祝〉詩也看不出有這方面的經歷。

「感君纏綿意，繫在紅羅襦。」三、四句是對李師古厚幣辟聘情誼表示感激的比喻性說法。從「繫在紅羅襦」之語看，處於困境中的張籍當時也許真動過接受其辟聘的念頭。不管是否如此，這起碼是對師古之禮聘表示感激與尊重之情。

「妾家高樓連苑起，良人執戟明光裡。」五、六兩句承上「妾有夫」，對丈夫的身分地位作具體的描敘。從「執戟」本身的實際身分地位來說，不過就是皇帝的普通侍衛而已，但從這兩句詩的神情口吻及描繪的情景看，無疑對其夫帶有誇飾讚揚的成分，與〈陌上桑〉羅敷誇夫有相似之處。

「知君用心如日月，事夫誓擬同生死。」從比興的角度解詩，如何解讀「知君」句是個關鍵。所謂「用心如日月」，表面上意思是說，你厚幣禮聘，是表示對我的厚愛和尊重，用心光明磊落，並沒有任何不可告人的目的（如用張籍的文才來支持其反抗朝廷、擴展勢力的政治圖謀），實際上當然是話中有話，暗中指其有不良的意圖。這句上承「感君」句。儘管君用心光明，但我既有夫，供職朝廷，誓必與其同生死共命運，不可能再接受君之厚愛。這句承「妾有夫」，婉拒之意已經顯露。「知君」句極婉轉巧妙，既給足對方面子，使其有臺階可下，又微露已察覺對方用意的之意。

「還君明珠雙淚垂，何不相逢未嫁時。」「還君明珠」，是卻聘的明確表示。雖卻其聘，卻深感其情，故雖「還珠」而「雙淚垂」。末句更進一步道出自己這種感激之情的深厚程度。言下之意是妾若未嫁，則必當

張籍

感君之纏綿情意相隨終身。對於被婉辭的人來說，這無疑是情感上最大的滿足。如果作為婉辭的詞令，這恐怕是最巧妙也最能打動對方的詞令了。

在唐代中葉藩鎮割據、對抗朝廷的時代背景下，一位登第後長期得不到朝廷任用、窮困潦倒的文人，面對強藩的厚幣禮聘，竟能甘貧辭聘，這件事本身就突顯出一位寒士的政治氣節。而借詩歌比興婉轉表達自己「事夫誓擬同生死」的堅定信念，將婉轉巧妙的言辭與堅定的意志和諧融合，更為難得。作為一首比興寓言體詩作，思想內涵和藝術表現當均屬上乘。

但這首詩如果撇開傳聞的本事及比興寓託之意，將它作為一位女子對所愛者的獨白來讀，也許更富有人情味，也更感人。這也正是它富有藝術生命力的突出表現，並引起歷代廣大讀者情感共鳴的原因。

由於各式各樣的主客觀原因，無論是在古代或在現代，非常美滿幸福的婚姻總是少數，即使在旁人看來非常美滿幸福的婚姻，在當事人的實際感受中卻並非如此；甚至當事人已經長期感到非常美滿的婚姻，一旦遇到在她（或他）看來更理想的對象向自己示愛時，也會由於兩相比較或由於新鮮感而覺得自己的婚姻並不完美。但由於情與禮的矛盾，情與義務、責任的矛盾，情與道德的矛盾，又強烈地感到自己應忠於原來的婚姻。從感情層面來說，是希望接受新對象的示愛；但從禮法、道德、義務責任方面看待，又應當拒絕新對象的示愛。當後一方面的考慮戰勝前一方面時，就有了將已經「繫在紅羅襦」的雙明珠還給對方的舉動。理智雖戰勝感情，卻無法消弭感情，於是便不由自主地在「還君明珠」的同時雙淚長流。在主角看來，這是悲劇性的無奈，而造成這種悲劇性無奈的根源，則是人生機緣的偶然性，即自己在「未嫁時」未遇上這位理想

對象，從而在篇末充分地宣洩自己的無奈與遺憾——「何不相逢未嫁時」！由於對婚姻美滿幸福程度有所不滿的普遍性，故當遇上自己認為更理想的對象示愛時，這種「何不相逢未嫁時」的遺憾與無奈就能喚起普遍共鳴。從這個意義上來說，這首詩的藝術魅力主要就在於，它非常真實深刻地表現出人們對婚姻乃至人生缺憾的無奈。

唐代是一個比較開放的時代，詩中所表現的一個已婚女子對丈夫以外的男子的示愛，表示欣然接受的行為，在宋以後封建禮法越來越森嚴的時代，是受到嚴厲譴責的，儘管最後「還君明珠」也仍被視為有所動搖乃至背叛，因此有一系列節婦不節的負面評論，甚至有乾隆改詩的迂腐愚蠢之舉，只有賀裳之評，總算說了一點近乎情理的話。在唐代，繫珠羅襦與還君明珠，可視為節婦的合情合理之舉。而自宋以後，卻遭到一系列的指責，這正可視為封建社會後期封建禮法越來越嚴苛，影響到對詩歌評價的典型事例。

══ 沒蕃故人 [01] ══

前年伐月支[02]，城上沒全師[03]。蕃漢斷消息，死生長別離。無人收廢帳[04]，歸馬識殘旗。欲祭疑君在，天涯哭此時[05]。

📖 [校注]

[01] 沒，猶陷沒。蕃，此指吐蕃。貞元六年，吐蕃陷北庭都護府，後又陷西川及安西四鎮。[02] 月（ㄩㄡˋ）支，亦作「月氏」，古族名，曾於西域建月氏國，其族先游牧於敦煌、祁連間，漢文帝時遭匈奴攻擊，西遷至塞種故地（今新疆伊犁河流域一帶）。西遷者稱大月氏，少數未西遷者入南山（今祁連山）與羌族雜居，稱小月支。此以「月支」借指吐

■ 張籍

蕃。[03] 上，《全唐詩》校：「一作下。」[04] 廢帳，殘存的軍營營帳。[05] 天涯，指詩人身在之地，因離故人身沒之地極遠，故云。

📖 [鑑賞]

　　張籍的五律〈夜到漁家〉，寫得自然靈動，這首〈沒蕃故人〉卻寫得悲愴沉痛，別具一格。

　　詩中敘及的戰爭，按其地理位置，當指唐、蕃之間的戰爭。安史之亂後，吐蕃乘機連年攻占西北各州，且一度攻入長安。貞元六年（西元790年），吐蕃攻陷北庭都護府，自此安西路絕，四鎮亦陷。唐與吐蕃之間的戰爭，這一時期均由吐蕃主動挑起。詩首句所敘「伐月支」之戰，或許係借用漢代之事，表明前年唐、蕃間有此一戰，也許與吐蕃陷北庭之戰有關，不必過於拘泥。詩意的重點在悼念此役中陷沒於蕃地的故人，至於戰爭的性質由誰主動挑起，非詩人關注的重點，也有可能指吐蕃「伐月支」而唐軍覆沒。

　　「前年伐月支，城上沒全師。」首聯追敘前年有討伐月支之戰，結果我軍遭到全師覆沒的慘敗結局。詩人所悼念的故人也參與了這次戰役，全師既沒，個人的悲慘結局自在所難免。這一聯是全詩的背景和根由，以下三聯情事均由此生發。開篇標明「前年」，可見事過已久，但對故人的悼念卻悠長不已，這一方面表明情誼之深厚，另一方面也是由於全師雖沒，卻一直得不到故人生死存亡的確切消息，這一點看下文自見。「城上」一作「城下」，義似較長。但如果將詩句理解為前年吐蕃發動的「伐月支」之戰，我守城將士力戰而全軍覆沒，則自亦可通，作「城上」指守城唐軍，似更貼切。

148

「蕃漢斷消息，死生長別離。」頷聯承「城上沒全師」，說城既陷而從此蕃、漢隔斷，通向西域的道路斷絕，杳無消息音訊，看來與故人之間只可能是一死一生，永遠別離了。「死生長別離」句語意沉痛，但這個結論是由「城上沒全師」與「斷消息」推斷出來的，兩年的長時間中得不到故人的任何消息，按情理自是存亡隔世了，故有此沉痛之語。但「斷消息」又隱含著另一種可能，暗啟末聯，用語措辭，自有分寸。

「無人收廢帳，歸馬識殘旗。」腹聯為想像之詞。遙想當年兩軍激戰的舊戰場上，經歷了歲月的長期侵蝕，殘存的軍營營帳還在大漠風沙中簌簌發響，卻再也無人去收拾，犧牲戰士的白骨無人收埋之意亦自寓其中；而識途的歸馬卻似乎還識得殘存的旗幟，這是用馬識殘旗表明馬之戀舊懷舊，以興起下聯。兩句相互對襯而意自見，言外之意則是犧牲將士早已被統治者遺忘，悲愴之情深沉不露。

「欲祭疑君在，天涯哭此時。」尾聯是全篇的警策，感情極沉痛，而語意極含蓄。上文講到「城上沒全師」，又講到「死生長別離」，兩年以來得不到故人的任何消息，按常情推斷，對方早已不在人間。悲悼之情難已，故有「欲祭」之舉；但轉念一想，「蕃漢斷消息」的現實狀況，也許存在著一線希望，即對方僥倖還活著，只是由於消息斷絕，不知情況而已。這種「欲祭疑君在」的悲痛，比起明確知道對方已不在人間的悲痛，更加折磨人的心靈，由於心存這萬分之一的渺茫希望，連祭也不忍心舉行，只能任憑遠在天涯的自己慟哭心摧，永遠在悲慟與懷疑中度過難熬的歲月。詩的深刻動人之處，正在於揭示出這種明知其必死又希其未死的複雜心理，入骨地描寫出其悲痛之情。

張籍

秋思 [01]

洛陽城裡見秋風[02]，欲作家書意萬重[03]。復恐匆匆說不盡[04]，行人臨發又開封[05]。

📖 [校注]

[01] 秋思，秋天的歸思，參注 [02]。[02]《世說新語‧識鑑》：「張季鷹（西晉張翰字季鷹）辟齊王東曹掾，在洛，見秋風起，因思吳中菰菜羹、鱸魚膾，曰：『人生貴得適意爾，何能羈宦數千里，以要名爵。』遂命駕便歸。俄而齊王敗，時人皆謂為見機。」張翰為吳郡吳人，與張籍同籍貫故里，用此典正切合。[03] 意萬重，情意重疊多端。家，《全唐詩》原作「歸」，校：「一作家。」茲據改。[04] 復，《全唐詩》原作「忽」，校：「一作復。」茲據改。[05] 行人，此指託其捎信的遠行人。臨發，臨出發時。開封，打開信的封口。

📖 [鑑賞]

盛唐絕句，多寓情於景，情景交融，較少敘事成分；到了中唐，敘事成分逐漸增加，日常生活情事往往成為絕句的習見題材，風格也由盛唐的雄渾高華、富有浪漫氣息轉向寫實。張籍這首〈秋思〉，寓情於事，描繪寄家書時的心理狀態和行動細節，並藉此日常生活中富有包孕的片段，非常真切細膩地表達作客他鄉的人對家鄉親人的深切思念。

第一句說客居洛陽，又見秋風。平平敘事，不事渲染，卻有含蘊。秋風是無形的，可聞、可觸、可感，而彷彿不可見。但正如春風可以染綠大地，帶來無邊春色一樣，秋風所包含的肅殺之氣，也可以使木葉黃落、百卉凋零，為自然界和人間帶來一片秋光秋色、秋容秋態。它無形

可見，卻處處可見。作客他鄉的遊子，見到這一切悽清搖落之景，不可避免地勾起羈泊異鄉的孤子淒寂情懷，引起對家鄉、親人的悠長思念。這平淡而富有含蘊的「見」字，給予讀者豐富的暗示和聯想。

　　第二句緊承「見秋風」，正面寫「思」字。晉代張翰在洛陽，「因見秋風起，乃思吳中菰菜、蓴羹、鱸魚膾。曰：『人生貴得適志，何能羈宦數千里，以要名爵乎？』遂命駕而歸。」（《晉書·張翰傳》）張籍祖籍吳郡，此時客居洛陽，情況與當年的張翰相似。當他「見秋風」而起鄉思的時候，很可能聯想到張翰的這段故事，連「見秋風」三字，也和原典相同，而歷代注家對此處的用典竟失之交臂，致使其用典妙切其人、其地、其事，竟無從領略。但由於種種沒有明言的原因，詩人竟不能仿效張翰的瀟灑命駕而歸，只能修一封家書來寄託思家懷鄉的感情。這就使本來已很深切而強烈的鄉思中，又增添了欲歸不得的悵惘，思緒變得更加複雜多端。「欲作家書意萬重」，這「欲」字頗可玩味。它所表達的正是詩人鋪紙伸筆之際的意念和情態。心裡湧起千思萬緒，覺得有說不完寫不盡的話需要傾吐，而一時間竟不知從何說起，也不知如何表達。本來顯得比較抽象的「意萬重」，由於有了這「欲作家書」而遲遲無法下筆的生動意態描寫，反而變得鮮明可觸、易於想像。

　　三、四兩句，撇開寫信的具體過程和具體內容，只擷取家書即將發出時的一個細節「復恐匆匆說不盡，行人臨發又開封」。詩人既因「意萬重」而感到無從下筆，又因託「行人」之便捎書而無暇細加考慮，深厚豐富的情意和難以盡情表達的矛盾，加以時間「匆匆」，竟使這封包含著千言萬語的信近乎「書被催成墨未濃」。書成封就之際，似乎已經言盡；但當捎信的行人就要上路的時候，卻又忽然感到剛才由於匆忙，生怕信裡遺漏了什麼重要的內容，於是又匆匆拆開信封。「復恐」二字，刻劃人

■ 張籍

物心理入微。這「臨發又開封」的行動，與其說是為了添寫幾句匆匆未說盡的內容（一些千叮嚀萬囑咐、絮絮叨叨的話），不如說是為了驗證自己的疑惑或擔心（開封查看的結果也許證明這種擔心純屬神經過敏）。而這種毫無定準的「恐」，竟然促使詩人不假思索地作出「又開封」的戲劇性決定，正顯示出他對這封「意萬重」之家書的重視和對親人的深切思念，千言萬語，唯恐遺漏了一句。如果真以為詩人記起了什麼，又補上了什麼，倒把富有詩情和戲劇性的生動細節，化為平淡無味的實錄了。這個細節之所以富有包孕且耐人咀嚼，正由於它是在「疑」而不是在「必」的心理基礎上產生的。並不是生活中所有「行人臨發又開封」的現象都具有代表性，都值得寫進詩裡，只有當它和特定的背景、特定的心理狀態連繫在一起時，方才顯出它的典型意義。因此，像我們現在所看到的那樣，在「見秋風」、「意萬重」，而又「復恐匆匆說不盡」的情況下來寫「臨發又開封」的細節，本身就包含著對生活題材的提煉和典型化，而不是單純對生活進行簡單描寫。王安石評張籍的詩說：「看似尋常最奇崛，成如容易卻艱辛。」（〈題張司業詩〉）這是深得張籍優秀作品創作之要旨甘苦的評論。這首極本色、極平易，像生活本身一樣自然的詩，似乎可以作為王安石精到評論的出色例證之一。

王建

　　王建(西元766年～?)，字仲初，祖籍潁州，關輔(今陝西關中地區)人。貞元初求學於齊州，與張籍同學。歷佐淄青、幽州、嶺南幕。元和初奉使江陵，後入魏博幕。八年任昭應丞。後入為太府寺丞、祕書郎，遷祕書丞。大和二年(西元807年)出為陝州司馬，曾從軍塞上。晚年罷任閒居咸陽原上，卒。長於樂府、宮詞。《新唐書·藝文志》著錄《王建集》十卷。《全唐詩》編其詩為六卷。

田家留客

　　人家少能留我屋，客有新漿馬有粟[01]。遠行僮僕應苦飢[02]，新婦廚中炊欲熟。不嫌田家破門戶，蠶房新泥無風土[03]。行人但飲莫畏貧[04]，明府上來何苦辛[05]。丁寧回語屋中妻[06]，有客勿令兒夜啼。雙塚直西有縣路[07]，我教丁男送君去[08]。

📖 [校注]

　　[01] 新漿，新釀的酒。[02] 僮僕，指隨從詩人的僕役童子。苦，甚、很。[03] 蠶房，養蠶的房屋。蠶喜溫畏風，故每年養蠶季節要先將蠶房用泥封塗縫隙。這裡係將新泥的蠶房供客人居住。[04] 行人，指詩人和隨從的僮僕等行路的客人。[05] 明府，唐人對縣令的尊稱，這裡是對客人的客氣稱謂。上來，從遠處至近處，猶遠道而來。[06] 丁寧，反覆叮

■ 王建

囑。回語，回頭對（某某）說。[07] 塚，《全唐詩》校：「一作井。」縣路，猶通向縣城的大路。[08] 丁男，家中成丁的男孩子。

📖 [鑑賞]

　　這首七言古詩在題目上雖未標出「行」、「謠」、「吟」、「歌」一類表明為樂府體的字眼，但一向編入王建的樂府體詩中，題材、寫法、風格亦與其樂府相近，故自然可視為王建即事名篇的新題樂府詩。

　　詩為敘事紀言體，全篇除「丁寧回語屋中妻」一句係詩人從旁描述之語外，均為「田家留客」之詞。且純用白描、全為口語，一氣直下，略無停頓。不但神情口吻畢肖，而且傳達出人物質樸淳厚、熱情好客的精神風貌。像原始生活形態那樣真實自然，毫無雕飾；又像原始生活形態那樣生動具體，不但如聞其聲，如見其人，而且字裡行間，充滿濃郁的生活氣息，溢出濃郁的樸野情趣。這是種最高等的寫實。

　　「人家少能留我屋，客有新漿馬有粟。」一開頭就是這位田家對詩人發出的留客語，說過路的客人很少能留在我這農家屋裡住宿，可我這看來不起眼的農家屋，卻能使住宿的客人喝口新釀的酒，馬吃到粟料。上句先退一步，為「人家少能留我屋」感到遺憾，見出田家以留客為榮的熱情與淳厚，下句反近一步，強調自家的接待條件很好，好像是在為免費住宿打廣告，說得既大方又風趣。

　　「遠行僮僕應苦飢，新婦廚中炊欲熟。」招呼完了主人，又回過頭招呼僮僕：遠道而來，您的這些僕人童子們恐怕早就餓了，剛好，我家娘子正在廚房忙碌，飯已經炊上，馬上就要開鍋吃熱飯了。從這裡可以看出，這位田家是客人們進門之後就已為留宿吃飯做好準備，否則客人剛進門怎會「炊欲熟」？既見其留客之殷勤熱情，又見其安排之周到細緻。

田家留客

途中投宿農家，客人們最重視的除了能及時吃到熱騰騰的飯菜外，就是能不能有個乾淨安全的住處，這正是「留宿」的要點。熱情細心的田家彷彿猜到客人的心思，緊接著就介紹為客人準備的住處：別嫌棄我們農家的破門戶，我們家新泥過的蠶房可是又乾淨又溫暖，既不透風，也無灰塵。蠶房是農家養蠶的地方，也是農家最乾淨衛生之處。讓客人住蠶房，既是就地取材，也是精心安排。

「行人但飲莫畏貧，明府上來何苦辛。」說話之間，田家妻子的酒菜已經上桌，主人連忙招呼客人們飲酒吃菜：客人們只管放開酒量，盡情飲酒，別擔心我們家窮而故意客氣，你們遠道而來，路上辛苦，可得開懷暢飲。怕客人因為擔心自己家窮而不捨得、不好意思盡情吃喝，這彷彿是客套，卻是真正體察客人的內心想法。豪爽熱情中顯出細心體貼。

酒足飯飽，還擔心夜裡孩子啼哭吵鬧，影響客人休息安睡，於是又回過頭叮嚀屋裡的妻子：「家裡來了客人，夜裡千萬別讓孩子啼哭吵鬧。」小兒夜啼，本來是常事小事，但對遠道而來、一路辛勞的「行人」來說，卻是影響安眠、影響明日繼續行役的大事，因此細心的主人特別認真地叮嚀囑咐妻子管好孩子，曰「丁寧」，則反覆鄭重之態如見，曰「回語」，則連說話時的動作也捎帶寫出。雖係白描，卻細入毫芒。

不僅要讓客人吃好睡好，還考慮到明天一早客人繼續趕路的事：村頭有兩座大墳，一直向西走就是大路，明天一早我讓大孩子送你們走，保證不會誤了你們趕路。不但管人管馬、管主管僕、管吃管喝，而且管住管行，一切都作好細心妥貼的安排。遇到這樣熱情好客、細心體貼的農家主人，還能不為其至情至性所感動陶醉嗎？這是最樸素、最真切的農家本色話語，也是最質樸、最真性情從內心流出的詩。如實描寫，不加修飾，這種生活、這種言語，本身就是一首美好的詩。白描的功夫到

■ 王建

達這種毫無修飾痕跡、如同生活本身的程度，才是最純粹、最真實、最高等的白描。比起杜甫那首〈遭田父泥飲美嚴中丞〉，王建的這首〈田家留客〉可謂盡滅雕飾之痕而復歸於自然。

望夫石[01]

望夫處，江悠悠。化為石，不回頭。山頭日日風復雨[02]，行人歸來石應語。

[校注]

[01] 中國各地有多處「望夫石」或「望夫山」的名跡，均為民間傳說，謂婦人因丈夫遠出不歸而佇立遙望，久而化為石。《初學記》卷五引南朝宋劉義慶《幽明錄》：「武昌北山有望夫石，狀若人立。古傳云：昔有貞婦，其夫從役，遠赴國難，攜弱子餞送北山，立望夫而化為立石。」據「江悠悠」句，或即指武昌北山之望夫石。王建曾在荊南節度使幕，距武昌不遠。[02] 山，《全唐詩》原作「上」，校：「一作山。」茲據改。

[鑑賞]

張、王五七言樂府，雖均尚通俗、主寫實，但比較之下，張多短制，風格峭刻新奇；王多鋪敘渲染，風格詼諧風趣；張多比興，王多白描。但王建的這首〈望夫石〉卻是七古中的超短制。通篇由四個三字句、兩個七字句構成。言辭雖極樸素通俗，抒情卻深刻至極，平易中有深永的情味、新奇犀利的想像。二十六個字，不僅概括了動人的民間傳說，濃縮了悠遠的時空，而且熔鑄了古代婦女堅貞的精神品格。

「望夫處，江悠悠。」開頭兩句緊扣題目中的「望夫」，寫望中所見之

望夫石 [01]

景，渲染環境氛圍。「江悠悠」三字，即景寓情，既顯示出望夫女子之情，如江之悠長無盡，又顯示出江上之空寂，唯見江水悠悠，不見丈夫的歸舟，傳達出「望」者的空虛失落之情。其意境與溫詞〈望江南〉「梳洗罷，獨倚望江樓。過盡千帆皆不是，斜暉脈脈水悠悠」近似，而更為凝練含蓄。同時，這悠悠的江水又是悠悠的時間之流的象徵，使人聯想到望夫的女子佇立遙望，已經不知經歷了多少悠悠歲月，這就自然引出了三、四兩句。

「化為石，不回頭。」乍讀似乎只是引述民間傳說，點明題內的「石」字。但「不回頭」這三個字卻不僅僅是寫「石」之屹立不動，而且寫出了堅貞自守、亙古不變的精神品格。言辭雖極通俗平易，語氣卻極堅定不移，寓有斬絕峭拔之氣。

「山頭日日風復雨，行人歸來石應語。」五、六兩句轉用七字句，顯示出內容在此轉折，也使詩的格調顯得錯落有致。上句寫景，說這望夫石在山頭上，日日承受風吹雨打，言語中自含對望夫女子的同情體貼，更有對其櫛風沐雨，歷悠悠時間之流而峭立不動的尊敬與感動。下句則是想像之詞，也是全篇的警策。在詩人的凝望遙想中，這歷千年而佇立江邊山頭不動的望夫石，彷彿注入了靈魂。精誠所至，金石為開，遠征的丈夫在她的精神感召下，果然歸來了；而這時峭立不語的「望夫石」恐怕也要復活為人，歡欣而語，迎接丈夫的歸來吧。這一句從寫實躍入想像的領域，不但豐富延伸民間傳說，而且使詩境得到昇華。望夫石的傳說，本來帶有濃郁的悲劇色彩，既堅貞長守、亙古不變，又透露出對未來的絕望和無奈。但透過「行人歸來石應語」這一石破天驚的想像，卻為望夫石的傳說注入了希望的色彩和樂觀的氣息。在長久的佇望中，人可化而為石，石又可化而為人，這彷彿是還魂式的想像，充滿浪漫主義的

王建

奇思異采，使全詩因此而增添亮色。宋宗元說末句既是「極苦語」，又是「極趣語」，所謂「極趣語」，正是這種奇特的浪漫主義色彩。

田家行 [01]

男聲欣欣女顏悅，人家不怨言語別[02]。五月雖熱麥風清[03]，簷頭索索繅車鳴[04]。野蠶作繭人不取，葉間撲撲秋蛾生[05]。麥收上場絹在軸[06]，的知輸得官家足[07]。不望入口覆上身[08]，且免向城賣黃犢。田家衣食無厚薄[09]，不見縣門身即樂[10]。

[校注]

[01] 本篇係新題樂府。[02] 人家，猶民家。別，不同、個別。言語別，此謂與往常言語之間每露悲愁怨憤情緒不同，顯得興奮喜悅。[03] 麥風，麥收時的風。[04] 簷頭，屋簷邊。索索，響聲。繅車，抽繭出絲的車。[05] 秋蛾，蠶作繭成蛹後所化的蛾。前云「五月」，後云「麥收」，本篇所寫係五月農忙季節情景，「秋蛾」係想像之詞。[06] 軸，織機的軸。絹在軸，指絹已快織成。[07] 的知，確知。輸，繳納田稅。[08] 入口，指糧食；上身，指絹帛。[09] 無厚薄，不論品質精粗厚薄。[10] 縣門，縣府衙門。

[鑑賞]

這首詩集中筆墨描寫農家收麥季節的歡欣、忙碌和對生活的微薄希望。通篇以「欣」、「悅」始，以「樂」終，但給人的感受卻是農民生活的辛酸。

「男聲欣欣女顏悅，人家不怨言語別。」詩一開頭就從農家說話聲、

言談內容、感情和臉部表情上渲染出一片欣喜、歡悅的氣氛。無論是當家的男人還是家庭的主婦，言語表情之間，都一掃過去常有的怨氣和悲哀，透露出內心的歡欣喜悅。兩句前四字與後三字，意思相對而字數參差，且互文見義，顯得既緊湊又流暢，讀來自有輕快的調子在流動。「人家」即家家農民，是泛指各家各戶而非指某一家。「言語別」的「別」字用得生新別緻而含蓄，只說言語與先前不同，而今之歡欣喜悅，昔之憂苦悲怨均可想見。

「五月雖熱麥風清，簷頭索索繰車鳴。」三、四兩句，對開頭渲染的歡悅氣氛出現的原因作出解釋：原來又到了五月這個收麥、收蠶的忙碌季節。而且是麥子和蠶絲都豐收在望的好年景，農民全家男女，一冬一春的辛勤忙碌，等待的就是這個麥熟蠶收的季節。農曆五月，天氣其實已經相當炎熱，但在田間辛勤收割的農夫，卻覺得偶爾掠過的一陣清風特別涼爽愜意，這自然是由於收穫的喜悅使他們對外界事物的感受，也變得格外輕鬆愉快，從那個主觀性鮮明突出的「清」字中，似乎還可以聞到麥子成熟時的清香。這句寫男人田間勞動的喜悅，下句則寫婦女在家繰絲的情景，家家戶戶傳出屋簷邊繰車抽絲時索索的鳴響。這聲響，在局外人聽來，可能顯得有些單調而嘈雜，但在經歷了一春蠶事繁忙的農婦耳中，卻無異於最美妙動人的音樂，讓人從「索索」、「鳴」等字眼中，彷彿可以感受到其歡悅輕快的心聲。

「野蠶作繭人不取，葉間撲撲秋蛾生。」五、六兩句，承第四句繰絲宕開一筆，說由於蠶繭豐收，家家戶戶都忙於繰絲織絹，根本沒有時間去收野蠶作的繭，只能由它自生自長，由蛹化蛾了。這宕開的一筆，似撇開了農家五月收麥的忙碌場景，卻更襯出了農事的繁忙，閒中著筆，餘波蕩漾，更顯得搖曳生姿。

■ 王建

「麥收上場絹在軸，的知輸得官家足。」麥收既畢，上場枷打簸揚晒乾；繰絲既畢，團團縷縷也上了織機，馬上就可以織成絹帛了。長時間的辛勤勞動，正在化為場上機上看得見摸得著的「果實」。可是農夫農婦這時首先考慮的卻不是全家人如何享用辛勤勞動的果實，而是首要盤算這晒乾淨的麥和織成的絹，究竟夠不夠繳納官家租稅。因為是豐年，麥子和絹匹看來是足夠繳稅的。「的知」二字，說得十分肯定，透出滿足和喜悅，卻分外令人心酸。豐年在繳稅之後或略有盈餘，水旱災害的年月，則連繳納官府的稅也不夠，可見其時稅收酷重和農民生活之艱困。

「不望入口覆上身，且免向城賣黃犢。」九、十兩句，緊承「輸得官家足」，寫田家的自我慶幸和自我解嘲。男耕女織，本為維持一家人的溫飽，但多年的酷重賦稅負擔，卻使農民徹底打破了自給自足、豐衣足食的幻想，而是宣稱本就不指望長好的麥子能吃進嘴裡，潔白的絹能穿上身，只要能免於到城裡賣黃牛崽繳稅就算萬幸了。黃牛是農民的重要生產工具，賣黃牛犢就等於賣掉明後年的基本生產工具，故能倖免於此，已自慶幸。從這裡可以看出，即使是豐收年景，繳稅之外，剩餘的衣食之資也少得可憐。「不望」、「且免」相互呼應，自我解嘲中透露出內心深處的悲苦和對往昔「向城賣黃犢」這種困窮境遇的痛苦記憶。

「田家衣食無厚薄，不見縣門身即樂。」末二句是全篇的警策和點睛之筆。上句說農民對自己生活的要求非常低微，只要有粗衣淡飯就已滿足，根本不計較衣食的精粗厚薄，只求果腹蔽體而已。不是農民沒有改善生活的願望和追求，而是殘酷的現實、無情的壓榨迫使他們放棄了豐衣足食的奢望，這種心態正透露出造成它的殘酷環境。下句進一步說出農民的快樂就是身不見縣門。在他們心中，「見縣門」就代表著因繳不起租稅而面臨的嚴刑責罰、傾家蕩產、坐牢繫獄一系列災難。官府衙門在

他們心目中就是森嚴的閻王殿，因此說「不見縣門身即樂」。沉重的悲哀卻用輕鬆詼諧的口吻道出，愈顯出悲哀的沉重。

以樂寫悲，以豐收的忙碌和喜悅反襯豐收之後的窮乏，以自我慶幸和解嘲的輕鬆口吻透露生活的沉重，相反相成，愈顯出農民的悲苦困窮處境。但詩人並非刻意追求技巧，他只是用樸素的言辭描寫自身所熟悉的農民生活與農民心態。讀者從詩人所描繪的生活場景和農民心態中自能得到啟示，聯想到造成這種生活與心態的時代社會根源，這正是寫實的力量、真實生活本身的力量。

新嫁娘詞三首(其三) [01]

三日入廚下，洗手作羹湯[02]。未諳姑食性[03]，先遣小姑嘗[04]。

📖 [校注]

[01] 這組詩共三首。第一首云：「鄰家人未識，床上坐堆堆。郎來傍門戶，滿口索錢財。」第二首云：「錦幛兩邊橫，遮掩侍娘行。遣郎鋪簟席，相並拜親情。」流傳最廣的還是第三首。[02] 古時習俗，新娘子過門後第三天要下廚做飯菜，俗稱「過三朝」。羹湯，用肉類或蔬菜等製成的帶濃汁的食物。此泛指菜餚。[03] 諳，熟悉。姑，婆婆。食性，口味。[04] 遣，讓。小姑，丈夫的妹妹。

📖 [鑑賞]

尚俗，是中唐張、王、元、白一派詩人的共同創作志趣，其中王建的尚俗志趣尤為突出。以民間婚嫁場景習俗入詩，是尚俗志趣在詩歌題材領域的表現之一，也是對詩歌題材的一種開拓。這組〈新嫁娘詞三首〉

■ 王建

便是典型的例證。但三首詩中唯有這一首流傳廣泛，得到歷代評論家的高度讚譽，而前兩首則不為人所知。問題的關鍵就在於，詩人在描寫民間習俗的時候，是否發現了詩情詩趣和人物在特定環境下的行為心態。

「三日入廚下，洗手作羹湯。」前兩句點明這一首所要描寫的婚姻習俗：新娘子在過門後第三天下廚做飯煮菜。這一習俗，既象徵著新嫁娘正式參與主要家務勞動的開始，也是她作為新的家庭成員接受的首次考試。能做得一手好菜餚，是新媳婦「主內」能力的展示。因此作為新嫁娘的女主角，對這樣關係到自己將來在公婆心中印象和在家庭中地位的才藝展示，自然是極為重視的。首句平平敘起，次句在「作羹湯」三字之前，用了「洗手」二字，反倒顯得相當嚴肅而鄭重，透露出此刻她心中既躍躍欲試又有些忐忑不安的心理。

「未諳姑食性，先遣小姑嘗。」三、四兩句，略去一切具體的烹製過程，從下廚洗手直接跳到餚饌既成，好像一場精采的演出剛開頭就結了尾。這固然是由於五絕篇幅最短，容不得對具體過程的鋪敘描寫，更緣於這場才藝展示究竟能不能獲得成功和稱許，關鍵不在用料的精細、烹飪的火候和製作者的主觀感受，而在於得到這個新家的主人，主要是婆婆的認可和滿意。在新媳婦到來之前，婆婆職主中饋，多年掌廚調和眾口的結果，婆婆烹製餚饌的口味實際上也就代表了全家的口味，這就是為什麼「姑食性」相當重要（並非婆婆特別難侍候，也並非家中其他人的口味就無須考慮）。但到新家才三日，姑之食性又何從而「諳」？不但不熟悉，而且也不好意思直接詢問。不過不要緊，雖「未諳姑食性」，卻可就近請教此刻也許正在廚下幫忙的小姑，而且也不必詳細說道，直接將烹製出來的羹湯讓她嘗一嘗就行了。口味這個東西，說不清、道不明，卻嘗得出，故只需將烹製出來的樣品讓小姑品味一下，若得認可，則即

可照此辦理了。在這裡，小姑既是婆婆「食性」的鑑定者，也是全家口味的代表，這就是為什麼「先遣小姑嘗」。同為女性，年紀相仿，新嫁娘到夫家，小姑自然成為其親密夥伴，故可不拘形跡地「遣」其先嘗。「遣」字用得親切而率真。讀者於此，或者讚新嫁娘之聰慧乖巧、賢惠尊長，誠然如此，但新娘子的這一舉動，實為源於生活，無師自通。在娘家十幾年生活中，早就懂得母親的「食性」口味，亦即全家的食性口味，而自己在幫廚的過程中也早已諳熟母親的口味，到婆家之後不過依此經驗比照辦理而已。女主角並未用特別的心機，只是自然地這樣做，詩人也只是如實描寫，並未刻意施巧。「未諳姑食性，先遣小姑嘗」這個行動細節之所以典型，正緣於它來自生活，具有濃郁的生活氣息。透過這一細節，不僅可以窺見新嫁娘在這場考試中，隨機應變的能力和融入新家的迫切心情，而且可以感受到姑嫂乃至婆媳之間，已有的或將有的融洽氣氛與和諧關係。這一行動細節本身以及它所透露的氛圍，都充溢著詩情詩趣，使人於發出會心微笑的同時，感受到一個家庭新成員融入新家時的生活美。

■ 王建

孟郊

　　孟郊（西元 751～814 年），字東野，湖州武康（今浙江德清）人。貞元八、九年（西元 792、793 年），兩應進士試不第，十二年始登第。十七年選為溧陽尉，因吟詩廢吏事，罰半俸，遂辭官。元和元年（西元 806 年），河南尹鄭餘慶辟為水陸轉運從事，試協律郎。九年，鄭餘慶鎮興元，奏為參謀，試大理評事，赴任途次閿鄉，遇暴疾卒。友人張籍等私諡為貞曜先生。長於五古，刻意苦吟，韓愈稱其為詩「劇目心，鉤章棘句」，李肇稱其詩「矯激」，張為《詩人主客圖》列郊為「清奇僻苦主」，蘇軾則有「郊寒島瘦」之評。有《孟東野詩集》十卷，《全唐詩》編其詩為十卷。今人郝世峰有《孟東野詩集箋注》。

遊子吟 [01]

　　慈母手中線，遊子身上衣。臨行密密縫，意恐遲遲歸。誰言寸草心 [02]，報得三春暉 [03]。

📖 [校注]

　　[01] 題下自注：「迎母溧上作。」貞元十七年（西元 801 年），孟郊始任溧陽尉，迎其母至任所。溧上，指溧陽，因其南有溧水，故稱。〈遊子吟〉屬樂府雜曲歌辭。《樂府詩集》卷六十七於此題首列孟郊此首，解題曰：「漢蘇武詩曰：『幸有弦歌曲，可以喻中懷。請為遊子吟，泠泠一何悲。』又有〈遊子移〉，亦類此也。」似漢代已有〈遊子吟〉樂曲及曲

孟郊

辭。唐代孟郊之前，顧況已有〈遊子吟〉五古長篇，李益亦有同題之作。[02] 寸草，小草。[03] 三春，此指整個春天。暉，陽光。

[鑑賞]

韓愈稱孟郊為詩「劌目鉥心，鉤章棘句」，評論者多據此謂其詩之獨創風格為「思苦奇澀」、「寒澀」、「琢削」、「堅瘦」、「沙澀而帶芒刺感」、「陰鬱狠峭」。這確實是孟郊刻意追求、力求創新的一種主導風格，也是韓、孟一派詩人共同擁有的審美志趣。但韓愈同時又說過「孟生江海士，古貌又古心」這樣的話，孟郊自己也主張「文高追古昔」。因而在他的詩集中也有相當數量高古樸素的作品，甚至淺切平淡而感情真摯淳厚的作品。這首〈遊子吟〉就是孟詩後一種風格的代表。

詩所抒寫的是人類最普遍也最真摯的感情之一 —— 母愛。但不是從母親的角度寫對親生兒女的愛，而是從兒子的角度寫自己對母愛的感受、體會和讚頌。據題下自注，詩為孟郊初仕溧陽尉將母親迎至任上時所作。詩人早孤，父親孟庭玢在崑山尉任去世後，其母裴氏含辛茹苦，將孟郊及孟酆、孟郢兄弟撫養成人。寫這首詩時，孟郊已經五十歲，此前多次辭親遠遊，歷經艱難挫折，備嘗人情冷暖，對世道人心的險惡有深刻體會，因而對母愛的無私與溫暖有更深刻的感受。這種特殊的人生經歷，是詩人能創作出如此真摯動人詩篇的重要原因。在五十年的生活經歷基礎上寫母愛，無論敘事或議論，都可衍為淋漓盡致的長篇，但詩人卻將所有的深刻感受和體會濃縮為一首只有六句的五古樂府。而這六句詩又只由一個細節、一個比喻組成。

「慈母手中線，遊子身上衣。臨行密密縫，意恐遲遲歸。」前四句是遊子離家前母親為遠行的兒子縫製衣裳的一個細節。寫遊子對母愛的感

念，有許多居家時母親關愛的細節可以敘寫，也有孤身在外思念母親的感情可以抒發，但對於「遊子吟」這個題目來說，臨行前夕母親為自己縫製衣裳的細節無疑最具代表性。因為這個細節包含了母親對遠行兒子的無限關愛。「慈母手中線，遊子身上衣。」開頭兩句起得極樸素，卻極簡潔，縫製的過程、動作通通省略，彷彿頃刻之間，慈母手中的針線，就化作了遊子身上的衣裳。在「線」與「衣」的跳躍中，蘊含著巨大的感情空間，慈母對遊子前途的期盼，對遊子遠行的辛苦與孤子的擔憂，對遊子外出飲食起居的掛念，都在這一針針、一線線地縫製衣裳的過程中充滿胸懷，民歌式的自然親切語調加強了濃郁的抒情氣氛，讀來倍感情味的深摯雋永。

　　三、四兩句，緊承「手中線」與「身上衣」，於縫製衣裳的細節基礎上再突出一個細節：「臨行密密縫，意恐遲遲歸。」上句點出「臨行」二字，與題目緊密呼應，而「密密縫」這個細節，則以詩人的揣想作出解釋：原來慈母的細針密線，是由於擔心遠行在外的兒子歸來的時間太晚，總想把衣裳縫製得結實牢固一點，免得兒子在外衣裳脫線無人縫補。這一解釋，不但突顯出母親對兒子的深情體貼和無微不至的關愛，而且透過詩人的揣想，也表現出這時兒子對母親體貼關愛之情的深切理解和感念。在「密密縫」的過程中，慈母將自己全部柔情摯愛、所有關懷溫暖也融化進去了。孟郊長期窮困貧寒，過的是和普通人相似的生活，故對遠遊前母親為他縫製衣裳的細節，有極深切的感受體會和親切記憶，寫來也就特別自然順暢，如同脫口而出，卻在無意中道出了廣泛普通人的情感體會。

　　「誰言寸草心，報得三春暉。」前四句藉助代表性的細節，極富渲染力地表現出慈母對遊子的摯愛關切，後兩句則藉助生動貼切而又新穎的

■ 孟郊

　　比喻抒發對母愛的感激和無以為報的深摯感情。傳統上一般很少用太陽來比喻女性，這裡卻以春天的陽光來比喻母愛，顯然是一種創造，但又使我們感到它的無比貼切。特別是詩人同時將自己喻為「寸草」，將自己對母親的感激圖報之情比作「寸草心」，以與帶著無限關愛、溫暖的「三春暉」構成鮮明的對照，母愛的博大、無私和終身無以酬報的感恩之情，便得到了形象生動、淋漓盡致的表現。這裡的「寸草心」，當和題下自注「迎母溧上」之事有關。五十始得一尉，故隨即將母親迎至任所。這當然也是深感母親養育關愛之恩而圖「報」的表現，但在詩人心中，對於慈母的撫育煦養、教誨關愛之恩，根本不能報其萬一，就像寸草之心不能報三春陽光的恩輝一樣。結尾用反問語，加強了詠嘆的情味，具有不盡的韻致。

　　詩人在長期貧困漂泊的境遇中，對世態人情的險惡有深刻的感受，故總多憤激怨恨乃至詛咒之語，其詩風陰暗冷峭的一面即緣此而生。這和他在此詩中充滿感情地歌頌母愛並不矛盾。實際上，正由於他對世道人心的險惡冷酷感受越深，對母愛的溫煦和無私便越加珍視。這正是矛盾的綜合體。感情有此兩面，詩風亦有此兩面。刻意苦吟，致力創造寒澀冷峭的風格，雖能展現詩人的創造精神，但刻削太過，寫出來的未必是佳作。相反地，純由至情至性而自然流露的作品，卻往往格外真摯感人。

　　自清初賀裳以來，評此詩者每謂其言理、議論。孟詩確有議論化、理念化的傾向，但這首詩卻非議論言理之作。前四句選取記憶中最能展現慈母對遊子無微不至關愛體貼的典型細節，以個別見一般，以具體的畫面代替敘述，後二句則藉助形象生動而新穎貼切的比喻融化議論，故全篇毫無理念化之弊。

遊終南山 [01]

南山塞天地[02]，日月石上生[03]。高峰夜留景[04]，深谷晝未明。山中人自正[05]，路險心亦平。長風驅松柏，聲拂萬壑清。即此悔讀書[06]，朝朝近浮名[07]。

📖 [校注]

[01] 終南山，在長安城南。係秦嶺西起武功縣境東至藍田縣境之總稱。參見王維〈終南山行〉注 [01]。[02] 塞天地，充塞於天地之間。[03] 因山高，故遠望日月似乎從山頂的石上生出。[04] 景，指太陽。太陽落下之後，似乎留在西邊的高峰之後。故云。自注：「太白峰西，黃昏後見餘日。」[05] 山中，或解為山勢中正，不敧傾。與「人自正」為因果關係。但「中」字似少此用法。全句意蓋謂處於山中，與大自然相親，人自正直。[06] 悔讀書，指為求取功名而讀的經書等。[07] 浮名，虛名，指功名。

📖 [鑑賞]

孟郊的詩，總因關注於個人的窮愁寒病，且刻意追求奇險峭硬的風格，雖橫語盤空，而詩境不免狹隘寒儉。這首〈遊終南山〉詩則不但境界奇偉，氣象博大，而且言辭也一改他許多詩刻意搜奇之風，顯得樸爽健朗，氣度不凡。是一首有孟詩新奇犀利之長，而無逼仄枯槁之弊的作品。

「南山塞天地，日月石上生。」開頭兩句，總寫終南山之高大雄偉，概括全篇。這裡有個詩人視角的問題。或以為這是寫詩人身在深山，仰望則山與天連，環顧則視線為千巖萬壑所遮蔽，壓根看不見山外有什麼

■ 孟郊

空間的情景。細品此二句,當是在山下不遠處仰望整個終南山時的感受。終南山西起武功,東至藍田,綿亙連延數百里,站在山下仰望,但見高峰插天,上與天連,由西向東,綿延不斷,似乎整個天地之間都被眼前的終南山「塞」滿了。從寫實的角度來說,「南山塞天地」當然是極度誇張渲染,但從特定觀察角度所得的主觀感受而言,這「塞」字又十分準確真切,形象生動。「塞」字用字雖奇橫突兀,卻自然妥貼,既寫出了終南山的廣大雄偉,又傳達出其磅礡氣勢,可以說是韓愈讚孟郊詩「盤空橫硬語,妥貼力排奡」的典型。「日月石上生」更明顯是山下仰望所見。這句極寫山的高峻。抬頭仰望,但見太陽或月亮從山頂的岩石上升起。不說「峰頂升」而曰「石上生」,同樣是為了取得新奇犀利的效果。就單個字而言,「石」和「生」都是極平常的字眼,但當詩人將「日月」之「生」與它們連繫在一起時,卻頓時感到境界的新奇不凡,令人聯想到這高大的終南山甚至能包孕日月,它與上句終南山充塞天地的形容連在一起,整個終南山高大雄偉、充塞天地、包孕日月的神奇景象,便得到極富創造性的表現。

「高峰夜留景,深谷晝未明。」三、四兩句續寫登高峰、下深谷時所見奇觀。未攀上高峰時,太陽已經落下西峰;及至登上峰頂,卻見夕陽餘暉仍映照著峰西的山巒,給人的感覺是「高峰」將太陽留在了自己的身後,這也就是原注(可能是詩人自注)所說的「太白峰西,黃昏後見餘日」的奇特景象。這種景象,自非親歷高峰之巔者所不能道。「夜」與「景」彷彿矛盾,但因登高峰而使此「夜留景」的奇特景象得以呈現。下到深谷投宿,翌日天曉,漸至白晝,卻幽暗陰森、不見陽光,故說「深谷晝未明」。這句所寫景象,單獨看並不特別奇特,但和上句對照一起讀,卻可見終南山千山萬壑,陰晴各異,或「夜」而「留景」,或「晝」而

「未明」的奇異景象，使終南山之廣大、高峻也得到進一步的表現。

「山中人自正，路險心亦平。」五、六兩句，概寫山中所遇之人、所行之路給自己的感受。上句是說，處此山中，所遇之人均樸野正直，無邪曲陰險之輩，「自」字用意，強調山中的環境對於人的「正」直品格具有自然生成的作用，雖著意而不露著力之痕。當然，也可以作另一種理解，即遊於山中，得此自然之氣的薰染，遠離塵囂世俗的紛擾，自己的心也變得正直而無邪曲之念了。無論作哪一種理解，這一句與下句都構成對應關係與因果連繫，由於人心正直，故山中道路雖險峻崎嶇，內心仍平靜安詳。兩句所表現的是山中的自然環境和人文環境對自己心情的影響。孟郊為詩，刻意追求奇峭高古，不屑於為駢偶對仗工整之句，此詩通篇不用偶對，不太可能在這裡刻意作工對。這兩句將敘述、議論和抒情融成一體，承上啟下，為全篇樞紐。「人正」、「心平」起下四句。

「長風驅松柏，聲拂萬壑清。」七、八兩句掉筆寫山中之景，集中筆墨寫風吹松柏之態與聲。山高風猛而連續不斷，故曰「長風」。一「驅」字極生動具體而有氣勢，寫出在「長風」的驅動下，千山萬壑中的松柏枝葉，都所向披靡，向風吹的方向傾斜，如波濤洶湧，發出令人神清氣爽的清響。兩句詩極力渲染松濤的聲勢，著眼處卻在句末的那個「清」字。「清」是「心平」的進一步發展，至此山中，不但人正、心平，人的神志也變得格外清爽而無絲毫雜念。松濤之清響，不但傳遍萬壑，亦沁人心脾。這就自然引出詩的結尾兩句。

「即此悔讀書，朝朝近浮名。」唐代士人讀書，多為參加科舉考試作準備，王維〈山中與裴秀才迪書〉開頭便提及「近臘月下，景氣和暢，故山殊可過。足下方溫經，猥不敢相煩」。所謂「溫經」，即為參加來年初春的科舉考試溫習經書，也就是這裡的「讀書」所指的主要內容。在如此

■ 孟郊

高大雄峻、具有崇高感的終南山面前，在遠離塵囂和紛擾的大自然薰染下，不但人正、心平、神清，萬慮俱消，而且對此前為考取功名而孜孜不倦地讀經書以應科考的行為感到後悔，悔恨自己日日朝朝所追求的不過是過眼雲煙的浮名而已。這是全篇的結穴，也是「遊終南山」受大自然的浸染而悟到的人生真諦。孟郊一生，對功名的追求實際上是非常執著的，從〈登科後〉一詩中所表現的得意忘形之態便可以看出這一點。但不必因此懷疑詩人「即此悔讀書，朝朝近浮名」這兩句詩的真誠。人在親近崇高、壯偉而又遠離塵囂紛擾的自然時，有此感受而自省，也是自然而真切的，正由於他在遊終南山的過程中暫時擺脫了名韁利鎖的拘束，精神上得到解放，才能發現終南山壯偉雄峻的崇高美，並加以出色地表現。

洛橋晚望 [01]

天津橋下冰初結，洛陽陌上人行絕 [02]。榆柳蕭疏樓閣閒 [03]，月明直見嵩山雪 [04]。

📖 [校注]

[01] 洛橋，即首句之「天津橋」。隋煬帝於大業元年（西元605年）遷都洛陽，以洛水貫流都城，有天漢津梁氣象，因在洛陽皇城端門外建浮橋，名曰天津橋。隋末焚毀，至唐貞觀十四年（西元640年），更令石工累方石為腳重建。故址在今洛陽市西南。[02] 陌，街道。《後漢書·蔡邕傳》：「及碑始立，其觀視及摹寫者，車乘日千餘兩，填塞街陌。」[03] 閒，安靜。[04] 嵩山，在河南省登封市北，為五嶽之中嶽。嵩山在洛陽之東南，登封為東都洛陽之畿縣，故在天津橋上晚望可見嵩山頂上之積雪。

洛橋晚望 [01]

📖 [鑑賞]

　　孟郊詩多借寒苦之境抒寫其不平之鳴。因缺乏理想的光輝和高遠的追求，每使人感到其詩境狹隘，反映出精神上受囚禁的狀態。雖或能引起同情憐憫，卻感受不到詩境之美。蘇軾稱其詩如「寒蟲號」，元好問譏其為「高天厚地一詩囚」，都揭示出孟詩這方面的缺陷。這首〈洛橋晚望〉所寫的雖是寒冬冰封雪積季節的景色，卻境界高遠，氣象不凡，展現出詩人精神性格孤峭峻拔、意氣軒昂爽朗的一面。

　　詩題「洛橋晚望」，全詩四句便以「洛橋」為立足點，以「望」字為中心，由近及遠，逐步展開景物描寫。首句緊扣題目，寫天津橋下近眺所見。「冰初結」，表明時令已至嚴冬。次句由眼前景推開，寫望中所見洛陽街道上的景象。由於天氣嚴寒，時間又到晚暮，故往日熙熙攘攘、繁華熱鬧的街道上，此刻已是行人斷絕，一片空寂，上句「冰初結」寫寒冷，下句「人行絕」寫清寂。上句俯視，下句平視，視角變換，視線由近及遠。故雖寫冷寂之景，境界已不局限於自身所處的小天地，展現出舒展的趨勢。

　　第三句「榆柳蕭疏樓閣閒」，續寫望中之景，卻由第二句的平視轉為仰望。由於時值寒冬，榆柳已經落盡黃葉，枝幹蕭疏，往日為榆柳濃蔭所遮掩的樓閣也顯現在眼前。晚暮行人絕跡，樓閣空寂無人，顯得一片靜寂。這一句雖寫蕭疏空寂之景，但別饒疏朗閒靜、從容不迫的韻致，而無孟郊寫寒苦境況的詩常有的逼仄之態。

　　「月明直見嵩山雪。」末句急轉，寫遠望之景。題目言「晚望」，實際上「晚」字中含有漸進的時間過程，由暮色蒼茫至明月東升。在皓潔的明月清光映照之下，遠處的嵩山頂上，積雪之光與明月之輝相互輝映，顯現出高遠寥廓、明淨皎潔的境界。「直見」上承「榆柳蕭疏」，生動地展

173

■ 孟郊

示出視野之寥闊高遠,毫無窒礙,也透露出在「直見」的剎那,詩人目視神馳,望中之景與心中之境忽然相遇,兩相契合的情景。「嵩山雪」在這裡既展現遠望中的客觀景物,又傳達出詩人此刻心境的昇華與外化,借用張孝祥的〈念奴嬌·過洞庭〉詞來形容,那就是「表裡俱澄澈,悠然心會,妙處難與君說」、「孤光自照,肝膽皆冰雪」。詩押入聲韻,末句於斬絕之勢中復含悠遠的餘韻,令人神遠。

韓愈

　　韓愈（西元 768 ～ 825 年），字退之，河陽（今河南孟州）人。自稱郡望昌黎。少孤，由兄韓會、嫂鄭氏撫育。刻苦自礪，通六經、百家之學。貞元八年（西元 792 年）登進士第。貞元十二年、十五年，先後在宣武節度使董晉幕、武寧節度使張建封幕任推官。十八年為四門博士，次年遷監察御史，因上疏論事得罪權要，貶陽山令。憲宗即位，徙江陵府法曹參軍。元和元年（西元 806 年）六月，授國子博士，分司東都。四年改東都都官員外郎。五年任河南令。六年入為職方員外郎。七年降為國子博士分司東都。八年擢比部郎中、史館修撰。九年轉考功郎中，仍任史館修撰。十二月以考功郎中知制誥。十一年正月遷中書舍人，因上書論淮西事降為太子右庶子。十二年，以功授刑部侍郎。十四年，因上表諫迎佛骨觸忤憲宗，貶潮州刺史。移袁州刺史。十五年九月，穆宗召為國子祭酒。長慶元年（西元 821 年）七月，轉兵部侍郎。次年二月奉命宣慰鎮州，使還，轉吏部侍郎。三年拜京兆尹，轉御史大夫。四年十二月二日卒官吏部侍郎。諡曰文。後世因此稱韓吏部、韓文公或韓昌黎。愈以繼承儒家道統、弘揚仁義、排斥佛老為己任，倡導古文，反對駢偶文風，主張文道合一，以道為主。與柳宗元同為文壇盟主，世稱「韓柳」。其詩多用賦法，鋪陳渲染，又多用散文章法、句法，好發議論，故有「以文為詩」之評。詩風雄放奇崛，時入險怪。葉燮謂「韓愈為唐詩之一大變，其力大，其思雄，崛起特為鼻祖。宋之蘇、梅、歐、蘇、王、黃，皆愈為之發其端」（《原詩・內篇上》）。《新唐書・藝文志》著錄《韓

■ 韓愈

愈集》四十卷。《全唐詩》編其詩為七卷。今人錢仲聯有《韓昌黎詩繫年集釋》，屈守元主編有《韓愈全集校注》。

山石 [01]

山石犖确行徑微[02]，黃昏到寺蝙蝠飛。升堂坐階新雨足[03]，芭蕉葉大支子肥[04]。僧言古壁佛畫好[05]，以火來照所見稀[06]。鋪床拂席置羹飯[07]，疏糲亦足飽我飢[08]。夜深靜臥百蟲絕，清月出嶺光入扉[09]。天明獨去無道路[10]，出入高下窮煙霏[11]。山紅澗碧紛爛漫[12]，時見松櫪皆十圍[13]。當流赤足踏澗石[14]，水聲激激風吹衣[15]。人生如此自可樂，豈必局束為人鞿[16]。嗟哉吾黨二三子[17]，安得至老不更歸[18]。

📖 [校注]

[01] 詩取首二字為題。方世舉《韓昌黎詩編年箋注》：「按：《外集·洛北惠林寺題名》云：『韓愈、李景興、侯喜、尉遲汾，貞元十七年七月二十二日魚於溫洛，宿此而歸。』前詩（按：指〈贈侯喜〉）『晡時堅坐到黃昏』。此詩云：『黃昏到寺蝙蝠飛。』正一時事景物。」據此，詩當作於貞元十七年（西元801年）七月下旬，與侯喜等人釣魚於洛後遊洛北惠林寺，住宿寺中翌日獨歸時。[02] 犖（ㄌㄨㄛˋ）确，形容山路磊落不平之狀。行徑微，山間小路依稀可辨。[03] 堂，指佛寺的廳堂。[04] 支子，即梔子。顧嗣立《昌黎先生詩集注》：「蘇頌〈草木疏〉：『芭蕉葉大者二三尺圍，重皮相襲，葉如扇生。』《酉陽雜俎》：『諸花少六出者，唯梔子花六出，即西域薝葡花也。』『梔』，與『支』同。」按老杜詩：「紅綻雨肥梅。」肥字本此，承上「新雨足」來。梔子花白色，春夏開花。[05] 古壁佛畫，指古寺中壁畫。[06] 稀，依稀、模糊。因年深歲久，壁畫已模糊不清。[07] 羹，羹湯。羹飯，猶飯菜。[08] 疏糲，泛稱粗糙的飯菜。糲，

糙米。[09] 扉，門戶。[10] 獨去，獨自離寺。無道路，晨霧迷漫中找不到道路。參下句。[11] 出入高下，指時而走出、時而進入煙霧，時而向上攀登，時而向下行走。窮，盡、遍。煙霏，煙霧。[12] 山紅澗碧，山花紅豔，澗水清碧。紛爛漫，紛然在目，色彩絢麗。[13] 櫪，同「櫟」，即麻櫟樹。[14] 當流，正沖著澗流。[15] 激激，水急流聲。古樂府〈戰城南〉：「水聲激激，蒲葦冥冥。」[16] 局束，猶拘束。羈，馬嚼子。此處用作動詞，指牽制束縛。[17]《論語·公冶長》：「吾黨之小子。」又〈述而〉：「二三子以我為隱乎？」吾黨二三子，指侯喜、李景興、尉遲汾等同遊者。[18] 歸，指辭官歸鄉。

[鑑賞]

　　這是一篇首尾完整的紀遊寫景詩，也是韓愈在以文為詩的實驗藝術方面最成功的代表作。用詩的形式來寫景記遊，南朝劉宋的謝靈運已開其端，唐代李、杜等大詩人也有這方面的佳作，與韓愈同時的白居易更有長達一百三十韻的〈遊悟真寺詩〉這樣的巨著。用寫遊記散文的寫法來寫紀遊詩，移步換形，首尾完整，確實是韓愈此詩不同於此前紀遊寫景詩的特點，但論規模，白居易的〈遊悟真寺詩〉更遠超此詩。可見，用詩的形式寫景記遊，用寫遊記文的方法來寫紀遊詩並不難，難在寫出來的究竟是文還是詩，或者說，難在是否具有詩的情韻和意境。

　　詩採取遊記常用的順敘方式，以時間先後為序，二十句詩大體上可分前後兩大段。前段十句，寫黃昏沿山徑到寺及到寺後至夜深時所見、所聞、所歷；後段十句，寫清早獨自遊山所見、所聞、所歷，抒慨作結。從詩中所描敘的情況來看，詩人此次所遊的山寺並非香火興盛、遊人如織的名山寶剎，而是一座深山中荒涼冷落的古剎；此遊既無禮拜焚香的宗教行動和禪悅情思，亦無嚴密的組織行程，既可與二、三友人同行，

■ 韓愈

亦可單獨行動。一切均因興之所至，純任自然，隨緣自適。而正是由於這種遊覽的對象、遊覽的方式和心情，使詩人得以在不經意中，充分領略所見、所聞、所歷情景中，所呈現出的美感和詩意。這也正是這首詩在藝術方面得以成功的奧祕。

「山石犖确行徑微，黃昏到寺蝙蝠飛。」起手二句，寫循山徑於黃昏時分到寺情景。「山石犖确」，非指道路兩旁的山石，而是指用來壘成山路的石塊突兀不平，人踩在上面深一腳淺一腳，非常艱難，反映出此行的辛苦。「行徑微」，既是說山徑狹窄，更透露出由於時已黃昏，在蒼茫暮色中道路難辨的情景。「山石」之「犖确」，在黃昏時分，主要憑藉的是觸覺，而非視覺。故次句的「黃昏」二字，貫通上下二句，使人如見詩人一行人在暮色蒼茫中，踏著磊落不平、依稀可辨的山間小路艱難行進的圖景，而此前的一大段行程均已省略，剪裁之妙，見於詩前。次句點明「黃昏到寺」，固然是紀遊詩應有的敘述交代，但緊接著「蝙蝠飛」三字，卻極精練地點染出了荒涼的古剎於黃昏時特有的景物和氛圍。蝙蝠之為物，飛行時全憑其特有的觸覺（超音波），且在昏暗時出現。在香火旺盛、遊人香客輻輳的熱鬧寺廟，即使在黃昏也不太容易見到「蝙蝠飛」的情景。故著此三字，深山古剎荒涼空寂的景象和氛圍立即呈現，比一大段形容描寫文字更傳神。

「升堂坐階新雨足，芭蕉葉大支子肥。」三、四兩句，跳過到寺以後寺僧相迎寒暄等缺乏詩情詩趣的情節，直接寫雨後登堂坐階觀賞景物。前兩句雖未寫到下雨，但「蝙蝠飛」的描寫中已含雨意。這裡說「新雨足」，並不顯突兀。雨是到寺後開始下的，至「新雨足」，應當下了一段不短的時間。詩人登堂之後即坐在階沿觀賞雨後之景，可見當時心境的閒適。一場透雨之後，原來日間受驕陽曝晒而稍呈捲縮之狀的芭蕉葉，

由於雨水的灑洗而充分舒展開來，顯出一片深綠，變得特別闊大；梔子花也因吸足了水分而變得分外肥大。詩人雖只下了「大」和「肥」這兩個極平常、似乎有點俗氣的字眼，但讀者卻可以想像出它們受雨水灑洗滋潤後，那種特有的鮮潤感、光澤感以及舒展感，甚至可以聞到芭蕉葉的清新氣息和梔子花的沁人芳香。而詩人在眼見此景時那種悅目怡情的滿足感和怡然自得的心情也隨之透露出來。寫佛寺，常易與禪心禪趣相連而落套，這裡寫芭蕉葉、梔子花，與上文寫蝙蝠飛，都是遊寺詩很少寫到的景物，詩人卻饒有興趣地將它們寫入詩中，使人讀來感到新穎而富情趣，感到詩人發現了常人未發現的自然美和情趣美。

「僧言古壁佛畫好，以火來照所見稀。」接下兩句，寫應寺僧之介紹看壁畫的情景。「古壁佛畫好」可能是事實，但古剎年深歲久，又近於荒廢無人修繕，壁畫已經依稀難辨。這個情節，似乎有點令人掃興，但詩人卻以散文化的句法、輕鬆的口吻悠閒道出，使人感到詩人隨緣自適、淡定從容的心態：見固欣然，「所見稀」亦不感遺憾。

「鋪床拂席置羹飯，疏糲亦足飽我飢。」觀景照畫之後，這才寫到進餐。上句寫寺僧殷勤接待，態度真誠而招待卻家常，下句寫詩人對粗茶淡飯的滿足感，都描繪得非常真切。走了一路，本已飢腸轆轆。到了山寺，接觸到新鮮美好的景物，聞到山間雨後清新的空氣，人的精神變得特別清爽。在這種情況下，即使是糙米飯，也吃得香。這種混合著新鮮感、疲乏飢餓感和粗茶淡飯引起的滿足感，詩人寫得很輕鬆隨意，充滿詩情。

「夜深靜臥百蟲絕，清月出嶺光入扉。」夜深了，一個人靜靜地躺著，四周一片寂靜，連各種蟲鳴的聲音也停止了。只見半輪下弦月（這一天是七月二十三日）從嶺上升起，將它的清光灑進門戶裡。兩句寫深

■ 韓愈

　　山月出幽靜之境，極富詩意，顯示出一片靜謐、安恬、清新的境界。其中包含一段時間過程。剛就寢時，四周還是一片昏暗，這裡那裡不時傳來蟲鳴的啾啾聲。夜深之後，蟲聲斷絕，月亮的清光入戶，更顯出境界的清寥幽絕。而這一切，又和「新雨足」連繫起來一同體會。由於「新雨足」，月色變得更加清澄，空氣變得更加清新，整個環境也變得更加安恬靜謐。高步瀛說：「寫雨後月出，景象妙遠。」這「景象妙遠」正是指它能引發對環境、心境的一系列詩意聯想。這種時候，會感到自己置身於遠離塵囂的世界，忘掉一切煩擾，因而為下文的感慨埋下伏筆。

　　以上十句，寫黃昏到寺、夜宿山寺情景，夾敘夾寫，從山行、到寺、觀景、照畫、用餐到夜臥，逐一順敘，彷彿信手拈來，似無揀擇。實則從一開始寫山石犖确、山徑稀微，蝙蝠飛舞到芭蕉葉大、梔子花肥，便顯出與一般遊寺詩在敘事取景方面有著顯著區別，從這些不入禪悅之境的事物，可以感受到詩人遊深山古寺時，其情趣之新穎獨特。而寫寺人誇畫，所見者稀，更彷彿在常人以為憾事處顯出詩人泰然自適的心境。而「疏糲亦足飽我飢」的滿足感中，同樣反映出詩人隨緣自足的態度。有此心境，方能領略「夜深靜臥百蟲絕，清月出嶺光入扉」那種靜謐安恬、清幽絕塵的境界之美。回過頭來品味，便會覺得詩人對從黃昏到夜深所歷情事景物，實際上進行了一番精心選擇，留下來的事物全都最具詩的情調、氛圍、意境及趣味。

　　後段十句，前六句以「天明」緊承前段「夜深」，敘寫晨起獨自遊山所見所聞所歷。「天明獨去無道路」，點出「獨去」，對照詩末「二三子」，可見昨晚到寺時當與友人同來，只不過為表現自己的獨特感受，未加交代而已。此番離寺獨去，更是有意離群獨享深山幽美之境。「無道路」與前段「行徑微」一樣，一則見晨霧之瀰漫，一則見黃昏之暮靄，亦可見

180

詩人隨意漫步遊覽，不問道路之有無的瀟灑無拘、乘興而遊情狀。「出入高下窮煙霏」七字，極濃縮精練，顯示出詩人一會往高處攀登，一會往下行走，一會走出煙霧，一會又隱入煙霧的情景，一「窮」字寫盡詩人「高下出入」於「煙霏」的淋漓興會。

「山紅澗碧紛爛漫，時見松櫪皆十圍。」這兩句寫煙霏散去，陽光映照下的山間景色。「山紅」形容山花盛開，漫山紅艷。「澗碧」形容澗水清碧，沁人心脾。紅花碧水，在陽光映照下相互輝映，色彩更加鮮麗，使詩人有目不暇接之感，故用「紛爛漫」來進一步渲染。而「時見松櫪皆十圍」，則見山之幽深，樹之高大古老。豐富的色彩感和悠遠的時間感在這裡相互交織。

「當流赤足踏澗石，水聲激激風吹衣。」二句承「澗碧」，寫當流濯足之樂。看到澗水那樣碧綠清澄，不禁觸動當流濯足的逸興。詩人似乎在帶有原始色彩的大自然環境的薰染之下，返回到童真時代，乾脆脫了鞋襪，赤著雙腳，站在澗流的中央，踩在澗石上，任憑水流漫過雙腳，耳邊只聽到水聲激激、風聲颼颼，衣服也被山澗中的陣陣清風吹得飄然欲舉。這兩句透過當流蹋石的觸覺、水聲激激的聽覺與山風吹衣的感覺，寫出飄然欲仙的快意感受。遊山之樂至此到達高潮。這六句雖概括描寫晨出獨自遊山之樂，但層次多重、色彩豐富、境界屢變，不但於移步換形中展現出一幅幅圖畫，而且渲染出詩人置身在如此美好的大自然中時，淋漓的興會和回歸自然的樂趣，從而自然引出後四句的感慨。這一切又都與「新雨足」密切相關。

「人生如此自可樂，豈必局束為人鞿。嗟哉吾黨二三子，安得至老不更歸。」「人生」句總括此番遊山之樂。韓愈是個事業心、責任感、功名欲極強烈的人，為實現自己的抱負，不僅屢遭挫折，而且常不免依人作

■ 韓愈

幕，受人羈束。故「豈必」句正透露出他對自己忙忙碌碌的幕府生涯已感到厭倦。「吾黨二三子」點出此次同遊者，呼應上文「獨去」。末二句是對朋友也是對自己的呼喚，表達出渴望回歸自然的心情。這四句既是感慨，又是議論，由於它是以對山間景色的真切感受為基礎所興發，因而雖然並不新穎，卻自然而真實，並非隨口敷衍的空虛議論。

這首詩敘寫了從黃昏、深夜到第二天天明後寺中山間的情事景物，完全採取賦法（只用敘述描寫，不用比興），而且大量運用散文化的筆調、句法，但卻沒有一般純用賦法會帶來的堆砌、板滯之弊病，而是寫得既層次井然，又清新流暢。隨著詩人的行動和時間的推移，將一幅幅觀景、遊山的畫圖依次展現在讀者面前。並沒有因為散文化的筆調而破壞詩的情韻與意趣，而是在清新明朗的景物描繪中滲透濃郁的詩情。無論是黃昏山寺、蝙蝠翻飛所點染的荒寂朦朧氛圍，芭蕉梔子葉大花肥所透露的欣然生意，夜深山空、清光入戶的妙遠意境，還是天明遊山所見的煙霏瀰漫、山花爛漫、澗水清碧的景象，和當流濯足的意興，都飽含著「久在樊籠裡，復得返自然」的詩人，在面對山間景物時，耳目一新的感受。儘管詩中所寫的景物並沒有特別出奇之處，但讀來卻有一種新鮮感。這說明，只要詩人對他所寫的生活經歷、自然景物有詩意的感受，即使用散文筆調和句法，照樣可以渲染出一片詩境。韓愈許多刻意追奇的詩之所以讓人感到乏味，關鍵在於他寫詩時只想到逞才使氣，窮形極相，但對所寫的對象本身卻缺乏詩意感受。另外，這首詩所描繪的對象，雖是山間偏於幽靜清麗的景象，但用筆卻相當灑脫，不作細膩的刻畫形容，於信筆揮灑中見詩人的氣度胸襟。元好問將秦觀的「有情芍藥含春淚，無力薔薇臥晚枝」與韓愈的〈山石〉詩作對比，指出秦觀的詩是柔媚纖細的女郎詩，正可說明〈山石〉詩所具有的清新灑脫、剛健明快之美。

雉帶箭 [01]

原頭火燒靜兀兀[02]，野雉畏鷹出復沒[03]。將軍欲以巧伏人[04]，盤馬彎弓惜不發[05]。地形漸窄觀者多[06]，雉驚弓滿勁箭加[07]。衝人決起百餘尺[08]，紅翎白鏃相傾斜[09]。將軍仰笑軍吏賀[10]，五色離披馬前墮[11]。

📖 [校注]

[01] 雉帶箭，野雉帶箭被射落。唐德宗貞元十五年（西元 799 年），韓愈在徐州節度使張建封幕為推官，此詩係跟隨張建封射獵紀實之作。[02] 原頭，原野上。火燒，射獵前在獵場的一角燒草點火，以驅趕獵物至方便射獵的地點。兀兀，靜寂無聲貌。[03] 鷹，指獵鷹。出復沒，指野雞被獵鷹所驚，一下子出現，一下子隱沒躲藏。[04] 將軍，指節度使張建封。巧，此指射技之巧妙精采。[05] 盤馬，騎馬盤旋。[06] 觀者，指圍觀打獵場面的人。[07] 加，猶射。《詩·鄭風·女曰雞鳴》：「弋言加之，與子宜之。」高亨注：「加，箭加於鳥身，即射中。」[08] 決起，迅疾而躍起。《莊子·逍遙遊》：「蜩與鷽鳩笑之曰：吾決起而飛，搶榆枋而止。」[09] 紅翎，指紅色的箭尾羽毛。白鏃，白色的箭鏃。相，《全唐詩》校：「一作隨。」[10] 軍吏，觀獵的軍士、屬吏。[11] 五色離披，指五彩繽紛的野雞羽毛分散下垂。

📖 [鑑賞]

這首短篇七古，寫一位將軍射獵的場面。全篇只十句，卻圍繞著「將軍欲以巧伏人」這個中心，將射雉的場景描繪得神采飛揚、頓挫生姿，極具戲劇性和觀賞性，而且生動地展現出將軍的心理狀態、神情氣度，甚至連射獵的對象野雉從逃竄到被射中隕落的過程，也寫得極為真

切鮮明,從中可見韓愈的藝術才氣。

「原頭火燒靜兀兀,野雉畏鷹出復沒。」首句寫焚燒獵火以驅趕獵物。秋深原野上草枯,火一燒起來,勢頭猛烈,這才有驅趕獵物的效果。但詩人卻用「靜兀兀」來渲染「原頭火燒」之勢。這裡的「靜」,不僅是渲染正式射獵前獵手和從獵的觀眾均凝視屏息等待獵物出現的寂靜狀態,更是著意渲染在四圍的寂靜中,獵火熊熊燃燒的態勢,在寂靜中似乎可以清晰地聽到獵火旺盛時,發出「畢畢剝剝」的響聲和摧枯拉朽的聲勢。因此,這「靜兀兀」三字正傳神地寫出了射獵前緊張嚴肅而又帶有期待的神祕心理氛圍。次句緊接著寫野雉在獵火熊熊和獵鷹盤旋追逐的雙重逼迫下,忽然間竄出草叢,旋即又隱入草叢的場景。「出」因畏火,「沒」因畏鷹。無論出或沒,都面臨危機,無路可逃。七個字極精練地寫出了野雉的驚惶失措、倉皇逃竄之狀。

「將軍欲以巧伏人,盤馬彎弓惜不發。」野雉頻頻出而復沒,以將軍的射技,在野雉出現的剎那,捕捉時機,完全可以一箭中的,但將軍卻騎著馬,挽著弓,左盤右旋,就是捨不得將箭射出去。為什麼?「欲以巧伏人」五個字,揭示出將軍之所以遲遲不發的原因。原來將軍射獵,不但是為了自娛,而且是為了以精湛的射技向觀眾誇耀(包括隨從的軍吏和圍觀的百姓。蘇軾〈江城子〉詞即有「為報傾城隨太守,親射虎,看孫郎」之句),以取得心理上最大的自我滿足。光是一箭中的未免過於平淡,必須鬥智施巧,看準最佳的地形、最佳的時機,取得最佳的效果。因此,這「盤馬彎弓惜不發」,不僅是在等待最佳時機的出現,也含有故意吊觀眾胃口的意涵,使圍觀的軍吏百姓在焦急的等待中蓄積心理能量,最後出奇制勝,博得滿場喝采。這兩句寫射前的心理和行動,是全篇中的警策。它把將軍既謹慎精細又充滿自信的神情、心態以及半

是等待半是逗引的行動寫得栩栩如生，極富戲劇張力，令讀者凝神屏息以待。

「地形漸窄觀者多，雉驚弓滿勁箭加。」上句敘述終於等到最有利的地形和時機，地形越來越窄，圍觀的人越來越多，野雉也被逼到無處可逃的時刻；下句緊接著描寫將軍這才躊躇滿志、看準時機、抓住野雉驚飛而起的剎那，拉滿了弦，射出強勁的一箭，直中目標。連用「雉驚」、「弓滿」、「勁箭加」三個前後串聯的動態與動作，將將軍射技之「巧」表現得淋漓盡致。

「勁箭加」的結果，自是必中無疑。但這還不是將軍所追求的最佳效果。接下來兩句，乃進一步寫出人意料的戲劇性效果：「衝人決起百餘尺，紅翎白鏃相傾斜。」野雉在後有熊熊烈火，上有獵鷹追逐，地形逼窄、無路可逃的情況下拚盡全力作最後的掙扎，於是有「衝人決起百餘尺」的戲劇性動作，正好這時，勁箭加身，於是牠整個身子就隨著加身的紅色箭翎白色箭鏃，歪歪斜斜地從百尺高空掉落下來。這才是射獵的奇觀。試想如果野雉只是在地上或離地不遠處奔竄的過程中被射殺，是絕不會形成這種奇觀的，因此選擇在野雉「衝人決起百餘尺」時勁箭加身，才能產生如此駭目驚心的效果，這是「巧」的又一層表現。

「將軍仰笑軍吏賀」，野雉帶著羽箭從百尺高空飄墜而下的剎那，圍觀的軍吏齊聲喝采稱賀，將軍也仰天大笑，這場精采的射獵表演似乎也終於落幕了。但這還不是最精采的最後高潮，就在眾人齊聲喝采的瞬間，這隻被射中、帶箭而墜野雉的五色羽毛，離披分散，不偏不倚地墜落在將軍的馬前。就像是用最精準的電腦算過的那般，分秒不差、毫釐不差，直落馬前。這才是「巧」的最高表現，也是將軍追求的最佳效果。寫到這裡，才是高潮之後的迅即落幕，它所帶來的轟動效應已完全可以

想見，故戛然而止，而餘韻悠然。如果將這兩句的次序置換一下，變成「五色離披馬前墮，將軍仰笑軍吏賀」，層波疊浪便變成了平鋪直敘、神氣索然。

短短的十句詩，卻既有獵前氛圍意境的出色渲染，又有獵前將軍神態心理的傳神描寫，更有射時一波三折、頓挫生姿、層層推進的精采描繪。寫到「地形漸窄觀者多，雉驚弓滿勁箭加」，本以為已達高潮，可以收尾至「將軍仰笑軍吏賀」了，卻出人意料，一轉再轉，愈轉愈精采，形成高潮迭起的奇觀。這才把「將軍仰笑軍吏賀」的主旨推向極致。汪琬稱此詩「短篇中有龍跳虎臥之觀」，查晚晴謂其「以留取勢」，都展現這首詩在藝術層面的特色。

韓愈在徐州張建封幕期間，還寫過一首七古〈汴泗交流贈張僕射〉，描繪擊馬球的場面，同樣寫得非常生動傳神，篇末微寓規勸，謂「此誠習戰非為劇（戲），豈若安坐行良圖。當今忠臣不可得，公馬莫走須殺賊」，立意似較此詩嚴正，但論詩藝，則僅止於描繪生動傳神而乏頓宕曲折、層波疊浪之致，比較之下，高下立見。

顧嗣立謂此詩「將軍」二句，「蓋示人以運筆作文之法」，雖未必即是韓愈的主觀寓意，但「以巧示人」、「盤馬彎弓惜不發」確實與為文之巧於頓挫能留之道相通。讀韓愈之〈送董邵南遊河北序〉、〈雜說・馬〉等短篇古文，總有「盤馬彎弓」之感，可悟射技與詩文技巧相通之理。

═ 八月十五夜贈張功曹[01] ═

纖雲四卷天無河[02]，清風吹空月舒波[03]。沙平水息聲影絕[04]，一杯相屬君當歌[05]。君歌聲酸辭且苦，不能聽終淚如雨。洞庭連天九疑高[06]，蛟龍出沒猩鼯號[07]。十生九死到官所[08]，幽居默默如藏逃[09]。下

八月十五夜贈張功曹 [01]

床畏蛇食畏藥[10]，海氣溼蟄熏腥臊[11]。昨者州前捶大鼓[12]，嗣皇繼聖登夔皋[13]。赦書一日行萬里[14]，罪從大辟皆除死[15]。遷者追回流者還[16]，滌瑕盪垢清朝班[17]。州家申名使家抑[18]，坎軻只得移荊蠻[19]。判司卑官不堪說[20]，未免捶楚塵埃間[21]。同時輩流多上道[22]，天路幽險難追攀[23]。君歌且休聽我歌，我歌今與君殊科[24]。一年明月今宵多，人生由命非由他[25]。有酒不飲奈明何[26]！

📖 [校注]

[01] 張功曹，指時任命為江陵府功曹參軍的張署。張署（西元758～817年），河間（今屬河北）人。貞元二年（西元786年）登進士第，又登博學宏辭科，授校書郎。貞元十九年拜監察御史，以諫宮市為京兆尹李實所讒，與同官韓愈同貶嶺南，任臨武令。憲宗即位，徙江陵府功曹參軍。後曾歷刑部員外郎、虔州刺史、澧州刺史、河南令。元和十二年（西元817年）卒。署與韓愈同貶，唱酬過從甚密。此詩作於貞元二十一年（西元805年）八月十五日。是年正月，德宗逝世，順宗即位，大赦天下，韓愈與張署遇赦，分別從陽山、臨武至郴州待命。同年八月五日，順宗退位，禪位憲宗，又大赦天下，韓愈遷江陵府法曹參軍，張署遷江陵府功曹參軍。詩作於郴州，已接到任命，尚未赴任時。[02] 河，指銀河。四卷，向四方收卷散去。[03] 舒，舒展、放射。[04] 沙平，指江邊的沙洲平展。水息，指水波止息。聲影絕，聲沉影絕。[05] 相屬（ㄓㄨˇ），相勸。[06] 九疑，山名，在今湖南寧遠縣南。從這句開始，到「天路幽險難追攀」，都是詩人假託為張署的歌辭。[07] 蛟龍出沒，指洞庭湖風浪險惡，時有蛟龍出沒。猩，猩猩。鼯（ㄨˊ），鼠名，俗稱大飛鼠，形似松鼠，生活在高山樹林中，尾長，前後肢之間有寬大的薄膜，能藉此在樹間滑翔。古人誤以為鳥類。《爾雅‧釋鳥》：「鼯鼠，夷由。」郭璞

注:「狀如小狐,似蝙蝠,肉翅……尾三尺許,飛且乳,亦謂之飛生。聲如人呼……能從高赴下,不能從下上高。」號,號叫。猩鼯號,指九疑山中常有猩啼鼯號。這兩句追憶當時被貶途中,經洞庭至郴州臨武艱險恐怖的情景。[08] 十生九死,猶九死一生。官所,指貶官之所臨武。[09] 幽居,深居不出。藏逃,隱藏的逃。[10] 食畏藥,方世舉注:「南方……多畜蠱以毒藥殺人。」[11] 海氣溼蟄,海上的溼氣很重。《洛陽伽藍記・景千寺》:「江左假息,僻居一隅,地多溼蟄。」蟄亦潮溼之義。腥臊,指海中魚蝦等動物發出的氣味。[12] 州前,指郴州衙門前。捶大鼓,指捶鼓釋出大赦令。《新唐書・百官志》:「赦日擊欞鼓千聲,集百官父老囚徒。」[13] 嗣皇,指唐憲宗李純。夔皋,夔和皋陶,堯、舜時賢臣。登夔皋,進用賢臣。[14] 極言赦書傳送之迅疾。唐制,赦書日行五百里。長安至郴州三千二百七十五里,赦書八月五日自長安出發,十二日即可達郴州,此詩寫於八月十五日,而云「昨者州前捶大鼓」,正憲宗赦書抵郴時情景。方世舉箋注:「《舊唐書・順宗紀》:『貞元二十一年(西元805年)正月丙申(二十六日),順宗即位。二月甲子(二十四日),大赦。』此公所以離陽山而竢命於郴也。及八月憲宗即位,改貞元二十一年(西元805年)為永貞元年(西元805年),自八月五日以前,天下死罪降從流,流以下遞減一等。詩所云『昨者赦書』正指此。」[15] 大辟,死刑。[16] 遷者,遷謫到外地的官吏。追回,重新召回。流者,流放到邊遠地區的官吏。[17] 滌瑕盪垢,清洗盪滌朝臣中有瑕疵汙點的人。清朝班,使朝官的行列得到清肅。《舊唐書・順宗紀》:「八月丁酉朔……壬寅(初六)貶右散騎常侍王伾為開州司馬,前戶部侍郎、度支鹽鐵轉運使王叔文為渝州司戶。」憲宗八月初一受內禪,初六即貶王伾、王叔文為遠州司戶,此即所謂「滌瑕盪垢清朝班」。清除永貞革新朝臣之舉,此時已開其大端。韓愈在政治上,對王叔文等主持永貞革新的朝臣持貶抑否定態

八月十五夜贈張功曹 [01]

度，屢見於諸詩，如〈射訓狐〉詩以狐比王叔文、王伾，斥其「聚鬼徵妖自朋扇」。〈赴江陵途中寄贈王二十補闕李十一拾遺李二十六員外翰林三學士〉更明謂「昨者京使至，嗣皇傳冕旒，赫然下明詔，首罪誅共歿。復聞顛夭輩，峨冠進鴻疇。班行再肅穆，璜佩鳴琅璆」。不但將王叔文、王伾比作共工、驩兜等奸邪反叛之臣，且謂從此班行肅穆。兩相對照，此句之意顯然。而注家於此，每多誤解，如方世舉《韓昌黎詩編年箋注》云：「以文意考之，蓋言追還之人，皆得滌瑕垢而朝清班。」而錢仲聯《韓昌黎詩繫年集釋》及屈守元《韓愈全集校注》皆引其說而從之。此實因顧及韓愈對永貞革新之政治態度而作出此迴護之解。[18] 州家，指郴州刺史李伯康。權德輿〈使持節郴州諸軍事權知郴州刺史賜緋魚袋李公（伯康）墓誌銘並序〉：「（貞元）十九年秋十月，拜郴州刺史……奄忽凋落，時永貞元年十月某日甲子，春秋六十三。」韓愈有〈祭郴州李使君文〉，又有〈李員外寄紙筆〉詩，注云：「李伯康也，郴州刺史。」申名，上報貶謫官吏須追回重新授官的名單（其中當有韓愈、張署）。使家，指觀察使或節度使。此指當時任湖南觀察使的楊憑。郴州屬湖南觀察使管轄，抑，壓制。楊憑貞元十八年至永貞元年十一月期間任湖南觀察使。[19] 坎軻，困頓不得志。移，移官，此指貶謫的官吏量移至較近地區的官。荊蠻，指江陵。古代稱長江流域中部荊州地區，即春秋楚國之地為「蠻荊」，亦稱「荊蠻」。江陵府正屬荊州之地。《詩·小雅·采芑》：「蠢爾蠻荊，大邦為讎。」[20] 判司，唐代節度使、州郡長官的僚屬，分別掌管評判各部門的文牘等事務。時張署任江陵府功曹參軍，韓愈任江陵府法曹參軍，各判一曹之事。《舊唐書·職官志一》：「鎮軍滿二萬人以上諸曹判司。」[21] 捶楚，受杖擊鞭打。蔡夢弼曰：「唐制，參軍簿尉，有過即受笞杖之刑，猶今之胥吏也。故杜牧詩有云『參軍與簿尉，塵土驚劻勷。一語不中治，鞭笞身滿瘡』是也。」[22] 同時輩流，同時被貶謫的一

韓愈

類官吏。上道，通衢大路，或云指出發上路。[23] 曹植〈與吳季重書〉：「天路高邈，良久無緣。」句意謂通向上天（指京城朝廷）的路高遠險峻，難以追攀。[24] 殊科，不同類。[25] 他，其他。[26] 奈明何，奈明日何。明日，則人事世事更不可知，不如今宵對明月而醉歌也。

[鑑賞]

　　清代詩論家趙翼對韓詩有一段精闢的評論：「至昌黎時，李、杜已在前，縱極力變化，終不能再出一徑，唯少陵奇險處，尚有可推擴，故一眼覷定，欲從此開山闢道，自成一家。此昌黎注意所在也。然奇險處亦自有得失。蓋少陵才思所到，偶然得之，而昌黎則專以此求勝，故時見斧鑿痕跡：有心與無心異也。其實，昌黎自有本色，仍在『文從字順』中，自然雄厚博大，不可捉摸，不專以奇險見長。恐昌黎亦不自知，後人平心讀之自見。若徒以奇險求昌黎，轉失之矣。」這首〈八月十五夜贈張功曹〉便是以坎坷困頓的人生經歷和深切真實的貶謫生活感受為基礎，不刻意追求奇險，而自然雄厚博大的代表作。

　　作為一首貶謫詩，這首詩的主角有兩位：韓愈和張署。兩人貞元十九年（西元 803 年），同以監察御史的身分上疏皇帝，請求緩徵因大旱而饑饉的京畿百姓賦稅，得罪權幸，分別被貶連州陽山令、郴州臨武令，又在順宗即位大赦後同在郴州待命，至憲宗即位後又分別遷江陵府法曹、功曹參軍，可以說是真正意義上的「同是天涯淪落人」。因此這首抒寫遷謫之苦痛怨憤的詩勢必同時涉及兩人在這段時間的命運。但如果對二人的經歷遭遇和內心怨苦分別敘寫，一則因情況相似，極易流於重複，二則會使篇幅變得過長，三則寫法上也會陷於雷同。詩人汲取漢賦中主客問答的結構方式，將全詩整體設計為面對中秋明月，「君」與「我」相繼而歌的框架，以「君歌」來反映貶謫生活的痛苦和坎坷移官的怨憤，

八月十五夜贈張功曹 [01]

以「我歌」來抒寫面對痛苦坎坷所採取的人生態度。表面上來看，「我歌今與君殊科」，實際上，「君」之痛苦經歷與坎坷命運即「我」之痛苦經歷、坎坷命運；而「我」之曠達人生態度亦當為「君」之人生態度。這樣巧妙的構思，不但避免了重複雷同和冗長平直，而且使全詩呈現出頓挫曲折、波瀾起伏，平添了詩的情致與韻味。

「纖雲四卷天無河，清風吹空月舒波。沙平水息聲影絕，一杯相屬君當歌。」開頭四句，緊扣題目「八月十五夜」，以寫景起，是全詩的引子。中秋月明之夜，清風捲去了空中四散的浮雲，繁星密布的燦爛銀河也隱沒不見。一輪皓月，將它的柔和光波灑滿人間。湘江岸邊，一片白色沙洲平鋪著，水波不興，聲影皆絕，一片靜謐的世界。如此美好的中秋明月夜，不由得引發把酒賞月、共度良宵的意興，舉杯相勸，你該唱一支歌吧。前三句，大處落墨，大筆揮灑，展現出深遠廣闊、光明皎潔、美好靜謐的境界，透露出詩人面對此境時心境的舒展與明淨，並由此自然引出「君當歌」，過渡到下一段對貶謫生活和坎坷命運的敘寫。

第二段二十句，是張署的歌辭。先以兩句總提：「君歌聲酸辭且苦，不能聽終淚如雨。」上句寫歌辭的內容聲情既「酸」且「苦」，下句寫自己聽歌的強烈感受，歌未終而淚如雨。這正巧妙地暗示，張署歌辭所抒寫的也正是自己的經歷遭遇和內心感情，境類而情同，君之酸苦亦我之酸苦。以下十八句，每六句為一層，敘寫一段經歷。

「洞庭連天九疑高，蛟龍出沒猩鼯號。十生九死到官所，幽居默默如藏逃。下床畏蛇食畏藥，海氣溼蟄熏腥臊。」這一層寫貞元十九年冬、二十年春貶謫途中所歷艱險及抵達貶所後的生活情景。「洞庭」二句是說洞庭湖的驚濤駭浪連天而湧，其中經常有蛟龍出沒，興風作浪，九疑山高峰連綿，雲霧迷漫，山中時有猩猩哀鳴、鼯鼠悲號。寫景幽森恐怖，

191

■ 韓愈

帶有象徵色彩，散發對當時險惡政治局勢的感受。「十生」二句，用「十生九死」一語概括一路所歷重重艱險，用「幽居默默如藏逃」一語概括在貶所形同幽囚逃犯的處境。「下床」二句，營造貶所處於蠻荒溼熱之地，下床怕毒蛇咬，進食怕中蠱毒，再加上南海的溼氣瀰漫，海風傳來的腥臊之氣更燻得人難以忍受。以上所寫，雖假託張署之歌，實際上反映的是兩人的共同經歷。洞庭波濤固二人貶途所經，九疑高山則離二人貶所很近（張署貶所臨武在九疑東，韓愈貶所陽山在九疑東南）。而「十生九死」的經歷，在韓愈的〈貞女峽〉詩中即有生動的描寫。「下床」二句中所營造的情景，與韓愈貶居陽山期間所作詩文中的描寫相似。總之，貶謫途中既歷盡艱險，到達貶所以後又形同幽囚逃犯，貶所的生活環境更十分惡劣可怕，難以生存。因此，早日結束貶謫生活，便成為生活中最大的渴望。

「昨者州前捶大鼓，嗣皇繼聖登夔皋。赦書一日行萬里，罪從大辟皆除死。遷者追回流者還，滌瑕盪垢清朝班。」接下來六句，寫昨日郴州府衙前捶響了大鼓，宣布新皇繼位，賢明的大臣得到登用的喜訊，朝廷的赦書日行萬里，犯斬首之罪者免除死刑，被遷謫的官吏重新召回加以任用，被流放者也得以放還。那些有瑕疵、有汙點的官吏被清洗盪除，朝臣的班列得到清肅。這六句主要是敘述憲宗繼位，朝廷政治出現鼓舞人心的新氣象，其中「登夔皋」、「滌瑕盪垢清朝班」均有具體指涉對象，前者指任用杜黃裳為門下侍郎，袁滋為中書侍郎，並同中書門下平章事，後者指貶王伾為開州司馬、王叔文為渝州司馬。而「赦書」三句，則正詔書所稱「自貞元二十一年八月五日已前，天下死罪降從流，流以下遞減一等」。從充滿感情的敘述中，可以看出韓愈和張署對政局變化歡欣鼓舞的感情，尤其是像「赦書一日行萬里」這種誇張渲染之詞，更表現出對自

己命運將得到改變的熱情期盼。這一層熱情洋溢、興高采烈的敘述,正與上段的酸苦之音形成鮮明對比,一抑一揚,文勢跌宕。

「州家申名使家抑,坎軻只得移荊蠻。判司卑官不堪說,未免捶楚塵埃間。同時輩流多上道,天路幽險難追攀。」第三層又忽現轉折,寫充滿期望和等待落空後迸發的強烈怨憤。郴州刺史上報的名單,本已使自己對於脫離苦海的充滿希望,不料卻受到湖南觀察使的打壓,坎軻的命運重新降臨頭上,最終只得到量移荊蠻之地的處理。參軍官職卑微不值得一提,而且不免受到上司鞭打的責罰。同時期的貶謫官吏都紛紛上路啟程,回到京城,而自己卻只感到天路幽暗險峻,難以追攀。燃起熱切希望之後的大失所望,觸發了強烈怨憤,其中「使家抑」一語即透露出對時任湖南觀察使楊憑的怨憤。錢仲聯說:「楊憑為柳宗元妻父,自必仰承伾、文一黨意旨,公與署之被抑,宜也。」連繫〈赴江陵途中寄贈王二十補闕李十一拾遺李二十六員外翰林三學士〉詩中提及貞元十九年上疏言事遭貶一事的原因時,說:「同官盡才俊,偏善柳與劉。或慮語言洩,傳之落冤讎。二子不宜爾,將疑斷還不。」可以看出,韓愈認為自己和張署的貶官可能與劉、柳洩密有關(所上疏為密疏),雖說「將疑斷還不」,但懷疑之意並未消除。錢氏認為楊憑有意打壓,雖無實據,卻不能說毫無來由。這一層六句,不但與上一層之充滿期待希望形成鮮明對比,一揚一抑,感情落差極大。六句中亦皆見揚抑頓挫,如「州家申名使家抑」句,「同時」二句。

張署之歌,酸苦怨憤、抑揚起伏,不僅反映出其從貶謫到量移這一過程中的痛苦經歷和坎軻命運,抒發內心的強烈不平,而且表現出其感情的起伏變化。既是苦難人生歷程的反映,亦是心路歷程的展現。這一切,既屬於張署,也屬於韓愈本人。因此對下一段韓愈的自稱與君「殊

■ 韓愈

科」的歌也應作雙重的理解。

「君歌且休聽我歌，我歌今與君殊科。一年明月今宵多，人生由命非由他。有酒不飲奈明何！」韓愈之歌，內容其實很簡單，人生的命運並不是自己能夠主宰的，既然如此，又何必老是陷於痛苦怨憤而不能自拔。面對一年中難得的明月清光，不如痛飲自遣，否則明日月又開始虧缺，再也不能享受對月飲酒之樂，只能徒喚奈何了。這是勸諭張署，也是自勸。話雖說得有些無奈，但用曠達的態度面對人生的苦難挫折，骨子裡仍透出詩人的倔強性格和對未來的希望。詩以明月起、以明月結，起處境界遼闊明淨，結處心境曠達豪放，使全詩的基調不至低沉壓抑。

韓愈、張署的被貶，是因上疏請求減輕關中百姓賦稅，紓解百姓旱飢而得罪權要所致。因此其被貶事件反映出封建社會政治的黑暗與不公，因被貶而產生的怨憤不平也就具有正義性、合理性。不論韓愈怨憤的具體對象是誰，都不影響韓、張被貶陽山、臨武屬於因主持正義、關心百姓疾苦而遭貶，詩中有些地方表現出對憲宗即位後貶斥清除王叔文革新集團的欣喜，固然反映出韓愈的政治傾向，但不能因此否定這首詩的思想內涵。從整體上對王叔文的永貞革新作客觀、公正、全面的評價是一回事，詩中涉及對王叔文集團某些行事的看法與態度又是一回事，韓、張之貶，如果真與王叔文等人有關，則韓愈的怨憤也完全可以理解。

這首詩的構思、筆法乃至思想感情、人生態度，都讓人自然聯想到蘇軾的〈前赤壁賦〉。可以看出，蘇軾的賦明顯受到韓愈此詩的影響，無論是主客對答的結構方式，起結均寫中秋月明景色以及對待困頓挫折的態度，都一脈相承。但蘇軾的曠達卻比韓愈更真摯、深刻，相比之下，韓愈的曠達不免有些無奈和言不由衷，此為氣性使然。蘇作雖是賦，但卻純然是詩的意境，為韓詩所不及。此亦蘇學韓而青勝於藍之處。

謁衡嶽廟遂宿嶽寺題門樓[01]

五嶽祭秩皆三公[02]，四方環鎮嵩當中[03]。火維地荒足妖怪[04]，天假神柄專其雄[05]。噴雲泄霧藏半腹[06]，雖有絕頂誰能窮[07]？我來正逢秋雨節[08]，陰氣晦昧無清風[09]。潛心默禱若有應[10]，豈非正直能感通[11]。須臾靜掃眾峰出[12]，仰見突兀撐青空[13]。紫蓋連延接天柱，石廩騰擲堆祝融[14]。森然魄動下馬拜[15]，松柏一徑趨靈宮[16]。粉牆丹柱動光彩[17]，鬼物圖畫填青紅[18]。升階傴僂薦脯酒[19]，欲以菲薄明其衷[20]。廟令老人識神意[21]，睢盱偵伺能鞠躬[22]。手持杯珓導我擲[23]，云此最吉餘難同[24]。竄逐蠻荒幸不死[25]，衣食才足甘長終[26]。侯王將相望久絕，神縱欲福難為功[27]。夜投佛寺上高閣[28]，星月掩映雲朣朧[29]。猿鳴鐘動不知曙[30]，杲杲寒日生於東[31]。

📖 [校注]

[01] 謁，拜謁。衡嶽，南嶽衡山。《元和郡縣圖志·江南道·衡州衡山縣》：「衡嶽廟，在縣西三十里。」據《南嶽志》載，唐初建司天霍王廟，開元十三年（西元725年）建南嶽真君祠。永貞元年（西元805年）九月，韓愈由郴州徙掾江陵途經衡山，謁衡嶽廟，作此詩題於嶽廟門樓。[02] 祭秩，祭祀的等級。三公，周以太師、太傅、太保為三公。此泛指朝廷中最高官位。《禮記·王制》：「天子祭天下名山，五嶽視三公。」《通典·禮典·吉禮六》：「大唐武德、貞觀之制，五嶽年別一祭，南嶽衡山於衡州南鎮。開元十三年，封南嶽神為司天王。」[03] 四方環鎮，指東嶽泰山、西嶽華山、北嶽恆山、南嶽衡山圍繞著分鎮四方。嵩當中，嵩山居中，為中嶽。《史記·封禪書》：「昔三代之君，皆在河、洛之間，故嵩高為中嶽，而四嶽各如其方。」[04] 火維，天有四維，南方屬火，故稱南方為火維。《初學記·地理上》引徐靈期《南嶽記》：「南嶽衡山，朱

韓愈

陵之靈臺，太虛之寶洞，上承冥宿，銓德鈞物，故名衡山。下踞離宮，攝位火鄉，赤帝館其嶺，祝融宅其陽，故號為南嶽。」[05] 假，授予。柄，權力。專其雄，專擅其雄踞一方的地位。[06] 半腹，指半山腰。句意謂衡山上雲霧繚繞浮動，遮住了半山腰以上的部分。[07] 盛弘之《荊州記》：「衡山有三峰極秀，其一名芙蓉，最為竦傑，自非清霧素朝，不可望見。」絕頂，最高峰。窮，盡，指攀上峰頂。《南嶽記》：「南宮四面皆絕，人獸莫至，周迴天險，無得履者。」[08] 韓愈在衡州有〈題合江序寄刺史鄒君〉詩云：「窮秋感平分，新月憐半破。」窮秋指九月，新月半破指上弦月。此「秋雨節」當在九月。[09] 陰氣晦昧，指雲霧瀰漫，天色陰暗。[10] 潛心，專心誠意。應，靈應。[11] 正直，指嶽神。《左傳・莊公三十一年》：「史嚚曰：神，聰明正直而一者也。」[12] 靜掃，雲霧悄然掃去。[13] 突兀，指高聳奇險的山峰突兀而立。[14] 紫蓋、天柱、石廩、祝融，均衡山峰名（加上芙蓉峰，為衡山七十二峰中最高大的五峰）。連延，綿延。騰擲，跳躍，此處形容山勢起伏不平。堆祝融，祝融峰最高，似高堆於眾峰之上。[15] 森然，形容精神上不由自主呈現嚴肅敬畏之狀。魄動，心驚。[16] 松柏一徑，指松柏夾道的山路一直通向靈宮。靈宮，指嶽廟。[17] 粉牆丹柱，白粉牆、紅漆柱。動光彩，光彩閃耀。[18] 鬼物圖畫，指廟內牆壁上畫有鬼神的圖畫。填青紅，塗滿了青色和紅色的顏料。[19] 傴僂（ㄩˇ ㄌㄡˊ），彎腰躬背。形容祭神時恭敬行禮貌。薦，進獻。脯，乾肉。[20] 菲薄，指不豐盛的祭品。衷，心意。明其衷，表明自己內心的虔誠。[21] 廟令，管寺廟的官。唐於五嶽四瀆廟各設廟令一人，正九品上，掌祭祀等事，見《新唐書・百官志》。識神意，懂得神的意志。[22] 睢盱（ㄙㄨㄟ ㄒㄩ）：睜眼為睢，閉眼為盱，此為偏義複詞，瞪大眼睛。偵伺，窺探、查看。鞠躬，彎腰，恭敬貌。[23] 杯珓（ㄐㄧㄠˋ）：一種簡單占卜吉凶的工具。用兩片蚌殼或竹木製成，

投空擲地，看其俯仰向背來定吉凶禍福。導，教。[24] 最吉，指杯珓擲地後半俯半仰者為最吉之卦象。或云「吉」猶靈驗。[25] 竄逐蠻荒，指被貶逐到陽山。[26]《後漢書·馬援傳》：「援從弟少遊曰：人生在世，但取衣食才足。」甘長終，甘願長此而終身。[27]《史記·陳涉世家》：「王侯將相，寧有種乎！」福，福佑，難為功，難以成功，無能為力。[28] 投，投宿。[29] 曈曨，猶朦朧，句意謂雲層中透出星月朦朧隱約的光影。[30] 謝靈運〈從斤竹澗越嶺西行〉：「猿鳴誠知曙，谷幽光未顯。」此反用之。鐘動，廟中晨鐘響起。[31]《詩·衛風·伯兮》：「杲杲出日。」杲杲，日出明亮貌。寒日，此指深秋的太陽。

[鑑賞]

這是韓愈七古的代表作。所描繪的對象，是五嶽中著名的衡嶽和嶽廟，無論是作為自然對象還是宗教祭祀對象，都具有顯著的崇高感。但韓愈筆下的衡嶽和嶽廟，卻並不只有崇高莊嚴的一面，而是在敘述描寫中，時時出以詼諧戲謔之筆，並藉此抒發自己胸中的鬱結不平，發洩不遇於時的牢騷怨憤，將一首寫景紀遊詩寫成不平則鳴的坎壈詠懷之作。

全詩大體可分為四段。第一段六句，總寫衡嶽之高峻威嚴。一開頭卻先撇下衡嶽，從五嶽寫起，說朝廷祭祀五嶽的禮儀等級都比照三公，東西南北四嶽環鎮四方而嵩嶽居中。大處落筆，起勢高遠，以突顯五嶽之尊崇和南嶽在五嶽中的地位。接下來四句，圍繞「四方環鎮」四字，專寫衡嶽的威勢與神峻。「火維地荒足妖怪，天假神柄專其雄」，敘述南荒之地，天氣炎熱、妖怪眾多，上天授予權柄使衡嶽專門雄鎮一方，突出其上天賦予的威權；「噴雲洩霧藏半腹，雖有絕頂誰能窮」，說它吞雲吐霧，半山以上即隱藏不露，雖有絕頂卻無人能登，強調其高不可攀的峻峭與神祕色彩。這一段下筆似乎極嚴肅鄭重，但在具體描寫中，又有意無意地透出所

寫對象含有一股邪橫之氣，使人感到這鎮壓妖怪的南嶽神似乎也染上了一股妖氣，這從「噴雲泄霧藏半腹」的詩句中可以明顯體會出來。

第二段八句，正面寫登山見衡嶽諸峰。先寫登山時正遇秋雨季節，山上陰氣瀰漫，晦暗昏昧，空氣潮溼凝固，毫無清風。這自然是紀實，但用「陰氣晦昧」來寫衡嶽，也透露出詩人初登山時心情的黯淡沉重。「潛心默禱若有應，豈非正直能感通。」由於遇上「陰氣晦昧」的「秋雨節」，詩人不免掃興，於是有「潛心默禱」之舉。這兩句用筆似莊似諧、似假似真，殊堪玩味。說「若有應」，是好像感到「默禱」似有所應，但也可以理解為這只是一種主觀感受乃至幻覺，說「豈非」，更是游移不定之詞，意思是難道真的是正直聰明的嶽神，可以與我感通的嗎？從語氣口吻中可以體會出，詩人對人神感通抱持將信將疑、疑信參半的態度。如果將「正直能感通」與詩人的現實遭際連繫起來，更可看出詩人實際上並不相信神是正直而能感通的。於是，「豈非正直能感通」也就成了「難道聰明正直的神真的可以感通嗎？」

「須臾靜掃眾峰出，仰見突兀撐青空。紫蓋連延接天柱，石廩騰擲堆祝融。」不論「默禱」是否真的有靈驗，一陣子過後，天卻是放晴了，在不知不覺間，雲霧盡掃，眾峰出現。仰頭望去，只見峻峭的山峰撐拄著青色的天空。紫蓋峰綿延起伏，連接著天柱峰，石廩峰翻騰跳躍，上面堆壓著最高的祝融峰。前兩句概括描寫「眾峰」，後兩句分寫諸峰不同的形態。詩人連用「掃」、「出」、「撐」、「接」、「騰擲」、「堆」等動態感極強烈的詞語，將衡山諸峰峭立撐空的態勢與力量，以及各自的千姿百態，描繪得栩栩如生、充滿活力。而浮雲盡掃、諸峰峭立晴空之境，更透露出詩人黯淡沉悶的心情不禁為之清爽，給予人豁然開朗的快感和明快躍動的美感。

謁衡嶽廟遂宿嶽寺題門樓 [01]

　　第三段十四句，寫謁衡嶽廟的情景。就題目來看，此前兩段，都還是題前文字，這一段才是詩的主體和正意。但詩人寫到正面文章時，態度卻更加隨意，筆墨也更加恣肆，表面上嚴肅莊重，實際上諧謔幽默，時露嘲諷調侃。

　　「森然魄動下馬拜，松柏一徑趨靈宮。粉牆丹柱動光彩，鬼物圖畫填青紅。」這四句寫循路抵廟及廟內外所見。「森然魄動」緊承上段之雲霧掃、眾峰現，描寫自己面對自然界的變化，忽有心驚魄動之感。「下馬拜」自然是拜嶽神，彷彿真的相信神祇力量，故循著松柏夾道的路直趨靈宮，虔誠往謁，可所見廟內外情景卻只是白牆紅柱光彩閃耀，鬼物圖畫填滿青紅色彩而已，完全是炫目的表面塗飾，喚不起絲毫肅穆莊嚴之感。這樣來寫神廟，正反托出自己「森然魄動」、虔誠趨謁是過於認真了。

　　「升階傴僂薦脯酒，欲以菲薄明其衷。廟令老人識神意，睢盱偵伺能鞠躬。手持杯珓導我擲，云此最吉餘難同。」接下來六句描寫進獻酒脯祭神和廟令老人引導詩人占卦。寫祭神，曰「傴僂」，曰「衷」，突出態度之虔誠；寫占卦，曰「識神意」、曰「睢盱偵伺」、曰「導我擲」、曰「最吉」，突顯出其察言觀色、窺探心理、裝神弄鬼，近乎漫畫式的手法，調侃諷刺之意顯然。

　　「竄逐蠻荒幸不死，衣食才足甘長終。侯王將相望久絕，神縱欲福難為功。」這四句緊承「云此最吉」，用自己的實際遭遇和「望久絕」來嘲弄神的福佑。竄逐蠻荒，不死已算萬幸，只要衣食恰好溫飽就很滿足，甘願就此長終。至於王侯將相之望，自己早就斷絕，嶽神即使想保佑我也難以奏效了。用釜底抽薪之法徹底否定神的福佑。實際上是藉此宣洩一肚子不遇於時的牢騷與怨憤。欲體會這種情緒，必須結合其移掾江陵的遭遇。

199

■ 韓愈

　　末段四句，以夜投佛寺住宿、晨起見日出作結：「星月掩映雲朣朧」，仍是朦朧晦暗之景，「猿鳴鐘動不知曙」，說明詩人心地坦然，一夜酣睡，於己之困頓遭際、神之福佑均無所縈懷，而「杲杲寒日生於東」的景象中卻又透出一股森寒之氣，傳出詩人對環境氛圍的感受。

　　這首詩最突出的特點，可以用借題抒憤、似莊實諧來概括。詩人實際上是借遊衡嶽、謁嶽廟來發洩胸中的鬱結不平。表面上看來，似乎把衡山寫得非常崇高威嚴，把嶽神寫得非常聰明正直，靈應顯驗，求神占卦的結果又是那樣上上大吉。這一切，恰恰與詩人為民請命，反而落得竄逐蠻荒的不幸遭遇和雖遇大赦，仍沉下僚的現實處境形成鮮明對比。令人聯想到在詩人所處的這個現實世界裡，一切威嚴崇高、正直靈應的偶像都不過是徒有其表、虛有其名，神的福佑不過是廟令之流騙人的鬼話。詩人雖未必有意運用象徵手法，只是隨機而發，但由於他不時對莊嚴威靈的對象加一點嘲弄，無形中使這些描寫具有一定的象徵含意。正因為借題抒憤的創作動機，因而詩在用筆上具有似莊而實諧的特點。寫衡嶽的崇高威嚴、嶽神的靈應顯驗、自己的虔誠趨拜，彷彿很鄭重，其實內裡含有對這一切的奚落與嘲諷。大凡一個大作家，總有自己的一套人生哲學，總有自己對待不幸和挫折的態度和辦法。一個人在挫折面前，要不被它所壓倒，要做到不沉淪，總得或抗爭、或鄙視、或達觀、或有所寄託。韓愈的性格相當倔強，他對待挫折的態度，就是反過來對帶給自己不幸命運的現實表示輕蔑和嘲弄，就是半真半假地褻瀆那些看來威嚴崇高的事物，對它們表示不敬、不信任。從這些面向可以看出，這種詼諧幽默中蘊藏著精神力量。儘管韓愈這個人的精神性格有不少可議之處，但倔強這一點，反映在對待現實人生的態度上，還是有可取之處的。

這首詩有個突出特點是騰躑跳躍、硬語盤空，以奇崛不平之筆寫磊落不平之情。這正是典型的韓愈詩風。表現在結構章法上，就是具有明顯騰擲跳躍的特點，富於變化、富有氣勢。第一段先用虛筆對衡嶽進行鋪張渲染，極寫其威嚴崇峻。第二段接著寫其陰暗晦昧、雲遮霧障之狀。忽作轉筆，寫雲霧散盡，眾峰盡出，淋漓盡致地渲染衡山諸峰突兀撐空，連延相接，騰躍堆壘的雄偉氣勢，文勢夭矯變化，波瀾曲折。這幾句寫得筆酣墨飽，氣概非凡。第三段寫在心驚魄動的情況下趨廟拜謁，求神問卦，一切都顯得極虔誠、極鄭重，但在這當中卻忽然插入幾個極不和諧的細節（「睢盱偵伺能鞠躬」數句），於是使這一切虔誠鄭重都化為騙人的兒戲和滑稽的表演，連前面的「豈非正直能感通」也一筆掃去了。這在結構上是一大轉折、一大變化。接著，順勢將自己滿腹不合時宜的牢騷都傾瀉出來，其中蘊含著對現實的憤懣，對神明福佑的調侃嘲弄。至此詩情發展至高潮。但如果就此收束，又過於直露，於是又出人意外，轉出最後一段。從筆法來看，是又一次騰擲跳躍。表面上看來，牢騷發洩完了，不論禍福，酣睡直至天明，似乎對一切都置之度外，但在高天寒日、星月朦朧的境界中，又似乎有難以言狀的思神在迴旋，讓人在寂寥浩冥中產生許多聯想。這樣結尾，可以說是思接混茫，富有餘韻。承接上文牢騷滿腹的宣洩，再次轉折頓宕。這種層折頓宕、奇崛不平的結構章法和筆法，完全是為了表現內心的鬱憤和牢騷。詩中硬語奇字，所在都有。如「噴」、「泄」、「掃」、「撐」、「騰擲」、「堆」、「森然」等字，都是用力刻劃，目的在於突顯衡嶽高險崢嶸的面貌，形成磊落不平的氣氛。全篇一韻到底，押韻句句末三字全為平聲，即所謂三平調，這也是為了刻意造就拗折的風調，使聲律與情感一致，即以不和諧的聲律來寫不和諧的感情，這本身就是另一種和諧。

韓愈

石鼓歌 [01]

張生手持石鼓文 [02]，勸我試作石鼓歌。少陵無人謫仙死 [03]，才薄將奈石鼓何 [04]！周綱淩遲四海沸 [05]，宣王憤起揮天戈 [06]。大開明堂受朝賀 [07]，諸侯劍佩鳴相磨 [08]。蒐於岐陽騁雄俊 [09]，萬里禽獸皆遮羅 [10]。鐫功勒成告萬世 [11]，鑿石作鼓隳嵯峨 [12]。從臣才藝咸第一，揀選撰刻留山阿 [13]。雨淋日炙野火燎 [14]，鬼物守護煩撝呵 [15]。公從何處得紙本 [16]，毫髮盡備無差訛 [17]。辭嚴義密讀難曉 [18]，字體不類隸與科 [19]。年深豈免有缺畫 [20]，快劍斫斷生蛟鼉 [21]。鸞翔鳳翥眾仙下 [22]，珊瑚碧樹交枝柯 [23]。金繩鐵索鎖紐壯 [24]，古鼎躍水龍騰梭 [25]。陋儒編詩不收入 [26]，二雅褊迫無委蛇 [27]。孔子西行不到秦 [28]，掎摭星宿遺羲娥 [29]。嗟余好古生苦晚 [30]，對此涕淚雙滂沱 [31]。憶昔初蒙博士徵 [32]，其年始改稱元和。故人從軍在右輔 [33]，為我度量掘臼科 [34]。濯冠沐浴告祭酒 [35]，如此至寶存豈多。氈包席裹可立致 [36]，十鼓只載數駱駝。薦諸太廟比郜鼎 [37]，光價豈止百倍過 [38]。聖恩若許留太學 [39]，諸生講解得切磋 [40]。觀經鴻都尚填咽 [41]，坐見舉國來奔波 [42]。剜苔剔蘚露節角 [43]，安置妥貼平不頗 [44]。大廈深簷與蓋覆 [45]，經歷久遠期無佗 [46]。中朝大官老於事 [47]，詎肯感激徒媕婀 [48]。牧童敲火牛礪角 [49]，誰復著手為摩挲 [50]。日銷月鑠就埋沒 [51]，六年西顧空吟哦 [52]。羲之俗書趁姿媚 [53]，數紙尚可博白鵝 [54]。繼周八代爭戰罷 [55]，無人收拾理則那 [56]。方今太平日無事，柄任儒術崇丘軻 [57]。安能以此上論列 [58]，願借辯口如懸河 [59]。石鼓之歌止於此，嗚呼吾意其蹉跎 [60]。

📖 [校注]

[01] 魏本引樊汝霖曰：「歐陽文忠《集古錄》云：『石鼓文在岐陽，初不見稱於世，至唐人始盛稱之，而韋應物以為周文王之鼓，至宣王刻詩爾，韓退之直以為宣王之鼓。在今鳳翔孔子廟，鼓有十，先時散棄於

野,鄭餘慶始置於廟,而亡其一。皇祐四年,向傳師求於民間,得之。十鼓乃足,其文可見者四百六十五,磨滅不可識者過半。然其可疑者三四。退之好古不妄者,余姑取以為信耳。至於字畫,亦非史籀不能作也。』文忠所跋如此。此歌元和六年作。」方世舉《韓昌黎詩編年箋注》:「《元和郡縣志》:『石鼓文在天興縣南二十里許,石形如鼓,其數有十,蓋紀周宣王畋獵之事。其文即史籀之跡。貞觀中,吏部侍郎蘇最紀其事,云虞、褚、歐陽共稱古妙。』雖歲久訛闕,然遺跡尚有可觀。然歷代紀地理志者不存紀錄,尤可嘆惜。」方成珪《昌黎先生詩文年譜》:「詩中敘初徵博士,在元和元年,以不能遂其留太學之志,而云『六年西顧空吟哦』,則正六年未遷職方時作也。」《全唐詩》題下注:「石鼓文可見者,其略曰:『我車既攻,我馬既同。』又曰:『我車既好,我馬既騶。君子員獵,員獵員遊。麋鹿速速,君子之求。』又曰:『左驂幡幡,右驂騝騝。秀弓時射,麋豕孔庶。』又曰:『其魚維何,維鱮維鯉。何以橐之,維楊與柳。』」按:石鼓文刻石年代,據近人考定,當為東周時秦國刻石。用籀文在十塊鼓形石上分刻十首四言韻文,內容係記述秦國國君遊獵情況。唐初在天興(今陝西寶雞)三時原出土。現一石字已磨滅,其餘九石亦有殘缺。石鼓現藏故宮博物院。[02] 張生,指張徹,貞元十二年(西元796年)與韓愈結交,並從愈學,愈妻以族女。元和四年(西元809年)登進士第,為澤潞節度使從事,改幽州節度判官。長慶初入為監察御史,後復返幽州,軍亂遇害。作此詩時韓愈在東都洛陽為河南縣令,時張徹亦在洛陽。[03] 少陵,指杜甫。因其曾居長安城南之少陵原,故自稱「少陵野老」。無人,指已去世。與下「死」義同。謫仙,指李白。李白〈對酒憶賀監詩序〉:「太子賓客賀公,於長安紫極宮一見余,呼余為謫仙人。」[04] 將奈石鼓何,對石鼓又能拿它怎麼辦呢。蓋謙稱自己才淺不足擔當作〈石鼓歌〉的重任。[05] 鄭玄〈詩譜序〉:「後王稍更陵遲,

203

厲也，政教尤衰，周室大壞。」周綱，周王室的綱紀。凌遲，衰敗。[06] 宣王，周宣王。《史記·周本紀》：「厲王死於彘，太子靜長於召公家，二相乃共立之為王，是為宣王。」周宣王在位期間，曾南征淮夷、徐戎，北伐玁狁。「修政，法文、武、成、康之遺風，諸侯復宗周。」其統治號稱宣王中興。揮天戈，指其南征北討事，〈詩序〉：「〈六月〉，宣王北伐也；〈采芑〉，宣王南征也。」[07] 明堂，古代帝王宣明政教之所。凡朝會、祭祀、慶賞、選士、養老、教學等大典，均在此舉行。《禮記·明堂位》正義：「今戴禮說〈盛德記〉曰：明堂者，自古有之，所以朝諸侯。」[08] 佩，指繫在衣帶上的佩飾。磨，摩擦碰撞。[09] 蒐，打獵。岐陽，岐山之南。《左傳·昭公四年》：「周成王蒐於岐陽。」這裡指宣王狩獵於岐山之南。騁雄俊，施展雄豪俊傑的風采，錢仲聯《韓昌黎詩繫年集釋》：「《詩·車攻序》：『宣王會諸侯於東都，因田獵而選車徒。』其起句『我車既攻，我馬既同』，與〈石鼓〉起句相同，公遂斷為周宣王。然周宣蒐於岐陽，古書無明文，即《小雅·吉日》之詩，亦只可知為西都之狩而已……蔣元慶撰〈石鼓發微〉，始申鄭樵之說，考明字體，參稽經史，而斷為秦昭王之世所造，在周赧王十九年之後，二十七年之前，其說精核。」按：石鼓製作年代，近人據其字體考證，斷為秦刻，主要說法有兩種，一謂造於秦襄公八年（西元前 770 年，即周平王元年），一謂造於秦靈公三年（西元前 422 年，即周威烈王四年），錢氏所引蔣元慶說為另一說。[10] 遮羅，攔截捕捉。[11] 鐫（ㄐㄩㄢ），雕。勒，刻。鐫功勒成，將此次狩獵之功刻在石上。[12] 隳（ㄏㄨㄟ），毀。嵯峨，指高山。[13] 攛刻，撰寫刻石。山阿，山的彎曲處。[14] 炙，烤。燎，燒。[15] 撝（ㄏㄨㄟ）呵，守衛呵護。[16] 紙本，指石鼓上文字的拓片。[17] 差訛，差錯。[18] 辭嚴義密，言辭謹嚴，含義深密。[19] 隸，隸書。科，指蝌蚪文，因其字體筆畫頭粗尾細，形似蝌蚪而得名。[20] 深，久。缺畫，缺少筆

畫,指字形模糊缺損。[21] 鼉(ㄊㄨㄛˊ),俗稱豬婆龍,即今之揚子鱷。句意謂字形如快劍砍斷活的蛟龍。因有缺損,故云「斫斷生蛟鼉」,其意仍在讚其字形如生蛟龍。[22] 謂其字形如鸞鳳飛舞,群仙飄然欲下。[23] 謂其字形如珊瑚碧樹,枝柯相交。[24] 鎖紐壯,捆綁紐結的繩索非常粗壯。[25] 古鼎躍水,《史記‧封禪書》:「宋太丘社亡,而鼎沒於泗水彭城下。」《水經注‧泗水》:「周顯王四十二年,九鼎淪沒泗淵。秦始皇時而鼎見於斯水,始皇自以德合三代,大喜,使數千人沒水系而行之,未出,龍齒齧斷其系。」龍騰梭,《晉書‧陶侃傳》:「侃少時漁於雷澤,網得一織梭,以掛於壁。有頃雷雨,自化為龍而去。」劉敬叔《異苑》:「陶侃嘗捕魚,得一鐵梭,還掛著壁。有頃雷雨,梭變成赤龍,從屋而躍。」句意謂石鼓文字形如古鼎之躍出泗水,如飛梭之化龍飛去,氣勢騰躍。[26]《史記‧孔子世家》:「古者詩三千餘篇,及至孔子,去其重,取可施於禮義三百五篇。」[27] 二雅,指《詩經》中的《小雅》、《大雅》。褊迫,褊狹局促。無委蛇,無從容自得之氣象。《詩‧鄘風‧君子偕老》:「委委佗佗,如山如河。」朱熹集傳:「雍容自得之貌。」《詩‧召南‧羔羊》:「退食自公,委蛇委蛇。」鄭玄箋:「委蛇,委曲自得之貌。」[28] 據《史記‧孔子世家》,孔子曾去魯而周遊列國,凡十四年而反於魯。而所歷各國中獨無秦國,故云。[29] 掎摭(ㄐㄧˇㄓˊ),摘取。羲娥,羲和與嫦娥,借指日月。此謂《詩經》中未收石鼓上的詩,是只摘取星星而漏了太陽月亮。[30]《論語‧述而》:「我非生而知之者,好古,敏以求之者也。」又:「述而不作,信而好古。」[31] 此,指石鼓文的拓本。《詩‧陳風‧澤陂》:「涕泗滂沱。」毛傳:「自目曰涕,自鼻曰泗。」滂沱,橫流貌。[32]《舊唐書‧韓愈傳》:「貶為連州陽山令,量移江陵府掾曹。元年初召為國子博士。」韓愈〈釋言〉:「(元和)元年六月,自江陵召拜國子博士。」《新唐書‧百官志》:國子監,「總國子、太學、廣文、四門、律、書、算凡

七學……國子學,博士五人,正五品上」。[33] 故人,未詳。右輔,指右扶風,即鳳翔府。《三輔黃圖》:「太初元年,以渭城以西屬右扶風,長安以東屬京兆尹,長陵以北屬右馮翊,以輔京師,謂之三輔。」韓愈之友人在鳳翔府為從事,故云。[34] 臼科,臼形的坑。用來放置石鼓。科,坑。《孟子‧離婁下》:「泉源混混,不捨晝夜,盈科而後進,放乎四海。」趙岐注:「科,坎。」[35] 祭酒,國子監之長官。《新唐書‧百官志》:「國子監,祭酒一人,從三品;司業二人,從四品下。掌儒學訓導之政。」據《舊唐書‧憲宗紀》及〈鄭餘慶傳〉,元和元年五月,鄭餘慶罷相,為太子賓客。九月,改為國子祭酒。[36] 氈包席裹,用氈席包裹(石鼓)。立致,即刻運達。[37] 薦,進獻。太廟,帝王的祖廟。郜鼎,郜國的鼎。《春秋‧桓公二年》:「取郜大鼎於宋,戊申,納於太廟。」[38] 光價,聲價。[39] 太學,屬國子監,掌教五品以上及郡縣公子孫、從三品曾孫為生者。[40] 講解,講解經書。切磋,本指思索玉器,此謂互相討論研究。[41] 《後漢書‧蔡邕傳》:「熹平四年,與堂溪典、楊賜、馬日磾、張馴、韓說、單颺等奏,求正定六經文字,靈帝許之。邕乃自書丹於碑,使工鐫刻,立於太學門外。於是後儒晚學,咸取正焉。及碑始立,其觀視及摹寫者,車乘日千餘兩,填塞街陌。」《後漢書‧靈帝紀》:「光和元年二月,始置鴻都門學生。」鴻都,東漢都城洛陽門名。觀石經係在太學門外,非鴻都門外,此係詩人誤記。填咽,堵塞。[42] 坐見,猶行見,馬上能見到。[43] 剜苔剔蘚,剜除長在石鼓上的苔蘚。露節角,指文字因筆畫方正所顯露的稜角和曲折。[44] 頗,不平。[45] 與,給予。句意謂將石鼓安置於高大深簷的房屋之中,將它們嚴密覆蓋。[46] 期無佗,期望其不發生其他意外事故。[47] 老於事,熟練於辦理政事之道。此處帶貶義,指老於世故,圓滑處事。[48] 詎肯,豈願。感激,感奮激發。嬋娟(ㄋㄜ),依違兩可,毫無主見。[49] 敲火,指敲擊石鼓以取火。礪,

磨。[50] 摩挲，撫摸愛護。[51] 日銷月鑠，指石鼓一天天地磨損隳壞。就，接近。[52] 韓愈元和元年（西元806年）召為國子博士，到元和六年作此詩已六年。時愈在東都，故云「西顧」。空吟哦，指石鼓之事尚未安排妥貼。[53]《晉書・王羲之傳》：「尤善隸書，為古今之冠。」尤精真書、行書。趁姿媚，追求柔媚。宋王得臣《麈史》卷中〈書畫〉云：「王右軍書多不講偏旁，此退之所謂『羲之俗書趁姿媚』者也。」方成珪云：「俗書對古書而言，乃時俗之俗，非俚俗之俗也。《麈史》之說非是。」何焯曰：「對籀文言之，乃俗書耳。《麈史》之云，愚且妄矣。」按：何說較優，然韓愈此句確實對羲之書法有貶意，不必刻意為之維護解釋，視下句「尚可」一詞明顯可見。蓋韓詩追求「盤空橫硬語」，故對羲之書法近於姿媚有所不滿。[54]《晉書・王羲之傳》：「羲之性愛鵝，山陰有一道士，養好鵝，羲之往觀焉，意甚悅，因求市之。道士云：『為寫《道德經》，當舉群相贈耳。』羲之欣然，寫畢，籠鵝而歸。」[55] 繼周八代，指秦、漢、魏、晉、北魏、北齊、北周、隋。[56] 理則那，其理則為何。《左傳・宣公二年》：「犀兕尚多，棄甲則那！」杜預注：「那，猶何也。」[57] 柄任，重視信從。丘軻，孔丘、孟軻。[58] 以此上論列，用以上講的這些道理向朝廷一一論述。[59]《晉書・郭象傳》：「王衍每云：聽象語，如懸河瀉水，注而不竭。」事又見《世說新語・賞譽》。[60] 蹉跎，失意貌。

📖 [鑑賞]

　　從內容來看，這是一首呼籲保護珍貴歷史文物的長篇七言古詩。根據結尾處「安能以此上論列」的詩句，韓愈似乎真有以詩代疏，上奏朝廷的意圖。如此嚴肅鄭重而又帶有濃厚專業色彩的話題，似乎不宜入詩。在韓愈之前，也只有韋應物作過一首同題之作，但篇幅很短，不及韓詩四分之一，且顯乏文采，在詩壇上沒有產生什麼影響。但韓愈此詩，卻

寫得既恣肆酣暢、神采飛揚，又時雜詼諧嘲謔，將嚴肅的話題寫得非常富有詩趣，充分表現出韓愈的個性。尤其耐人尋味的是，詩中還時寓對時事、對個人境遇的感慨，使這首寫珍貴文物命運的詩，隱隱連繫著時代風雲與個人命運，從而使詩的意涵更為深厚，情味也更濃郁。

「張生手持石鼓文，勸我試作石鼓歌。少陵無人謫仙死，才薄將奈石鼓何！」開篇四句，交代作歌的緣起。起二句說自己應張生之「勸」而作歌。「勸」有勉勵之意，「作」上加一「試」字，更顯出作歌一事之嚴肅鄭重。接下兩句，表面上自謙才薄，難當為石鼓作歌的重任，實際上卻暗含李、杜已死，堪當此重任者非我而何的氣度。自負語以自謙口吻出之，更覺茲事體大，不能輕以授人，只能勉力擔當此一歷史重任。這個開頭，氣勢宏偉，是先占地步之筆。

「周綱凌遲」以下十二句，寫石鼓的由來。大意是說：周朝的綱紀衰敗，四海鼎沸。宣王繼位，奮起而揮動天戈，南征北討，平定叛亂，重振周室。大開明堂，接受朝賀，朝堂之上，諸侯的佩劍相互碰撞。在岐山之陽舉行狩獵，展現雄豪俊傑的風采，萬里之內的飛禽走獸均入網羅。將王室中興的豐功偉業和畋獵的盛典刻在石上，傳告於萬世，鑿石作鼓，將嵯峨的山崖都隳毀了。侍從臣子的才華均屬一流，挑選其中最傑出者撰寫韻語，刻在石上，長留山坳。長久以來，歷經雨淋日晒、野火燒燎，卻始終長存，當是有神鬼守護其間。這一段在全篇中占據極重要的地位，意在表明石鼓並非一般的歷史文物，而是周天子中興的象徵。因此它不僅有文物價值，更有政治意義。詩人在想像當年宣王「揮天戈」、「開明堂」、「蒐岐陽」、「鐫功」、「鑿石」的盛況時，興會淋漓、筆酣墨飽，其中自然融入對現實政治的期盼。寫這首詩的時間是元和六年。唐憲宗即位以來，勵精圖治，一直奉行對強藩叛鎮實行強硬政策，

以恢復全國統一的局面。元和元年至五年，先後平定四川劉辟之亂、夏綏楊惠琳之亂、浙西李錡之亂，計擒與王承宗通謀的昭義節度使盧從史，此外，更大規模的平叛統一戰爭正在醞釀之中。在這樣一個特殊的時代背景和氛圍中，詩中刻意渲染宣王中興的歷史功績，嚮往鑱功刻石的盛大場面，不管詩人是否有意寓託，至少可以說其中散發著詩人對現實政治中類似局面的期盼和憧憬。而這一點，正是下面對石鼓一系列敘寫的根由。

從「公從何處得紙本」到「掎摭星宿遺羲娥」十四句，先用十句敘寫石鼓文含義的深密古奧和形體的精美生動。先總說張生所持紙本與原物毫髮無差，是為總贊。於其辭義，只用「辭嚴義密讀難曉」一句帶過，將描繪的重點放在對字體的形容上。或如利劍斫斷蛟龍；或如鸞翔鳳舞，眾仙飄然而下；或如珊瑚碧樹，枝柯相交；或如金繩鐵索，鎖紐粗壯；或如古鼎躍水，飛梭化龍。窮形極相，而其旨歸，則在渲染其筆力強勁、筆勢生動、形象紛紜，給予人駭目驚心的美感享受。表面上看來，這好像是在強調石鼓文在書法上的造詣，以說明其作為歷史文物另一方面的意義。但讀到「陋儒編詩不收入，二雅褊迫無委蛇。孔子西行不到秦，掎摭星宿遺羲娥」四句，便恍然大悟，詩人在窮形極相地描繪其字體時，根本沒有忽略石鼓文的政治意義。歷代評論者對於此四句多有微詞，認為誇張失體，實未解作者深意。撇開「陋儒」究竟是指采詩者還是孔子本人不論，至少可以認定，韓愈認為：《詩經》大小雅中未收石鼓文上的詩，是取小漏大，是極大的遺憾。影響所及，使得大小雅也顯得褊狹局促，失去其雍容氣象。顯而易見，這完全是從詩的政治思想內容著眼，而不是從文字形體著眼。它的潛臺詞是說《詩經》中，記王政得失的二雅豈能漏收記錄反映宣王中興偉業的詩呢。圖窮而匕首見，這才是詩

人真正的用意。為了強調石鼓文的政治意義與價值，詩人竟不惜開孔子玩笑，這彷彿與韓愈一貫尊孔孟崇儒術的思想不符。其實這並不矛盾，在他看來，傳道之文如〈原道〉之類，自當嚴肅鄭重，而詩歌不妨雜以諧謔，即使像〈石鼓文〉這種宣揚振王綱、頌中興的詩歌也可以開點玩笑。這種諧謔筆墨，既著重渲染了石鼓文的政治意義和價值，又增添了詩歌的諧趣，而詩人豪縱不羈的精神氣度也因此得到生動的表現。

「嗟余好古生苦晚」到「經歷久遠期無佗」二十句，緊承「遺羲娥」的巨大遺憾，正面提出自己保護石鼓的建議。「嗟余好古生苦晚，對此涕淚雙滂沱」二句，承上啟下，概括一筆，表明自己對石鼓未能收入《詩經》、列於經典的痛心和遺憾，以引出下文補救的建議。先追述元和初徵為博士，故人適官右輔，為其度量石鼓，掘坑安置，並濯冠沐浴，上告主管的祭酒，希望其將此至寶氈包席裹，運至太學安置，以期永遠保存。詩人認為，石鼓的價值遠過郜鼎，置於太學，不但便於諸生講解切磋，而且會轟動全國，盛況超過當時蔡邕鐫刻的石經。將刻在石鼓上的十首詩的價值和轟動效應，提升到百倍於郜鼎、超越石經的程度，原因仍在於它是中興王室的象徵，具有極大的模範意義。

從「中朝大官老於事」到「嗚呼吾意其蹉跎」十六句，寫自己的上述建議遭到冷落，石鼓仍然置於荒郊野外，「牧童敲火牛礪角」、「日銷月鑠就埋沒」，遭到淹沒的命運。希望能有「辯口如懸河」者將此情上奏，以實現自己的願望。這一段中，用漫畫式的筆法，將「中朝大官」老於世故，依違兩可，對國之至寶毫無感情的嘴臉，進行辛辣的諷刺，對自己的建議擱置，「六年西顧空吟哦」的遭遇深感不平，而對石鼓文的價值和意義則作了進一步渲染。詩人認為，號稱「書聖」的王羲之的字，比起石鼓文之古樸剛健，只不過是「趁姿媚」的「俗書」而已，但這只是陪筆。

詩人著重強調的是石鼓文另一方面更主要的價值。繼周以後的八代，戰亂不斷，至唐方罷，方今天下太平無事，朝廷崇尚儒術和孔孟之道，大一統的政治局面正需要作為中興象徵的石鼓文來為它營造氛圍，這才是詩人反覆宣揚石鼓文的根本出發點。詩的結尾，對此既充滿期盼，又深憂此意遭到蹉跎，表現出詩人的矛盾心態，而在嘆惜石鼓文不被重視、「日銷月鑠就埋沒」的命運時，也可能散發出詩人自身的不遇之感。這只要與〈進學解〉連繫起來品味，就會有更明顯的感受。

歷代評論家多將此詩與杜甫之〈李潮八分小篆歌〉及蘇軾〈石鼓歌〉相提並論，並品評其高下，實未領會此詩立意所在。其實，學此詩最能得其旨要的是李商隱的〈韓碑〉。李商隱借讚頌韓愈的〈平淮西碑〉，強調君相協力、堅持平叛統一的方針，開篇即大書「元和天子神武姿」、「誓將上雪列聖恥，坐法宮中朝四夷」，這和〈石鼓歌〉之大書「周綱淩遲四海沸，宣王憤起揮天戈」完全一致。而一則曰「鐫功勒成告萬世」，一則曰「以為封禪玉檢明堂基」。二詩均旨在透過對石鼓、韓碑的讚頌，強調平定叛亂、統一中國、重振王室的主旨。從這層意義上來說，〈韓碑〉才是〈石鼓歌〉的嫡傳，其行文風格之強健豪肆亦有相近之處，唯亦莊亦諧之風格，則為韓愈〈石鼓歌〉所獨擅。

聽穎師彈琴 [01]

昵昵兒女語 [02]，恩怨相爾汝 [03]。劃然變軒昂 [04]，勇士赴敵場。浮雲柳絮無根蒂，天地闊遠隨飛揚。喧啾百鳥群 [05]，忽見孤鳳凰 [06]。躋攀分寸不可上 [07]，失勢一落千丈強 [08]。嗟余有兩耳，未省聽絲篁 [09]。自聞穎師彈，起坐在一旁 [10]。推手遽止之 [11]，溼衣淚滂滂 [12]。穎乎爾誠能，無以冰炭置我腸 [13]！

■ 韓愈

📖 [校注]

[01] 穎,《全唐詩》校:「一作穎。」方世舉注:「李賀亦有〈聽穎師彈琴歌〉云:『竺僧前立當吾門,梵宮真相眉稜尊。古琴大軫長八尺,嶧陽老樹非桐孫。涼館聞弦驚病客,藥囊暫別龍鬚席。請歌直請卿相歌,奉禮官卑復何益!』則穎師是僧明甚,蓋以琴干長安諸公而求詩也。賀官終奉禮,歿於元和十一年,作詩時蓋已病,而公亦當被讒左降。」按:錢仲聯《韓昌黎詩繫年集釋》將此詩記於元和九年(西元 814 年)。[02] 暱暱,親密。兒女語,青年男女間的私語。[03]《世說新語·排調》:「晉武帝問孫皓:聞南人好作爾汝歌,頗能為否?」爾汝歌係其時江南地區民間情歌中男女主角以「爾」、「汝」相稱,表示彼此關係之親密。恩怨相爾汝,謂青年男女間恩恩怨怨,彼此以爾汝相稱。[04] 劃然,忽然。軒昂,形容聲音高昂激越。[05] 喧啾,喧鬧嘈雜。[06] 此句形容琴聲之清越嘹亮。[07] 躋攀,努力向上攀登。嵇康〈琴賦〉:「或乘險投會,邀隙趨危。譬若離鵾鳴清池,翼若遊鴻翔曾崖。」[08] 強,餘。[09] 省,懂得。絲篁,猶絲竹,此指琴聲。[10] 句意謂或起或坐,圍繞穎師之旁。表示深為穎師所奏之美妙音樂所吸引。[11] 推手,用手推開琴。遽止之,趕快阻止他彈。[12] 滂滂,流淌貌。[13]《莊子·人間世》:「事若成,則必有陰陽之患。」郭象注:「人患雖去,然喜懼戰於胸中,固已結冰炭於五藏矣。」冰炭置腸,形容音樂給人忽大喜忽大悲的感受,好像五臟六腑忽而被冰凍、忽而被炭火燒那樣難以承受。

📖 [鑑賞]

　　這首抒寫聽琴感受的詩,從宋代起,對它的解釋便陷入了失誤。一是用普遍代替特殊,始作俑者是大文學家歐陽脩。琴在各種樂器中向來

被視為高雅之樂，其音調多屬溫雅和平，節奏亦多雍容舒緩，很少有急驟變化、激烈昂揚之音。久而久之，便形成一種欣賞慣性，將不符合溫雅平和、雍容舒緩調性的音樂視為非琴音。歐陽脩說韓愈此詩是聽琵琶而非聽琴，正是緣於這種欣賞慣性。白居易的〈琵琶行〉中有「小弦切切如私語」、「鐵騎突出刀槍鳴」之句，韓愈此詩「暱暱兒女語，恩怨相爾汝」、「劃然變軒昂，勇士赴敵場」，意境相近，歐陽脩很可能還於潛在中受到白詩影響。但琴曲的普遍風格畢竟不能代替某些曲調的特殊風格，詳參沈佺期〈霹靂引〉描述古琴曲演奏雄象：「電耀耀兮龍躍，雷闐闐兮雨冥……有如驅千旗，制五兵，截荒虺，斫長鯨」，「俾我雄子魄動，毅夫發立」。韓愈此次所聽並特別欣賞的恰恰是這種特殊風格的琴曲。李賀亦有〈聽穎師彈琴歌〉，可見其時確實有天竺僧名穎者善彈琴，絕不能毫無根據地將韓詩說成是聽琵琶詩。琴曲那種溫雅平和、雍容舒緩的傳統風格很可能已不太合乎唐代人的欣賞興趣，韓愈欣賞這種變化迅疾多端、帶有琵琶風格的琴曲，也是自然之事。由於歐陽脩、蘇軾都認為韓愈所寫是聽琵琶，一些不同意其看法的文士，便想方設法從專業的角度，試圖證明韓詩描寫的就是琴聲和琴的指法。不管他們所說的是否有道理，但從理解和欣賞的角度來看，卻是越解釋越糊塗，離詩境越遠，越缺乏詩味。這是歷代解釋此詩的又一失誤。必須破除以上兩個失誤，才能還原詩本來的面目，對它的特點有真切的感受與理解。

　　全詩十八句，前十句寫琴的音樂意境。後八句抒寫自己聽琴的強烈感受。由於題目已標明〈聽穎師彈琴〉，因此一開頭便撇開一切可有可無的環境、人物交代，忽然而起，直入本題，讓讀者一開始就進入音樂意境。「暱暱兒女語，恩怨相爾汝。」開頭兩句，寫琴聲初起時聲音輕柔幽細，如青年男女之間親密的竊竊私語、卿卿我我、爾汝相稱，或恩愛備

至,或伴嗔怨怪,傳達出溫柔甜美的氛圍意境。「劃然變軒昂,勇士赴敵場」,正當聽者沉浸在兒女私語的親暱甜蜜氣氛中時,琴聲忽然振起,變為高昂激壯之聲,就像壯士揮戈馳騁,突入敵陣,所向披靡。「劃然」二字,既有「忽然」之義,又具象聲作用,透露從「暱暱兒女語」之境到「勇士赴敵場」之境變化之迅疾、突然,其間沒有任何過渡,也展露從低語輕柔到「變軒昂」時,琴聲劃然響起的情形。這聲音的從弱到強、意境從柔到壯的變化,都帶給聽者強烈的刺激與震撼。

「浮雲柳絮無根蒂,天地闊遠隨飛揚。」五、六兩句,境界又忽現變化。琴聲中奏出了飄逸悠揚而又遼闊無際的境界,就像在遼闊的天地之間,無根的浮雲悠悠飄蕩,無蒂的柳絮隨風飛揚。這種境界,令人心曠神怡,神馳遼遠。

「喧啾百鳥群,忽見孤鳳凰。」忽然之間,音樂境界中又出現了群集的百鳥喧鬧嘈雜、啁啁啾啾的聲音,顯得既活躍又熱鬧,就在這時,樂曲突現鳳凰清越嘹亮的聲響。這兩句所寫的,實際上就是百鳥朝鳳的音樂之境。但由於用了「忽見」二字,就將原來訴之聽覺的音樂形象,轉化為鮮明可觸的視覺形象,而且用一「孤」字突顯出鳳凰高踞特立於眾鳥之上的形象。

「躋攀分寸不可上,失勢一落千丈強。」九、十兩句,轉寫琴聲由逐節高揚到忽然降低的變化過程。就像人在努力向上登攀,到最後連一分一寸都難以再往上爬高,就在這時,卻突然直線下降,一落千丈,墜入深谷。聲音越來越高,是越來越艱難的過程,故聽來有「分寸不可上」之感,但突然下降卻極快極易,故有「一落千丈強」之感。兩句詩將樂曲的爬高之緩與跌落之疾,構成極鮮明的對照,從而將這種劇變帶給聽者的巨大心理衝擊和心理落差,寫得極為生動具體。說者或以為此處所寫的

感受可能另有寄託。從「失勢一落千丈」的用語來看，不排斥有這種可能。但這種感受與理解，見仁見智，不必拘泥。如一定要作膠柱鼓瑟的理解，不但這兩句可以說是另有寄託，就連前面的「百鳥」、「孤鳳」乃至「浮雲柳絮」也未嘗不能連繫詩人的身世遭遇，作另有寓託的理解。如此輾轉附會，反失詩趣。其實，即使「躋攀」二句可以產生某種聯想，也不必認定詩人主觀上必有寓意。

「嗟余有兩耳，未省聽絲篁。自聞穎師彈，起坐在一旁。」這四句先用自謙之辭作反襯，以「未省聽絲篁」表示自身不懂音樂，從而引出聽到穎師彈琴後，起坐不寧的激動之狀，以示反應之強烈。緊接著又不由自主地推開穎師的琴，趕緊阻止他繼續彈下去，因為自己已是淚水滂沱，溼透了衣裳。一個不懂音樂的人竟對穎師的琴聲有如此強烈的反應，正說明琴聲與心聲的強烈感應與共鳴。「穎乎爾誠能，無以冰炭置我腸！」上句是對穎師彈琴技藝的讚賞，卻用一個「誠」字帶出下句對穎師彈琴藝術渲染力別出心裁地極力渲染與讚譽。「冰」之寒冷與「炭」之熾熱，本是溫度的兩個極端，二者原不相容，而現在，穎師的琴聲卻像是同時將冰和炭置於心中，使自己同時受到它們的強烈刺激和煎熬。這樣強烈的藝術衝擊使自己的心靈難以承受，因而不禁發出了「無以冰炭置我腸」的呼喊。以不能禁受藝術強力的衝擊來表達自己所受到的感染，以「求饒」的方式來表達極度讚賞，正是此詩創造性的表現。

將訴之聽覺、難以捉摸的音樂形象和意境，透過詩歌語言化為生動鮮明的視覺形象，這是絕大多數寫音樂的詩常用的藝術手段，韓愈此詩亦不例外。從描摹的細膩傳神而言，韓愈此詩未必比白居易的〈琵琶行〉更突出，但它卻有個突出的特點：集中與強烈。末句「無以冰炭置我腸」可以說是對全詩所寫感受的概括。從「暱暱兒女語」的輕柔幽細忽然轉到

韓愈

軒昂高亢的「勇士赴戰場」；又從金戈鐵馬的激烈戰鬥之境，轉為天地遼闊、悠揚飄蕩的悠遠飄逸之境，從百鳥喧鬧啁啾的嘈雜之境，忽然轉出鳳凰高鳴的清越嘹亮之境；從奮力攀登、分寸難上的艱難之境，忽然轉為跌落千丈、墜入深谷之境，無不是將強烈對比的兩極在毫無過渡的情況下突現，因此它們使聽者造成的特別強烈而集中藝術衝擊，以致到達心靈無法禁受的程度。可以說，這首詩成功的奧祕就是寫出了琴聲所顯示境界的迅速轉變與強烈對比，造成強烈的藝術衝擊。讀完全詩，雖然根本無從得知所奏的琴曲究竟是什麼，但它所顯示的集中而強烈的藝術效應，卻永遠留在讀者記憶之中。

晚春 [01]

　　草樹知春不久歸，百般紅紫鬥芳菲 [02]。楊花榆莢無才思，唯解漫天作雪飛 [03]。

📖 [校注]

　　[01] 本篇為組詩〈遊城南十六首〉的第三首。這十六首詩非一日之作，係編者類而次之。作者於〈遊城南十六首〉之外，另有〈晚春〉七絕云：「誰收春色將歸去，慢綠妖紅半不存。榆莢只能隨柳絮，等閒撩亂走空園。」內容與本篇似相近而實不同，可以互參。[02] 百般，各式各樣。鬥芳菲，競相發出濃郁的芳香，顯示各自的美豔。[03] 楊花，即柳絮。榆莢，即俗稱榆錢，榆樹的果實。初春時先於葉而生枝條間，連綴成串，形似銅錢。榆莢老時呈白色，隨風飄散。才思，才情。解，懂得、領會。

晚春 [01]

📖 [鑑賞]

　　務去陳言,是韓愈詩文創作的一貫追求。所謂「陳言」,不只是指陳舊的言辭,而且包括一切陳舊的感受、陳舊的構思、陳舊的意涵和陳舊的表現手法。作者既務去陳言,讀韓詩也必須循著詩人自身的感受與思路,而不能按照習慣的套路去感受與理解。這首〈晚春〉就是個典型的例子。

　　一般人對晚春景色,每因美好春色的消逝而產生惜春、傷春心理,產生韶華易逝的傷感與惆悵。韓愈的另一首〈晚春〉:「誰收春色將歸去,慢綠妖紅半不存。榆莢只能隨柳絮,等閒撩亂走空園。」其中所寫的景物意象幾乎與本篇完全相同,但細品「半不存」、「只能」、「空園」等詞語,可以明顯感到詩人對於「春色將歸去」仍然抱著惋惜遺憾、空虛惆悵的慣有心理。儘管詩中用了「慢綠妖紅」這種有些新意的言辭,但整體感受、意涵仍落俗套。而這首〈晚春〉的情調意境卻是嶄新的。

　　「草樹知春不久歸,百般紅紫鬥芳菲。」在另一首〈晚春〉中,對於春色將歸去,草樹們是茫然無知的,似乎冥冥之中有一種超自然的力量,將春色忽然收去,因此「慢綠妖紅」只能凋零而「半不存」,默默接受上天安排的命運。而在這首詩中,花草樹木卻是有靈性的,它們清楚地意識到、感知到春天不久就要歸去。解讀者總是將此說成是詩人採用擬人化手法,這自然不錯。但作者用擬人化手法並不僅僅是為了使景物變得生動,而是為了顯示草樹在「知春不久歸」的基礎上,如何「百般紅紫鬥芳菲」,也就是說抓緊這「春不久歸」的有限時間,盡力發揮各自最大的生命活力,釋放自己的潛在能量,充分展示自己的美豔芬芳,使整個大地紅紅紫紫、競美鬥妍。在詩人的感受和意識中,「晚春」不是凋零、消逝的季節,而是花草樹木生命力最旺盛、最美好、最熱鬧的季節。不僅

■ 韓愈

紅紫芳菲、色豔香濃，而且「百般」多樣，美不勝收；不僅豐富多彩、美豔芬芳，而且競相鬥豔，將最美好的身姿面貌呈獻給人間。作者意念中和筆下的「晚春」，就是這般充滿生命的所有美好和活力，充滿熱鬧節日氣氛的世界。

「楊花榆莢無才思，唯解漫天作雪飛。」晚春不僅有怒放鬥妍的紅紫芳菲，也有漫天飛舞的楊花榆莢，這同樣是晚春的典型景物，寫晚春自然少不了它們。楊花柳絮，既無紅紫的鮮豔色彩，又無芳菲的濃香，故詩人用調侃的語氣稱其為「無才思」，亦即草樹中之無才情、無文采者，它們自然不敢與「百般紅紫」鬥美競妍，只能隨風飄蕩，如漫天飛舞，故說「唯解」。中國古代詩歌有運用比興手法的悠久藝術傳統，培養出一代又一代讀者深入骨髓、慣性以比興來思考。恰巧這裡的「無才思」與「唯解」，又具有似有若無的比興跡象，於是各式各樣對其比興含義的解讀，也就應運而生、層出不窮：有說勸人珍惜光陰，抓緊勤學，以免如「楊花榆莢」之白首無成；有說故意嘲弄楊花榆莢，它們沒有紅紫美麗的花，正如人沒有才華，不能寫出美麗的文詞來，總之是認為有所比興諷喻；有的雖不認為有所諷喻，卻也認為詩人是以此鼓勵「無才思」者勇於創造。其實，撇開一切先入為主的比興思考方式和借物寓理的成見，就詩解詩，則三、四兩句只不過是用富有風趣的口吻敘說，柳絮榆莢雖不如各式各樣的晚春花卉那樣美豔芳香，卻也懂得揚起滿天飛絮白莢，如同飛雪，和晚春花卉一樣點綴著美好的春色，同樣顯示出自己的生命活力。如果缺少了漫天作雪飛的楊花榆莢，這晚春的豐富色調和熱鬧氣氛豈不是要減弱很多嗎？詩人寫晚春，就是要寫出他的獨特感受：晚春的美麗芳菲、豐富多彩、熱鬧氣息，一句話，晚春的生命活力和特有美感。何必比興！

次潼關先寄張十二閣老使君 [01]

荊山已去華山來[02]，日出潼關四扇開[03]。刺史莫辭迎候遠[04]，相公親破蔡州回[05]。

[校注]

[01] 次，至。《隋書·李密傳》：「行次邯鄲，夜宿村中。」潼關，今陝西潼關縣。唐時在華州華陰縣界，為京師長安之門戶。屬華州刺史管轄。其時華州刺史每例兼潼關防禦、鎮國軍等使。張十二閣老使君，舊注均謂指張賈，然郁賢皓《唐刺史考全編》云：「《隋唐五代墓誌彙編·洛陽卷》第十三冊〈孫簡志〉（大中十一年十一月二十六日）：『趙丞相宗儒鎮河中，辟公為觀察推官，再調補京兆府鄠縣尉，又從張華州唯素之幕，授監察御史裏行，充鎮國軍判官。徵為監察御史，除祕書郎。裴中令度鎮北都，辟為留守推官。』按趙宗儒元和九年至十二年鎮河中，裴度元和十四年鎮北都，則張唯素為華州刺史、鎮國軍使必在元和十一、二年間。」按：據郁《考》，元和十一年（西元816年）七月丁丑以前，裴武刺華；元和十二年至十三年，鄭權刺華。而無張賈曾刺華之記載。則首稱張十二閣老使君指張賈者實無所據。閣老，唐代對中書舍人中年資深久者及中書省、門下省屬官的敬稱。李肇《國史補》卷下：「兩省（中書省、門下省）相呼為閣老。」《舊唐書·楊綰傳》：「故事，舍人年深者謂之閣老。」《新唐書·百官志》：「中書舍人……以久次者一人為閣老，判本省雜事。」按張賈生平仕歷，僅有「初以侍御史為華州上佐」（《唐詩紀事·張賈》）之記載，而無任華州刺史之經歷。而張唯素則有刺華之明確記載，故此張十二閣老使君殆指張唯素而非張賈。使君，州刺史、太守之別稱。此詩作於元和十二年十二月。是年七月，裴度以宰相身分

■ 韓愈

親赴淮西前線討叛鎮吳元濟，以太子右庶子韓愈兼御史中丞充彰義軍行軍司馬，隨度出征。十月十七日平淮蔡。十二月壬戌（七日），度進金紫光祿大夫、上柱國、晉國公。作此詩時，裴度已道封晉國公，見愈〈桃林夜賀晉公〉，桃林在潼關東。[02] 荊山，《元和郡縣圖志·河南道二·虢州湖城縣》：「荊山，在縣南，即黃帝鑄鼎之處。」《新唐書·地理志》：「虢州湖城縣，有釜山，一名荊山。」唐湖城縣舊境，今在河南靈寶。華山，在唐華州華陰縣南八里，潼關，在縣東北三十九里。並見《元和郡縣圖志·關內道·華州華陰縣》。[03] 出，《全唐詩》校：「一作照。」扇，《全唐詩》校：「一作面。」[04] 方成珪《韓集箋注》：「《元和郡縣圖志》：湖城縣東北至虢州七十里，荊山在縣南，虢州西北至潼關一百三十里，自關至華州一百二十里，故曰『迎候遠』也。」按：題已言「次潼關」，則「迎候遠」自指華州至潼關之路程而言，且不必迎至潼關也。[05] 親，蜀本作「新」。相公，指裴度。時裴度以宰相親自統兵出征淮蔡。破蔡州，指平定淮西叛鎮吳元濟。蔡州，今河南汝南縣。

[鑑賞]

　　淮西割據叛亂長達五十載，並成為唐王朝心腹之患，討平此叛鎮，是唐憲宗元和年間進行的一系列討叛戰爭中，具有決定意義的戰事，也是奠定元和中興局面的關鍵。韓愈作為裴度的高階幕僚，自始至終，參與了這場具有歷史意義的事件，並在隨軍出征、凱旋途中，寫下了一系列意氣風發的詩篇（多為七絕）。這首七絕，境界壯闊，意氣豪雄，如同一曲高亢激越的凱歌，最見韓愈以剛筆作小詩的藝術成就。

　　首句迎面陡起。荊山在虢州湖城縣南，山勢高峻，相傳是黃帝鑄鼎之處，算得上是華夏民族的發祥地之一，自然成為這一帶的地標。華山更是以險峻著稱的西嶽，其作為歷史文化的象徵和關中地區地標的意義

次潼關先寄張十二閣老使君 [01]

更是自不待言。首句緊扣題內「次潼關」，描繪出浩浩蕩蕩的凱旋大軍已經把雄峻的荊山拋在了後面，轉眼之間更加險峻的華山又將來到面前。詩人致力表現凱旋大軍急速前進的動態，從荊山到華山之間兩百多里的距離，彷彿在瞬間即可跨越。又用「去」、「來」兩個動詞表現山的動態，彷彿可見在大軍風馳電掣的急速行軍中，荊山迤邐而去，華山迎面而來。從而在廣闊的畫面中展現出凱旋大軍雄豪的意氣和疾速馳騁的雄姿。而一路上的荊山、華山也好像在道旁恭迎凱旋大軍的到來。「華山來」啟下「刺史」、「迎候」，直筆敘寫中仍不忘前後的呼應。

次句正面寫潼關，卻從凱旋大軍的視角來寫。〈桃林夜賀晉公〉說：「西來騎火照山紅，夜宿桃林臘月中。手把命珪兼相印，一時重疊賞元功。」第一晚夜宿於潼關東邊的桃林古塞（在閺鄉縣東北十里），清晨出發，到達潼關，正值日出之時。在朝陽的照耀下，這座「上躋高隅，俯視洪流，盤紆峻極，實為天險」（《元和志》）的雄關，更顯得氣勢雄峻，氣象萬千。為了迎接凱旋之師，四扇關門，全部敞開，使浩蕩的大軍得以順暢通過。潼關是京師的門戶，它敞開大門迎接，正表明這支大軍是堂堂正正的凱旋之師、威武雄壯之師，這雄偉的關門也就成了凱旋大門。詩人雖只寫了朝陽映照下敞開四扇城門的潼關，但給予人的聯想卻極為豐富。在讀者面前，彷彿可見金鼓齊鳴、長歌入關、浩浩蕩蕩的凱旋大軍整齊前進的步伐與昂揚奮發的意氣，兩旁迎候壯士歸來的百姓興奮喜悅的笑容和簞食壺漿犒勞王師的熱烈場景，乃至洋溢在潼關內外一片喜慶的節日氣氛。如果說，往日緊閉關鎖、戒備森嚴的潼關透露出形勢的緊張和局面的緊急，那麼今天敞開大門的潼關就代表著道路暢通、寰宇清平的統一局面即將到來。因此，這「日出潼關四扇開」的壯觀景象，無形中具有時代象徵意涵，它是勝利之門，也是國家統一、社會安寧的象徵。

■ 韓愈

「刺史莫辭迎候遠，相公親破蔡州回。」三、四兩句，點題內「先寄張十二閣老使君」。裴度以宰相而兼元戎的身分親赴前線督師，終於平定了擾亂中原腹地五十年的淮西叛鎮，立下了蓋世功勳，現在又親率大軍班師回朝，沿途的地方長官自應熱情迎候，大軍剛到潼關，詩人就以詩代書，命人飛馬前往華州，通知華州刺史前來迎候，自是他這位行軍司馬的分內之事。妙在「刺史莫辭迎候遠」這句詩，用的是近乎命令、不用商量卻又十分親切隨和的口吻，不僅傳神地表現出詩人的淋漓興會、勝利豪情，而且生動地展示出詩人與這位「張閣老使君」之間親密無間、不拘客套的關係。這句先稍作頓宕，引起讀者的懸念，末句方就勢引滿而發，點出「莫辭迎候遠」的原因，揭出全詩的核心。「相公親破蔡州回」所突顯強調的並非「相公」之官階權勢，而是「親破蔡州回」這一勝利的重大深遠歷史意義。平定淮西叛鎮的戰事，自元和九年（西元 814 年）至十二年，前後歷經四個年頭，期間遇到不少挫折。而裴度作為宰相，始終堅持對淮西用兵的方針，在戰局發展的關鍵時刻，又親赴前線督師，終於取得戰爭的勝利。因此「相公親破蔡州回」所顯示的就是堅持平叛統一策略方針的決心和信心，就是這一方針所結出的勝利果實以及它對整個平藩討叛事業的巨大意義。話說得既嚴肅鄭重，又大氣磅礡，顯示出率正義之師勝利還朝的統帥，指揮若定的精神風采。由於上句的頓宕蓄勢，這句的引滿而發便更有氣勢力量，也更引人注目。

全詩放筆直抒，意境雄闊、氣勢磅礡。在一氣流注中有頓挫，在淋漓興會中有蘊蓄，在嚴肅鄭重中有諧趣，故雖用剛筆，卻並不給人一覽無遺之感。

左遷至藍關示姪孫湘[01]

一封朝奏九重天[02]，夕貶潮州路八千[03]。欲為聖明除弊事[04]，肯將衰朽惜殘年[05]！雲橫秦嶺家何在[06]？雪擁藍關馬不前[07]。知汝遠來應有意[08]，好收吾骨瘴江邊[09]。

[校注]

[01] 左遷，古人以右為尊，以左為卑，故稱貶官為左遷。藍關，藍田關，在今陝西藍田縣東南。姪孫湘，韓愈之姪老成（即十二郎）之長子。《新唐書·韓愈傳》：「憲宗遣使者往鳳翔（法門寺），迎佛骨入禁中。三日，乃送佛祠。王公士人奔走膜唄，至為夷法灼體膚，委珍貝，騰沓系路。愈聞惡之，乃上表……表入，帝大怒，持示宰相，將抵以死。裴度、崔群曰：『愈言訐牾，罪之誠宜。然非內懷至忠，安能及此。願少寬假，以來諫爭。……雖戚里諸貴，亦為愈言，乃貶潮州刺史。』」據《舊唐書·憲宗紀》，憲宗貶愈為潮州刺史，發生在元和十四年（西元819年）正月癸巳（十四日）。愈〈潮州刺史謝上表〉亦云：「臣以正月十四日蒙恩除潮州刺史，即日奔馳上道。」藍田關距長安一百七里。韓愈行至藍關時，韓湘遠道趕來，跟隨韓愈南行至潮州。時湘年二十七。湘後於長慶三年（西元823年）登進士第，授校書郎，為江西從事。官至大理丞。此詩當作於元和十四年正月十七、八日。[02] 一封朝奏，指韓愈所上〈論佛骨表〉。九重天，指朝廷。《楚辭·九辯》：「君之門以九重。」《淮南子·天文訓》：「天有九重。」故稱朝廷或帝王為九重或九重天。[03] 潮州，唐嶺南道州名，今屬廣東。州，《全唐詩》校：「一作陽。」《新唐書·地理志》：潮州潮陽郡。京城長安至潮州之里程，《元和郡縣圖志》謂「西北至上都取虔州路五千六百二十五里」，此謂「八千」，相差較大。然韓

■ 韓愈

愈〈唐故中散大夫少府監胡良公墓神道碑〉亦云：「其子……使人自京師南走八千里至閩南兩越之界上，請為公銘刻之墓碑於潮州刺史韓愈。」錢仲聯《韓昌黎詩繫年集釋》云：「《舊唐書·地理志》：韶州至京師四千九百三十二里。公在韶所作〈瀧吏〉詩云：『下此三千里，有州始名潮。』合之近八千。」然自韶州至潮州絕不可能有三千里之距離，此與長安至潮州路八千蓋均為口耳相傳之里程，非實測之距離。[04] 聖明，指聖明之君主。韓愈〈拘幽操〉：「嗚呼！臣罪當誅兮，天王聖明。」弊事，指蠱國害民的佛教。韓愈〈原道〉：「今其法曰：必棄而君臣，去而父子，禁而相生養之道，以求其所謂清淨寂滅者……欲治其心而非天下國家，滅其天常，子焉而不父其父，臣焉而不君其君，民焉而不事其事……舉夷狄之法而加之先王之教之上，幾何而不胥而為夷也。」即對佛教之弊進行猛烈抨擊。[05] 肯，豈肯。將，以為。句意謂豈肯因為自己年已衰朽，而愛惜殘年不去履行做臣子的職責冒死直諫呢！時韓愈年五十二。[06] 秦嶺，〈三秦記〉：「秦嶺東起商洛，西盡汧隴，東西八百里。」《讀史方輿紀要》：「藍田縣，秦嶺在縣東南，即南山別出之嶺。凡入商洛、漢中者，必越嶺而後達。」[07] 時值正月中旬，天氣嚴寒，故有「雪擁藍關」之語。[08] 應有意，指韓湘有意相隨至潮州。[09] 瘴江，指嶺南瘴癘之地的江河。潮州濱江（今稱韓江），瘴江邊即指潮州。《左傳·僖公三十二年》：「蹇叔之子與師，哭而送之，曰：『晉人禦師必於殽……必死是間，余收爾骨焉。』」「收骨」用其語。

📖 [鑑賞]

　　韓愈因諫阻迎佛骨而遭嚴譴，不但是其一生經歷中的大事，也是中唐政壇上的大事。反映這一大事的〈論佛骨表〉和〈左遷至藍關示姪孫湘〉也因此成為韓愈詩文中的雙璧。從詩歌風格方面來看，此詩與其

五七言古體之「橫空盤硬語」的奇崛險怪詩風顯然有別,將散文筆法運用於七律,通篇在自然流暢中見沉雄博大,且展現出詩人倔強的個性,顯示的仍是韓愈的本色。

「一封朝奏九重天,夕貶潮州路八千。」首聯陡起敘事,點題內「左遷」。「朝奏」而「夕貶」顯示出從上表到貶官時間之短,透露出這「一封朝奏」是多麼強烈地觸動了最高封建統治者的神經,引發其難以遏制的雷霆之怒,以致雖裴度等重臣說情,詩人仍遭到遠貶八千里的潮州,且立即上路的嚴譴。這兩句之中,「一封朝奏」與「夕貶潮州」、「九重天」與「路八千」,運用時間、數字構成鮮明的對比,使人對遭此急貶遠謫嚴譴的原因產生期待,從而自然引出下聯。

「欲為聖明除弊事,肯將衰朽惜殘年!」頷聯承「朝奏」、「夕貶」,明示遭貶的原因和自己的態度。說自己上表言事,諫阻迎佛骨,完全是為了替皇帝清除蠹國害民的弊政,豈能因為年已衰朽、愛惜殘年而畏縮不前呢。對於皇帝士庶佞佛之弊,韓愈在〈論佛骨表〉中曾以「事佛漸謹,年代尤促」、「事佛求福,乃更得禍」、「唯恐後時,老少奔波,棄其業次」等激烈言辭加以抨擊,而且對自己上表反佛引起的後果有充分的預估,表示「佛如有靈,能作禍祟,凡有殃咎,宜加臣身。上天鑑臨,臣不怨悔」,遭此嚴譴之後,仍堅定地認為佞佛是「弊事」,必欲「除」之而後安,並堅持自己為除弊而不惜殘年的無畏態度,實際上就是對皇帝的嚴譴,在思想感情方面,毫不妥協、毫不屈服的表示。儘管詩是「示姪孫湘」的,與上表給皇帝有別,但這種認知和態度仍然表現出韓愈面對政治高壓無所畏懼的凜然氣度。兩句用流水對和散文筆調,於一氣流注中更見詩人的浩然正氣。

「雲橫秦嶺家何在?雪擁藍關馬不前。」腹聯由頷聯的直接抒情轉為

■ 韓愈

寫景，點題內「至藍關」。上句是回望來路，但見高峻綿延的秦嶺山脈，霧鎖雲埋，京城長安已經杳不可見，自己的家更不知在何處。韓愈此時，還不知道有司以罪人家室不可留京師，悉加譴逐之事，更不可能料想到日後其幼女道死於商南的慘劇，但在「雲橫秦嶺家何在」的茫然思念之中，已含有對家人命運的掛念與擔憂，而「雲橫秦嶺」的景象也令人自然聯想到政治環境的灰暗迷茫。下句是瞻望前路，但見皚皚白雪，簇擁包圍著高險雄峻的藍田關，連慣於登高涉險的馬也徘徊不前，望之卻步，暗示前路艱險重重，不知何時方能平安抵達貶所。十六年前，韓愈已有過一次貶斥南荒的經歷，「咫尺性命輕鴻毛」、「十生九死到官所」的艱險經歷記憶猶新，這次貶到比連州更遠的潮州，道途的艱難險阻更可想而知，而人生的艱難自然也就寓含其中。這一聯情感激楚悲涼，但境界卻闊大雄渾，故毫無衰颯頹靡之感，而是給人崇高的悲劇性美感，這種美感的產生與獲得，又植根於頷聯直接抒情所顯示的崇高政治責任感與使命感。抒情與寫景在這兩聯中正相互烘托、渾融一體。

「知汝遠來應有意，好收吾骨瘴江邊。」韓愈此次被貶，無論是從自己上表時態度之激烈、憲宗對此事的震怒、貶謫之地的荒僻遙遠，還是從自己堅守除弊的立場毫不妥協來看，已經充分做好貶死南荒的心理準備，因此對韓湘遠道而來伴己南行之「意」，也作出相應的理解，而鄭重地以後事相託。「欲為聖明除弊事」的崇高動機，卻落得個「收吾骨」於「瘴江邊」的結果，本來是極悽楚悲傷的事，詩人卻說得坦然、淡定而從容，既無怨亦無悔。這一結，正與頷聯「肯將衰朽惜殘年」的表態緊密呼應，表明作者在上表之時，既已抱定為除弊事而不惜殘年的意志，遠貶之後也不會改變初衷。「肯將衰朽惜殘年」的詩句，正表現出「亦余心之所善兮，雖九死其猶未悔」的堅定與倔強。

═ 早春呈水部張十八員外二首(其一) [01] ═

　　天街小雨潤如酥 [02]，草色遙看近卻無 [03]。最是一年春好處 [04]，絕勝煙柳滿皇都 [05]。

📖 [校注]

　　[01] 水部張十八員外，指水部員外郎張籍。長慶二年（西元 822 年），張籍由國子博士遷水部員外郎，十八係張籍之行第。長慶二年、三年春籍均在水部員外郎任。方世舉《韓昌黎詩編年箋注》及王元啟《讀韓紀疑》均以為詩當作於長慶三年（西元 823 年）早春，茲從之。第二首有「莫道官忙身老大」之句，方世舉以為當為韓愈長慶三年為吏部侍郎時。[02] 天街，指長安宮城承天門南的南北向大街朱雀門大街，亦稱天門街。唐尉遲偓《中朝故事》：「天街兩畔槐樹，俗號為槐衙。曲池江畔多柳，亦號為柳衙。意謂其成行列如排衙也。」韓愈〈早赴街西行香贈盧李二中舍人〉：「天街東西異，祗命遂成遊。」可證此「天街」均專指朱雀門大街，非泛指一般的京城街道。酥，酥油。[03] 草色遙看，遠遠看去，剛返青的一片草地上似微微泛著一層綠色。[04] 處，時、時候。[05] 煙柳，煙霧籠罩的碧柳。指陽春三月生長茂盛時的柳色。

📖 [鑑賞]

　　這首小詩，寫詩人對長安早春之美的獨特發現與感悟。給予人豐富的啟示，卻並不流於說理與議論，仍具有雋永的韻味和搖曳的風神。詩是呈給老朋友張籍的，自然也包含將自己的獨特發現與感悟跟友人共享的意思。

　　「天街小雨潤如酥」，起句寫早春的細雨。寬廣的朱雀大街上，迷濛

的細雨悄無聲息地飄灑降落，灑在兩旁的草地之上，滲入泥土之中。詩人用「潤如酥」來描繪早春細雨滋潤土地草木的特徵、形態和效果，可謂形容得極妙。它帶給讀者的不僅僅是滋潤感、滲透感、輕柔感，而且是油脂浸潤所呈現的光澤感，使人想到那經歷一冬乾涸的土地在「潤如酥」的細雨滋潤下，泛出的光澤和散發出的泥土芳香。這和北方民間的諺語「春雨貴如油」，強調它的珍貴價值有所不同，它著重營造的是早春細雨給予人的舒適感、愉悅感，這種感覺由其潤澤滋養土地草木所引發，並給予心靈熨貼感。

這種「潤如酥」的小雨本身就是早春景色的突出表徵，同時又是促成早春另一種景色「草色遙看近卻無」的原因。由於細雨的滋潤，枯黃了一冬的草開始返青。透過迷濛的絲雨向遠處看去，天街兩旁的草地上像是泛出一層似有若無的淡淡青色，可當走近一看，卻又像沒有似的。這是因為，剛返青的草，只在根部開始泛出一小截淡淡的綠色，遠看時由於視域寬闊、集中成片，故可見一片隱隱的青色，近處看時，目光聚焦在眼前一小片草地上，只見草梢仍是枯黃之色，故說「草色遙看近卻無」。這句看似寫得抽象，實則觀察極細緻，描繪極傳神，它所攝取的正是「早春」的神魂，所傳達的正是春回大地的最初訊號。而滲透在詩句之中的，則是詩人發現春回大地之最初訊號的的欣喜乃至驚喜，是沁人心脾的新鮮感和對自然界生命復甦的愉悅感。

「最是一年春好處，絕勝煙柳滿皇都。」三、四兩句，是詩人對早春景色的獨特審美感悟與審美評價。在詩人心目中，眼前這細雨如酥，浸潤大地，「草色遙看近卻無」的早春景色，正是一年當中最美好的春色，它比起茂盛的煙柳遍布皇都的三春美景，還要更加美好。「最是」、「絕勝」的刻意強調，使詩人的這種審美評價具有不容置疑的意涵。實際上

詩人著意強調的乃是自己的獨特感受與發現。在一般人心目中，百花盛開的爛漫春光、豔麗春色，無疑是一年中最美好的景色，而詩人卻正與之相反，欣賞的是「草色遙看近卻無」這種看來並不起眼的早春景色。原因就在於它所獨具的新鮮感、生命力和孕育著未來絢麗春色的無限希望的潛在力量。對美好將至的展望，有時比美好的現實更具誘惑力。一旦真正到「煙柳滿皇都」之時，不但春色在人們心目中已經失去早春時的新鮮感，也已失去活躍的生命力，接踵而至的便是春意闌珊、春色凋殘，引起的或許就是傷春的意緒和悵惘的情思了。這種獨特的審美評價中寓含著帶有哲理性的感悟，給予人豐富的聯想與啟示，但作者並不道出，只以「最是」、「絕勝」這樣的詠嘆語出之，因而在使人有所感悟的同時，仍倍感其風神搖曳，饒有情韻。

其實，早春的景色是不是就一定「絕勝」三春的爛漫豔麗春色呢？這完全要看詩人當時當地的獨特感受。實際上詩人就抒寫過他對晚春熱鬧景色的獨特感受和熱情禮讚。審美感更強調的是新鮮與獨特，而不是其絕對正確性。

■ 韓愈

張仲素

　　張仲素（？～西元819年），字繪之，河間人。貞元十四年（西元798年）登進士第，復登宏辭科。始任武寧節度使張愔判官。元和七年（西元812年）以屯田員外郎充考判官。元和十一年以禮部郎中充翰林學士。十三年加司封郎中、知制誥，充翰林學士。十四年遷中書舍人，是年冬卒。工樂府，善賦。《全唐詩》編其詩為一卷。

秋思二首(其一)[01]

　　碧窗斜日藹深暉[02]，愁聽寒螿淚溼衣[03]。夢裡分明見關塞[04]，不知何路向金微[05]。

[校注]

　　[01]《全唐詩》校：秋字下「一本有閨字」。原作二首，此為第一首。[02] 碧窗，綠色的紗窗。日，《全唐詩》校：「一作月。」藹，映照。[03] 寒螿，秋蟬。螿（ㄐㄧㄤ），蟬的一種，即寒蟬。[04] 關塞，指丈夫遠戍的邊塞。[05] 金微，山名，即今之阿爾泰山，在蒙古國境。《後漢書‧耿夔傳》：「以夔為大將軍左校尉，將精騎八百，出居延塞，直奔北單于庭，於金微山斬閼氏、名王以下五千餘級。」唐貞觀年間，以鐵勒卜骨部地置金微都督府，乃以此山得名。「金微」與上句「關塞」，或謂同指丈夫遠戍之地，恐非。詳鑑賞。

■ 張仲素

📖 [鑑賞]

　　明代兩位著名的唐詩研究學者胡應麟、胡震亨都對張仲素的絕句評價很高，尤其是對這兩首寫閨中少婦思念遠戍丈夫的七絕。認為「去龍標不甚遠」、「得其（指王昌齡）遺響」。從構思的精緻、表情的含蓄來看，確實有江寧遺風，而第一首的後半部寫夢境，尤頓挫曲折、搖曳生情，極富韻味。

　　詩從傍晚時分寫起。首句「碧窗斜日藹深暉」，「日」字一作「月」。或因後半部寫到夢境而認為當作「月」，但第二句寫到「寒螿」（寒蟬，亦即秋蟬），明顯是薄暮時而非夜間。因為一般情況下蟬不太會在夜間鳴叫，而傍晚時則常有蟬鳴。柳永〈雨霖鈴〉「寒蟬淒切，對長亭晚，驟雨初歇」、「多情自古傷離別，更那堪冷落清秋節」可證。這句寫傍晚時分，夕陽西斜，黯淡的餘光映照在閨房的碧紗窗上，透入的餘暉變得更加幽深黯淡了。這是寫女主角所居的環境氛圍，也透露出寂寥黯淡的情思。薄暮時分往往是離人思婦空寂感轉增的難受時刻，這句雖未直接寫到人的活動和思緒，但卻可以感到那斜陽黯淡的餘暉映照進碧紗窗，窗中似有一絲幽怨在悄然流動。

　　「愁聽寒螿淚溼衣」，第二句方正面寫到女主角。到了清秋季節，蟬的生命力正趨於衰竭，它所發出的悽清鳴叫聲，在懷著寂寞黯淡情思的女主角聽來，倍感淒寒。自己的青春年華，就在空閨獨守的悽清寂寞中悄然消逝。聽著這一聲接一聲越來越無力的寒蟬哀鳴聲，想到自己的淒寒寂寞處境，不禁潸然淚下，沾溼了衣裳。「寒螿」正點題內「秋」字，而「愁聽」、「淚溼衣」則正是對題內「思」字的著重渲染。由於懷念遠人的思緒如此強烈，空閨獨處的愁緒如此濃重，這就自然引出三、四兩句來。

　　「夢裡分明見關塞，不知何路向金微。」懷遠人而不見，守空閨而

寂寞，故有秋閨之夢境。這兩句極精采，但解說卻有分歧。有人說「關塞」、「金微」互文同意，從對舉避復的角度看，似有這種可能。但仔細尋味，卻不太合乎情理。如果「關塞」即「金微」，亦即丈夫遠戍之地，則既然「分明見關塞」，也就見到了金微，為何又說「不知何路向金微」呢？從情理推測，「關塞」當指北方的邊關要塞，而「金微」則無論是指金微山或是金微都督府所在地，都應該比「關塞」更遠。女主角在丈夫臨行時或丈夫的來信中只知道，丈夫這次遠戍之地在金微，其地遠在北方的邊關要塞之外。女主角雖未去過丈夫所說的北方關塞，但平日裡或許見過家鄉附近的某座關塞，或者在畫圖中看過關塞之形，因此在思極而夢時，夢裡便「分明見關塞」而真切在目。但丈夫所說的「金微」，在她的印象中只不過是極北、極遠的一個抽象地名，她的所有生活經驗都不可能喚起對它的具體想像，因此當「夢裡分明見關塞」時，她的夢魂卻徘徊徬徨，「不知何路向金微」。上句用「分明」二字一揚，丈夫所說的北方關塞已經歷歷在目，似乎不久就能飛到日夜思念的丈夫面前；下句用「不知」二字一抑，曠遠迷茫之中，通向丈夫遠戍之地金微的路根本不知道在哪裡。這一揚一抑、一轉一跌之間，形成了巨大的心理落差和情感落差，使女主角從興奮喜悅的巔峰跌落下來，滿腔希望頓時化作失望。夢境的真切與虛渺，情感的激動與失落，夢魂的徘徊踟躕、孑然失路，夢醒後的空虛惆悵、寂寞傷感，在這揚抑轉跌之間都得到了含蓄而生動的表現。

　　三、四兩句的構思，可能受到沈約〈別范安成〉「夢中不識路，何以慰相思」的啟發，但這首詩中的頓挫曲折，特別是「分明見關塞」與「不知何路向金微」的想像卻是沈詩中沒有的。它完全源於詩人的實際生活體會。脫離真切而新鮮的生活體會，絕不可能寫出這樣曲折動人、極富情韻的詩句。

■ 張仲素

柳宗元

　　柳宗元（西元 773～819 年），字子厚，河東（今山西永濟）人。貞元九年（西元 793 年）登進士第。十二年登博學宏辭科，十四年授集賢殿正字。十七年調藍田尉，十九年遷監察御史裏行。二十一年正月，順宗即位，擢為禮部員外郎，參與王叔文政治集團。八月，順宗內禪，憲宗即位，改元永貞，九月貶邵州刺史，未到任，追貶永州司馬，同貶者有劉禹錫等七人。元和十年（西元 815 年）奉召回京，復出為柳州刺史。在任多惠政，十四年卒於任。與韓愈同倡古文，世稱「韓柳」，為散文大家。宗元亦工詩，蘇軾稱其詩「發纖穠於簡古，寄至味於澹泊」，後世或與韋應物合稱「韋柳」，然其詩實有悲傷感慨憤鬱、悽楚孤寂的一面。《全唐詩》編其詩為四卷。今人王國安有《柳宗元詩箋釋》。

與浩初上人同看山寄京華親故 [01]

　　海畔尖山似劍鋩 [02]，秋來處處割愁腸。若為化得身千億 [03]，散上峰頭望故鄉 [04]！

📖 [校注]

　　[01] 浩初上人，長沙龍安海禪師弟子，見《柳河東集》卷六〈龍安海禪師碑〉。同書卷二十五〈送僧浩初序〉稱其「閒其性，安其情，讀其書，通《易》、《論語》，唯山水之樂，有文而文之。又父子咸為其道，以養而居，泊焉而無求」。二人初識於永州。元和十二年（西元 817 年），

柳宗元

浩初自臨賀至柳州，謁見時任柳州刺史的柳宗元，詩當作於是年秋。柳又有〈浩初上人見貽絕句欲登仙人山因以酬之〉，亦同時作。[02] 柳州近海，故云「海畔」。劍鋩，劍鋒。作者〈桂州訾家洲亭記〉謂「桂州多靈山，發地峭豎，林立田野」，任華〈送宗判官歸滑臺序〉謂桂林一帶尖山萬重，平地卓立，黑是鐵色，銳如筆鋒，柳州一帶的山亦近似。[03] 若為，如何能夠。隋慧遠《大乘義章》卷十九：「偶隨眾生現種種形，或人或天或龍或鬼，如是一切，同世色像，不為佛形，名為化身。」《壇經》：「於自色身歸依千百億化身佛。」「化得身千億」從此出。[04] 上，《全唐詩》校：「一作作。」

[鑑賞]

柳宗元是一位思想深邃、志向遠大、性格內向、情感強烈、信念堅定、操守執著的革新派人士。憲宗初立，即因參與永貞革新而與二王、劉禹錫等人同貶遠州司馬。十年之後，方與劉禹錫等人分別從永州司馬、朗州司馬等任上召還，但二月方抵京，三月又分別出為柳州刺史、播州刺史。「制書下，宗元謂所親曰：『禹錫有母年高，今為郡蠻方，西南絕域，往復萬里，如何與母偕行。如母子異方，便為永訣。吾於禹錫為執友，胡忍見其若是！』即草章奏，請以柳州授禹錫，自往播州。會裴度亦奏其事，禹錫終易連州。」（《舊唐書·柳宗元傳》）這種在己身亦處於萬分艱難竭蹶處境中，所表現出來的深摯情誼，不但反映出高尚的人性光輝，也包含著對政治同道者的支持。當時，召還又旋出為遠州刺史的還有韓泰、韓曄、陳諫等人。這種以一代才士而長期貶謫遠州，剛召還旋又以出任遠郡的情況，在唐代非常少見，特別是在元和這樣君主思有作為、朝廷人才濟濟的「中興」時代，更令人感到難以理解。因為從元和施政的大方向來看，本質上與永貞革新並無不同。這恐怕也是柳宗

元等連遭貶謫的才士們無法理解的。正因為這樣,其內心的鬱結就更加深重,發而為詩,才會有那樣尖銳強烈、沉痛憤激的感情迸發。

　　這首詩所要抒發的主觀情思,就是第二句中所說的「愁」,而詩思的觸發點一是柳州一帶形態奇特的山峰,二是此刻跟詩人一起同看山的浩初上人,一位能詩的禪僧。詩中運用的比喻、觸發的想像都與此二者密切相關。

　　「海畔尖山似劍鋩。」柳州地近南海,故稱「海畔」(唐人稱柳州之北的桂州,亦泛曰「桂海」,見李商隱〈上尚書范陽公啟〉「去年遠從桂海,來返玉京」及〈海上謠〉)。桂林、柳州一帶的山,均平地拔起,尖峭獨立,給初來的人極深刻強烈的印象。但同樣是用比喻形容這一帶的山,韓愈的〈送桂州嚴大夫〉卻說「山如碧玉簪」。雖都寫出了山之尖峭,但給人的感覺、印象卻完全不同。「劍鋩」即劍鋒,突顯的是它的鋒利感,而「碧玉簪」由於作為女子的頭飾,帶給人們的則是柔媚秀美的感受。這兩個不同的比喻正透露出詩人所要表達感情的差異。在韓詩中,如同碧玉簪的山,給予人奇峭而柔美的美感愉悅,而在柳詩中,則給予人尖銳鋒利的痛感聯想。究其原因,當然是由於詩人懷著一腔鬱結的「愁」情去看山的緣故,這就自然引出下句。

　　「秋來處處割愁腸。」上句將尖峭的山峰比作「劍鋩」,設想雖奇特新穎,但還不能從中直接感受到詩人的感情性質,這一句則直接點出抒情主體的「愁」。秋天本就是容易引起去國懷鄉愁緒的季節,這是自宋玉〈九辯〉以來寒士悲秋的傳統。「愁」之因「秋」而起,原本就很自然,與上句所見「似劍鋩」的「尖山」之間,本無直接關聯。詩人因「愁腸百轉」的慣用語而突發奇想,感到那一座座「似劍鋩」般尖銳鋒利的山峰就像在「割」自己的「愁腸」一樣。本因懷著沉重的愁緒看山,而覺峰似劍鋩,

■ 柳宗元

現在又倒過來想像這如劍般鋒利的山，在寸寸割斷自己的愁腸。這「割」字用得奇險生新、狠重有力，卻又極自然貼切，它把詩人目睹異鄉絕域尖峭鋒利的山峰時，那種心如刀割、痛徹肺腑的強烈感受表現得極為生動傳神，說「處處」，是因為這一帶的山大多拔地而起，林立四野，四面八方到處都是，因此觸目所及，處處山峰皆「割愁腸」，簡直無可遁逃。同時，這裡的「處處」又自然引發化身千億的想像，前後之間呼應串聯得非常緊密。

前兩句山如劍鋩割愁腸的比喻和聯想，雖似從生活中來，卻運用了佛典。《阿含經‧九眾生居品》：「設罪多者當入地獄，刀山劍樹，火車爐炭，吞飲融銅。」唐代流傳廣泛的佛教故事目連救母也有「刀山劍樹地獄」的描寫（見《敦煌變文集‧目連救母變文》）。因此，此處的詩思觸發，與「同看山」的乃是一位佛教僧侶有密切關聯。這裡暗用佛典，正暗示詩人形如幽囚、置身地獄刀山之上的刺痛感。「若為化得身千億，散上峰頭望故鄉！」前兩句極力渲染山形如劍、愁腸如割，按理說對此如劍之山應避之唯恐不及，但三、四句卻更發奇想，不但看山，而且幻想自己如何能夠像佛教故事所說的那樣，化身千千萬萬，飛散上千千萬萬個山峰頂端，遙望京華故鄉。善於聯想的讀者大概不會忘記「尖山似劍鋩」的比喻，也不會忘記它那「割愁腸」的尖銳鋒利，那麼化身千億的詩人飛上這尖峭如劍的山峰之巔時，難道不感到那種強烈尖銳的刺痛感嗎？這似乎有些膠柱鼓瑟，卻是自然的聯想。實際上，詩人要突出的正是這種縱然承受著尖銳的刺痛，也要「望故鄉」的願望不可遏止。這種強烈的渴望，即因懷鄉去國、思念親故而不得見的「愁」緒而生。又因雖「望」而終不得見、不能回的絕望而加深。（〈登柳州峨山〉云：「如何望鄉處，西北是融州！」）這兩句運用佛典，極新奇亦生動形象。「散上」

二字，既呼應次句的「處處」，又展現出千千萬萬化身飛散而登上千峰萬嶺的奇幻場景。感情雖極沉痛，境界卻極遼闊而瑰奇，具有動人心魄的悲劇美和強烈的渲染力。

登柳州城樓寄漳汀封連四州 [01]

　　城上高樓接大荒 [02]，海天愁思正茫茫 [03]。驚風亂颭芙蓉水 [04]，密雨斜侵薛荔牆 [05]。嶺樹重遮千里目 [06]，江流曲似九迴腸 [07]。共來百越文身地 [08]，猶自音書滯一鄉 [09]。

[校注]

　　[01]《舊唐書·憲宗紀》：元和十年（西元815年）三月，「乙酉，以虔州司馬韓泰為漳州刺史，以永州司馬柳宗元為柳州刺史，饒州司馬韓曄為汀州刺史，朗州司馬劉禹錫為播州刺史，臺州司馬陳諫為封州刺史。御史中丞裴度以禹錫母老，請移近處，乃改授連州刺史」。宗元以禹錫母年老，上奏請以柳州授禹錫，自往播州事，見《舊唐書》本傳。柳州，屬嶺南道，今廣西柳州市。漳州、汀州均屬江南東道，今福建漳浦縣、長汀縣。封州屬嶺南道，今廣東封開縣。連州屬江南西道，今廣東連州市。永貞元年（西元805年）九月所貶參與革新運動的八司馬中，凌準、韋執誼卒於貶所，程异於元和四年起用。柳宗元等五人均同時出為遠州刺史。此詩係元和十年六月初到柳州不久登城樓有感而作。[02] 大荒，荒遠之地。《山海經·大荒東經》：「東海之外，大荒之中，有山名曰大言，日月所出。」又《大荒西經》：「大荒之中，有山名大荒之山，日月所入……是謂大荒之野。」[03] 句意謂登樓極望，但見海天相接，一片混茫，愁思亦浩茫無際。[04] 驚風，急驟的風。颭，風吹物使其顫動。

柳宗元

芙蓉水，長滿了荷花的池水。《楚辭·離騷》：「製芰荷以為衣兮，集芙蓉以為裳。」[05] 薜荔，一種常綠的藤蔓植物，常緣牆攀附而生，又稱木蓮。《楚辭·離騷》：「攬木根以結茞兮，貫薜荔之落蕊。」王逸注：「薜荔，香草也，緣木而生蕊實也。」此聯之「芙蓉」、「薜荔」均有象徵色彩。[06] 嶺，指五嶺。柳州地處嶺南，登城樓北望，不見京華故鄉，故云「重遮千里目」。「重」既指樹之密匝層層，又指嶺之重疊。[07]《元和郡縣圖志·嶺南道四·柳州》：馬平縣：「潭水，東去縣二百步；柳江，在縣南三十步。」江水流經柳州之後，先向北，再向東北，復向南，曲折迴環，故云「江流曲似九迴腸」。司馬遷〈報任安書〉：「腸一日而九回。」九迴腸，形容愁思縈迴纏繞。[08] 百越，古代南方越人的總稱，分布在今浙、閩、粵、桂等省區。因部落眾多，故總稱百越。亦可指百越居住之地。此即指包括漳州、汀州、封州、連州、柳州在內的古百越所居之地。《莊子·逍遙遊》：「越人斷髮文身。」《淮南子·原道訓》：「九疑之南，陸事寡而水事眾，於是民人披髮文身，以象鱗蟲。」高誘注：「文身，刻畫其體，內默（墨）其中，為蛟龍之狀以入水，蛟龍不害也。」[09] 滯，阻隔不通。

[鑑賞]

柳宗元貶謫永州期間所寫的詩，多為古體，尤以五古見長；而出為柳州刺史期間，則寫了較多的七律和七絕。這首初到柳州之後不久登城樓所作的七律，堪稱唐代貶謫詩和登覽詩中的佳作。

「城上高樓接大荒，海天愁思正茫茫。」首聯直接入題，總寫登柳州城樓所見所感。「城上」而更加「高樓」，則所登愈高，所見愈遠。唐代的柳州，還是荒遠未經開發的蠻瘴之地，作者〈嶺南江行〉說：「瘴江南

去入雲煙,望盡黃茆是海邊。」可見其荒涼空曠景象。登高樓遠望,但見眼前展現的是一片無邊無際的荒野,極目南望,遠處天際,海天相接,一片迷茫,自己的愁思也像這浩闊的海天一樣浩茫無際。這一聯由遠望所見荒遠浩闊迷茫的景象引發「愁思」,境界遼闊荒涼,感情激越蒼涼。目見心感,情景渾融一片,既傳達出登高四顧時的蒼茫百感,又具有雄渾浩茫的氣勢,使人感到詩人的「愁思」也像這海天浩闊混茫之境一般充溢於天地之間。這「愁思」所包含的內容,既有去國懷鄉、思親念友之愁緒,也有空懷報國之志卻連遭貶斥、再歷遐荒的怨憤,更有歸期無望、寂處窮荒的悲涼。如此深厚的「愁思」正須如此廣大深遠之境,方能容納和表現。著一「正」字,傳神地表達出這浩茫無際的愁思正瀰漫胸際,渾渾浩浩,方興未已,並順勢引出下一聯。

「驚風亂颭芙蓉水,密雨斜侵薜荔牆。」頷聯收回目光,轉寫近景。南方六月暑熱季候,暴風驟雨,常倏然而至,這一聯所寫正是靠近北回歸線的柳州盛夏氣候的特徵:急驟的狂風裏挾著密集的暴雨傾瀉而下,使得滿池的水波動盪翻騰,池中的荷花東倒西斜,花枝顫動搖晃;風急雨斜,侵襲著爬滿薜荔的牆頭,使薜荔也在風雨中簌簌搖曳。「風」而曰「驚」,「雨」而曰「密」,不僅見風雨之急驟狂暴,並且透出詩人眼見此景時心驚魂悸之狀,再加上「亂颭」、「斜侵」,這一連串著意的渲染,不僅傳神地描繪出自然界的狂風暴雨,正肆意摧殘美好事物,而且由於「芙蓉」和「薜荔」在自《楚辭》以來的比興意象系統中,向來被賦予美好芬芳品格的含義,它所透露的政治象徵意義自不難默然領會。這幅展現在眼前的狂風驟雨肆意摧殘美好事物的景象,不妨說正象徵著詩人自身和從事革新運動的同道者之共同命運,而詩人眼見此景時的聯翩浮想和怨憤交併之情,也得到淋漓盡致的表達。由於寫景真切傳神,讀者並不

■ 柳宗元

會感到詩人是在刻意設喻，而是從富有傳統象徵含義的意象中，自然引發聯想，紀昀說「三、四賦中之比，不露痕跡」，正道出這一聯融寫實與象徵為一體的藝術表現特點。

「嶺樹重遮千里目，江流曲似九迴腸。」腹聯又由近觀轉為遠望，但和首聯總寫登樓四顧、極望海天的遼闊之景不同，這一聯乃是寫遠望不及而觸發的悵恨與愁思。上句係登樓遠望，但重重疊疊的山嶺和密密層層的樹林遮擋了極目千里的遠望視線，不但長安宮闕、故鄉親友不可得見，就連此次同貶漳、汀、封、連四州的同道友人也渺在層層雲樹之外，而俯視江流，曲折迴環，正像自己懷鄉戀闕思親念友的愁緒一樣，縈迴纏繞、鬱結盤紆，永無已時。首聯寫景，突出其遼闊空曠與荒涼，並不描繪具體景物；此聯則具體描繪「嶺樹」之「遮」與「江流」之「曲」，以突出僻處南荒的隔絕感和鬱結感。「腸一日而九回」的熟語，用在這裡，可謂極其貼切。沒有到過柳州，從高處俯瞰柳江的人，很難體會到它的真切。

「共來百越文身地，猶自音書滯一鄉。」尾聯收到「寄漳汀封連四州」上。出句先用「共來」一揚，彷彿可慰，旋即用「百越文身地」重重一抑，揚抑之間，正突出了志同道合的五位朋友共同的悲劇遭遇，對句用「猶自」更轉進一層，揭示出即使一起來到這荒遠的蠻瘴之地，彼此之間依然是遠隔重巒，音書阻滯，連平安與否的消息也難以傳遞，更不用說會面相聚了。這個結尾，看似突兀，實則前三聯在描繪登樓所見景物時，均已暗中埋下伏筆。首聯的茫茫海天「愁思」中，即包含懷念友人而不得見的意涵，紀昀所謂「倒攝四州，有神無跡」，正是有見於此。頷聯急風密雨肆意摧殘「芙蓉」、「薜荔」的情景，更是同道志士共同命運遭際的象徵。腹聯出句所望而不見者固有分處四州的友人，對句所寫的縈迴

曲折愁腸中，亦自含思而不見諸友的孤獨苦悶。因此尾聯以思念友人、慨嘆音書阻隔結尾，正是水到渠成。前三聯一氣直下，末聯則頓挫抑揚，轉增情致與餘韻。

柳州峒氓 [01]

郡城南下接通津 [02]，異服殊音不可親 [03]。青箬裹鹽歸峒客 [04]，綠荷包飯趁虛人 [05]。鵝毛禦臘縫山罽 [06]，雞骨占年拜水神 [07]。愁向公庭問重譯 [08]，欲投章甫作文身 [09]。

📖 [校注]

[01] 峒，舊時對西南地區部分少數民族聚居地方的泛稱。峒氓，即指西南地區聚居於山區的少數民族。[02] 郡城，指柳州城。通津，四通八達的津渡。《元和郡縣圖志・嶺南道四・柳州》：「馬平縣（州治所在）……柳江，在縣南三十步。」[03] 殊音，語言不同。作者〈與蕭翰林書〉：「楚、越間聲音特異，舌啅噪。」嶺南少數民族的語言當更殊異。[04] 箬，指箬竹葉（非指竹皮，亦非指竹筍外殼）。《本草綱目・草四・箬》：「箬生南方平澤，其根與莖皆似小竹，其節籜與葉皆似蘆荻，而葉之面青背淡，柔而韌，新舊相代，四時常青。南人取葉作笠，及裹茶鹽包米粽，女人以襯鞋底。」歸峒，歸其居地。[05] 趁虛，猶趕集。虛，鄉村市集。錢易《南部新書・辛》：「端州（屬嶺南道）已南，三日一市，謂之趁墟。」虛，通「墟」。[06] 禦臘，抵禦臘月寒冬。罽（ㄐㄧˋ），一種毛織品，此指被褥。山罽，山民用毛製作的被褥。劉恂《嶺表錄異》：「南道之豪酋，多選鵝之細毛，夾以布帛，絮而為被，復縱橫衲之，其溫不下於挾纊也。」[07] 雞骨占年，用雞骨占卜吉凶禍福。《史記・孝武本紀》：「乃

柳宗元

令越巫立越祝祠，安臺無壇，並祠天神上帝百鬼，而以雞卜。」張守節正義：「雞卜法，用雞一、狗一生，祝願訖，即殺雞狗煮熟，又祭，獨取雞兩眼，骨上自有孔裂，似人物形則吉，不足則凶。今嶺南猶此法也。」作者〈柳州復大雲寺記〉曰：「越人信祥而易殺……病且憂，則聚巫師用雞卜。」占年，占卜年成的豐歉。[08] 重譯，輾轉翻譯。《尚書大傳》卷四：「成王之時，越裳重譯而來朝，曰道路悠遠，山川阻深，恐使之不通，故重三譯而朝也。」[09] 章甫：殷商時代的一種冠。《禮記·儒行》：「丘少居魯，衣逢掖之衣；長居宋，冠章甫之冠。」孫希旦集解：「章甫，殷玄冠之名，宋人冠之。」《莊子·逍遙遊》：「宋人資章甫而適諸越，越人斷髮文身，無所用之。」後因泛稱儒者之冠。

[鑑賞]

這首七律，寫西南地區少數民族的生活習俗、風土人情以及詩人對他們的感情，這對於唐詩題材領域是一種新的開拓。此前盛唐的邊塞詩中，雖亦偶有提及少數民族的生活習俗與精神風貌（如高適〈營州歌〉、崔顥〈雁門胡人歌〉），但均為北方邊塞少數民族。對西南地區少數民族的描寫，是中唐隨著貶謫南荒的詩人群而興起的嶄新創作風氣。柳宗元的這首七律就是直接以「柳州峒氓」為題的代表性作品。

「郡城南下接通津，異服殊音不可親。」首聯以即景描寫起。柳州郡城南面往下幾十步，就是柳江通向四鄉的渡口，這一天正好遇上市集，來自各村的峒民們來來往往、熙熙攘攘，穿著樣式奇異的服裝，說著和中原地區完全不同的語言。這熙攘熱鬧的「通津」雖使詩人感受到活躍的生活氣息，但目見耳聞峒民們的「異服殊音」，卻使詩人頓感自己身處荒遠的蠻瘴之地，而生出難以親近的陌生感和距離感。這種感受，對於柳

宗元這樣貶居永州十年後，又再被外放到更加荒遠的柳州當刺史的人來說，自是真切而自然的。但詩人並沒有停留在這種最初的感受上，而是隨著觀察到的現象而變化推移，逐漸產生在感情方面的改變。

「青箬裹鹽歸峒客，綠荷包飯趁虛人。」頷聯緊承「通津」，寫渡頭來來往往趕集的峒民：他們三五成群，用青箬葉包裹著從市集上買來的鹽，正說說笑笑，朝著自己家的方向走去；而渡頭那邊又過來新一批乘渡船趕集的峒民，他們用碧綠的荷葉包裹著煮好的飯菜，興沖沖地朝市集走去。將「歸峒客」放在「趁虛人」之前，並非故意倒置，而是實景。距離近的、起得早的趕集峒民已經買好東西準備回家了，距離遠的、起得晚的卻剛到渡頭，這正渲染出趕集的峒民來來往往、絡繹不絕的熱鬧景象。自然經濟條件下的農村，趕集既是為了交換商品，也帶有一點湊熱鬧的性質；每逢集市之日，往往大人小孩、少女媳婦，從四鄉擁來，市集之上，萬頭鑽動，熱鬧非凡。此種景象與風俗，至今猶存。因此它多少帶有一點節日氣氛。在寫峒民趕集時，詩人拈出了兩個極為典型的細節：「青箬裹鹽」和「綠荷包飯」。自給自足的自然經濟條件下，農民幾乎可以生產出一切自己需要的生活必需品，只有鹽才必須從市集上購買。「青箬裹鹽」而「歸」正寫出了自然經濟的典型特徵。農民節儉成俗，哪怕是出遠門趕長路也往往帶上好幾天的乾糧，趕集來回只需一天，自然自帶飯菜充飢，免得增加花費。這也是相沿已久的傳統習俗之一。妙在用來「裹鹽」、「包飯」的容器，又是道地的山野風光：青青箬葉和碧綠荷葉。不但以鮮明的色彩點染出令人悅目的圖景，而且透出濃郁而樸素淳厚的生活氣息。兩句純用白描，卻全如一幅充滿濃郁詩情的少數民族地區農村風情畫，散發出令人陶醉的氣息，彷彿可以聞到「青箬」、「綠荷」透出的清香。詩人雖然只是似不經意地描繪出這幅近乎寫生的圖畫，但

■ 柳宗元

　　從中明顯可以感受到，在眼見此種景象時所產生的新鮮感和愉悅感，這種感情，在上下兩句一氣貫注的流走格調和輕快音律中也能體會到。

　　「鵝毛禦臘縫山罽，雞骨占年拜水神。」腹聯是由眼前峒民趕集景象和習俗所觸發，產生對其他生活風俗的聯想。他們用鵝毛縫製粗糙的被褥，來抵禦寒冬臘月的寒冷，用雞骨占卜年成豐歉，為免除水旱災害而祭拜水神。這些生活習俗，既突出渲染峒民近乎原始的樸野風俗（包括宗教迷信），又帶有特定的地域和民族色彩，而這些習俗又都密切連繫著他們最基本的生活需求（衣被和糧食）。因此在選材上仍具有代表性。如果沒有這一聯，題目也許不能叫「柳州峒氓」，而是專寫峒民趕集了。詩人對這類習俗，雖不像頷聯那樣，充滿新鮮感和喜悅感，但在記敘描寫之中，仍然流露著新奇和關切的情味，與對素樸原始民風的欣賞，如此才能引出下聯。

　　「愁向公庭問重譯，欲投章甫作文身。」尾聯是目睹心想柳州峒氓生活習俗和風情之後的感受和願望。自己身為柳州刺史，但由於當地百姓「殊音」造成的隔閡，在公庭上處理政務時還不免要透過輾轉翻譯，故說「愁向公庭」，深感遺憾。既然再歷遐荒，回京無望，不如終老此鄉，與素樸淳厚的當地百姓融為一體，乾脆丟掉儒冠，做一個斷髮文身的峒氓吧。這種願望當中，雖然也包含對自己長期投荒境遇的感慨，但主要還是由於受到峒民素樸淳厚的生活習俗和風情感染。安於此鄉的相似感情，在〈柳州城西北隅種甘樹〉中也明顯流露而出，可見「欲投章甫作文身」之語，並非矯情。

酬曹侍御過象縣見寄 [01]

破額山前碧玉流[02]，騷人遙駐木蘭舟[03]。春風無限瀟湘意，欲採蘋花不自由[04]。

📖 [校注]

[01] 曹侍御，名未詳。「侍御」，唐人稱殿中侍御史、監察御史為侍御。象縣，柳州屬縣。《元和郡縣圖志・嶺南道四・柳州》：「象縣，陳於今縣南四十五里置象郡，隋開皇九年廢郡為縣。龍朔三年為賊所蒸，乾封三年復置。總章元年割屬柳州。」唐縣治在今廣西鹿寨西南，東濱柳江。詩作於任柳州刺史期間。元和十年（西元815年）夏，宗元始至柳州，則詩當作於元和十一至十四之某年春。[02] 破額山，《太平寰宇記》卷一百六十八載柳州有破額山，當即此詩所稱者。舊注或引《明一統志》：「四祖山在黃州府黃梅縣西北四十里，一名破額山。」與柳州遙不相及，顯誤。碧玉流，形容柳江水青碧如玉。[03] 騷人，本指屈原，此借指曹侍御。駐，指泊舟。木蘭舟，對船的美稱，並暗用《楚辭・離騷》「朝搴阰之木蘭兮，夕攬洲之宿莽」、「朝飲木蘭之墜露兮，夕餐秋菊之落英」等句意，以示「騷人」志行之芬芳美好。又任昉《述異記》卷下：「木蘭洲在潯陽江中，多木蘭樹。昔吳王闔閭植木蘭於此，用構宮殿也。七里洲中有魯班刻木蘭為舟，舟至今在洲。詩家之木蘭舟，出於此。」木蘭是一種香木，皮似桂而香，狀如楠樹。[04] 梁柳惲〈江南曲〉：「汀洲採白蘋，日落江南春。洞庭有歸客，瀟湘逢故人。故人何不返，春華復應晚。不道新知樂，只言行路遠。」此二句化用柳詩前四句之意。解詳鑑賞。

■ 柳宗元

📖 [鑑賞]

　　這是一首酬答友人的小詩，風調非常優美，情思卻憂鬱苦悶，散發牢騷不平。內容與風格的不協調，使這首詩帶有含意難申的特殊面貌。

　　題內的「曹侍御」名未詳（侍御是中央監察機構御史臺的官吏殿中侍御史或監察御史的簡稱，但唐代較高的幕府官也常帶侍御的憲銜。所以這位曹侍御並不一定在中央政府任職，有可能是幕官）。從詩中稱他為「騷人」來看，可能也是一位政治上的失意者。象縣，唐代屬嶺南道柳州，在柳州東面不遠（但水路曲折蜿蜒，比直線距離長得多），瀕臨陽水（今稱柳江）。詳詩題及詩意，當是曹侍御路過象縣，泊舟靠岸，寄詩給在柳州擔任刺史的柳宗元，詩人於是寫了這首詩作答。或以為柳宗元當時貶居永州（今湖南零陵），但象縣與永州相去甚遠，曹侍御過象縣而寄詩給遠在永州的柳宗元，似乎難以理解，而寄詩柳州近地（象縣屬柳州管轄），則比較合乎情理。

　　「破額山前碧玉流，騷人遙駐木蘭舟。」前兩句點題內「曹侍御過象縣」。破額山，當是象縣附近靠近柳江邊的一座山。今湖北黃梅縣西北也有破額山，但與詩題「過象縣」無關，殆非所指。碧玉流，指青翠碧綠的陽江水。桂林、柳州一帶的江水，青碧深湛，平緩沉靜，如碧玉在緩緩流動，故說「碧玉流」。三字不但寫出水色水勢，而且傳達出真實感。「騷人」，這裡借指曹侍御，暗寓其也像屈原那樣，志行高潔而不被統治者所賞識和世俗所理解。木蘭舟，是對曹侍御所乘舟船的美稱，因《楚辭‧離騷》中常提到「木蘭」這種香木，以寓志行之高潔芬芳，〈九歌‧湘君〉中又有「桂棹兮蘭枻」之句，故後來常以木蘭舟指騷人所乘之舟，藉以象徵其品格的美潔。以上兩句用了「碧玉流」、「騷人」、「木蘭舟」等一系列清澄、芳潔、華美的詩歌意象來渲染形容曹侍御其人、其境、其

物,不但展現出優美的詩境,而且帶有象徵色彩。讀者可以想見曹侍御泊舟破額山前、碧玉流畔翹首遙思的情景,其人華美高潔、閒雅秀朗的風神品格也宛然可見。「碧玉」之「流」與「木蘭舟」之「駐」,一動一靜,相映成趣,更增添了畫面的生動意致。

「春風無限瀟湘意」,理解這一句的關鍵在正確解讀「瀟湘意」。這裡的「瀟湘」並非實指瀟水、湘水及其附近的地域,而是用典。南朝詩人柳惲的名作〈江南曲〉云:「汀洲採白蘋,日落江南春。洞庭有歸客,瀟湘逢故人。」這裡的「瀟湘意」,當指故人的情意。全句意思是說,讀著曹侍御從象縣寄來的、充滿故人情意的詩章,不禁有春風拂面之感。點出「春風」,固然含有象徵時令季節的用意,但更主要的是為了表達自己捧讀贈詩時如坐春風的溫煦感受(詩中或許有安慰勸勉柳宗元的內容)。因此,詩中雖未直接寫到曹侍御贈詩的具體內容,但透過「春風」、「無限」這些字眼以及詩人的感受,卻也不難想見詩中定然充溢著醉人的溫馨情誼。化實為虛,反而更有效地激發了讀者的想像力,使曹侍御的贈詩在想像中變得更加優美動人。這句寫「見寄」。

在如此美好的季節,讀到友人從如此美好的地方寄來的、充滿溫煦情誼的詩章,詩人自己自然也有無限情意要向對方傾吐,落句便勢必要落到「酬曹侍御」上。但詩意至此,卻忽作頓宕轉折「欲採蘋花不自由。」蘋是一種水草,春天開白花。採蘋寄遠,如前引柳惲〈江南曲〉,歷來作為向遠方友人致意的形象比喻。如進一步追本溯源,則《楚辭·九歌·山鬼》「折芳馨兮遺所思」以及〈古詩〉「涉江採芙蓉,蘭澤多芳草,採之欲遺誰?所思在遠道」,都可能與這裡的「採蘋」具有象徵寓意上的淵源連結。柳宗元在柳州的處境,從〈登柳州城樓〉詩中「驚風亂颭芙蓉水,密雨斜侵薜荔牆」的象徵性描寫中可以看出,仍是相當艱危的。因

此他雖滿懷幽怨鬱憤之情，卻不能無所顧忌地向關心自己的友人傾吐。上句用「春風」極意渲染，用「無限」極力強調，這句「欲採蘋花」的意願便顯得十分強烈，而緊接著「不自由」三字，卻將這種意願一筆掃卻。頓宕轉折之間，充分顯示出詩人當時身遭摒棄，連傾訴孤憤幽怨的自由都沒有的艱危處境，和詩人對這種處境的強烈憤鬱不平。

儘管如此，末句所包含的深沉憤鬱並沒有破壞全詩的風調，人們反倒從前後的鮮明對照中，感受到詩人雖身處困境，仍然執著追求生活中美好事物（包括美好的友誼、美好的自然）的情操，從而對詩人這種峻潔高華的人格美有了進一步的體認。

南澗中題 [01]

秋氣集南澗 [02]，獨遊亭午時 [03]。迴風一蕭瑟 [04]，林影久參差 [05]。始至若有得，稍深遂忘疲。羈禽響幽谷 [06]，寒藻舞淪漪 [07]。去國魂已遠 [08]，懷人淚空垂。孤生易為感 [09]，失路少所宜 [10]。索寞竟何事 [11]，徘徊只自知。誰為後來者，當與此心期 [12]。

[校注]

[01] 南澗，在湖南永州零陵縣朝陽巖東南。韓醇《詁訓柳集》卷四十二云：「公永州諸記：自朝陽巖東南水行至袁家渴，自渴西南行不能百步得石渠，石渠既窮為石澗。石澗在南，即此詩所題也。」王國安《柳宗元詩箋釋》引〈石澗記〉的「古人之有樂於此耶？後之來者，有能追予之踐履耶」，認為「末兩句之意類詩結句『誰為後來者，當與此心期』，記與詩當同時作。唯記狀石澗之貌，而詩則抒失路之悲也。記又曰：『得之日，與石渠同。』宗元得石渠為元和七年（西元812年）十月十九日（見

〈石渠記〉），姑繫此詩於是時。」[02] 秋氣，宋玉〈九辯〉：「悲哉秋之為氣也，蕭瑟兮草木搖落而變衰。」[03] 亭午，正午。[04] 迴風，旋風。[05] 參差，不齊貌，此狀林影之搖曳不定。[06] 羈禽，失群孤棲的鳥。幽谷，深谷。[07] 寒藻，深秋的水藻。淪漪，微風吹動的水面圓形波紋。[08] 去國，離開京國。遠，《全唐詩》校：「一作遊。」[09] 孤生，孤獨的生活。易為感，容易為外物所觸動而產生感慨。[10] 失路，政治上失意。少所宜，很少感到外物與自己的心境相適應。亦可解為動輒得咎。[11] 索寞，寂寞無聊。[12] 期，契合。

📖 [鑑賞]

　　這首被蘇軾譽為「絕妙古今」的五言古詩，作於元和七年（西元 812 年）深秋，當時已經是柳宗元貶居永州的第八個年頭了。題內「南澗」，在永州城南，亦即「永州八記」之一〈石澗記〉所記的石澗。記文描述它「亙石為底，達於兩涯……水平布其上，流若織文，響若操琴……其上深山幽林逾峭險」，是個風景清寥幽峭的地方。和遊記之以紀遊寫勝為主不同，詩著重抒寫長期貶居荒僻的詩人孤寂憂鬱的心境，和憂觸景生、情隨物遷的心理歷程，實際上是一首借紀遊寫景以抒懷的抒情詩。

　　開頭兩句點明出遊的地點、季節和時間。「秋氣」、「獨遊」四字，一篇眼目。以下所寫種種情景都由此生發。首句以概括虛涵之筆抒寫對南澗秋色的整體感受。秋之為氣，似無具體形象，卻又處處可見它的蹤跡。一「集」字令人宛見秋風蕭瑟、草木搖落、林寒澗肅之狀，也透出詩人目遇神接充滿秋氣的南澗時那種心靈悸動的強烈感受。何焯說：「萬感俱集，忽不自禁，發端有力。」一、二句用倒筆敘，也加強了發端的力道。

■ 柳宗元

　　三、四句承上「秋氣」，專寫秋風蕭瑟之狀。山谷間的秋風，強勁而迴旋，風起則樹木搖動，林影參差，久久不已。「一」、「久」二字，開合相應，適成對比，展現出秋風勁厲而持久的態勢；「回」、「影」二字，寫風態秋聲，尤其生動而傳神，令人於樹影搖曳晃動之中宛聞蕭颯的秋聲。刻意運用「蕭瑟」、「參差」這兩個雙聲聯綿詞，也增添了悽清蕭條的韻味。

　　寫到這裡，卻不再膠著於眼前的南澗秋色，而是就勢掉轉，概寫「獨遊」過程中感受與情緒的變化：「始至若有得，稍深遂忘疲。」上句是初入其境若有所感，心與境遇的自然反應，下句是深入其境以後全身全意沉浸其中的忘我精神狀態。這種描寫，似乎虛泛抽象，卻因其深刻概括了窮幽探勝的感受體會而具有很高的普遍性，能喚起讀者的聯想與思索，其中隱然含有某種潛心觀照自然有所體察的意趣。沈德潛說：「為學仕宦亦如是觀。」正道出其中所包含的哲理意趣。這兩句所表現的情緒似乎偏於安恬愉悅，但透過「若有得」、「遂忘疲」，卻可以感到這位「獨遊」者在此之前惘然若失、心力交瘁的精神狀態。

　　「羈禽響幽谷，寒藻舞淪漪。」兩句承「稍深」續寫南澗秋色。一寫山，一寫水；一訴諸聽覺，一訴諸視覺。詩人以一個長期羈泊異鄉，心境淒寒寂寞者的特殊心態感受自然，遂使客觀景物染上一層強烈的主觀色彩。鳥鳴幽谷，對於常人來說，或許感其清幽寂靜，而詩人則反而感到羈泊者的哀愁孤寂；藻舞淪漪，於常人或感其清新可喜，而詩人則反而感到淒寒清冷。「響」與「舞」這兩個帶有強烈動感的詞語，在這裡恰恰反襯出了谷幽人寂、悽清寂寥的環境。這「羈禽」與「寒藻」，不僅是詩人感情投射的結果，而且帶有詩人自身境遇的象徵含意。

　　從開篇至此為一節，側重寫南澗景物，而景中寓情。從「始至」到

「稍深」，遊蹤顯然。「獨遊」者或因景物的感發引起情緒的變化，或因主觀感情的作用而使景物主觀化，痕跡隱然可見。至「羈禽」二句，孤子悽清之感越來越濃重，遂自然生發出下節的直接抒情。

「去國魂已遠，懷人淚空垂。」由主觀化、對象化的羈禽、寒藻引出「去國」、「懷人」的詩人自我，在意脈上自然貫通，故轉接得不著痕跡。長期貶居荒遠，去國懷人之情與日俱增，以至達到精神恍惚的程度。然而山川阻隔，音書難寄，唯有空垂悲淚而已。寫這首詩時，王叔文、王伾、凌準、呂溫等人都已先後去世，「懷人」句似不但有對生者思而不見的悲哀，更含有對死者幽明永隔的長恨。

接下來兩句，表面上似與題目不相關，實際上仍緊貼「南澗」、「獨遊」抒感。兩句互文，說明政治失意、處境孤子者最易觸景傷情，感到外物與環境總是與己不相宜（也可以理解為動輒得咎，與世扞格）。從意脈上來看，這是承上節獨遊過程中對南澗秋色的特殊感受而來，但它卻同時概括了許多「孤生」、「失路」者的共同經驗，在質樸深切之中含有深沉的苦悶與憤激。

「索寞竟何事，徘徊只自知。」「索寞」、「徘徊」，仍貼「獨遊」說。兩句用極虛之筆，寫惘然的心境。內涵豐厚，任人品味。上句似說，踽踽獨遊，寂寞悽清，究竟所為何事？好像是埋怨自己不該出來獨遊，以致反增寂寞，又好像是對自己遠貶荒僻、寂寞無所事事之處境與境遇的疑問與思索。下句似乎是說，獨自徘徊，心中的積鬱苦悶只有自知，又似乎是說，自己的孤獨處境與苦悶心情無人了解和同情。總之，兩句所寫，乃是苦悶的靈魂惘然無著落的自思、自憐與自嘆。其中蘊含著難以言狀的空虛失落感與孤寂悽清感，由此便自然引出全詩的結尾：「誰為後來者，當與此心期。」這使人聯想到陳子昂的〈登幽州臺歌〉。儘管陳詩

■ 柳宗元

是慨嘆「後不見來者」，柳詩則是相信後來貶謫於此的人當會理解自己此時的心情。但它們都蘊含著不為當世所理解的寂寞與痛苦。呈現在面前的正是一個為當世所遺棄的孤獨者形象，與篇首「獨遊」遙相呼應。

蘇軾稱這首詩「憂中有樂，樂中有憂」。這種感受與理解深切而獨到。不過，憂與樂在這首詩中並非平分秋色或單純的交替與交融。而是以憂為主導，為貫串主軸，從憂出發，又歸結於憂。樂在詩中只是一時的，而且樂中有憂。詩人「獨遊」之因就是心情鬱悶，所以在觀照自然時，便很容易染上主觀感情色彩。像「迴風一蕭瑟，林影久參差」、「始至若有得，稍深遂忘疲」這種感受與體會，不能說沒有樂的成分，但它本身就帶有悽清寂寞的色彩，這是處境極端淒寂的人，偶因接遇自然界中幽美景物時浮現的一絲微笑。儘管微笑，卻感悽然；雖說忘疲，卻非陶醉。因此，當他進而接觸到「羈禽響幽谷，寒藻舞淪漪」這種更加悽愴幽冷的景物時，就不禁「憂從中來，不可斷絕」了。柳宗元在〈與李翰林書〉中說：

「僕悶即出遊⋯⋯時到幽樹好石，暫得一笑，已復不樂。何者？譬如囚拘圜土，一遇和景，負牆搔摩，伸展支體，當此之時，亦以為適。顧地窺天，不過尋丈，終不得出，豈復為之能舒暢哉！」正是這種拘囚般的處境與心境，決定了他的「獨遊」只能以排憂始，以深憂終。這也就是詩雖寫得紆徐淡泊，卻始終有一股壓抑感的原因。

詩評家每以韋、柳並稱，認為他們的五古都有清淡簡古的特點。其實，韋、柳之間是貌似而實異。韋應物後期頗具高逸出世之情，故為詩閒婉雅淡，蕭散自得；柳宗元卻是被迫投閒置散，形同幽囚；雖欲寄情山水自然，內心卻憂憤鬱悶，並不平靜，因此他的清淡高古中，往往含有很深的憂鬱與牢騷。劉熙載說：「韋云『微雨夜來過，不知春草生』是

道人語；柳云『迴風一蕭瑟，林影久參差』是騷人語。」正道出兩人心態詩境的區別。王、孟、韋、柳，都學陶潛，在王、孟、韋的詩作中，可以發現詩人心境與環境景物的和諧搭配、高度契合的陶詩式意境；而在柳詩中，卻更多心與境之間的貌合神離。

五言古詩為求格之高古，往往不煩繩削，純任天然。柳宗元的五古卻往往在簡古清淡、紆徐不迫中，寓精嚴細密的章法和著意錘鍊的字法。像本篇一開頭就揭出「秋氣」、「獨遊」為全篇關鍵，接著逐層抒寫主觀感情與客觀景物之間的互動作用，以及詩人感受、情緒的變化，次序井然。前後的銜接既細密，又不露痕跡。前人說他的詩「似入武庫，但覺森嚴」(《西溪詩話》)，「清峭有餘，閒婉全乏」(《唐音癸籤》)，確是有味之言。

江雪 [01]

千山鳥飛絕，萬徑人蹤滅。孤舟蓑笠翁[02]，獨釣寒江雪[03]。

📖 [校注]

[01] 作於貶居永州期間。[02] 蓑笠翁，穿蓑衣戴斗笠帽的漁翁。[03] 句意謂在寒江大雪中獨自垂釣。

📖 [鑑賞]

用最短的篇幅描繪出一幅形象鮮明的寒江獨釣圖，對於擅長寫山水詩文的高手來說，也許不算太難。但要在同時表現出在極端蕭瑟寒冷、孤獨寂寞的環境中，堅守信念的精神與人格之美，從而構成意境高遠、格調奇峭、詩畫渾然一體的境界，卻只有像柳宗元這樣既有高超的藝術

■ 柳宗元

技巧，又具有深刻的生活體會和堅韌不屈的思想性格的大家才能辦到。

「千山鳥飛絕，萬徑人蹤滅。」詩的題目叫「江雪」，詩中的主體則是獨釣寒江的漁翁，但開頭兩句卻既不寫江，也不直接寫雪，更無隻字寫人，而是從大處、高處、遠處落筆，全景式地展現出四周的千山萬嶺之上，飛鳥絕跡，廣闊的四野道路之上，行人絕蹤的空曠遼闊、冷落蕭瑟畫面。雖無一字直接寫雪，但「千山」、「萬徑」的遼闊空間中「鳥飛絕」、「人蹤滅」的圖景，卻直取雪之神魂，使讀者彷彿目睹千山萬徑、整個天地之間都是一片白茫茫的大雪，感受到畫面中籠罩著一股凜冽逼人的蕭森寒氣。兩句中「千」、「萬」、「絕」、「滅」的誇張渲染，更加強了整個環境的空曠、幽寂、寒冷、蕭森的氣氛。這種環境氛圍，帶有象徵色彩。它是詩人所處的時代氛圍、政治環境的象徵，也是詩人淒寒孤寂心境的表現。

在全詩中，這兩句是作為環境背景出現的。它的作用，除了展示詩人所處的環境和心境之外，更重要的是用來反襯主體孤舟獨釣的漁翁之精神性格，這就自然引出三、四兩句。

「孤舟簑笠翁，獨釣寒江雪。」在「千山」、「萬徑」的廣闊雪景背景下，這兩句由遠及近，充分描繪出江面上孤舟獨釣的漁翁形象。茫茫江面上，只剩下了一艘孤舟；孤舟上坐著一個漁翁，戴著一頂斗笠帽，披著一身簑衣，正獨自在寒江中全神貫注地垂釣。從「簑笠」的穿戴上可以看出，江面上正下著紛紛揚揚的大雪。一葉孤舟、一介漁翁在廣闊的山野、浩永的寒江中，顯得特別孤寂、渺小。而這位漁翁獨自一人處在如此廣漠、寒冷、孤寂的環境中，竟像根本沒有意識到這種嚴酷森寒的環境，也根本不在意自己的孤獨處境一樣。正是透過環境與人物之間這種相反相成的映襯關係，突出表現了獨釣寒江的漁翁那種不畏森寒、不怕

孤獨，在冷寂的環境中堅持垂釣的堅毅精神和頑強不屈的精神風貌。

　　三、四兩句從題目來說，似乎是用孤舟獨釣來點綴江上雪景；其實，從作者的用意來看，雪景只不過是背景和陪襯，孤舟獨釣於寒江之上的漁翁才是畫面的中心。如果把它畫成一幅畫，題目應該叫「寒江獨釣圖」，而不應該叫「江上雪景圖」。後世一些山水畫多取後兩句的景物作為題材，其實只看到了詩中有畫這一點，而對這幅畫的畫意缺乏理解。

　　這就涉及作品的寄託問題。熟悉柳宗元身世遭遇，特別是他貶居永州期間境遇與心情的人，會從這孤舟獨釣寒江的漁翁身上看到詩人自己的形象。當時他的處境是「身編夷人，名列囚籍」，過去一些親戚朋友都和他斷絕來往，處於十分孤寂的境地。詩的一、二兩句描繪千山萬徑中飛鳥絕跡、行人無蹤的寒寂蕭森、空曠寥落，實際上正散發著詩人對自己所處環境的感受。而在孤舟獨釣寒江的漁翁身上，則寄託著詩人那種「雖萬受摒棄，而不更乎其內」的堅定思想、政治操守和頑強不屈的抗爭精神。

　　全篇的關鍵字，就在末句的那個「獨」字。詩中的一切描繪、渲染都是為了襯托這個「獨」字、突出這個「獨」字。千山杳無飛鳥，萬徑寂無人蹤，這兩句句末的「絕」和「滅」，無須贅述，自是為了突出人之「獨」；孤舟、寒江、大雪，又進一步渲染這位獨釣者所處環境的孤寂與寒冷。整首詩蘊含著很深的孤獨寂寞之感，自不待言，但詩人的用意，主要不是表現這種孤獨寂寞的可悲和難以忍受，而是顯示獨釣寒江的可貴。因此他的孤獨中帶有孤高、孤傲的精神氣質。正是在這位獨釣寒江的漁翁身上，寄託了對不為惡劣環境所屈的理想人格美的讚美和追求。蘇軾的評論觸及詩的特質和人性的關係，具有深刻獨到之見。問題的關鍵就在於柳宗元的這首詩不只是詩中有畫，而是詩中有人，表現出詩人自身的

柳宗元

人格和情操。在唐人五絕中，李白的〈獨坐敬亭山〉與這首詩在表現詩人的品格情操方面，有某種相似之處，而李詩直抒的成分多，情態閒雅，而柳詩則描寫的成分多，感情深沉，在詩情畫意的統一上更加突出。

這是一首押入聲韻的古體絕句。「絕」、「滅」、「雪」三個韻腳，構成蕭瑟、冷寂中含有堅決、激憤情調的意境，聲與情配合得非常和諧。

漁翁 [01]

漁翁夜傍西巖宿 [02]，曉汲清湘燃楚竹 [03]。煙銷日出不見人，欸乃一聲山水綠 [04]。回看天際下中流 [05]，巖上無心雲相逐 [06]。

[校注]

[01] 據詩中「西巖」、「清湘」、「楚竹」等語，詩當作於貶居永州期間。[02] 西巖，指永州之西山。宗元有〈始得西山宴遊記〉，作於元和四年（西元 809 年）九月二十八日，則此詩當作於其後。[03] 清湘，清澈的湘江水。永州濱湘水。《太平御覽》卷六十五引〈湘中記〉：「湘水至清，雖五六丈，見底。」永州為舊楚地，故云其地所產之竹為「楚竹」。[04] 欸乃：可指行船時搖櫓聲，也可指棹歌，即〈欸乃曲〉，元結〈欸乃曲〉：「誰能聽欸乃，欸乃感人情……遺曲今何在，逸在漁夫行。」題下自注：「欸音襖，乃音靄。棹舡（船）之聲。」然參〈溪居〉詩「來往不逢人，長歌楚天碧」之句，此「欸乃」當指棹歌。[05] 下中流，船向中流順駛而下。[06] 巖上，即西巖頂上，亦即上句之「天際」。陶淵明〈歸去來兮辭〉：「雲無心而出岫。」「無心雲」用其語。

[鑑賞]

　　這是一篇只有六句、一韻到底的短篇七古，在柳詩中屬於流傳廣泛而在理解評價方面多有爭論之作。不僅末二句是否蛇足，自蘇軾以來一直爭論不休，就連「不見人」的「人」究竟是指漁翁還是泛指他人，「欸乃」究竟是指搖櫓聲還是棹歌聲也有不同的理解。但這些爭論並不影響對這首詩的整體藝術評價。

　　從詩題來看，這是一首描寫漁翁生活的作品，但從詩的內容情調來看，詩人著意渲染的卻是倘徉於青山綠水之間、悠然自得的生活情趣，帶有明顯的理想化、主觀化色彩。連繫他的〈江雪〉以獨釣寒江的漁翁自況和五律〈溪居〉，更可明顯看出詩中的「漁翁」身上有詩人自己的影子，或者說是借歌詠已理想化的漁翁來自我抒情。

　　「漁翁夜傍西巖宿，曉汲清湘燃楚竹。」詩主要寫晨間景色，首句卻從昨夜敘起。「夜傍西巖宿」像是普通的交代，但連繫全詩來品味，其中自含有獨往獨來、行止無定、隨意無拘、到處均可止宿的意涵。西巖即西山，柳宗元在〈始得西山宴遊記〉中敘其攀登山頂後所見景色：「縈青繚白，外與天際，四望如一……悠悠乎與灝氣俱而莫得其涯；洋洋乎與造物者遊，而不知其所窮。」因此這夜傍西巖而宿的追敘便可引發豐富的詩意聯想。接下來第二句便由「夜」而「曉」，寫漁翁清晨起來以後的生活情事。其實所寫的不過是汲水燒火做飯而已，如此極平常的「俗事」，在詩人筆下卻變成了極清雅的生活情趣。早晨的空氣是清新的，所汲的又是極清澈的湘江水，所燃的則是碧綠的楚竹（即湘竹，因避復而改），就地取材，水清竹碧，純屬天然。極俗的燒火做飯也變作彷彿不食人間煙火的雅事了。

■ 柳宗元

「煙銷日出不見人，欸乃一聲山水綠。」三、四兩句，從「曉」過渡到「日出」時情景。清晨時的湘江上，籠罩著一層朦朧的輕煙淡霧，隨著時間推移，太陽升起，煙霧消散，整個江面上空無一人，漁翁也開始了全新一天的行程，他邊划槳，邊唱著棹歌，「欸乃」聲中，顯現在面前的是一片青山綠水的景象。或以為「不見人」的「人」是指漁翁本人。從意境上來說，只聞欸乃之聲悠長縈迴於耳畔而不見其人，彷彿電影中的空鏡頭，似乎另有一種神韻。但一則，從情理來說，既「煙銷日出」，則人與景物畢現，不可能聞漁翁之聲（無論是搖櫓聲還是棹歌聲）而不見其人。二則其人如指漁翁，則景外另有人在，但下兩句的「回看」顯然指漁翁在舟行過程中回看而非指旁觀的詩人，故於詩意不合。三則〈溪居〉詩明云：「久為簪組累，幸此南夷謫。閒依農圃鄰，偶似山林客。曉耕翻露草，夜榜響溪石。來往不逢人，長歌楚天碧。」兩相對照，可證〈漁翁〉詩之「不見人」即〈溪居〉詩之「不逢人」，是指江上空寂不見人，而非指不見漁翁。至於「欸乃」，對照〈溪居〉中的「長歌」，其意自明，當指漁翁所唱的船歌而非搖櫓聲。

三、四兩句，極饒神韻。它的妙處全在空寂無人之境中，漁翁棹歌聲起的剎那，眼前忽現一片青山綠水時，那種令人悠然神遠的境界。彷彿是漁翁的「欸乃」棹歌之聲忽然染綠了青山碧水，幻化出一個童話式的世界，一個不食人間煙火遠離塵囂的世界。這境界，既極清寥曠遠，又悠閒自得，展現出這位漁翁的精神世界。

「回看天際下中流，巖上無心雲相逐。」五、六兩句，寫漁翁行舟直下中流時回首天際，但見西巖之上，白雲悠然出岫，來往飄蕩，像是在互相追逐。雲之繚繞飄蕩，純出自然，這裡特用「無心」來形容，實際上是將人的感情意念投射到作為自然物的雲身上，使「巖上無心雲相逐」的

景象成為自己精神的具體呈現。「無心」二字，不妨說是全詩的關鍵字和結穴。詩人寫漁翁之夜傍西巖而宿、曉汲清湘燃楚竹，欸乃而歌於煙消日出之際，青山綠水之間，放舟而下至中流，悠然回顧巖上白雲，都是為了突出渲染陶然忘機於美好自然之中的「無心」境界。經歷了長期的貶謫生活和心靈痛苦歷程，詩人在目見心感美好大自然的瞬間，似乎在忘機無心的境界中得到了精神上的解放，這首詩正是這種心靈體會的藝術表現。

　　從這種理解出發，可以看出五、六兩句不僅是全詩不可分割的部分，而且是畫龍點睛的關鍵之筆。如果撇開「無心」的主旨，刪去五、六兩句，前四句也能成為一首意境完備、餘韻悠然的七絕，但似乎只能表現漁翁瀟灑自得、悠閒自適的精神風貌與湘中山水之清麗，而與「無心」的主旨終隔一層，因為還缺少「雲相逐」於巖上這一表現「無心」意涵的主要意象。有了「巖上無心雲相逐」這一句，前面四句的所有描寫也通通染上了「無心」的色彩。正如劉熙載《藝概·詞曲概》所云：「眼乃神光所聚，故有通體之眼，有數句之眼，前前後後無不待眼光照映。」在脫離「無心」的主旨下，談論五、六兩句是否蛇足，那就各執一詞，永遠也無法判斷是非了。或引作者〈溪居〉尾聯「來往不逢人，長歌楚天碧」為言，殊不知〈溪居〉開篇即明白揭示「久為簪組累」、「閒依農圃鄰」的主旨，篇末自然不必更添一語。二詩意涵雖近，但表達方式有別，不能簡單地以彼例此。

■ 柳宗元

劉禹錫

　　劉禹錫（西元 772～842 年），字夢得，祖籍洛陽（今屬河南），家居滎陽。貞元九年（西元 793 年）登進士第，又登吏部取士科，授弘文館校書郎。曾為淮南節度使杜佑掌書記。貞元十八年，調渭南主簿。十九年入朝為監察御史。永貞元年（西元 805 年）正月，順宗即位，遷屯田員外郎，判度支鹽鐵案，參與王叔文、王伾的政治革新運動。同年八月，順宗退位，憲宗即位。十一月，貶朗州（今湖南常德）司馬。元和十年（西元 815 年）二月，奉詔抵長安，三月復貶連州刺史。十四年因母喪扶柩北歸。長慶、寶曆間，轉夔州、和州刺史。文宗大和元年（西元 827 年）授主客郎中分司東都。次年入朝為主客郎中，兼集賢直學士。轉禮部郎中。大和五年出為蘇州刺史。八年秋調汝州刺史，九年遷同州刺史。開成元年（西元 836 年）秋，以太子賓客分司東都，五年為祕書監分司東都。武宗會昌元年（西元 841 年）加檢校禮部尚書，會昌二年七月卒。他是中國思想史上具有鮮明唯物主義傾向的思想家，也是中唐時期在韓、白兩派以外獨樹一幟的詩人，其詩雄邁俊爽而不失含蓄蘊藉，且常於抒情詠懷中寓含哲理，懷古與學習民歌之作的藝術成就尤為突出。曾編己作為四十卷，又曾選編《劉氏集略》十卷，今均佚。《新唐書・藝文志》著錄《劉禹錫集》四十卷。《全唐詩》編其詩為十二卷。今人瞿蛻園有《劉禹錫集箋證》、陶敏有《劉禹錫全集編年校注》。

劉禹錫

西塞山懷古 [01]

王濬樓船下益州 [02]，金陵王氣黯然收 [03]。千尋鐵鎖沉江底 [04]，一片降幡出石頭 [05]。人世幾回傷往事 [06]，山形依舊枕寒流 [07]。今逢四海為家日 [08]，故壘蕭蕭蘆荻秋 [09]。

[校注]

[01] 西塞山，在今湖北黃石市東長江邊，又名道士洑磯。臨江一面高 174 公尺，危峰突兀，險峻如同關塞。孫策、周瑜、劉裕等均嘗結寨於此。《元和郡縣圖志·江南西道·鄂州》：武昌縣（今之黃石市）：「西塞山，在縣東八十五里，竦峭臨江。」另有湖州之西塞山，又荊門、虎牙二山稱楚之西塞，均非此詩所指。詩作於長慶四年（西元 824 年）秋，劉禹錫罷夔州刺史赴和州刺史任途中。[02] 王濬，《全唐詩》原作「西晉」，據五代何光遠《鑑誡錄》及《唐詩紀事》所錄改。王濬，西晉著名將領。《晉書·王濬傳》：「濬字士治，弘農湖人也……重拜益州刺史。武帝謀伐吳，詔濬修舟艦。濬乃作大船連舫，方百二十步，受二千餘人。以木為城，起樓櫓，開四出門，其上馳馬來往……舟楫之盛，自古未有。」樓船，有樓的多層大船，多指戰艦。《史記·平準書》：「是時越欲與漢用船戰逐，乃大修昆明池，列觀環之。治樓船，高十餘丈，旗幟加其上，甚壯。」益州，漢武帝開西南夷，置益州郡，西晉仍之。治所在今四川成都市。《晉書·武帝紀》：咸寧五年（西元 279 年）十一月，「大舉伐吳，遣鎮軍將軍、琅邪王伷出涂中，安東將軍王渾出江西，建威將軍王戎出武昌，平南將軍胡奮出夏口，鎮南大將軍杜預出江陵，龍驤將軍王濬、廣武將軍唐彬率巴蜀之卒浮江而下，東西凡二十餘萬。以太尉賈充為大都督，行冠軍將軍楊濟為副，總統眾軍」。[03] 金陵王氣，《三國志·吳書·

張紘傳》裴松之注引《江表傳》:「紘謂(孫)權曰:秣陵,楚武王所置,名為金陵,地勢岡阜連石頭。訪問故老,云昔秦始皇東巡會稽經此縣,望氣者云金陵地形有王者都邑之氣,故掘斷連岡,改名秣陵。今處所具存,地有其氣,天之所命,宜為都邑。」金陵,今江蘇南京市。吳時曾為都,稱建業。王氣,舊說帝王出現之處,上有祥瑞之氣,稱「王氣」或「天子氣」。《晉書·武帝紀》:太康元年「二月戊午,王濬、陶彬等克丹楊城……乙亥,以濬為都督益、梁二州諸軍事……濬進破夏口、武昌,遂泛舟東下,所至皆平。……三月壬寅,王濬以舟師至於建鄴之石頭,孫皓大懼,面縛輿櫬,降於軍門」。[04] 尋,八尺一為尋。《晉書·王濬傳》:濬率水師沿江東下,「吳人於江險磧要害之處,並以鐵鎖橫截之,又作鐵錐長丈餘,暗置江中,以逆距船。先是,(襄陽太守)羊祜獲吳間諜,具知情狀。濬乃作大筏數十,亦方百餘步,縛草為人,被甲持杖,令善水者以筏先行,筏遇鐵錐,錐輒著筏去。又作火炬,長十餘丈,大數十圍,灌以麻油,在船前,遇鎖,然炬燒之,須臾,融液斷絕,於是船無所礙」。鐵鎖(鍊)沉江底,即指此。[05] 石頭,石頭城。故址在今南京市西石頭山後。《元和郡縣圖志·江南道·潤州》:上元縣:「石頭城,在縣西四里,即楚之金陵城也,吳改為石頭城。建安十六年,吳大帝修築,以貯財寶軍器,有戍。〈吳都賦〉云『戎車盈於石城』是也。諸葛亮云『鐘山龍盤,石城虎踞』,言其形之險固也。」餘參注 [03]。[06] 幾回傷往事,指踵東吳滅亡之後,建都於金陵的東晉、宋、齊、梁、陳幾個王朝相繼覆滅。[07] 枕,背靠著。寒,《全唐詩》原作「江」,校:「一作寒。」茲據改。《文苑英華》卷三百八作「寒」。[08] 四海為家,指全國統一。《史記·高祖本紀》:「天子以四海為家。」元和時期,先後平定西川劉闢、江南李錡、淮西吳元濟、淄青李師道等叛鎮強藩後,全國曾出

■ 劉禹錫

現暫時的統一局面。然至穆宗長慶二年，河朔三鎮已復成割據之勢。[09] 故壘，指西塞戍守的舊營壘。蕭蕭，蕭條。蘆荻，蘆葦與荻草，前者秋天開白花，後者開紫花。

[鑑賞]

在唐人的七律懷古詩中，劉禹錫的這首〈西塞山懷古〉稱得上是藝術模範。何光遠《鑑戒錄》所記劉、白四人長慶中同會樂天舍論南朝興廢之事，雖屬誤傳，但白氏探驪得珠之評，卻反映出這首懷古詩在藝術方面的高度成就，以及它在詩壇上的影響力與地位。儘管明清以來的評論家當中，也有從不同方面指出它的不足，甚至故意唱反調者，但大都緣於無法充分理解詩的深刻思想主題和獨創性構思所致。融合高度的藝術概括與形象生動的具體描寫，結合雄渾遼闊的氣勢和含蓄雋永的韻味，使這首詩在藝術層面，臻於既不乏警策又通體完美的境界。「王濬樓船下益州，金陵王氣黯然收。」發端高遠宏闊，突兀強勁。王濬，現有劉集除《畿輔叢書》本外，均作「西晉」，但何光遠引此詩作「王濬」。何氏雖因遷就〈金陵懷古〉之題而改第五句為「荒苑至今生茂草」，改第六句「山形」為「古城」，改第八句「故壘」為「兩岸」，但首句無論作「西晉」或作「王濬」，均不影響對〈金陵懷古〉題意的表達，如原詩本作「西晉」，何氏不會因顧及〈金陵懷古〉的題面而改作「王濬」。從事理上來看，當年晉武帝下詔大舉伐吳，固六路大軍同時並進，西起益州，東至滁州，戰線長達數千里，但「下益州」及修治樓船、燒熔鐵鎖者卻只有王濬；且伐吳諸路大軍中，戰績最著，最先抵達建業城下，接受孫皓投降的也是王濬。因此，在諸路大軍中取王濬一路戰線最長、功績最顯著者作為典型代表，乃是合乎情理的事，比起泛說「西晉」更能展現晉軍順江直下，所

向披靡的氣勢。如「西晉」係泛稱各路大軍，則與「樓船下益州」不符；如實指「王濬」一路，不如直接標明，故「王濬」當是劉氏原文。次句略去「王濬樓船下益州」後的一系列具體行程戰事，一下子跳到東吳的都城金陵「金陵王氣黯然收」。這裡王濬的水軍樓船剛剛從益州沿江東下，那邊東吳都城上空所謂的「天子氣」已經黯然而收去。所謂「王氣」、「天子氣」本來就是古代統治者用來自欺欺人的迷信說法，屬於虛幻荒誕之事，這裡說「王氣黯然收」，正是為了著重渲染王濬樓船浩蕩東下的震懾力，軍未到而氣已懾，兵未接而膽已寒，從中可以想見東吳朝廷上下驚恐萬狀、無計可施，金陵上空愁雲黯淡的情景。這一句並沒有寫到具體戰事，對戰爭的結局只是虛寫，但卻具有筆未到而氣已吞的雄渾氣勢。一「下」一「收」，將這種宏闊雄健的氣勢表現得非常充分。

　　「千尋鐵鎖沉江底，一片降幡出石頭。」三、四兩句，從正面具體描繪東吳戰敗與投降。西晉伐吳之役，兵分六路，時間長達五個月，雙方投入的兵力達數十萬。將如此規模宏大、時空廣大深遠的一統中原戰爭濃縮到一聯當中，必須有巨大的藝術概括力和形象生動、精練含蓄的藝術表現手段，詩人於紛繁的戰爭事件與過程中，選取兩個最經典的場景（鐵鎖沉江和石城出降）來概括戰爭的所有過程。用鐵鎖鍊橫絕江面，以阻止西晉水軍前進，這是吳主孫皓自以為得計的愚蠢之舉。末代的腐朽政權不修政事，不顧民怨，以為單靠長江天塹和堅固的江防就能鎖住長江、阻擋晉軍東下，結果當然只能眼睜睜地看著險要處設置的千尋鐵鍊被火燒熔斷裂，沉入江底。從歷史記載來看，「吳人於江險磧要害之處，並以鐵鎖橫截之」，則設置鐵鎖之處自不止一、兩處，但西塞山這樣險要的地方必有鐵鎖橫江無疑。詩人當年自夔州東下，舟行至西塞山時，自然會觸景感懷，回想起這段歷史往事。從《晉書·武帝紀》「以濬為都督

■ 劉禹錫

　　益、梁二州諸軍事……濬進破夏口、武昌，遂泛舟東下，所至皆平」的記載也可看出，王濬擔任伐吳的主力部隊之後所進行的關鍵性戰役，就是「破夏口（今武昌市）、武昌（今黃石市）」的戰事，「鐵鎖沉江」之事應當就發生在這裡。從「千尋鐵鎖沉江底」的詩句中，不難想像當年江面上火光燭天，燒紅的鐵鍊映紅天空、照亮江水，直到燒熔斷裂，沉入江底的壯觀景象，它象徵性地展現出一統中原的歷史潮流不可阻擋和摧枯拉朽的氣勢和力量，雖只用一句七個字，卻相當完整地概括了伐吳戰爭必勝的全局。因此，下句便撇開戰爭，直接寫到東吳的覆滅。而描寫東吳的覆滅，也避免作一般的交代和泛泛的敘述，而是用生動形象的圖景來顯示：一面象徵著投降的白旗，出現在石頭城上。這典型的圖景既透露出吳國君臣上下「聞濬軍旌旗器甲，屬天滿江，莫不破膽」的情狀，也概括了此後的「素車白馬，肉袒面縛，銜璧牽羊，造於壘門」的出降場景。似悲似慨，似嘲似諷，漫畫式的圖景和幽默的語調中，蘊含著深沉凝重的歷史感慨。兩句一寫戰爭，一寫結局，對仗工整，意致流走。「千尋鐵鎖」與「一片降幡」，構成意味深長的對照；「沉江底」與「出石頭」更成為妙手天成的對偶，顯示出千尋鐵鎖沉江之日，即象徵著東吳的覆滅指日可待，兩幅本來各自獨立、時間空間上相隔遙遠的圖景，因此顯示出密切相關的因果連繫。

　　以上兩聯，選取典型的人物（王濬）、戰事（鐵鎖沉江），對西晉伐吳的戰爭和東吳腐朽政權的覆滅，作出高度的藝術概括和形象生動的描寫，顯示出對於一個腐朽的政權來說，所謂「王氣」只不過是自欺欺人的虛幻假象，長江天險、堅固的防守工事、「鐘山龍盤，石城虎踞」的地形也通通不足為恃。四句一氣貫串，氣勢磅礴，充分顯示出進步的戰爭摧枯拉朽的力量。

「人世幾回傷往事，山形依舊枕寒流。」出句緊承「一片降幡出石頭」，從東吳腐朽政權的覆滅，進一步聯想到先後建都於古金陵的五個南方王朝東晉、宋、齊、梁、陳。它們建立的時間最長也僅百年，短的只有幾十年，而覆亡的原因無一不是由於統治者奢淫腐敗。「人世幾回傷往事」，就是對吳亡後這段在石頭城反覆演出的興亡盛衰歷史，充滿深沉感慨的回顧。從東晉建國到陳朝的覆亡（西元 317～589 年），將近三百年的興亡史，用短短七個字就通通概括無遺，大有「橫掃五朝如卷席」之勢，沒有舉重若輕的扛鼎之力，寫不出如此含蘊深廣的詩句。「幾回」二字，似慨似諷，意味深長。既對走馬燈般的王朝興廢更迭進行藝術概括和深沉感慨，又是對這些王朝的統治者漠視前朝覆滅歷史教訓的諷嘲。對句卻不再膠著於「傷往事」上，而是承第三句，一筆轉向，落到眼前的西塞山上：突兀險峭的西塞山依然靜悄悄地聳立江邊，枕靠著淼淼寒流。上句極言人世變化之速、王朝更迭之易，下句則極言自然景物之亙古如斯，依舊當年形狀。兩相對照，恰恰突顯出六朝興廢之迅速，將人們的思緒引向對這一歷史現象的沉思，而「興廢由人事，山川空地形」的意涵也就自然寓含於其中。「枕」字不僅精準地描繪出西塞山緊靠著長江的情狀，而且傳達出靜悄寂默，如人枕藉而眠的神韻。這種景象，恰與昔日「千尋鐵鎖沉江底」時烈焰連江的戰爭景象構成鮮明對比，並下啟尾聯，針線雖密，卻渾然無跡。

「今逢四海為家日，故壘蕭蕭蘆荻秋。」尾聯承第六句，描繪今日所見西塞山景象。憲宗元和時期，先後平定了西川劉闢、江南李錡、淮西吳元濟、淄青李師道等藩鎮的叛亂，河北三鎮也先後歸附朝廷，安史之亂以來藩鎮割據叛亂的局面暫告結束，國家統一的局面終於重新實現，故說「今逢四海為家日」。值此全國統一之時，往昔那象徵著割據分裂局

■ 劉禹錫

面的西塞山故壘早已荒廢，只剩下蘆荻蕭蕭，在秋風中搖曳，呈現蕭瑟的景象。「故壘」之蕭瑟荒涼，正說明分裂割據後的局面已成歷史陳跡，也象徵著腐朽的末代政權恃險負固時代的結束。從「故壘蕭蕭蘆荻秋」的蕭瑟景象中透露的正是對「今逢四海為家日」的欣慰與珍惜。

懷古詩最常見的類型，是就古蹟、史事抒發一點思古之幽情，抒寫一點盛衰興亡的泛泛歷史感慨。稱不上有什麼明確具有正向意義的思想主題，久而成為俗套，幾近無病呻吟。另一種則有「引古惜興亡」的明確創作意圖，企圖從對古蹟史事的沉思回顧中引出歷史的教訓，作為現實的借鑑。當然，這類有不同程度現實針對性的懷古詩，其思想與藝術亦有深淺高下之分。這首詩就屬於後一種懷古詩中，思想與藝術高度統一的作品。

六朝興廢是個大題目，也是生活在安史之亂後日趨衰頹的時代中，詩人們關注的、具有鮮明時代感現實感的政治話題。如何防止六朝迅速覆滅的歷史在唐代重演，正是這一時期許多優秀懷古、詠史之作的內在創作動機。而西塞山只不過是一座形勢比較險要的山，在整個六朝興廢中並不占有重要地位。要從西塞山上引出六朝興廢的大題目，必須具有卓越的歷史識見和廣闊的歷史視野。作者從眼前西塞山的荒廢營壘和滾滾東流的長江，聯想到東吳乃至整個六朝興亡的史蹟，深感山川依舊，而人世幾經變遷，於是從心底湧出「人世幾回傷往事，山形依舊枕寒流」這樣一聯含蘊深厚警示的詩句。從變與不變的對照中揭示出深刻的思想：山川險阻、天命王氣並不能維繫腐朽政權的生存、挽救它覆滅的命運，更不能決定一個王朝的興廢。決定王朝興廢的是更根本的因素：「興廢由人事，山川空地形。」人事，主要是指政治的清明或黑暗。這一聯當中蘊含的正是這種思想，只不過表現得更為含蓄而已。這種思想在今天看

來也許很平常，在古代卻是卓越之見。詩中提到的「金陵王氣」，即天命論的具體表現，在當時不但有人宣揚，且有皇帝相信。據《通鑑》載，建中元年（西元780年）六月，術士桑道茂言：「陛下不出數年，暫有離宮之厄。臣望奉天有天子氣，宜高大其城以備非常。」這雖是術士藉此勸德宗提早做準備，以防非常，但也說明這種思想的流行。至於割據叛亂的藩鎮憑險負固對抗朝廷之事，亦常見於史籍記載。浙西節度使李錡就曾「修石頭故城，謀欲僭逆」。長江天險，更是被歷代竊據南方的腐朽政權視為天然屏障。作者並沒有將自己的視野和思路局限於西塞山和東吳覆亡這一地一時，而是展開眼界、開拓思路，縱覽六朝興廢，從個別提升到普遍，用詩的語言揭示出王朝興亡的歷史規律。詩的現實針對性，或說是針對藩鎮割據叛亂的現實而發。但一則在歷史上，無論是西晉滅吳，還是隋朝滅陳，都不是中央政權消滅地方割據政權，而是當時政治上比較進步的政權消滅另一個與它對立的極端腐朽政權。作者的意思是強調，對於腐朽的政權來說，不僅天命王氣虛妄不足恃，就連險阻的山川和防禦工事也無法阻擋歷史的潮流。二則「人世幾回傷往事，山形依舊枕寒流」這兩句詩中還包含這樣一層意涵：東吳為晉所滅，已經樹立了天命王氣、山川險阻不足恃的歷史教訓，但後來各代的統治者卻覆轍重蹈，相繼敗亡。在「幾回」與「依舊」的對照中，正含有對南朝統治者無視歷史教訓、哀而不鑑的諷慨，而其更深層的意涵則是告誡當時的統治者，要清楚地意識到天命王氣、山川地形之不足恃，當需修明政治，免蹈覆轍。

整個六朝時期，可以用來印證「興廢由人事，山川空地形」的歷史事實是非常豐富的，而一首七律只有八句五十六個字，這就必須透過富有創造性的藝術構思，選取經典史實，採取從個別以見普遍的創作手

■ 劉禹錫

法。這經典史實，就是西晉滅吳的戰爭。寫吳的覆滅，有許多好處，一是它作為六朝腐朽政權的代表，有其突出的代表性。孫皓政權，不但昏昧殘暴，而且為了阻擋晉軍東下，想出以鐵鎖攔艦的辦法，在古代戰爭史上，也是絕無僅有的。說明他們為了維繫腐朽政權不但挖空心思，而且愚蠢透頂。因此「千尋鐵鎖沉江底，一片降幡出石頭」，也就自然有了象徵含意。二是東吳係六朝之首，抓住這個頭，把它的覆滅寫活寫足，以下五朝就可以一筆帶過，達到以點帶面、以一當十的效果。而且亡吳的覆轍在前，而東晉南朝依然亡國敗君相繼，更能說明歷史教訓不容漠視。這種以點帶面、以東吳帶五朝的獨特構思，既使點的描寫精采紛呈，又使面的敘寫非常概括精練。而其中寫活寫足西晉滅吳之戰尤為關鍵。作者用了一半的篇幅寫這場戰爭，從樓船下益州到王氣黯然收，再到鐵鎖沉江底、降幡出石頭，不但首尾完整、形象鮮明，而且四句蟬聯而下，一氣呵成，非常緊湊，氣象宏闊，氣勢遒勁，充分展現出西晉大軍不可阻擋的態勢，和東吳腐朽政權必然敗亡的結局。四句詩，概括而具體地描繪出一場大戰役。但它的意義並不止於東吳覆亡這件事本身，「金陵王氣黯然收」，實際上還預示著整個六朝的淪亡命運。這也可稱為筆未到而氣已吞。正因為滅吳之役寫得如此飽滿，下面寫東晉南朝興廢方能一筆帶過。這一句一筆橫掃五朝，力重千鈞，但讀來卻毫不費力，顯得舉重若輕。第五句大開，第六句大合，一筆兜回眼前的西塞山，運掉自如，呈現出巨大的藝術魄力。七、八兩句以點染故壘蕭瑟景象作結，懷古慨今之意，見於言外，聲情搖曳，含蘊無窮。懷古詩既有警策語如頷、腹二聯，又通體圓融完美者，這首詩確實可稱典型模範。

酬樂天揚州初逢席上見贈[01]

巴山楚水淒涼地[02]，二十三年棄置身[03]。懷舊空吟聞笛賦[04]，到鄉翻似爛柯人[05]。沉舟側畔千帆過，病樹前頭萬木春。今日聽君歌一曲[06]，暫憑杯酒長精神[07]。

[校注]

[01] 敬宗寶曆二年（西元 826 年）秋，作者罷和州刺史，遊金陵。與罷蘇州刺史之白居易初逢於揚子津，同遊揚州半月。此詩係是年秋末冬初在揚州宴席上，唱和白居易〈醉贈劉二十八使君〉之作。劉、白二人此前雖屢有唱和，但尚未見面，故說「初逢」。白贈詩云：「為我引杯添酒飲，與君把箸擊盤歌。詩稱國手徒為爾，命壓人頭不奈何。舉眼風光長寂寞，滿朝官職獨蹉跎。亦知合被才名折，二十三年折太多。」[02] 此句概括自己二十餘年的貶謫生活經歷，自永貞元年（西元 805 年）十一月貶朗州（今湖南常德）司馬，至元和十年（西元 815 年）三月又出為連州（今屬廣東）刺史，長慶元年（西元 821 年）移夔州（今重慶奉節）刺史，四年秋改和州（今安徽和縣）刺史。其中，朗州、連州、和州為古楚地，夔州為古巴子國舊地，故云「巴山楚水」。[03] 二十三年，自永貞元年（西元 805 年）初貶至寫這首詩時（寶曆二年，西元 826 年），首尾為二十二年。但白居易贈詩及作者和詩均云「二十三年」，當是因如作「二十二年折太多」、「二十二年棄置身」，則犯孤平（即除句末押韻字為平聲外，全句僅一個平聲字，餘均為仄聲），乃詩律之大忌，故劉、白二人均遷就詩律將「二」改成平聲字「三」，且白贈詩在前，劉之酬和之作也理應順著原唱而作「二十三」。七律固可一三五不論，但在「仄仄平平仄仄平」這個格式中，第三字不能不論。棄置，被拋棄閒置之人，詩人自指。[04]

劉禹錫

懷舊：指懷念昔日和自己一起參加政治革新運動的舊友中已經去世者。聞笛賦，指向秀的〈思舊賦〉。據《晉書·向秀傳》，秀與嵇康、呂安友善。「康善鍛，秀為之佐，相對欣然，傍若無人。又共呂安灌園於山陽。康既被誅，秀應本郡計入洛……乃自此役，作〈思舊賦〉云：『余與嵇康、呂安居止接近，其人並有不羈之才……其後並以事見法。嵇博綜伎藝，於絲竹特妙，臨當就命，顧視日影，索琴而彈之。余逝將西邁，經其舊廬。於時日薄虞泉，寒冰悽然。鄰人有吹笛者，發聲寥亮。追想曩昔遊宴之好，感音而嘆，故作賦曰……』」此以嵇康、呂安指已逝之柳宗元、呂溫、凌準等人。[05] 鄉，指洛陽。翻，反。爛柯人：《述異記》卷上：「信安郡石室山，晉時王質伐木至，見童子數人，棋而歌，質因聽之。童子以一物與質，如棗核，質含之而不覺飢。俄頃，童子謂曰：『何不去？』質起視，斧柯爛盡，既歸，無復時人。」柯，斧柄，此言自己回到久別的故鄉，當深慨世事滄桑、人事全非。[06] 聽君歌一曲，指聽白居易在席上歌唱他自己寫的〈醉贈劉二十八使君〉。[07] 暫，且。長精神，振奮精神。

[鑑賞]

劉、白二人，神交已久，詩歌贈答唱和，亦早在元和五年劉禹錫貶居朗州時即已開始。但兩位大詩人的「初逢」，卻遲至寶曆二年（西元826年）初冬。這時，他們都已是歷盡坎坷、年過半百，有著許多人生感慨的老者。白居易的處境改變，早於劉禹錫五、六年。穆宗即位，召為司門員外郎，改主客郎中、知制誥，長慶元年（西元821年）遷中書舍人，出為杭、蘇二州刺史，官位漸顯，而劉禹錫此時，剛結束了二十餘年的貶謫棄置生活，新的任命尚未下達，因此白的贈詩主要是表達對劉禹錫長期遭貶受抑遭遇的同情。劉禹錫的答詩，卻在感慨身世遭際的同時，

表現出對自然、人事的哲理性感悟和豁達爽朗的胸襟，思想境界顯然高出白的原唱一籌。

「巴山楚水淒涼地，二十三年棄置身。」白居易贈詩的末聯說：「亦知合被才名折，二十三年折太多。」對劉禹錫長期遭貶斥外表示同情，而且在「合被才名折」的話裡包含著「文章憎命達」的牢騷不平。劉禹錫的和詩也就自然接上這個話題，從二十三年的貶謫生活說起。這兩句為概括敘述，「巴山楚水」概朗、連、夔、和四州之地，「二十三年」概長久斥外的時間，「棄置身」概一斥不復的命運，「淒涼地」，概荒僻之環境與淒涼的心境。十四個字概括了二十三年的貶謫生涯和心境，調子雖相對平緩，但充分反映出自己的悲慘命運和當權者的殘酷無情。劉禹錫不是一般的才人，而是有深邃思想和遠大抱負的哲人志士。三十四歲被貶，五十五歲方結束貶謫生活。正值大展宏圖的壯歲，就這樣被棄置在「巴山楚水淒涼地」，可以想見其內心的悲憤憂鬱。

「懷舊空吟聞笛賦，到鄉翻似爛柯人。」頷聯出句用向秀山陽聞笛，感而作賦的典故抒寫懷舊之情。劉禹錫被貶，是作為「二王八司馬」政治革新集團的重要成員而遭此厄運，因此他的「懷舊」就非一般意義上的懷念故人舊友，而是具有鮮明的政治內涵、政治色彩，而向秀所懷念的舊友嵇康、呂安也是由於政治原因被當權的司馬集團所殺害。因此這個典故用得極為貼切，也極為含蓄。寫這首詩的時候，王叔文、王伾、韋執誼、凌準、呂溫、柳宗元都已先後去世，當年一起從事革新運動的舊友，除程異先在元和四年（西元 809 年）受到起用外，剩下的只有韓泰、韓曄、陳諫和詩人自己了。柳宗元去世後，詩人有〈傷愚溪三首〉其三云：「柳門竹巷依依在，野草青苔日日多。縱有鄰人解吹笛，山陽舊侶更誰過？」同用山陽聞笛典抒懷舊之情，可以幫助我們理解這句詩中「懷

劉禹錫

舊」的對象，當指因當權者的迫害而逝去的革新同袍，而「懷舊」的政治內涵和色彩也就不言自明。「空吟」的「空」字，感情沉痛。死者已矣，自己懷舊吟詩，不過徒寄哀思與悲憤而已。

頷聯對句用王質觀仙童下棋，斧柯朽爛，回家後人事全非的典故，承上「二十三年棄置身」，抒寫自己遠貶時間之長，世事變化之大，想像自己回到故鄉，簡直就像神話傳說中的王質一樣，一切都經過了滄桑變化，人事全非，恍如隔世。這一句同樣寄寓著很深的感慨，並不單純是哀傷個人的身世遭遇，也不只是泛泛地抒寫世事滄桑之感。作者〈洛中逢韓七(曄)中丞之吳興口號五首〉之一說：「昔年豪氣結群英，幾度朝回一字行。海北江南零落盡，兩人相見洛陽城。」(詩作於大和元年，西元 827 年) 舊友的零落、市朝的升沉，都可包含在這「到鄉翻似爛柯人」的感慨中。貌似淡泊悠閒的語調中，正寓有深沉的人生悲傷感慨與政治悲傷感慨。

「沉舟側畔千帆過，病樹前頭萬木春。」腹聯「沉舟」、「病樹」承上「淒涼地」、「棄置身」、「聞笛賦」、「爛柯人」，顯指詩人自己，意思是說，沉沒在水底的船旁邊，千帆正疾駛而過，老病變枯的樹面前，萬木競相蓬勃生長，呈現出無邊春色。這是兩個生動的比喻，也是兩幅汰舊換新、生機勃勃的圖像。這一聯是酬答白詩「舉眼風光長寂寞，滿朝官職獨蹉跎」一聯。白居易同情劉禹錫的遭遇，為他的寂寞沉淪、蹉跎困頓表示不平，劉禹錫則用比較通達超脫的態度來看待自己的沉淪困頓。他一方面承認自己是「沉舟」、「病樹」，另一方面又樂於看到「千帆過」、「萬木春」的景象，認為客觀的人事、外界的社會還是在發展，還是有生機、有希望的，並不會因為自己的沉淪困頓、衰老憔悴，而對於整個自然界和社會也因此感到生意索然、蕭條冷落。這跟他另外兩句詩「芳

林新葉催陳葉，流水前波讓後波」意涵相似。這是自然界客觀存在的汰舊換新現象，也是社會歷史人事更疊代變的規律。詩人將這種現象與規律，平靜而客觀地展示出來，對此處之泰然，既不為自己的「沉」與「病」而頹喪、感傷，也對「千帆過」和「萬木春」感到欣然。這裡包含著清醒的人生哲理感悟，也表明了正向的人生態度、精神上的超越和超脫，長期的悽涼困頓境遇在這種態度面前，自然得到化解。正由於有這種超越和超脫，才引出末尾兩句。

「今日聽君歌一曲，暫憑杯酒長精神。」這兩句是酬答白詩「為我引杯添酒飲，與君把箸擊盤歌」的，但無論是飲或歌，都不再是感慨寂寞的處境和蹉跎的命運，而是在清醒而明智地感悟自然和人生的基礎上振奮精神，樂觀地對待未來。用詩人的話來說，就是「莫道桑榆晚，餘霞尚滿天」。

將白居易的贈詩和劉禹錫的答詩對照細讀，顯然可見在境界上的差別。白詩對劉禹錫的不幸遭遇充滿同情，在同情中也蘊含著不平與牢騷，可以說是一首相對好的詩，但境界不免比較狹隘。但劉禹錫的和詩不僅抒發了長期被貶的深沉感慨，而且在感悟自然、人生哲理的同時，表現出不因個人沉淪困頓而頹唐感傷的開朗胸襟和對生活的達觀態度，實現了對個人苦難的超脫。在這一點上，不僅高於白居易的贈詩，也高於同時遭貶的柳宗元。

「沉舟」一聯蘊含著生活哲理，但並非為哲理作圖解，而是和鮮明的自然圖景、飽滿的詩情融為一體。相較於白居易的「舉眼風光長寂寞，滿朝官職獨蹉跎」，不但感情色彩不同，畫面感也有明顯差異，哲理、詩情和鮮明的自然圖景融為一體，是這首詩的突出特點之一，也是它既警策而富啟示性，又具有雋永情味的原因。

劉禹錫

竹枝詞二首(其一) [01]

楊柳青青江水平，聞郎江上唱歌聲。東邊日出西邊雨，道是無晴卻有晴[02]。

[校注]

[01]〈竹枝〉，本為巴渝一帶民歌。顧況〈竹枝曲〉：「巴人夜唱竹枝曲，腸斷曉猿聲漸稀。」作者〈洞庭秋月〉詩亦云：「蕩槳巴童歌竹枝，連檣估客吹羌笛。」劉禹錫任夔州刺史期間（長慶二年正月至四年秋，西元822～824年）據當地流行的民間歌曲〈竹枝〉改作新詞，作〈竹枝詞二首〉及〈竹枝詞九首並引〉，詳參〈竹枝詞九首並引〉。《舊唐書‧劉禹錫傳》謂「禹錫在朗州……蠻俗好巫，每淫祠鼓舞，必歌俚辭。禹錫……乃依騷人之作，為新辭以巫祝。故武陵溪洞間夷歌，率多禹錫之辭也」，雖誤據〈竹枝詞九首引〉，而未言其在朗州作〈竹枝詞〉。《新唐書》本傳乃進一步言其在朗州「作〈竹枝辭〉十餘篇」，均誤。[02] 卻，《全唐詩》校：「一作還。」晴，《全唐詩》校：「一作情。」馮浩曰：「以『晴』影『情』，極妙。或竟作『情』，大減味。」（中國國家圖書館藏馮浩抄本《劉賓客文集》校語）

[鑑賞]

劉禹錫在夔州期間所作的兩組〈竹枝詞〉，音調悠揚，含思宛轉，既深得民歌風情，又將民歌有所提升。這首詩流傳尤為廣泛。詩寫得很通俗，用不著什麼解釋，有兩個地方需要提出來說明一下。

一是「江水平」。一方面是寫江水流得比較平緩，但另一方面又是形容春江水漲，江水與岸齊平的景象，它和「楊柳青青」同樣是代表春天的

象徵性景物。

　　二是末句「道是無晴卻有晴」。句中的兩個「晴」字，均「一作情」。文研所《唐詩選》說：「這兩句是雙關隱語。『東邊日出』是『有晴』，『西邊雨』是『無晴』。『有晴』、『無晴』，是『有情』、『無情』的隱語。『東邊日出西邊雨』表面是『有晴』、『無晴』的說明，實際卻是『有情』、『無情』的比喻。歌詞要表達的意思是聽歌者從那江上歌聲聽出唱者是『有情』的。末句『有』、『無』兩字中著重的是『有』。『晴』一作『情』。作『晴』是僅僅寫出謎面，謎底讓讀者自己去猜，作『情』是索性把謎底揭出來。在南朝《清商曲辭》中這兩個方法是並用的。」這裡有兩個問題：一是究竟是作「晴」還是作「情」，二是在「有情」、「無情」二者中，究竟是否有側重於「有情」。這兩個問題獨立來說，都不容易下定論。從「含思宛轉」的角度來看，以作「晴」為宜；從民歌素有的表情直率作風看，又以作「情」為宜。這裡牽涉到如何體會理解這句詩的語氣口吻。而這又必須連繫全詩所展示的特定情景才能清楚釐清。

　　這首詩寫得新鮮活潑，非常富有生活氣息和民歌風味，藝術上有創新的特點是公認的，但它在藝術上究竟主要靠什麼取得成功呢？絕大多數評論者都認為，這是因為詩的三、四兩句用了一個非常巧妙的諧音雙關隱語，用「東邊日出西邊雨」諧音雙關「有晴（情）」與「無晴（情）」。但運用諧音雙關最多的南朝樂府民歌，有許多由於僅僅在聲音相同上做文章，之於藝術層面不免顯得拙澀生硬，缺乏詩的韻味，如「合散（用藥名散雙關聚散的散）無黃連，此事復何苦」、「燃燈不下炷，有油（雙關緣由的由）哪得明」、「石闕生口中，含碑（悲）不得語」，缺乏優美生動的形象和自然的連繫，既乏詩意，亦無美感。諧音雙關，只有與眼前的特定情境巧妙地融合，才能產生魅力，這首詩的顯著優點，正是將極富生

■ 劉禹錫

活氣息的即景描寫和巧妙的諧音雙關隱語融為一體。

不妨設想，這首歌是一位年輕女子在聽了一位男子的歌聲之後，跟對方對答時唱的。因而歌詞中的「楊柳青青江水平」、「東邊日出西邊雨」，都是對歌時眼前看到的景色。時節是春天，楊柳青青，春江漲潮，變得寬闊而平緩，這時忽然從江上傳來一陣男子的歌聲。這位男性和這位女子自然原來就已相當熟稔，也許平日已在眉目傳情，有了一些情意，只是還沒有直接互通情愫而已，因而在勞動中對歌就是他們進一步互通情意的最佳方式。男子的唱歌內容究竟是什麼，這裡雖未明說，但根據三、四兩句，可以推知，是在透過唱歌進行試探。所以在這位女子聽來，這江上歌聲，似乎是有意通情意，又像是信口歌唱，不確定含有什麼意思，總之感到有點捉摸不定。正在這時候，天上的雲彩在翻騰，西邊下起了雨，東邊卻仍然出著太陽，這位女子覺得對方的心也跟眼前這半晴半雨的天氣差不多，說是無情吧，又好像有情；說是有情吧，卻又像是無情。於是，她也即景生情，脫口唱出「東邊日出西邊雨，道是無晴卻有晴」。這兩句一方面是對對方歌聲中含意捉摸不定的說明，另一方面（也是更重要的），是對對方真實情意的反試探。那潛臺詞似乎是：你究竟是有情還是無意，還是乾脆挑明了吧！何必這樣閃閃爍爍，讓人家捉摸不定呢！可想而知，接下去男子的對歌會是什麼內容。這樣一設想，究竟是「晴」還是「情」，究竟是著重在「有情」還是捉摸不定，也就比較清楚了。既然是反過來試探對方，自然是以不挑明的「晴」字為宜。「道是無晴卻有晴」，代表的是游移於「有情」、「無情」之間的問號，而不是肯定其「有情」的句號。

再回過來看「楊柳青青江水平」和「東邊日出西邊雨」，對它們的好處就比較容易體會了。「楊柳青青江水平」和民歌中單純興起下文的

竹枝詞二首（其一） [01]

「興」不太一樣，它首先是對眼前景物的描寫，是賦；但這種描寫，又和女主角的心理狀態、和整首歌所表現的愛情生活內容相互呼應。楊柳青青，本身就是青春活力的象徵，江頭柳色，加上漲得滿滿的一江春水，這環境與景物本身，對於一個正處於青春覺醒期的少女來說，就足以引起她對愛情的嚮往與遐想，可以說是為這場正在發展中的愛情戲劇建立了一個動人的背景。在這種情況下，聽到江上傳來男子似有情又似無意的歌聲，女主角那撩亂的春心和心旌搖盪、如痴如醉的情景就不難想見了。

再看「東邊日出西邊雨」，它的作用也絕不僅僅是用來雙關「有晴（情）」與「無晴（情）」，起碼還有以下這些作用。第一，天氣半晴半雨，正像情感讓人捉摸不定。可以說，這即景描寫的詩句，正是將這種抽象的感情狀態完全具體化了。第二，女主角唱的這兩句歌詞本身就具有進可以攻、退可以守的雙重性，對方如果真有情，那就可以從這兩句歌詞中聽出弦外之音，知道女方是在進一步試探自己、鼓勵自己；對方如果無意，那女方也可以說自己是即景歌唱，別無深意，一點也不傷自己的面子。這種可以作不同解讀的歌詞正表現出少女在捉摸不定的情況下複雜微妙的心理。第三，再進一步，我們還可以說這兩句詩概括了許多年輕人在愛情的萌芽階段、在對方的情意還不太明確的情況下，引發的典型情緒。這首詩之所以流傳廣泛，跟詩中所表現的這種情緒代表性有密切關聯。從這裡可以看出，這首歌詞一方面是純粹的民歌風情，另一方面又比一般的民歌要豐富得多、細膩曲折得多，是學習民歌而又高於民歌的範例。至於音情的搖曳、風調的優美、詼諧幽默而不失含蓄的風格，也都為這首歌詞增添了藝術魅力。

■ 劉禹錫

═ 竹枝詞九首並引(其二) [01] ═

　　四方之歌，異音而同樂[02]。歲正月[03]，余來建平[04]，里中兒聯歌〈竹枝〉[05]，吹短笛，擊鼓以赴節[06]。歌者揚袂睢舞[07]，以曲多為賢[08]。聆其音，中黃鐘之羽[09]，其卒章激訐如吳聲[10]，雖傖儜不可分[11]，而含思宛轉[12]，有淇澳之豔音[13]。昔屈原居湘、沅間[14]，其民迎神，詞多鄙陋，乃為作〈九歌〉[15]，到於今荊楚歌舞之。故余亦作〈竹枝詞〉九篇，俾善歌者颺之[16]，附於末[17]，後之聆巴歈[18]，知變風之自焉[19]。山桃紅花滿上頭[20]，蜀江春水拍山流[21]。花紅易衰似郎意，水流無限似儂愁[22]。

📖 [校注] ....

　　[01] 長慶二年（西元822年）春作於夔州（今重慶奉節）刺史任上。參〈竹枝詞二首〉（其一）注[01]。引，即序，因避其父緒嫌名諱改稱引。《新唐書・劉禹錫傳》：「憲宗立，叔文等敗，禹錫……斥朗州司馬。州接夜郎諸夷，風俗陋甚，家喜巫鬼，每祠，歌〈竹枝〉，鼓吹裴回，其聲傖儜。禹錫謂屈原居沅、湘間作〈九歌〉，使楚人以迎送神，乃倚其聲，作〈竹枝辭〉十餘篇，於是武陵夷俚悉歌之。」謂〈竹枝詞〉十餘章作於朗州，而所據即禹錫此序，當因誤以為「建平」指朗州而致（高步瀛《唐宋詩舉要》謂漢武陵郡，王莽時改建平）。葛立方《韻語陽秋》卷十五曾舉〈竹枝詞九首〉中提及白帝城、蜀江、瞿塘、灩澦堆、昭君坊、瀼西等地名，斷為「夢得為夔州刺史時所作」，甚確。陶敏復舉禹錫〈送鴻舉師遊江西〉引中稱夔州為建平，及〈夔州謝上表〉自言於長慶二年正月二日抵夔州，與此詩引中「歲正月，余來建平」之語合，〈別夔州官吏〉「唯有九歌詞數首，里中留與賽蠻神」，以證〈竹枝詞九首〉作於夔州，茲從之。[02] 異音而同樂，音調不同而同為音樂。[03] 禹錫〈夔州謝上表〉：「臣

竹枝詞九首並引（其二）[01]

即以今月二日到任上訖。」表末署「長慶二年正月五日」。[04] 建平，指夔州。〈送鴻舉師遊江西引〉：「始余謫朗州……距今年，遇於建平。」詩中言及「使君灘」、「白帝城」，均夔州及附近地名。《太平寰宇記》卷一四八〈夔州巫山縣〉：「故城在今縣北，晉移於此，立建平郡，梁武帝廢郡。」[05] 聯歌，聯唱。[06] 赴節，應和著節拍。陸機〈文賦〉：「舞者赴節以投袂，歌者應弦而遣聲。」[07] 揚袂，高揚衣袖。睢（ㄙㄨㄟ）舞，縱情舞蹈。[08] 賢，優。[09] 中，合。黃鐘，古代十二樂律之一。羽，古代五音之一。《禮記·月令》：仲冬之月，「其音羽，律中黃鐘」。句意謂〈竹枝〉的曲調合乎黃鐘律所定的羽調曲。[10] 卒章，樂曲結尾的一段。激訐（ㄐㄧㄝˊ），激烈昂揚。吳聲，吳地民間歌曲。[11] 傖儜，雜亂貌。[12] 含思宛轉，謂其蘊含的思想感情委婉曲折。[13] 淇澳之豔音：《詩·衛風》有〈淇奧〉篇，淇，春秋時衛國境內水名。澳，同「奧」，水曲。《詩·衛風》多男女相悅之作。《漢書·地理志》：「衛國……有桑間、濮上之阻，男女亦亟聚會，聲色生焉，故俗稱鄭衛之音。」「淇澳之豔音」，當指其有情歌之音調。澳，一作「濮」。音，一本無。[14] 屈原居湘、沅間，指屈原被放逐於沅、湘一帶。《史記·屈原列傳》：「令尹子蘭……使上官大夫短屈原於頃襄王，頃襄王怒而遷之……乃作〈懷沙〉之賦，其……亂曰：『浩浩沅湘兮，分流汨兮。』」[15]〈九歌〉，《楚辭》篇名。王逸《楚辭章句·九歌序》：「〈九歌〉者，屈原之所作也。昔楚國南郢之邑，沅、湘之間，其俗信鬼而好祠，其祠必作歌樂，鼓舞以樂諸神。屈原放逐，竄伏其域……出見俗人祭祀之禮，歌舞之樂，其詞鄙陋，因為作〈九歌〉之曲。」[16] 颺，同「揚」，傳揚。[17] 附於末，謂附於〈九歌〉之末。[18] 巴歈（ㄩˊ），巴渝民歌。桓寬《鹽鐵論·刺權》：「鳴鼓〈巴歈〉，作於堂下。」[19] 變風，指《詩·國風》中除〈周南〉、〈召南〉共二十五篇正風以外，其餘的十三國風共一百三十五篇。《詩·大序》：

283

■ 劉禹錫

「至於王道衰，禮義廢，政教失，國異政，家殊俗，而變風變雅作矣。」[20] 上頭，指山的高處。白居易〈遊悟真寺詩〉：「我來登上頭，下臨不測淵。」[21] 蜀江，蜀地的江，此指流經夔州一帶的長江。[22] 儂，我，女子自稱。

[鑑賞]

這首〈竹枝詞〉寫一位失戀少女的哀愁，全篇均從眼前景山桃紅花和蜀江春水著筆，亦賦、亦比、亦興，格調清新而情致纏綿，含思宛轉而言辭清爽，極富民歌的情調韻味。

「山桃紅花滿上頭，蜀江春水拍山流。」前兩句用鮮明的色彩描繪夔州的山水：仲春時節，長江兩岸的山上開滿了山桃花，遠遠望去，像一片紅色的彩霞，繁盛、熱烈、鮮豔，散發出濃郁的青春氣息。高山之間，一江碧綠的春水正蜿蜒流過，江間的波浪拍打著兩岸的高山，像是對山輕輕絮語，訴說著對山的依戀和纏綿情意。乍看之下，這兩句像是對夔州春山春水的寫生，是即景描寫，是賦實；但兩句中的花紅與水流，又是引起下兩句聯想的憑藉，明顯帶有興的作用。而這裡著重渲染山桃紅花的熱烈爛漫和蜀江春水的依戀纏綿，又隱隱帶有以形象比喻處在熱戀狀態中的青年男女熱烈纏綿情意的意涵，因而又帶有比喻的色彩。這種亦賦、亦興、亦比的描寫，使這兩句看起來非常清新淺俗的詩句變得非常富有蘊含、耐人尋味。

「花紅易衰似郎意，水流無限似儂愁。」三、四兩句，隔句相承，意涵、情調卻陡然翻轉，目睹山上桃花盛開、山下春水拍山的景象，女主角不但聯想起昔日與情郎之間熱烈而纏綿的愛情，而且想到當前自己失戀的處境。同樣的山和水，在女主角的心目中卻染上了完全不同的色

調：山桃紅花，雖然開得繁盛、熱烈、鮮豔，但它凋謝得也快，就好像情郎的愛情容易衰歇一樣；而悠悠東流、無窮無盡的江水也好像自己失戀的哀愁一樣，永無盡時。由於這兩個從心底湧出的比喻是即景取譬，完全從眼前的自然景物引發，又在意象上緊承前兩句，因此不但前後之間連結呼應得非常緊密，比喻本身也顯得極為自然而富有生活氣息和臨場感。讀完全詩，就像看到一位少女面對著紅遍山頭的桃花和拍山東流的春水，在深情回憶昔日與情郎相愛的熱烈纏綿，與訴說當前失戀的無限哀怨一樣。儘管無限哀愁，卻仍有對昔日熱戀的追憶，依然具有濃郁的美感，全詩情調並不悲觀、消沉、絕望。民歌健康明朗和對生活的執著這一神髓，在劉禹錫的民歌體詩中得到了充分展現。

竹枝詞九首（其九）

山上層層桃李花，雲間煙火是人家。銀釧金釵來負水[01]，長刀短笠去燒畬[02]。

📖 [校注]

[01] 銀釧金釵，銀製的腕鐲、金製的頭釵。借指婦女。劉禹錫〈機汲記〉：「瀕江之俗，不飲於鑿（指井）而皆飲之流……昔予嘗登陴，憫然念懸流之莫可遽挹，方勉保庸、督臧獲，剩而挈之，至於裂肩龜手，然猶家人視水如酒醪之貴。」可見當地取水之難。陸游〈入蜀記〉：「婦人汲水，皆背負一全木盎，長二尺，下有三足。至泉旁，以枓挹水，及八分即倒坐旁石，束盎背上而去。大抵峽中負物，率著背，又多婦人，不獨水也。未嫁者，率為同心結，高二尺，插銀釵至六枝，後插大象牙梳，如手大。」此對當地婦女背水的情形及妝束進行具體描寫，可參。[02]

■ 劉禹錫

長刀，便於刀耕火種時剗除雜草。長刀短笠，借指男子。畬（ㄕㄜ），同畭。燒畬，燒荒種田，即火種。劉禹錫有〈畬田行〉，記述燒畬情況甚詳。范成大〈勞畬耕序〉：「畬田，峽中刀耕火種之地也。春初斫山，眾木盡蹶。至當種時，伺有雨候，則前一夕火之，借其灰以糞。明日雨作，乘熱土下種，則苗盛倍收，無雨則反是。山多磽确，地力薄，則一再斫燒始可蓺。」

[鑑賞]

這是一幅清新樸素的夔州地區自然風物畫和生活風情畫。

前兩句寫山上景物與山中人家。「山上層層桃李花」，寫仰望山上，層層疊疊，開遍桃花李花。桃花紅豔，李花雪白，這紅白相間、色彩鮮明、絢麗奪目、層次豐富的繁茂燦爛景象，只用清淡流利的筆墨隨意道出，正是天然的民歌風調，寫生妙筆。

「雲間煙火是人家」，次句將仰望的目光向高遠處延伸。越過層層疊疊的桃花李花，在白雲繚繞飄浮的山間，有裊裊炊煙升起，那裡應該有山間的人家。「是人家」的「是」字，表明為詩人的推斷。出現在詩人視野中的只有「雲間煙火」，並沒有「人家」。「人家」的存在是根據「煙火」繚繞飄浮而想像的。詩的好處也正在這裡。這種遙望與想像，不但豐富了畫面的層次和立體感，而且增添若隱若現、飄渺幽遠的情致，詩人目眩神馳的情狀也隱然可見。如果說上一句是純粹的民歌本色，這一句便融入了文人詩的情韻意趣，抒情主體的身影情趣進一步顯現。但詩人把這二首融合得很好，一點也沒有不協調的痕跡。

「銀釧金釵來負水，長刀短笠去燒畬。」三、四兩句，承上「人家」，寫當地人民的勞動生活風情。高山之上的人家，要下到江邊來「負水」，

顯示其生活艱辛；刀耕火種，耕作方式也很原始，幾千年來，已經習慣這種世代相傳的生活方式和生產方式。而飽受遷謫之苦、飽受上層統治集團打壓排擠的詩人，看到這窮鄉僻野中單純樸素、帶有原始色彩的生活風情時，卻深感其中所蘊含的樸實淳厚的生活美。因此當戴著銀釧金釵的婦女頭頂木盤下山背水，戴著斗笠、身帶長刀的男子上山燒畬時，詩人不禁將它們作為值得欣賞的美好景色，擷取入詩，定格為夔州的風物風情畫。下山上山，來往負水的勞動雖然艱辛，卻不忘戴「銀釧金釵」的妝飾，說明辛勤的勞動並沒有消除她們對美的追求，而「長刀短笠去燒畬」的勞動生活也自有樸質之美。在逆境困境中的詩人，能發現、讚美並生動地表現這種生活美，正說明他對生活的熱愛與執著。詩以工整的對仗和句中自對的句式結尾，更加形成輕爽流利的格調，和似結非結的雋永情味。

楊柳枝詞九首(其六) [01]

煬帝行宮汴水濱[02]，數株殘柳不勝春[03]。晚來風起花如雪，飛入宮牆不見人。

📖 [校注]

[01]〈楊柳枝〉，樂府近代曲名。本為漢樂府橫吹曲〈折楊柳〉，至唐時易名為〈楊柳枝〉，開元時已入教坊曲，至中唐白居易，翻為新聲，作〈楊柳枝詞八首〉。其一云：「古歌舊曲君休聽，聽唱新翻楊柳枝。」白詩作於大和八年（西元834年）居洛陽時。劉禹錫這組〈楊柳枝詞〉，是應和白之作，其一亦云：「請君莫奏前朝曲，聽唱新翻楊柳枝。」與白詩第一首對應。據陶敏考證，劉之和作原亦為八首，第九首（「輕盈嫋娜占年華」）乃開成四年所作絕句，誤入。劉禹錫這八首〈楊柳枝詞〉約大和八

劉禹錫

年作於蘇州刺史任上。[02]《隋書・煬帝紀》：大業元年（西元 605 年）三月，「於皂澗營顯仁宮，採海內奇禽異獸草木之類，以實園苑⋯⋯辛亥，發河南諸郡男女百餘萬，開通濟渠，自西苑引谷、洛水達於河，自板渚引河，通於淮。庚申，遣黃門侍郎王弘、上儀同於士澄往江南採木，造龍舟、鳳䑦、黃龍、赤艦、樓船等數萬艘⋯⋯八月壬寅，上御龍舟，幸江都⋯⋯舳艫相接，二百餘里」。汴水，即汴渠，隋通濟渠東段。隋煬帝巡遊江都，於汴水沿岸大建行宮，供途中宿息。《通鑑紀事本末》卷二十六：「又發淮南民十餘萬開邗溝，自山陰至揚子江。渠廣四十步，渠旁皆築御道，樹以柳。自長安至江都置離宮四十餘所。」[03] 殘，《全唐詩》作「楊」，校：「一作殘。」茲據改。

[鑑賞]

白居易、劉禹錫唱和的〈楊柳枝詞〉實際上就是當時的流行歌曲，以含思宛轉、音情搖曳為主要特徵，內容則均詠楊柳，清新淺顯。這首詠隋宮殘柳，抒興廢盛衰之感，近於懷古詩，是這組詩中感情比較深沉的一首。

首句「煬帝行宮汴水濱」，先交代所詠楊柳所在之地：汴水之濱的一座隋煬帝行宮舊址旁。這個特殊的地點，對於熟悉隋亡歷史的唐人來說，立即會聯想到昔日汴水之上，舳艫相接的盛大巡遊場面，和汴水之濱行宮巍峨的豪華氣派。而今，「隋家宮闕已成塵」，行宮也只剩下斷垣殘壁了。詩人雖只作客觀的敘述交代，但今之荒涼與昔之繁華的對比自含於句中。

次句「數株殘柳不勝春」，落到所詠對象楊柳身上。但早已不是當年宮牆內外，綠柳成林、綠蔭遍地的繁盛景象，而是只剩下了「數株殘柳」，寂寞地佇立在宮牆之外，柔弱的柳枝，在晚風中搖曳，像是難以禁受春風的吹拂。這經歷了時代風雨和滄桑鉅變的「數株殘柳」，像是默默地向世人展示時代變易、昔盛今衰的訊息。「不勝春」三字，不但正寫

「殘柳」之凋枯衰敗，也透露出詩人的哀憫之情和衰廢之慨。

「晚來風起花如雪，飛入宮牆不見人。」三、四兩句，進一步寫楊花隨風飄飛入宮的情景，是全詩寄慨的重點。晚間風起，楊花像紛紛揚揚的雪花漫天飛舞、四處飄蕩，它們飄過了隋宮的宮牆，但宮牆之內卻杳無人跡，只剩下斷垣頹壁在默默訴說著昔日的繁華豪奢和今日的荒涼，展示著朝代的更替、歷史的滄桑。楊花的楊與楊隋的楊同音同字，容易產生由此及彼的聯想，這夕陽斜照、晚風吹拂中飄飛散落的楊花，也使人聯想起楊隋沒落的命運，它飄飛散落的身影和杳無人跡的隋宮斷垣，一起構成了隋代衰亡的象徵。比起李益的〈汴河曲〉後兩句「行人莫上長堤望，風起楊花愁殺人」，劉詩顯然更加含蓄蘊藉，而全篇純從楊柳著筆，與李益詩相比，意象、筆墨也更為充分。

這種融詠物與懷古為一體的詩，所抒的感慨往往比較虛泛。比起組詩內的其他各首，感情雖較深沉，但和一些內容更深刻的懷古詩相比，卻又顯得比較浮泛。它的特色，主要仍在特有的情韻風神，而不在思想內容深刻與否。

═ 秋詞二首(其一) [01] ═

自古逢秋悲寂寥 [02]，我言秋日勝春朝。晴空一鶴排雲上 [03]，便引詩情到碧霄。

📖 [校注]

[01] 作年未詳。其二云：「山明水淨夜來霜，數樹深紅出淺黃。試上高樓清入骨，豈如春色嗾人狂。」[02] 寂寥，冷落蕭條。宋玉〈九辯〉：「悲哉秋之為氣也，蕭瑟兮草木搖落而變衰。」[03] 排雲，沖開雲層，沖天。

289

■ 劉禹錫

📖 [鑑賞]

　　〈秋詞二首〉是極具獨創性和詩人個性的作品。它的獨創性既展現為獨特的詩思，又表現為富創造性的詩藝，而它所具的詩人個性則表現為詩思與哲理、詩情與景物的高度融合。這一切，均緣於詩人對生活的獨特感受、深刻體悟和深入思索。它在唐詩佳作之林中顯得相當獨特，但這正是它的不同凡響之處。

　　「自古逢秋悲寂寥，我言秋日勝春朝。」首句用高度概括的筆法揭示自古以來悲秋的傳統。自宋玉〈九辯〉首發「悲哉秋之為氣也，蕭瑟兮草木搖落而變衰」的悲秋調性以來，「逢秋」而「悲寂寥」，就成為文士感生命之遲暮、悲遭際之困厄、傷時世之衰頹的重要抒情方式，形成源遠流長的思想傳統和藝術傳統。表現「悲秋」之情的作品，雖思想境界的高下、內容的深淺、藝術性的高低有別，但總脫離不了一個「悲」字。這實際上反映出歷代文士在面對自然、社會、人生的衰困境遇時，抱持比較消極的態度。詩的第二句，一反自古以來的悲秋傳統，態度鮮明地提出自己「秋日勝春朝」的觀點，高屋建瓴，立意高遠，給予人超卓不凡和新奇不俗之感。「自古」與「我言」的鮮明對立，加強了詩的氣勢和力量，並且留下了巨大的懸念，引導讀者關注於詩人對這個反傳統觀點的解釋。

　　「晴空一鶴排雲上，便引詩情到碧霄。」「秋日」之「勝春朝」，如訴之議論、訴之概念，不但在短短兩句中根本無法表達，而且必成為毫無詩情的敗筆。這首詩的新奇犀利之處，正在這全篇的關鍵處別出心裁，即景發興設喻，亦賦、亦興、亦比，將描繪高秋之景與抒寫讚美秋天之情與議論融為一體。說那高秋寥廓的晴空之中，一隻白鶴排開浮雲，沖天直上，自己的高遠詩情也隨著排雲而上的白鶴直上碧霄。這裡所展示

的不僅有秋天明淨、寥廓、高遠的境界，而且是詩人的強勁氣勢和曠遠襟懷；不僅有秋空明淨高遠之美、鶴飛碧霄的健舉高亢之美，而且有充沛遒勁的詩情，和蘊含在秋景和詩情之中發人深省的哲理。詩人在「晴空一鶴排雲上，便引詩情到碧霄」的詩句中所蘊含的正是秋天清淨、高遠和強健的生命力，這是他對秋天的獨特感受，也是他對秋天的哲理性感悟。正是這種感悟，與傳統悲秋之意中的嘆衰慨老徹底劃清了界限。這是一種全新的審美感受，也是嶄新的人生態度。

金陵五題並序[01]（其一、其二）

余少為江南客[02]，而未遊秣陵[03]，嘗有遺恨。後為歷陽守[04]，跂而望之[05]。適有客以金陵五題相示，逌爾生思[06]，欻然有得[07]。他日友人白樂天掉頭苦吟，嘆賞良久，且曰〈石頭〉詩云「潮打空城寂寞回」，吾知後之詩人，不復措詞矣。余四詠雖不及此[08]，亦不孤樂天之言耳[09]。

石頭城[10]

山圍故國周遭在[11]，潮打空城寂寞回。淮水東邊舊時月[12]，夜深還過女牆來[13]。

烏衣巷[14]

朱雀橋邊野草花[15]，烏衣巷口夕陽斜。舊時王謝堂前燕[16]，飛入尋常百姓家。

劉禹錫

📖 [校注]

[01] 金陵，今江蘇南京市。〈金陵五題〉係題詠金陵的五處古蹟，共五首，除所選〈石頭城〉、〈烏衣巷〉外，尚有〈臺城〉、〈生公講堂〉、〈江令宅〉三首。據序中「後為歷陽守」等語，這組懷古詩當作於敬宗寶曆年間任和州刺史時。但序則為後來所加。按：禹錫詩中凡「序」字均因避父緒嫌名諱改稱「引」，此處獨稱「序」，似不合其慣例。[02] 禹錫〈子劉子自傳〉：「父諱緒，亦以儒學，天寶末應進士，遂及大亂，舉族東遷，以違患難，因為東諸侯所用，後為浙西從事。本府就加鹽鐵副使，遂轉殿中，主務於埇橋。其後罷歸浙右，至揚州遇疾不諱。」禹錫生於大曆七年（西元 772 年），據今人卞孝萱考證，當生於蘇州嘉興（今為浙江嘉興），故云「余少為江南客」。[03] 秣陵，即金陵。《元和郡縣圖志·江南道》：潤州上元縣：「本金陵地，秦始皇對望氣者云：『五百年後，金陵有都邑之氣。』故始皇東遊以厭之，改其地曰秣陵。」[04] 歷陽守，指和州刺史。《太平寰宇記》卷一百二十四〈和州〉：「秦屬九江郡，漢為歷陽縣，屬郡……東晉改為歷陽郡。」《新唐書·地理志·淮南道》：「和州歷陽郡。」[05] 跂，通「企」，踮起腳。《詩·衛風·河廣》：「誰謂河廣，跂予望之。」[06] 逌（一ㄡˊ）爾：自得貌。[07] 欻（ㄏㄨ）然：忽然。[08] 余四詠，指〈烏衣巷〉、〈臺城〉、〈生公講堂〉、〈江令宅〉。[09] 孤，辜負。[10] 石頭城，古城名。又名石首城，故址在今江蘇南京市清涼山西南麓。本戰國時楚金陵邑。建安十六年（西元 211 年），東吳孫權自京口（今鎮江）遷秣陵（今南京），次年在楚威王金陵邑舊址建石頭城。城依山而築，南北兩面臨江，形勢險要。有「石城虎踞」之稱。東晉義熙年間，石頭城南遷，山為城隱。六朝時為軍事重鎮。唐以後，城廢。今清涼臺南麓有一段長約七百六十公尺的城牆，依山而築，城基利用臨江之懸岩峭壁，即

為古石頭城遺址。[11] 故國，故都。建業（後稱建康）為六朝故都。山圍故國，指金陵四周皆山。陶敏《劉禹錫全集校注》：「李白〈金陵〉：『苑方秦地少，山似洛陽多。』王琦注引《景定建康志》：『洛陽四山圍，伊、洛、瀍、澗在中；建康亦四山圍，秦淮、直瀆在中。』《吳船錄》卷下：『轉至伏龜樓基，徘徊四望，金陵山本止三面，至此則形勢回互，江南諸山與淮山團欒應接，無復空闕。唐人詩所謂『山圍故國周遭在』者，唯此處所見唯然。」周遭，周圍。按：此說首句雖切總題「金陵」，但不切「石頭城」，疑非詩之本意。故國，當指石頭城故城。石頭城依山而建，峭立江邊，繚繞如同牆垣，故云「山圍故國」。周遭，四周。指石頭城四周殘破的城牆。句意蓋謂，往日峭立江邊的清涼山和繚繞著山的四周所建造的石頭城城牆如今依然存在。[12] 淮水，即今秦淮河。《元和郡縣圖志·江南道》：潤州上元縣：「淮水，源出縣南華山，在丹陽、湖孰兩縣界，西北流經秣陵、建康二縣之間入於江。初，王敦構亂，王導憂將覆族，使郭璞筮之，曰：『淮水絕，王氏滅。』即此淮也。」《初學記》卷六引《晉陽秋》：「秦始皇東遊，望氣者云五百年後金陵有天子氣，於是始皇於方山掘流西入江，亦曰淮，今在潤州江寧縣，土俗亦號曰秦淮。」[13] 女牆，城牆上的短牆。[14] 烏衣巷，地名，故址在今南京市秦淮河南白鷺洲公園西側、夫子廟文德橋南側，三國吳時在此置烏衣營，以士兵著烏衣而得名。東晉時王、謝等族居此，因著聞。《世說新語·雅量》提到「吾角巾徑還烏衣」，劉孝標注引山謙之《丹陽記》：「烏衣之起，吳時烏衣營處所也。江左初立，瑯琊諸王所居。」《晉書·紀瞻傳》：「厚自奉養，立宅於烏衣巷，館宇崇麗，園池竹木，有足賞玩焉。」[15] 朱雀橋，即朱雀桁，亦稱朱雀航，六朝都城建康南城門朱雀門外的浮橋，橫跨秦淮河上。三國吳時稱南津橋，晉改名朱雀桁。桁連船而成，長九十步，廣六丈。東晉時王導、謝安等豪門巨宅多在其附近。[16] 王謝，指六朝望

劉禹錫

族王氏、謝氏。《南史・侯景傳》：「景請娶於王、謝，帝曰：『王、謝門高非偶，可於朱、張以下訪之。』」指王導、謝安及其後裔。

[鑑賞]

　　懷古詩與詠史詩有許多相似點：它們都是追昔詠古，但又往往寄慨於今，有借古鑑今、借古慨今的意涵。但二者又有一個比較明顯的區別：詠史詩主要從某一具體歷史事件、歷史人物出發，因事寄慨，事、理、情並重；而懷古詩則往往從眼前的古蹟出發，觸景生慨，多主情、景，所抒之慨多為比較抽象的今昔盛衰之慨，因而懷古詩較之詠史詩，抒情色彩往往更加濃烈，而議論的成分較少，內容意境往往更加空靈含蓄，更重情韻風神。〈石頭城〉正是懷古詩上述特徵的典型表現。它的突出特點之一，就是純用景物烘托渲染，內容特別抽象，意境格外空靈，表現分外含蓄。作者根本沒有正面著力刻劃這座荒廢古城的斷井頹垣和蕭條冷落景象，而只是寫環繞著古城的沉寂青山，寫拍打著古城的寂寞江潮，寫夜深時依然照臨古城的清冷舊時明月和頹敗的城牆，以形成荒涼冷寂的氣氛，引導讀者透過眼前這荒涼冷寂的空城，想像往昔的繁盛熱鬧，又進一步從今昔盛衰的對照中去追尋這種滄桑變化的原因。下面就順著詩的次序對它的上述特點作分析體會。

　　第一句「山圍故國周遭在」，石頭城依山而建，環繞如同牆垣。這句是用青山依舊環繞石頭城的城郭，來烘托石頭城的荒涼。不說「故城」而說「故國」，已經透露出冷清的氣氛和今昔的滄桑感。句末的「在」字是個關鍵字，暗示出仍然存在，只是青山環郭的外形，而它往昔的繁盛熱鬧卻已經不在了。在青山環繞中的荒涼故城，宛如變得冰涼的六代王朝軀殼，默默地顯示著人世的滄桑。這個「在」字和杜甫〈春望〉的「國

破山河在」的「在」字相比，感情雖不像杜詩那樣沉痛，感慨卻比杜詩深長。

　　第二句「潮打空城寂寞回」。石頭城的西北面有長江流過，六朝時，江流緊迫山麓，潮水可以直直打到城下。石頭城向來是軍事重鎮。隋滅陳，在此置蔣州。唐武德四年（西元621年），為揚州府治，八年，揚州移治江都，此城遂廢。到劉禹錫寫這首詩時已有二百餘年，成為一座空城已久。這句是用長江的潮水依然拍打著這座荒廢已久的空城來烘托其冷寂。長江的江潮，從古到今，一直在不停地拍打著石頭城的城郭。但在從前，當它繁華熱鬧的時候，江潮拍城的聲響淹沒在喧鬧的市聲中，不為人所注意。只有當它成為一座廢棄的空城時，這江潮拍岸的響聲才特別引人注意，尤其是在寂靜的夜間（連繫下句可知）。不說空城寂寞，而說「潮打空城寂寞回」，這江潮在詩人筆下也似乎變成了有生命、有感情、有記憶的事物。它依然像以前那樣，多情地向城郭湧去，拍打著石頭城的城磯，但卻發現它已經是一座荒涼冷寂的空城，只能帶著無奈而沉重的嘆息寂寞地退回。「寂寞回」三個字，不僅將潮水寫活了，而且將「潮打空城」的神韻傳達出來，使我們一邊吟誦，一邊眼前就會浮現出江潮湧向城腳又緩緩退回江中的景象，耳畔似乎可以聽到江潮拍打空城時，那空蕩蕩的聲響。和「故國」一樣，「空城」二字也同樣具有今昔盛衰之感。我們聽到的彷彿已不是單純的自然界聲響，而是帶有今昔滄桑歷史的悠遠回聲。它不僅是石頭城今昔滄桑的歷史見證，而且它本身就是一部滄桑的歷史。以上兩句，借山、借潮寫「故國」、「空城」，不僅具有寥廓的空間感，而且具有深沉的歷史滄桑感。

　　「淮水東邊舊時月，夜深還過女牆來。」秦淮河東邊升起曾經照臨過六朝時繁華石頭城的一輪明月，如今每天夜深升上中天時，仍然越過石

■ 劉禹錫

頭城上的女牆，照臨著這座空城。這是用月照空城來進一步烘托石頭城的冷寂荒涼。點睛處在「舊時月」與「還」。這舊時明月，曾經無數次照臨過石頭城，但往昔那巷陌相連、笙歌徹夜的繁華景象不見了，如今所照見的只是一座杳無人跡、幽冷悽清的空城。明亮的月色不但沒有為它增添一點光彩，反而更顯出它的荒寂。作者就這樣將一座歷經歷史滄桑變得荒涼冷寂的空城，放在亙古如斯的四圍寂靜之山形中描寫，放在奔湧而來又寂寞而去的江潮聲中描寫，放在深夜悽清的月色映照中描寫，一點也不加說明，而讀者卻自然而然地從山形依舊、潮聲依舊、月色依舊中，想像出這座空城如今的荒涼冷寂，進而想像出石頭城的今昔滄桑變化，品味出隱藏在這後面的言外之意：六代繁華，已經像夢一樣消逝了。歷史是無情的。至於往昔繁華的石頭城為什麼會變成一座荒涼冷寂的空城，這個答案對於熟悉六代興亡歷史的讀者來說，是無須直接指明的。作者在這組詩的第三首〈臺城〉中，已經對此作了解答。

臺城六代競豪華，結綺臨春事最奢。
萬戶千門成野草，只緣一曲後庭花。

但相比之下，〈臺城〉的藝術成就便遠不如〈石頭城〉。這其中的奧祕，值得深長思之。

詩的後半部，評論家總是拿李白的〈蘇臺覽古〉「只今唯有西江月，曾照吳王宮裡人」作比。其實，手法雖似，二詩的情調卻差異甚大。李白的詩，在懷古的同時是懷著新鮮愉悅的感情，面對當前「楊柳新」和「菱歌清唱」的景色，「舊苑荒臺」在心中引起的並不是對歷史的傷感，而劉禹錫的詩在懷古的同時引起的，卻是對六朝繁華消逝的深沉感慨，和對大唐王朝繁華消逝的嘆息。

烏衣巷 [14]

〈烏衣巷〉所表現的,也是懷古詩中最常見的人事滄桑、盛衰不常的感慨。但和〈石頭城〉之感慨六朝繁華已成歷史陳跡不同,它所感慨的對象是六朝高門士族的衰落。它雖然也是六朝興衰的重要內容,但這首詩的意義卻主要在客觀地反映自東漢以來,高門望族走向沒落的歷史大趨勢,並蘊含著深刻的人生哲理。

「朱雀橋邊野草花,烏衣巷口夕陽斜。」朱雀橋是建康南城門朱雀門外的一座浮橋,它的位置有些類似唐代東都洛陽的天津橋,是連接秦淮河南北的交通要道,更是通向橋南貴族高門聚居的烏衣巷的必經之路,從其「長九十步,廣六丈」的記載依然可以想見這座橋的規模、氣象,據傳東晉時橋邊裝飾著兩隻銅雀的重樓,即謝安所建。這樣一座處於交通要道、通向高門士族聚居地的橋梁,在當年繁盛時,車水馬龍、川流不息、熱鬧喧闐的景象自不難想見,而如今,朱雀橋邊卻長滿了野草,在寂寞地綻放著不知名的花朵。暗示這座烜赫一時、熱鬧非常的津梁早已失去了往日的聲勢,行人車馬稀疏,冷落荒敗不堪。「野草花」的點綴不但沒有為春日的朱雀橋添色增彩,反倒襯托出了它的荒涼冷寂。烏衣巷是東晉最烜赫的高門士族王、謝聚居之地,以一身而繫國之安危的士族名臣王導、謝安均居於此。「烏衣之遊」、「烏衣諸郎」、「烏衣門第」成為歷史美談。而如今,烏衣巷的高門甲第、深院大宅早已不復見。只見春日傍晚的夕陽在斜照著烏衣巷口,顯出一片沒落黯淡的景象。如果說「野草花」的意象著重渲染了朱雀橋的荒涼冷寂,那麼「夕陽斜」的景象則著意渲染出烏衣巷的沒落悽清。這兩句當中,其實都已蘊含了高門士族烜赫的時代已經成為過去的感慨。

「舊時王謝堂前燕,飛入尋常百姓家。」這首詩的出名,與這兩句的警策深刻而又富有含蘊有密切關係。如果用最直白淺顯的言辭來表達,

劉禹錫

不過是說往日王謝所居的高門甲第，今已成為普通百姓人家。妙在借春日尋舊巢的燕子將昔之「王謝堂」與今之「百姓家」加以連接，遂使詩的意涵、韻味格外深刻雋永。本來，這兩句詩也可以理解為昔日的燕子飛入棲宿的是王謝的華堂豪宅，今日的燕子飛入棲宿的卻已是普通的百姓人家。這種理解雖也能反映異時同地的盛衰變化，但深刻雋永的詩意詩味卻幾乎全數消失。詩人根據燕識故巢飛向舊家的習性，在意念中將「舊時王謝堂前燕」與今日「飛入尋常百姓家」之燕巧妙地幻化為一體，從而將數百年的歷史滄桑濃縮在這一高度典型化、詩意化的「舊時燕」身上，創造出含意極其深刻、表現極其含蓄的詩境。往日盛極一時，壟斷了六朝政治、經濟、文化的高門士族，已經衰敗沒落了。這不是一般意義上的功名富貴難長保的意思，而是客觀地展示出東漢以來門閥士族統治歷史的結束。這個歷史過程是漸進的，魏代黃初元年初行九品中正法，至晉而形成「下品無高門，上品無賤族」的現象。豪門士族把持政權。然《南齊書·王僧虔傳》：「王氏以分枝居烏衣者，位官微減。」可見至南齊時豪門士族的勢力已稍減，至隋文帝廢除九品官人之制，唐沿隋制，大行科舉選人之制，庶族得以循此途徑參政，魏晉以來豪門士族勢力遂大為衰微，至唐末五代而徹底退出歷史舞臺。劉禹錫這兩句詩，正以高度概括的詩之語言，反映出豪門士族勢力的沒落。這是極富歷史意義和時代特色的重大主題，也是極富哲理意涵的主題。壟斷政治、經濟、文化數百年且彷彿天生合理的豪門士族，就在這燕去燕回的過程中悄悄改變了。歷史上還有什麼是永恆的嗎？作為中唐革新勢力的代表人物，詩人在寫出「舊時王謝堂前燕，飛入尋常百姓家」的詩句時，他自然不是感傷豪門士族的沒落，而是從他們的沒落中，感受到歷史前進的步伐。

和樂天春詞 [01]

新妝宜面下朱樓[02]，深鎖春光一院愁。行到中庭數花朵，蜻蜓飛上玉搔頭[03]。

[校注]

[01]《白居易集》卷二十五有〈春詞〉云：「低花樹映小妝樓，春入眉心兩點愁。斜倚欄杆背（一作『臂』）鸚鵡，思量何事不回頭？」朱金城《白居易集箋校》記作於大和三年（西元829年）。陶敏《劉禹錫全集編年校注》則謂「依劉、白二集編次，詩大和二年或三年春在長安作」。按：大和二年正月，禹錫授主客郎中、集賢直學士，歸長安。時白居易在京任刑部侍郎。二人同在長安。大和三年，禹錫任禮部郎中，三月，白居易編與禹錫唱和詩為《劉白唱和集》二卷，四月，白為太子賓客分司東部。故三年春二人亦同在長安。二年春或三年春二人唱和此詩均有可能。另《元稹集》卷二十亦有〈春詞〉云：「山翠湖光似欲流，蛙聲鳥思卻堪愁。西施顏色今何在，但看春風百草頭。」按元稹大和二年、三年春，均在浙東觀察使任，三年九月方入為尚書左丞。元詩蓋遙和之作。「山翠湖光」，蓋指稽山鏡湖也。[02]新妝，指女子新穎別緻的打扮妝飾。梁王訓〈應令詠舞〉：「新妝本絕世，妙舞亦如仙。」宜，《全唐詩》原作「面」，據宋浙刻本《劉賓客文集》改。《全唐詩》校：「一作粉。」宜面，與面龐相稱。陶敏引《焦氏類林》卷七上引《日札》：「美人妝面，既傅粉後，以胭脂調勻施之兩頰，濃者為酒暈妝；淺者為桃花妝；薄薄施朱以粉罩之為飛霞妝。」錄以參考。[03]玉搔頭，即玉簪。《西京雜記》卷二：「武帝過李夫人，就取玉簪搔頭。自此後宮人搔頭皆用玉，玉價倍貴焉。」

■ 劉禹錫

📖 [鑑賞]

　　劉、白、元三人唱和之〈春詞〉，均白氏所謂「新豔小律」，除元詩因時居浙東，故內容涉及當地人物（西施）景色（稽山鏡湖）外，白詩寫佳人春愁，劉詩步其原韻，亦詠新妝女子之春愁。唯白詩酷似一幅仕女畫，人物處於靜態；而劉詩則酷似一組相接的電影畫面，人物處於動態之中。

　　「新妝宜面下朱樓」，首句寫年輕女子精心梳妝打扮既罷，款款步下朱樓的情景。「新妝」形容其梳妝打扮新穎別緻，不落俗套，不單指其晨起新妝，「宜面」則進一步形容此新穎別緻的妝飾與其俊美的臉龐相稱相宜，益顯嬌媚。四字寫出女子之精於妝飾，能使妝飾充分顯現自己的天生麗質。梳妝既畢，緩步下樓，可以想見其嫋娜之態。「朱樓」二字，顯示出此女子係顯貴人家之閨中人，從這一句的語調口吻體會，這位女子在新妝甫畢款步下樓之際，心中並沒有表現出明顯的愁緒。

　　「深鎖春光一院愁」，第二句意緒忽轉，寫女子下樓步入庭院時，忽地感到觸目皆愁。庭院之中，花紅柳綠、鶯囀蝶舞，春光明麗，春意盎然。但這滿院的春光卻被四周的圍牆深深地封閉起來，與院外廣闊的大自然隔絕。這美麗而又封閉隔絕的情景，使女主角不由得聯想到自己的處境正與此相似：美好的青春被深鎖於朱樓庭院，無法與外界接觸交流，只能悄悄流逝。正因為這樣，縱有滿院春光，她卻只能感到觸目皆愁。「深鎖」二字，既是對滿院春光被封鎖囚困的形容，也是對自己美好青春被禁錮的惆悵。「春光」本無所謂「愁」，因人之觸緒生愁而轉覺滿院春光皆成愁緒的媒介與象徵。造語新穎奇妙，正因其中蘊含女主角複雜心理的變化過程。論其內容含量，幾乎抵得上《牡丹亭·遊園》一折。詩

貴含蓄，曲則發露，女主角的心緒正可以從杜麗娘的一大段唱詞中得到啟示。

「行到中庭數花朵」，第三句接著寫女子見到滿院春光、觸緒生愁之後的一個行動細節：緩步走到庭院中間細數花朵。這是看似無謂卻富有蘊含的行動細節。因為珍惜春光、愛惜青春，因而細數花朵，透露出對春光的挽留眷戀；因為庭院深鎖、長日無事、閒愁難遣，故細數花朵而打發無聊的時間。在「數花朵」的同時，自有無限愁思縈繞，自有無限對自身處境命運的聯想。

「蜻蜓飛上玉搔頭」，如果說前三句像是一組動作連續的電影畫面，女主角新妝既畢，緩步下樓，面對滿庭春光，獨自含愁，行至庭中，細數花朵。那麼最後一句便像是特寫的電影近景鏡頭：一隻蜻蜓，飛來停在女子的玉簪頭上。這畫面是一連串動作之後的定格。彷彿是不經意的即景描寫，卻寫得很美，也富有含蘊。蜻蜓的動作輕盈靈敏，通常只停歇在靜止不動之物上；稍有晃動，即行飛去。如今它竟停在一位充滿青春氣息的女子頭上，這正透露出女子在細數花朵的過程中，不知不覺浮想聯翩、滿腹幽怨，竟佇立在那裡一動不動，過了一段相當長的時間。因此，這個特寫鏡頭，正透出女子面對滿院春光和眼前花朵時如癡如醉的情態，與「如花美眷，似水流年」的感慨與惆悵。它是全篇寫女子愁怨的點睛之筆，有了它，不但畫面完整、意境優美，詩也更含蓄耐味。

末句還可以有另一種解釋，即女子的髮釵是製成蜻蜓形狀的，因此看上去就像一隻蜻蜓飛上玉釵。五代張泌〈江城子〉詞之二說：「綠雲高綰，金簇小蜻蜓。」這樣寫當然也很新巧別緻、富有美感，但從透露女子的佇立凝思、滿腔幽怨來看，便不免較前一種理解遜色了。

■ 劉禹錫

═ 楊柳枝 [01] ═

春江一曲柳千條，二十年前舊板橋。曾與美人橋上別，恨無消息到今朝。

📖 [校注]

[01] 此詩最早載於晚唐范攄《雲溪友議》卷下〈溫裴黜〉，中云：「湖州鄒郎中刍言，初為越副戎，宴席中有周德華。德華者，乃劉采春女也。雖〈囉嗊〉之歌，不及其母，而〈楊柳枝〉詞，采春難及。崔副車寵愛之異，將至京洛……所唱者七八篇，乃近日名流之詠也……劉禹錫尚書一首：『春江一曲柳千條，二十年前舊板橋。曾與美人橋上別，恨無消息到今朝。』……」按：此詩不見於劉禹錫本集，《全唐詩》劉禹錫詩卷十二收入，當據《雲溪友議》。陶敏《劉禹錫全集編年校注》入附錄，斷其非劉禹錫作。其按語云：「《升庵詩話》卷一一：『《麗情集》載湖州妓周德華者，劉采春女也，唱劉禹錫〈柳枝詞〉云：春江一曲柳千條，二十年前舊板橋。曾與美人橋上別，恨無消息到今朝。此詩甚佳，而劉集不載。然此詩隱括白香山古詩為一絕，而其妙如此。』楊慎所云白居易『古詩』實為一三韻小律〈板橋路〉：『梁苑城西二十里，一渠春水柳千條。若為此路今重過，十五年前舊板橋。曾共玉顏橋上別，不知消息到今朝。』見《白居易集》卷十九。唐代歌人擷取詩作以入樂歌唱者甚多。周德華所謂〈楊柳枝〉即刪改白詩而成，誤記為劉禹錫詩。《四庫全書總目》卷一九二《詞海遺珠》提要，摘發『其中紕謬』云：『劉禹錫春江一曲柳千條詩，以為本集不載，乃元稹詩，刪八句為四句。』亦以詩非劉作，但誤白居易為元稹，又誤六句為八句，然詩為周德華所唱，改編者非必周德華，故以作無名氏為是。」按：此詩係據白居易〈板橋路〉隱括改易而成，

自屬無疑。但認為《雲溪友議》所載此詩「係刪改白詩而成，誤記為劉禹錫」，則未有確證。《雲溪友議》此條提及的唐人詩詞有裴諴、溫庭筠、滕邁、賀知章、楊巨源、劉禹錫、韓琮等人作品共十三首，除劉禹錫此首外，作者主名、篇名、文字均無訛誤，獨謂此首作者主名有誤，恐難成立。蓋劉、白晚年詩歌酬唱既多，朋友之間，偶將對方詩作稍加改易而成己作，亦屬常事。後世某些評論家如謝榛亦總喜改易前人詩，然不免點金成鐵。而劉禹錫之改作，藝術方面遠勝白之〈板橋路〉，雖內容、詞句上對白詩有所借鑑採用，實可視為點化白詩之新作。

[鑑賞]

我們不妨先撇下白居易的〈板橋路〉，不帶任何先入為主的印象來閱讀和感受這首詩，就會立即進入它那既單純又豐富，既明快又含蓄，音情宛轉曼妙，風神綿邈雋永，情、景、事、人渾融一體的境界。這種天籟式的作品，只有在某些優秀的民歌和學習民歌而深得其神髓的作家如李白的作品中才能看到。在這方面，這首據白詩改作的詩也極饒民歌神韻。

詩所記敘的情事非常單純：二十年前的春天，抒情主角曾在垂柳千條的江邊一座板橋上和心愛的女子相別。別後至今，對方杳無消息。如果按此作散文式的直敘實錄，可以說平淡如水，毫無詩意，但經作者妙手點染，卻使這看來單純而平淡的情事變得旖旎纏綿，風情無限。

「春江一曲柳千條，二十年前舊板橋。」詩的前兩句，點明時間、地點、景物。一條清澈的江水，彎彎曲曲地在面前流過，江邊一片柳樹，在和煦春風的吹拂下，萬千枝條，搖曳蕩漾，散發出濃郁的春意，清江邊上，架有一座木板橋。這似乎極平常的景物，因為有了「二十年前」和

■ 劉禹錫

「舊」字的點染，一下子就化為二十年前和二十年後兩個同地同景而不同時的場景：「二十年後」的場景是眼前景、實景，而「二十年前」的場景則是回憶想像中的虛景。這一後一前、一實一虛兩個看似相同的場景，由於隔著「二十年」的悠長歲月，特別是那個「舊」字的點染，便隱隱透露出人事的滄桑變化，暗含春江碧柳、木板小橋依舊，而人事已非的今昔之慨。但二十年前曾在這座木板橋上發生的情事，則含而未露，有待於詩人進一步點明。就像幕布雖然拉開，布景雖已顯露，人物卻未完全就緒，故事亦未展開，故能引起讀者的殷切期待。

「曾與美人橋上別，恨無消息到今朝。」第三句是全篇的關鍵與核心，整首詩的故事就濃縮在這短短七個字當中。雖然它本身只是樸素平易的敘述，但卻像一根藝術的魔杖，立即為全詩注入靈魂，創造出濃郁的氛圍和情調。二十年前的春天，就在這清江一曲、碧柳千條之地，在這座木板小橋之上，抒情主角與心愛的美麗女子依依惜別。春江碧柳，木板小橋，景色是如此明麗美好，卻反而增添了別離的難受與惆悵，清江照影，柳條依依，同樣增添兩情的依依不捨。二十年後，故地重遊，清江一曲，碧柳千條，依然如故，兩人相別的那座木板小橋雖然還在，但在歲月風雨的侵蝕下，卻顯得有些陳舊了。而當時與之惜別的美人卻已杳然不見。二十年前的分別，固然使人難受，如今卻是連分別的機會也沒有，只能獨自空對著清江碧柳和熟悉的舊板橋黯然傷神。深情而徒勞的追憶，思而不見的失落、空虛和悵惘，以及風景依舊、人事已非的深長人生感慨，由於這樸素平易的敘述而通通浮現在抒情主角的腦海，也浮現在讀者面前。

但更令人難受的是，重遊舊地，不但物是人非，而且「恨無消息到今朝」。二十年來，不但一直未能與心愛的女子重見，而且連對方的消息

楊柳枝 [01]

也杳然無跡。對方身在何處、境遇如何、生死存亡，一切杳然。長期的思念、牽掛和一次次的失望，通通於「恨」、「到」二字中透出。詩寫到這裡，似乎還有許多感慨、萬千情愫需要抒寫，但詩卻戛然而止，不贅一語，以不了了之、留下大段的空白讓讀者去涵泳、想像、思索。

　　據白詩改作的劉詩，雖然只少了兩句十四個字，但卻顯然比白詩更加精練含蓄，更具有濃郁的抒情氣氛，通篇也更加流暢自然、一氣呵成，而它所獨具的綿邈風神和深長情韻，更是白氏原詩所難企及的。

■ 劉禹錫

崔護

　　崔護，字殷功，郡望博陵（今河北蠡縣南）。貞元十二年（西元796年）登進士第。元和元年（西元806年）登才識兼茂明於體用科。十五年為戶部郎中。長慶間轉司勛郎中。大和三年（西元829年）元月，自京兆尹為御史大夫，嶺南東道節度使，五年春去職。《全唐詩》卷三百六十八錄存詩六首，其中有李群玉之作〈三月五日陪裴大夫泛長沙東湖〉誤入崔詩者，另有三首又作張又新詩。〈題都城南莊〉著稱後世。

題都城南莊[01]

　　去年今日此門中，人面桃花相映紅。人面祇今何處去[02]，桃花依舊笑春風[03]。

📖 [校注]

　　[01] 都城南莊，長安城南的某座村莊。詳參孟啟《本事詩》關於此詩本事的記載。孟啟曰：博陵崔護，資質甚美。面孤潔寡合，舉進士下第。清明日，獨遊都城南，得居人莊。一畝之宮，而花木叢萃，寂若無人。扣門久之，有女子自門隙窺之，問曰：「誰耶？」以姓字對，曰：「尋春獨行，酒渴求飲。」女入，以杯水至，開門設席命坐，獨倚小桃斜柯佇立，而意屬殊厚。妖姿媚態，綽有餘妍。崔以言挑之，不對，目注者久之。崔辭去，送至門，如不勝情而入，崔亦眷盼而歸，嗣後絕不復至。及來歲清明日，忽思之，情不自抑，徑往尋之。門牆如故，而已鎖扃之。因

崔護

題詩於左扉曰:「去年今日此門中,人面桃花相映紅。人面祇今何處去,桃花依舊笑春風。」後數日,偶至都城南,復往尋之,聞其中有哭聲,扣門問之,有老父出曰:「君非崔護耶?」曰:「是也。」又哭曰:「君殺吾女。」護驚起,莫知所答。老父曰:「吾女笄年知書,未適人。自去年以來,常恍惚若有所失,比日與之出,及歸,見左扉有字,讀之,入門而病,遂絕食數日而死。吾老矣,此女所以不嫁者,將求君子以託吾身,今不幸而殞,得非君殺之耶?」又持崔大哭。崔亦感慟,入哭之。尚伊然在床。崔舉其首,枕其股,哭而祝曰:「某在斯,某在斯。」須臾開目,半日復活矣。父大喜,遂以女歸之。(《本事詩·情感第一》) [02] 祇今,《全唐詩》原作「不知」,校:「一作祇今。」據《本事詩》及一作改。祇今,現在、而今。岑參〈獻封大夫破播仙凱歌六章〉:「天子預開麟閣待,祇今誰數貳師功?」[03]《詩·周南·桃夭》:「桃之夭夭,灼灼其華。」錢鍾書《管錐編·毛詩正義·桃夭》引《說文》:「娱,巧也。一曰女子笑貌。《詩》曰:『桃之娱娱。』」認為「夭」即是「笑」。可用以解釋「桃花笑春風」。

📖 [鑑賞]

這首詩有個哀感頑豔最後卻以喜劇收場的極富傳奇色彩的「本事」。如果把它視為傳奇小說,在唐人傳奇佳作中也算得上是富有文采和意想之作。詩所抒寫的內容雖非故事全貌,卻無疑是其中最撩人心弦、觸緒生慨的部分。唐代詩歌與傳奇小說並生共存,相映生輝,並且流傳廣泛,這是典型的例證。可以肯定地說,第一,這首詩具有情節性;第二,「本事」對於理解這首詩是有幫助的。

四句詩包含著一前一後兩個場景相似、相互映照的場面。第一個場面:「尋春遇豔」、「去年今日此門中,人面桃花相映紅」。如果真有孟啟

所記敘的這段故事，那就應該承認詩人確實抓住了「尋春遇豔」整個過程中最動人的一幕。「人面桃花相映紅」，雖或自庾信〈春賦〉「面共桃而競紅」化出，但運用之妙，不僅為豔若桃花的「人面」設計了美好的背景，襯出了少女光彩照人的面貌，而且含蓄地表現出詩人面對花光面貌相互映照、光豔奪目的場景，目眩神馳、情搖意奪的情狀，以及雙方脈脈含情、未通言話的情景。透過這最動人的一幕，可以激發出讀者對前後情事的許多美好想像。這一點，孟啟《本事詩》已經提供了一系列資訊，後來孟稱舜的戲曲《桃花人面》則做了更大的發揮。

第二個場面：「重尋不遇」。還是春光爛漫、百花吐豔的季節，仍是花木扶疏、桃花掩映的門戶，然而，使這一切都增添色彩的「人面」如今卻不知何處去了，只剩下門前一樹桃花仍然在春風中凝情含笑地盛開著。桃花在春風中含笑的描寫，既是對桃花盛開的詩意形容，又和去年今日「人面桃花相映紅」的印象密切相關。去年今日，佇立在桃樹下那位不期而遇的少女，想必也是像盛開的桃花那樣，既光豔照人又凝睇含笑、脈脈含情。而今，依舊含笑盛開的桃花除了觸發對往事的美好記憶和好景不長的感慨以外，還能有什麼呢？「依舊」二字，正含有無限失落的悵惘。

整首詩其實就是用「人面」、「桃花」作為貫串主軸，透過「去年」和「今日」同時同地同景而人不同的相映對比，把詩人因這兩次不同的遇合而產生的感慨，迴環往復、曲折盡致地表達了出來。對比相映，在這首詩中發揮極重要的作用。因為是在回憶中寫已經失去的美好事物，所以回憶便特別珍貴、美好而且充滿感情，這才有「人面桃花相映紅」的傳神描繪；正因為有那樣美好的記憶，才特別感到失去美好事物的悵惘，因而有「人面祇今何處去，桃花依舊笑春風」的感慨。

■ 崔護

　　儘管這首詩具有情節性,背後有富傳奇色彩的「本事」,甚至帶有戲劇性,但它並不是一首微型敘事詩,而是一首抒情詩。「本事」可能有助於它的流傳,但它本身所具有的典型意義卻在於抒寫某種人生體悟,而不在於敘述一則人們感興趣的故事。讀者不見得有過類似《本事詩》中所載的崔護之愛情遇合故事,卻可能曾經歷類似的人生體悟:在偶然、不經意的情況下,邂逅美好事物,而當自己去有意追尋時,卻再也不可復得,只能留下珍貴的美好記憶和永遠的遺憾悵惘。這也許正是這首詩得以保持經久不衰的藝術生命力的原因之一吧。

　　「尋春遇豔」和「重尋不遇」是可以寫成敘事詩的,作者沒有這樣寫,正說明唐人習慣以抒情詩人的視角、感情來感受生活中的情事。

盧仝

　　盧仝（約西元770～835年），自號玉川子，河南府濟源（今河南濟源）人。初隱濟源山中。元和五年（西元810年），居洛陽。時韓愈為河南令，愛其詩，厚禮之。終生未仕。甘露之變中罹難。善《春秋》之學，著有《春秋摘微》四卷（今佚）。詩尚險怪，以〈月蝕詩〉知名於時，然亦有清新流美之作。《全唐詩》編其詩為三卷。清孫之騄有《玉川子詩集註》五卷。

有所思[01]

　　當時我醉美人家，美人顏色嬌如花。今日美人棄我去，青樓珠箔天之涯[02]。天涯娟娟姮娥月[03]，三五二八盈又缺[04]。翠眉蟬鬢生別離[05]，一望不見心斷絕。心斷絕，幾千里。夢中醉臥巫山雲[06]，覺來淚滴湘江水[07]。湘江兩岸花木深，美人不見愁人心。含愁更奏綠綺琴[08]，調高弦絕無知音[09]。美人兮美人，不知為暮雨兮為朝雲[10]。相思一夜梅花發，忽到窗前疑是君[11]。

[校注]

　　[01]〈有所思〉，漢樂府鼓吹曲辭鐃歌十八曲之一。《古今樂錄》曰：「漢鼓吹鐃歌十八曲……一曰〈朱鷺〉……十二曰〈有所思〉……」《樂府解題》曰：「古辭言『有所思，當在大海南。何用問遺君，雙珠玳瑁簪。聞君存他心，燒之當風揚其灰。從今已往，勿復相思而與君絕』也。」

盧仝

《樂府詩集》卷十六載其古辭全文，與《樂府解題》所節引者稍異，卷十七載齊劉繪至隋唐詩人所作〈有所思〉，其中有盧仝此篇。[02] 珠箔，珠簾。[03] 娟娟，長曲貌。《文選・鮑照〈玩月城西門廨中〉》：「始出西南樓，纖纖如玉鉤。末映東北墀，娟娟似蛾眉。」李善注：「〈上林賦〉曰：『長眉連娟。』」姮娥，神話傳說中的月中女神，《淮南子・覽冥訓》：「羿請不死之藥於西王母，姮娥竊以奔月。」高誘注：「姮娥，羿妻。羿請不死之藥於西王母，未及服之，姮娥盜食之，得仙，奔入月中，為月精也。」此以「姮娥月」代指月亮。[04] 三五二八，指農曆十五、十六。[05] 蟬鬢，古代婦女的一種髮式，兩鬢薄如蟬翼，故稱。此以「翠眉蟬鬢」借指所思美人。[06] 巫山雲，宋玉〈高唐賦序〉：「昔者先王嘗遊高唐，怠而晝寢，夢見一婦人，曰：『妾巫山之女也，為高唐之客。聞君遊高唐，願薦枕蓆。』王因幸之。去而辭曰：『妾在巫山之陽，高丘之阻，旦為朝雲，暮為行雨，朝朝暮暮，陽臺之下。』」醉臥巫山雲，謂夢遇美人。[07] 淚滴湘江水，《初學記》卷二十八引張華《博物志》：「舜死，二妃淚下，染竹即斑。」疑化用此典。[08] 綠綺琴，古琴名。傅玄〈琴賦序〉：「齊桓公有鳴琴曰號鐘，楚莊有鳴琴曰繞梁，中世司馬相如有綠綺，蔡邕有焦桐，皆名琴也。」此泛指琴。[09]《呂氏春秋・本味》：「伯牙鼓琴，鍾子期聽之。方鼓琴而志在太山，鍾子期曰：『善哉乎鼓琴，巍巍乎若太山。』少選之間，而志在流水，鍾子期又曰：『善哉乎鼓琴，湯湯乎若流水。』鍾子期死，伯牙破琴絕弦，終身不復鼓琴，以為世無足復為鼓琴者。」絕，斷。[10] 參上注 [06]。[11] 君，指所思美人。

[鑑賞]

由於以〈月蝕詩〉為代表的一類險怪僻澀之作，受到當時和後世詩人、評論家的高度關注，因此從唐到清，這首〈有所思〉普遍被認為不像

盧仝詩的風格，甚至疑為他人之作。其實，盧仝詩集（特別是七古一體）中本有此清新秀逸一格。除本篇外，像〈樓上女兒曲〉、〈秋夢行〉、〈聽蕭君姬人彈琴〉等均屬此格。

詩的內容，是抒寫對「美人」的思念。開頭四句，以「當時」與「今日」對舉，寫昔日美人之嬌豔如花和「我醉美人家」時兩情之繾綣，以著重渲染今日美人離我而去之後，其所居之青樓珠簾不知遠在何處天涯的失落惆悵。對比突出鮮明，言辭清新明豔，音調爽朗流暢。三用「美人」，蟬聯而下，見情之纏綿難已。這四句寓描寫於敘述，概寫昔合今離，是「有所思」之本。

「天涯娟娟姮娥月，三五二八盈又缺。翠眉蟬鬢生別離，一望不見心斷絕。」接下四句，緊承「天之涯」，寫對月的懷遠之情。詩人由天邊的一彎明月，聯想起遠在天涯的美人，「姮娥月」正應次句「顏色嬌如花」，而「娟娟」之形狀則使詩人自然聯想到美人的「翠眉」。三五二八，月圓又缺，正切合昔合今離，故雖對天涯之明月，而人則遠隔天涯，不能相見，從而歸結到「一望不見心斷絕」的長嘆。

「心斷絕，幾千里。夢中醉臥巫山雲，覺來淚滴湘江水。」這四句由望月不見而夢尋。「心斷絕」上承前三句，「幾千里」承上「天之涯」。這兩句改用「三、三」句式，使詩呈現出節奏的變化，下兩句一句寫夢中，一句寫夢醒。「醉臥巫山雲」用巫山神女旦為朝雲、暮為行雨的典故，富有象徵暗示色彩。此語上應「我醉美人家」，一為實境，一為虛境，夢中的虛幻遇合只會更加深夢醒後的失落傷感。「巫山」、「湘江」，正見夢境之飄忽迷離，亦見詩人此時或身在湘江一帶，故有「淚滴湘江水」的敘寫。「淚滴湘江」可能暗用二妃淚灑湘江之典，與詩之寓託有關。

「湘江兩岸花木深，美人不見愁人心。含愁更奏綠綺琴，調高弦絕

盧仝

無知音。」接下四句,寫湘江夢醒後的追尋和不見知音的惆悵。湘江兩岸,花木叢深,春光明媚,但到處尋覓,卻不見美人的蹤影,只能含愁獨奏綠綺,以遣愁懷。奈調高弦斷,而知音杳然,即雖奏琴亦無人能夠解會。這裡,將對美人的思念和「調高弦絕無知音」的悵恨連繫起來,使這種思念超越一般的男女情愛,而明顯帶有追求「知音」的意涵,詩的寓託逐漸由隱而顯。

「美人兮美人,不知為暮雨兮為朝雲。相思一夜梅花發,忽到窗前疑是君。」結尾四句,由思入幻,創造出極富飄忽迷離之致、清絕亦復韻絕的意境。還是那個被詩家用得近乎熟濫的巫山神女典故,但由於有了上一層對知音的追尋和調高弦絕的嘆息,這裡的「暮雨」、「朝雲」便洗清了附著於其上的男女歡愛氣息,而表現為飄渺輕靈和恍惚迷離的美好境界。而竟夕相思,梅花窗前忽發幽香,疑是「君」之到來的奇想,更使所思之「美人」顯示出清高絕俗的風采。得此一結,全詩的境界遂絕去一切浮華俗豔,而昇華為高潔絕塵的氣韻之美、風神之美。而無限言外之意、象外之興,均可於虛處領之。

從全詩來看,這首詩當有所寓託。詩人所思的「美人」究竟是指某位友人,還是指理想的君主,抑或指詩人所追求的某種思想境界,很難明確指出,似亦不必確指。詩雖沿用漢樂府的古題,但其感情內涵似更接近張衡的〈四愁詩〉和李白的〈長相思〉一類作品。他的詩集中有一首〈思君吟寄□□生〉,似可與此詩相互闡釋,錄以參考:「我思君兮河之壖。我為河中之泉,君為河中之青天。天青青,泉泠泠。泉含青天天隔泉,我思君兮心亦然。心亦然,此心復在天之側。我心為風兮漸漸,君心為雲兮冪冪。此風引此雲兮不來,此風此雲兮何悠哉,與我身心雙裴回。」

李賀

　　李賀（西元 790～816 年），字長吉，河南府福昌縣（今河南宜陽）昌谷人。元和三年（西元 808 年）秋，至洛陽以詩謁韓愈，受賞識，勸其舉進士。四年春在長安應舉求仕，受挫歸。五年以蔭入仕，任太常寺奉禮郎，三年後辭病歸。八年秋，北遊潞州依張徹。十年南遊吳越。十一年歸昌谷，尋卒。賀詩多寫懷才不遇的強烈苦悶和對人生短促的憂鬱悲愁，想像奇特誕幻，造語奇峭穠豔，風格幽峭冷豔，在當時獨樹一幟，對晚唐五代及後世詩、詞均有深遠影響。生前曾將詩二百二十三首編為四編。後世傳本已非唐本原貌。清王琦有《李長吉歌詩彙解》，今人葉蔥奇有《李賀詩集》，吳企明有《李長吉歌詩編年箋注》。

李憑箜篌引 [01]

　　吳絲蜀桐張高秋 [02]，空白凝雲頹不流 [03]。江娥啼竹素女怨 [04]，李憑中國彈箜篌 [05]。崑山玉碎鳳凰叫 [06]，芙蓉泣露香蘭笑 [07]。十二門前融冷光 [08]，二十三絲動紫皇 [09]。女媧煉石補天處 [10]，石破天驚逗秋雨 [11]。夢入神山教神嫗 [12]，老魚跳波瘦蛟舞 [13]。吳質不眠倚桂樹 [14]，露腳斜飛溼寒兔 [15]。

[校注]

[01] 李憑，中唐著名宮廷女樂師，善彈箜篌。顧況〈李供奉彈箜篌歌〉云：「李供奉，儀容質，身才稍稍六尺一……指剝蔥，腕削玉，饒鹽

李賀

饒醬五味足。弄調人間不識名，彈定天下崛奇曲。」楊巨源〈聽李憑彈箜篌〉之二云：「花咽嬌鶯玉漱泉，名高半在御筵前。漢王欲助人間樂，從遣新聲墜九天。」箜篌，古代撥弦樂器，有臥箜篌、豎箜篌。《史記・孝武本紀》：「禱祠泰乙、后土，始用樂舞，益召歌兒，作二十五弦及箜篌瑟自此起。」裴駰集解引徐廣曰：「應劭云：武帝令樂人侯調始造箜篌。」《隋書・音樂志下》：「今曲項琵琶、豎頭箜篌之徒，並出自西域，非華夏舊器。」《舊唐書・音樂志》：「（臥箜篌）形似瑟而小，七弦，用撥彈之……豎箜篌漢靈帝好之，體曲而長，二十有二（三）弦，豎抱於懷，用兩手齊奏，俗謂之擘箜篌。」李憑所彈奏者，為豎箜篌。詩約作於元和五年（西元810年）秋，詩人在長安任太常寺奉禮郎時。箜篌引，係樂府相和歌瑟調曲舊題。[02] 吳絲，吳地所產蠶絲，用來製作箜篌的弦。蜀桐，蜀地所產桐木，用來製作箜篌的身架和柱。此以吳絲蜀桐借指箜篌。張，指緊弦調音。張籍〈宮詞〉之二：「黃金捍撥紫檀槽，弦索新張調更高。」引申為彈奏。杜甫〈夜宴左氏莊〉：「林風纖月落，衣露靜琴張。」此處「張高秋」即指在深秋彈奏。[03] 空白，指天空。白，《全唐詩》校：「一作山。」頹，低垂貌。流，流動。《列子・湯問》：「秦青……撫節悲歌，聲振林木，響遏行雲。」此句化用「響遏行雲」之意。[04] 江娥，指湘娥，舜之二妃。《初學記》卷二十八引張華《博物志》：「舜死，二妃淚下，染竹即斑。妃死為湘水神，故曰湘妃竹。」「江娥啼竹」用此典。素女，傳說中古代神女。《史記・孝武本紀》：「泰帝使素女鼓五十弦瑟，悲，帝禁不止，故破其瑟為二十五弦。」[05] 中國，指京師（長安）。《詩・大雅・民勞》：「惠此中國，以綏四方。」毛傳：「中國，京師也。」《史記・五帝本紀》：「夫而後之中國，踐天子位焉。」裴駰集解引劉熙曰：「帝王所都為中，故曰中國。」[06] 崑山，崑崙山，產玉。《書・胤征》：「火炎

崑岡，玉石俱焚。」[07] 芙蓉，荷花的別稱。荷花上沾有露珠，似哭泣，故云「芙蓉泣露」，此則狀其聲。[08] 十二門，指長安四面的城門。《三輔黃圖・京城十二門》：「《三輔決錄》曰：『長安城，面三門，四面十二門，皆通達九逵，以相經緯。』」[09] 二十三絲，指二十三弦之箜篌。紫皇，道教傳說中最高的神仙。《太平御覽》卷六百五十九引《祕要經》：「太清九宮，皆有僚屬，其最高者，稱太皇、紫皇、玉皇。」此借指皇帝。[10]《淮南子・覽冥訓》：「往古之時，四極廢，九州裂。天不兼覆，地不周載……於是女媧煉五色石，以補蒼天。」[11] 逗，透也、漏也。[12]《搜神記》：「永嘉中，有神見兗州，自稱樊道基。有嫗號成夫人。夫人好音樂，能彈箜篌，聞人弦歌，輒便起舞。」[13]《列子・湯問》：「瓠巴鼓琴，而鳥舞魚躍。」此化用其意。[14] 吳質，三國時魏人，《三國志・魏書》有傳。其〈答東阿王書〉有「秦箏發徽，二八迭奏。塤簫激於華屋，靈鼓動於左右」等語，抒發欣賞音樂之情。王琦《彙解》引劉義慶〈箜篌賦〉「名啟瑞於雅引，器荷重於吳君」，謂「豈即用吳質事，而載籍失傳，今無可考證歟？」今人多引《酉陽雜俎》以為吳質即吳剛。《酉陽雜俎》卷一：「舊言月中有桂，有蟾蜍。故異書言月桂高五百丈，下有一人常斫之，樹創隨合。人姓吳名剛，學仙有道，謫令伐樹。」姚文燮《昌谷集註》引明何孟春《餘冬序錄》：「吳剛字質，謫月中砍桂。」則近於附會，未知其所據。[15] 露腳，唐人習用「日腳」、「雨腳」之語，日腳指太陽射向地面的光線。此從「日腳」、「雨腳」引申而來，以為露水亦如雨水自天而降，故曰「露腳斜飛」。寒兔，神話傳說中說月中有兔。《楚辭・屈原〈天問〉》：「厥利維何，而顧菟在腹。」王逸注：「言月中有兔，何所貪利，居月之腹，而顧望乎？」傅咸〈擬天問〉：「月中何有？白兔搗藥。」

■ 李賀

📖 [鑑賞] ....

　　〈李憑箜篌引〉作為一首寫音樂的詩，在藝術手段上雖亦不出描摹聲音及表現效果兩端，但其奇思幻想所創造的種種超越人間之境界，卻使這首寫音樂的詩充滿了神奇虛幻的色彩，顯示出獨特的藝術個性。

　　「吳絲蜀桐張高秋」，這句不過交代秋天演奏箜篌之事，卻摒棄平直的敘述而改用起勢高遠的描寫。用「吳絲蜀桐」指代箜篌，不僅以其材質優良顯示箜篌的製作精良華美，以突顯名家必用名器，方能相得益彰，而且妙在其下突接「張高秋」三字，一下子就創造出一幅以無限高遠寥廓的秋空廣宇為背景的演奏場景，那原本不過置於演奏者懷抱之間的箜篌，在讀者印象中似乎也放大了無數倍，呈現在面前的彷彿是豎立在高天廣宇之間、一架碩大無比的箜篌。普通的樂器便在無形中被神奇化，以下的種種感天地泣鬼神的描寫，才不會顯得突兀。

　　「空白凝雲頹不流」，上句「張」字才言擰弦調音，並未直接描寫彈奏，這句卻已越過彈奏的情景，而直接寫到彈奏的神奇效果。妙在它只貌似寫景高遠空闊的天空中，原本飄浮不定的雲彩這時卻突然凝止不動了，「頹」字傳神地寫出凝止不動的雲彩向下低垂的神態。這句的意境固自「響遏行雲」的成語化出，但它略去了「響遏」，而只寫行雲凝重低垂的情態，言外便透露出受到強烈渲染之後的凝神傾聽，宛如不勝情之意。這就把原成語中單純的誇張渲染進一步變為對雲的情態描寫，從而更突出箜篌演奏的強烈渲染力。

　　「江娥啼竹素女怨」，接下來一句，仍寫箜篌演奏的藝術效果，卻由天上的雲彩轉向神話中的人物江娥、素女。這音樂不僅使悲傷善感的湘妃淚灑斑竹，啼泣傷感，而且使善奏悲聲的素女也悲怨不已。這是寫音樂「泣鬼神」的藝術效應，也從側面顯出箜篌所奏出的聲音充滿悲怨。

二、三兩句，分別從物和神兩方面極力渲染箜篌的渲染力，第四句「李憑中國彈箜篌」方一筆轉向，落到彈奏者和所彈的樂器上。採用倒敘的寫法，不僅是為了避免平直、製造懸念、渲染氣氛，取得先聲奪人的藝術效果，而且由於前三句已從寥廓背景、強烈效果上對箜篌的演奏作了充分的鋪陳，第四句這單獨來看似乎淡無奇的敘述，才顯得特別鄭重、大氣，富有力度。「中國」二字，意指京都，但詞語本身卻能喚起更廣泛的聯想，它與首句所展現的高遠寥廓之景相互呼應，創造出宏闊的意境，給予人張樂於高秋，響傳於國中的感受，讀來自具磅礡的氣勢。

「崑山玉碎鳳凰叫，芙蓉泣露香蘭笑。」五、六兩句，正面描摹箜篌演奏的各種聲響，與其他寫音樂之作多主描摹形容樂聲不同，這首詩只此二句是對樂聲的描摹，卻又打破常規，不用人們熟悉的日常生活事物作比況，而是出奇制勝，用不平凡的神奇事物或想入非非的手段來表現。崑崙山之玉，是珍奇的寶物，常人並不經見，用「崑山玉碎」來形容箜篌之聲，當是取其清脆，但由於它是寶玉，故在表現其「碎」聲之清脆的同時，又給人尖銳細碎之感；鳳凰是神話傳說中的祥瑞之鳥，鳳凰之「叫」聲常人實所未聞，但用「叫」而不用「鳴」，可以看出詩人所要表現的恐怕不是所謂「和」，而是其聲清亮高亢。「崑山玉碎」與「鳳凰叫」正形成一清脆細碎、一響亮高亢的鮮明對比。芙蓉和香蘭都是常見之物，但用「芙蓉泣露」和「香蘭笑」來形容箜篌演奏之聲，卻匪夷所思。這句詩的中心自然是「泣」與「笑」，前者狀聲之幽咽哀傷，後者狀聲之歡快愉悅。但說「芙蓉泣露」、「香蘭笑」，卻使這幽咽哀傷、歡快愉悅之聲中，分別蘊含了豔麗色彩和幽香氣息。詩人運用通感手法，使聽覺、視覺、嗅覺融為一體，使聽到的聲音不但有形體、有氣味，而且有感情色彩。

「十二門前融冷光，二十三絲動紫皇。」七、八兩句，又隨即轉過頭來寫箜篌的藝術力量。時值深秋之夜，長安的十二門前，寒氣凜冽，但箜篌演奏發出的熱烈聲響和熱鬧氣氛卻彷彿將冷光消融。古有鄒衍吹律而寒谷生溫的傳說，詩人師其意而全不用其詞，僅寫音樂改變自然界寒冷的效果，而其聲響、氣氛之熱烈可想而知。如此強烈的渲染力，甚至連天上的紫皇、人間的至尊也被感動了。「二十三絲」借指箜篌，與上句「十二門」均用數字相互對應，而「紫皇」同時為人間天上的最高統治者。箜篌演奏的藝術渲染力至此，彷彿已臻絕頂，無以為繼。不料詩人的詩思卻翻空出奇，由奇入幻，更帶出一層驚天動地的意境。

「女媧煉石補天處，石破天驚逗秋雨。」上句已寫到箜篌之聲感動「紫皇」，此處更由「紫皇」聯想到遠古混沌時代女媧煉石補天的神話傳說。這種聯想雖荒遠渺茫，卻並不突兀奇僻。妙在將這一神話傳說與李憑演奏箜篌的神奇藝術力量連結在一起，與眼前的實景（天上忽然下了一陣秋雨）連繫起來，創造出前無古人、後無來者的精闢奇絕之境。在箜篌發出一陣突如其來的瀟瀟之聲時，詩人仰首望天忽有所悟，這陣急驟如雨的瀟瀟聲，彷彿就是當年女媧煉石時的某一塊石頭突然破裂，驚動了整個天宇，從而在破裂處漏下一陣秋雨吧。不僅寫出樂聲感天動地的神奇力量，而且傳達出詩人聆聽時產生的新奇感、驚訝感、神祕感。古今寫音樂神奇力量的詩文雖多，但境界如此奇幻、想像如此奇特、力度如此強烈的卻不多見。

「夢入神山教神嫗，老魚跳波瘦蛟舞。」這兩句又由奇幻的想像而進一步發展到入夢。「夢入神山教神嫗」者，自然是彈奏箜篌的李憑。樂境又由奇幻強烈轉入飄渺。在詩人的想像中，演奏箜篌的李憑似乎於夢中進入了神山，在教神姬成夫人彈奏箜篌，美妙的樂聲使得神山澗中的

老魚也跳出波間傾聽,連瘦蛟也伴著箜篌的節奏而盡情起舞。這同樣是化用《列子》「瓠巴鼓琴,而鳥舞魚躍」的典故,但運用「老」、「瘦」形容「魚」和「蛟」,卻顯示出李賀喜用帶有衰頹色彩來形容的一貫偏好和獨特的藝術個性。

「吳質不眠倚桂樹,露腳斜飛溼寒兔。」秋雨乍歇,月光復現,箜篌的演奏聲雖然停歇了,但音樂的強烈渲染力仍然在繼續。月中的吳質(剛)因聞樂而陶醉不眠,斜倚著桂樹,連月兔也受到感動,悄然不動,任憑露水飄灑斜飛,打溼了全身。吳質當即神話傳說中謫令伐桂的吳剛,而非歷史上的實際人物。這既與「倚桂樹」及「寒兔」相合,亦與全篇所寫事物、人物均為超越人間者相合。詩寫到這裡,即戛然而止,對李憑箜篌演奏的技藝並未更著一辭讚嘆評論。李賀的樂府古詩,往往在彷彿尚未盡言時突然煞住,給予人斬截奇峭之感,此篇亦復如此。然細味落句,於斬截之中仍有搖漾不盡之致。

此詩寫音樂,與白、韓二作最明顯的區別當為多用超脫人間的神話傳說,以其中的人事物描摹聲音,顯示效果,這既使詩的藝術效果更為強烈並帶神奇色彩,也使詩所描摹的聲音帶有朦朧性和多義性。

全詩從「張高秋」到「露腳斜飛」,實際上包含了漸進的過程。王琦是最早發現這一點的解讀者:「當是初彈之時,凝雲滿空;繼之而秋雨驟作;洎乎曲終聲歇,則露氣已下,皓月在天,皆一時實景也。而自詩人言之,則以為凝雲滿空者,乃箜篌之聲遏之而不流;秋雨驟至者,乃箜篌之聲感之而旋應。似景似情,似虛似實。」在音樂描寫的過程中描寫景物,本很平常,巧妙處在將眼前所見實景與耳中所聞箜篌演奏之聲,心中所感之情以及由音樂所喚起的種種聯想、想像乃至幻覺融成渾然一體的意境,方見其藝術構思的精妙獨特。

李賀

雁門太守行 [01]

　　黑雲壓城城欲摧[02]，甲光向日金鱗開[03]。角聲滿天秋色裡，塞上燕脂凝夜紫[04]。半卷紅旗臨易水[05]，霜重鼓寒聲不起[06]。報君黃金臺上意[07]，提攜玉龍為君死[08]。

[校注]

　　[01]〈雁門太守行〉，漢樂府相和歌辭瑟調三十八曲之一，古辭歷敘東漢洛陽令王渙之治行。《樂府詩集》卷三十九〈雁門太守行八解〉古辭解題引《樂府解題》曰：「按古歌詞歷敘渙本末，與傳合。而曰〈雁門太守行〉，所未詳。若梁簡文帝『輕霜昨夜下』，備言邊城征戰之思，皇甫規雁門之問，蓋據題為之也。」李賀此篇，亦敘邊城征戰之事。唐張固《幽閒鼓吹》：「李賀以歌詩謁吏部，吏部時為國子博士分司，送客歸極困，門人呈卷。首篇〈雁門太守行〉曰：『黑雲壓城城欲摧，甲光向日金鱗開。』卻援帶命邀之。」按：李賀元和三年（西元808年）十月自昌谷至洛陽，以詩謁韓愈，此詩即所呈獻之卷首一篇。詩當作於此前。[02] 黑雲，或云喻攻城敵軍，或云形容出兵時塵土大起，均非。詳鑑賞。[03] 甲，指將士身穿的鎧甲。甲光，指鎧甲映日所發出的光芒。日，《樂府詩集》作「月」。金鱗，金色的魚鱗。開，張開。[04] 燕脂，即胭脂。《古今注・都邑》：「秦築長城，土色皆紫，漢塞亦然，故稱紫塞焉。」[05] 易水，河名，在今河北易縣境。《元和郡縣圖志・河北道三・易州》：易縣，「易水，一名故安河，出縣西寬中谷。《周官》曰：『并州，其浸淶、易。』燕太子丹送荊軻易水之上，即此水也」。易水附近一帶，當時是河北藩鎮的巢穴。[06] 霜重，霜濃。鼓寒，鼓聲低沉，即下「聲不起」。[07] 黃金臺：臺名，又稱金臺、燕臺，故址在今河北易縣東南北易水南。《上

雁門太守行 [01]

谷郡圖經》：「黃金臺，易水東南十八里。燕昭王置千金於臺上，以延天下之士。」黃金臺上意，指君主的知遇之恩，厚遇之意。[08] 玉龍，借喻寶劍。中唐王初有「劍光橫雪玉龍寒」之句。《晉書‧張華傳》載二寶劍入水化為龍事，故以龍喻劍。

[鑑賞]

〈雁門太守行〉係樂府古題，但既存古辭係詠東漢洛陽令王渙之德政，與題意無關。《宋書‧樂志三》錄〈雁門太守行〉古辭，其前有〈洛陽行〉之題，故《全漢詩》注云：「按其歌辭歷敘渙本末，與本傳合。其題當作〈洛陽行〉。其調則為〈雁門太守行〉也。」可備一解。自梁簡文帝起，〈雁門太守行〉始詠邊城征戰之事，李賀此篇，當沿襲此意。梁簡文帝〈雁門太守行〉其二云：「隴暮風自急，關寒霜自濃……潛師夜接戰，略地曉摧鋒。悲笳動胡塞，高旗出漢塡。」似與李賀此篇內容及意象有關，可供參照。

本篇歷來被視為李賀最有代表性的作品，但自明末曾益發為「此言城將陷敵，士懷敢死之志」之解以來，對這首詩的首句便一直存在著「敵兵壓境，危城將破」的誤解，而對首句的誤解，又導致對全詩內容意涵的誤解。其中比較有代表性的疏解是，詩寫一場戰爭的完整過程：開頭兩句寫敵兵壓境，形勢緊張；三、四兩句，寫角聲滿天，雙方激戰；五、六兩句，寫旗卷鼓寒，戰況危急；最後兩句，寫奮勇殺敵，以死報國。這看似非常順理成章的解釋，如果和詩的原文一對照，並稍加推敲，就會發現明顯的漏洞。首先，如果說開頭兩句是寫敵軍壓城、城陷重圍，形勢危急，為什麼打了一陣之後，反而「半卷紅旗臨易水」，跑到河北藩鎮的巢穴去了呢？越打越遠，只有在大破敵軍之後，乘勝持續追擊的情況下才有可能出現，但又說「霜重鼓寒聲不起」，情況危急，最後又表示

■ 李賀

要以死報君。明明大獲全勝，窮追不捨，何以如此缺乏壯盛之氣，反倒悲涼激楚呢？這就顯得前後矛盾，無法自圓了。其次，「角聲滿天」不像是寫雙方激戰。軍中號角並非如現代戰爭那樣作為發起進攻、衝鋒的訊號，而是用作警昏曉、振士氣、肅軍容的訊號，即所謂「畫角」。陳子昂〈和陸明府贈將軍重出塞〉：「晚風吹畫角，春色耀飛旌。」所寫即警昏曉所用。發起進攻應用擊鼓而非畫角。再者，「半卷紅旗」更不像是寫作戰時的情景。在戰鬥中，旗幟具有指揮全軍、激勵士氣的作用，戰旗總是迎風招展飛揚，而不能是「半卷」的。「半卷紅旗」是在急速的行軍過程中，為了減少風的阻力，以加快行軍速度而為之，王昌齡〈從軍行〉「大漠風塵日色昏，紅旗半捲出轅門」正是寫急速行軍的情景。總之頭一句理解錯誤，全篇的內容也都弄得扞格難通，無法自圓。那麼，這首詩究竟寫什麼呢？概括地說：應該是寫虛構想像中，討伐河北藩鎮的出征情景，時間是從傍晚到次日黎明前。

「黑雲壓城城欲摧，甲光向日金鱗開。」開頭兩句，寫出征將士集結城下待發。濃重的黑雲低低地壓在城頭上，看上去就像是要把城頭壓垮一樣。在城下列陣整裝待發的將士身披鎧甲，迎著穿過烏黑雲層照射下來的耀眼陽光，像金色的魚鱗開張時那樣，閃耀著光芒。「黑雲壓城城欲摧」這個發端，不但新奇峭拔、突兀強勁，而且在景色描繪中透出緊張、沉重的氣氛。單獨抽出這一句，也許可以理解為強敵壓境、危城將破。但連繫全詩，則明顯可知這種理解與實際不符，因為下面並沒有接著寫敵我雙方在城下慘烈的戰鬥。說這句詩帶著象徵暗示色彩自屬事實，但它的象徵暗示色彩，僅僅是在整體上渲染氛圍：當時藩鎮割據勢力猖獗，嚴重威脅到國家的統一和中央集權。這種整體的時代氛圍，使詩人在描寫景物時，自然散發出沉重而緊張的危機感、壓抑感。「黑雲

壓城」的「壓」字，不但寫出黑雲低垂緊貼城頭的態勢，而且寫出了它的真實感、重量感；而句末的「摧」字，更顯示出危急感。如此一來，整首詩句在寫景中就自然散發出詩人對當時強藩割據叛亂、形勢嚴峻危急的整體時代氛圍的強烈感受。而第二句則將畫面由黑雲低壓的城頭移向列陣整裝待發的將士。詩人撇開從將士的面部表情、心理狀態進行正面描寫，單寫穿過濃密烏黑雲層射出的耀眼陽光映在將士的鎧甲上，閃耀出金鱗般光芒的這一細節。黑雲、日光，一黑一白，正是光線明暗的兩個極端。強烈耀眼的陽光與周圍大片漆黑的烏雲，與將士身上黑色的鐵甲，形成強烈的對比，造成視覺上、心理上的強烈刺激。這種色彩的結合映襯，已經隱隱呈現出嚴肅、沉重而帶莊嚴感、神祕感的氣氛。不說「日光映甲」，而說「甲光向日」，加上句末的「開」字，更表現出向上躍動的氣勢和生命力。上句的沉重感、壓抑感和危急感，與這句的嚴肅感、神祕感和躍動感，實際上都是出征將士在危機重重的背景下，背負著莊嚴赴戰使命的複雜心態表現。

「角聲滿天秋色裡，塞上燕脂凝夜紫。」三、四兩句，寫行軍途中情景，上句寫所聞，下句寫所見。悲壯嘹亮的號角聲在充滿秋色的寥廓天宇和廣闊原野上迴蕩，在夕陽餘暉的映照下，塞上紫色的泥土猶如胭脂凝成。上句境界開闊，聲調高亢；下句色彩濃烈，情感凝重，恰恰表現出出征將士複雜的情感心緒。下句遣詞設色極富創造性。「塞上燕脂」既可理解為塞上的泥土呈現胭脂之色，也可理解為塞上傍晚的紅色霞光。「凝夜紫」三字，顯示出在行軍的過程中，塞上的紅色泥土和天邊的紅色霞光逐漸黯淡，最後凝結成一片入夜後的深紫。從寫景的角度來說，自是極精練形象、新奇獨特的詩句，但更重要的，卻是它所具有的象徵暗示色彩，這「塞上燕脂凝夜紫」的景象，使人自然聯想到即將到來的戰鬥

■ 李賀

之慘烈，聯想到將士的鮮血。其意涵類似毛澤東〈憶秦娥‧婁山關〉的結尾「殘陽如血」，但前者暗示，後者明喻，手法各異。毛澤東喜李賀詩，此等描寫可謂深得賀詩神髓而又別具明快風格。

「半卷紅旗臨易水，霜重鼓寒聲不起。」五、六兩句，續寫出征部隊到達作戰的前線。上句明點「易水」，無論就內容還是風格而言，都是一個關鍵的意象。易水流域一帶，是河北藩鎮的巢穴，說明這次將士行軍赴敵，其作戰的對象就是盤踞這一帶恃強作亂的強藩，從而顯示出戰爭的正義，也預示戰爭的悲壯慘烈。「半卷紅旗」，是因夜間急速行軍而需要偃旗息鼓，而這在蒼茫夜色中的「紅旗」也為畫面增添了鮮明的色彩。此時天已接近黎明，濃霜密布，戰鼓也沾上了霜露，鼓聲顯得低沉不揚，似乎帶著寒意。紅旗與濃霜的色彩對比，易水風寒的氣氛渲染，鼓寒聲沉的聲響描寫，預示著即將開始的將是一場艱苦慘烈的血戰。「易水風寒」的歷史典故更使人自然聯想到「壯士一去兮不復還」式的決心誓言和悲劇氣氛。這就自然引出結尾兩句。

「報君黃金臺上意，提攜玉龍為君死。」末二句寫臨戰前將士慷慨赴死，報答君恩的決心。黃金臺就在易水邊，故由「易水」自然聯想到黃金臺。「黃金臺上意」，亦即君主信任重用的厚意，所謂「知遇之恩」。為了報答君主的知遇之恩，決心手持鋒利如雪、夭矯如龍的寶劍，與強敵決一死戰。喜用「死」字一類狠重之詞，固然是李賀遣詞的特色，但用於結尾末字，卻非尋常修辭，而是出征將士抱著必死心理赴敵的自然流露。因此，它可以說是對全詩悲劇氣氛、心理、結局的凝聚與概括。

這首詩並不是寫當時現實中某一次具體的討伐藩鎮的出征行軍過程，而是出自詩人的藝術想像與虛構。根據張固《幽閒鼓吹》的記載，詩當作於貞元末到元和三年這段時間內。而在此期間，唐王朝根本沒有對

河北藩鎮發過兵。為什麼李賀要虛構這樣一場實際上不存在的討伐河北藩鎮的戰爭呢？這是因為河北藩鎮自安史之亂以來，一直是藩鎮割據叛亂勢力的代表，根深蒂固，驕橫跋扈，勢力最強。從當時情況來看，平定了河北藩鎮，全國的統一乃至中興也就會隨之實現。李賀這首詩，特意虛構這樣一場實際上並不存在的討伐河北藩鎮之征，主要是傳達強烈的主觀願望，不妨說是詩人的浪漫熱情和理想的產物。而表現理想和願望的作品，有時往往失之浮淺，忽視現實的嚴峻而流於盲目的樂觀和單純的暢想。李賀這首詩在表現將士以身報國、誓死殺敵的壯烈情懷的同時，對整個局勢的危急、戰爭的艱苦都作了充分的描寫。全詩起始透過「黑雲壓城城欲摧」的描寫，表現藩鎮割據勢力的猖獗，繼則透過「塞上燕脂凝夜紫」的描繪，暗示即將進行的戰鬥之慘烈，然後以「霜重鼓寒聲不起」的描摹，渲染環境之艱苦，最後又透過將士臨戰前「提攜玉龍為君死」的誓言，暗示戰鬥的悲劇氣氛。這一切，都使得整首詩在悲壯激越中，含有深沉凝重的情調，帶有濃重的危機感和壓抑感。這正是詩寫得相對深刻、富有時代感的表現。

這首詩還寄寓了詩人渴望投筆從戎、為國赴難的感情。李賀在政治方面鬱鬱不得志，他往往將滿腔「哀憤孤激」之思，寄寓在抒寫從戎殺敵的詩歌中。〈南園〉其二說：「男兒何不帶吳鉤，收取關山五十州。請君暫上凌煙閣，若個書生萬戶侯！」這首〈雁門太守行〉虛構了一場討伐藩鎮的出征場景，不但表現對國家統一局面的嚮往，同時也是為了抒發身帶吳鉤，「收取關山五十州」的渴望，為了排遣報國無門的憂鬱苦悶。從結尾的「報君黃金臺上意，提攜玉龍為君死」來體會，詩人所表達的深層意涵正是尋章摘句老於雕蟲，求為君主一顧而不得，求為國難而捐軀亦不能的深沉強烈悲憤。

李賀

　　此詩色彩斑斕，宛如油畫。濃墨重彩的著重描繪渲染，營造出濃烈的氣氛。全詩從頭至尾，充滿了激越悲壯又沉重壓抑的氛圍感。一開頭，黑雲壓城，其勢欲摧，甲光映日，金甲閃耀，就充滿緊張、沉重、神祕的戰鬥氣氛，給予人屏息凝神、喘不過氣來的感覺。接著是號角悲鳴，大地呈現凝重黯淡的血色，是易水風寒，紅旗半卷，濃霜遍地，鼓聲低咽。最後是刀光劍影，森寒逼人。從「黑雲壓城城欲摧」到「提攜玉龍為君死」，首尾呼應，從天上到地下，從周圍的空氣、氣溫到聲音、色彩，處處充滿濃烈的氣氛。這種氣氛的渲染，既與特定的季節、時間的選擇有關，又與多用仄聲韻（除開頭兩句外，後六句均為仄聲韻），特別是大量運用色彩濃重的字眼構成鮮明強烈的映襯對照有密切關聯，如「黑」、「甲光向日」、「金」、「秋色（白）」、「燕脂」、「夜紫」、「紅」、「易水（寒）」、「霜」、「黃金」、「玉」。一首只有八句的樂府短篇，竟連用了十幾個帶有強烈色彩的詞語，可以想見它們的串聯組合，會使讀者產生多麼濃烈的色彩感、氛圍感，再加上刻意運用一系列硬語奇字（如「壓」、「摧」、「凝」、「重」、「寒」、「死」），遂使這種濃烈的氛圍感更具強烈的刺激性，給讀者感官與心理方面的雙重刺激。儘管詩中色彩繁富濃烈、用語峭奇瘦硬，但給人的整體印象卻是陰暗、低沉、慘淡中透出悲壯、剛烈，這種陰剛式的美感，正是李賀所獨具的特色。

蘇小小墓 [01]

　　幽蘭露，如啼眼 [02]，無物結同心 [03]，煙花不堪剪。草如茵，松如蓋 [04]，風為裳，水為佩 [05]。油壁車，夕相待 [06]。冷翠燭 [07]，勞光彩 [08]。西陵下 [09]，風吹雨。

📖 [校注]

[01]《樂府詩集》卷八十五雜謠辭三錄〈蘇小小歌〉古辭，題解云：「一曰〈錢塘蘇小小歌〉。《樂府廣題》曰：『蘇小小，錢塘名倡也，蓋南齊時人。西陵在錢塘江之西，歌云『西陵松柏下』是也。」古辭云：「我乘油壁車，郎騎青驄馬。何處結同心？西陵松柏下。」李紳〈真娘墓詩序〉：「嘉興縣前有吳妓人蘇小小墓，風雨之夕，或聞其上有歌吹之音。」李賀元和十年（西元815年）至十一年曾南遊吳越，此詩或其時所作。[02] 二句謂沾著晶瑩露珠的幽香蘭花花瓣，如同蘇小小悲啼的淚眼，蘭花花瓣細長如眼，故云。[03]〈蘇小小歌〉古辭有「何處結同心」之句，「結同心」指男女雙方締結同心相愛之情。此句化用古辭，曰「無物結同心」，含義略有變化。古代有同心結，係用錦帶編成的連環迴紋樣式的結，用以象徵堅貞的愛情。此連下句，意謂蘇小小墓上沒有東西可以用來編結成表達堅貞愛情的同心結，雖然長著如煙的野草花，也不堪剪取作同心結。[04] 茵，墊褥。蓋，指車蓋。[05] 水為佩，晶瑩而叮咚作響的泉流作為她身上的玉珮。[06] 油壁車，一種以油塗壁的車，或謂用青油布為壁的車。〈蘇小小歌〉古辭有「我乘油壁車，郎騎青驄馬」之句。夕，《全唐詩》校：「一作久。」[07] 冷翠燭，指墓上的磷火，即所謂鬼火。因其有光無焰，給予人幽冷之感，而其形似紅燭其光冷碧，故云「冷翠燭」。[08] 勞，煩勞。勞光彩，煩勞其發出幽冷的光彩。[09] 西陵，今浙江杭州市蕭山區西興鎮的古稱，朱長文〈送李司直歸浙東幕兼寄鮑將軍〉：「水到西陵渡口分。」但此詩中之「西陵」乃指今杭州西湖孤山西泠橋一帶，此處舊稱西陵。

■ 李賀

📖 [鑑賞]

　　在李賀的諸多「鬼詩」中，這首〈蘇小小墓〉寫得最美也最富人情味，它的情調和意境，令人自然聯想到《聊齋志異》中一系列寫人鬼感情的名篇。不管是否有自覺，至少作為藝術修養，像〈蘇小小墓〉這類作品應該對《聊齋志異》上述作品的創作具有潛在而深刻的影響。

　　全篇所寫，均為詩人面對蘇小小墓的景物氣氛時的想像和聯想。而這種想像和聯想，又無法脫離〈蘇小小歌〉古辭「我乘油壁車，郎騎青驄馬。何處結同心？西陵松柏下」所建立的這一基本情節：自己乘著油壁車，所愛的男子騎著青驄馬，相約到西陵的松柏之下永結同心。她的美麗和多情，使詩人徘徊墓前，面對景物時浮想聯翩，不但幻化出蘇小小惝恍飄忽的身姿面貌，而且表現出她那種生死不渝、對美好愛情的執著追求，創造出極富幽潔悽迷情調的意境美。

　　「幽蘭露，如啼眼。」開頭兩句，從墓旁的幽蘭引發聯想，即景設喻。說那綴滿露水的幽蘭花瓣，像是蘇小小哀怨悲泣的淚眼。這個比喻，不但抓住了蘭花花瓣細長如眼的形似特徵，而且用一「幽」字傳出了蘭花幽潔芳香和幽獨哀怨的風神。雖只寫「啼眼」，但卻傳神阿堵，將蘇小小的悲劇氣質和風貌展露無遺。

　　「無物結同心，煙花不堪剪。」三、四兩句，是目睹墓旁如煙籠霧罩的野花而興感。這兩句可以作兩種不同的理解：一種理解是，詩人因同情愛慕蘇小小而生「結同心」之想，但倉促之中又感到沒有東西可以表達自己「結同心」的美好心願，縱有煙花亦不堪剪取以表衷情。這樣的理解，表現出詩人那種雖幽明相隔，卻與蘇小小異代同心的愛慕之情，情感真摯淳厚，語氣親切自然。但連繫〈蘇小小歌〉古辭「何處結同心？西陵松柏下」之語，似乎理解為詩人代蘇小小抒感更為恰當。詩人想像蘇

蘇小小墓 [01]

小小雖然長眠地下，卻仍然執著地追求愛情，仍然像生前那樣前去與情郎約會。但墓地空有煙花，別無他物，沒有東西可以作為「結同心」的信物贈給對方，故不免有「煙花不堪剪」的遺憾。這種理解，不僅切合古辭原意，也更能表達蘇小小對真摯愛情的珍視。在全篇中，其他各句均為三字句，獨此二句用五字句，似亦更能突出蘇小小自我抒慨的神情意涵。不妨看作詩人意中的蘇小小的心靈獨白。

「草如茵，松如蓋，風為裳，水為佩。」接下來連用四個結構相同的三字句，就眼前所見、所感、所聞之景展開一系列美好的想像。俯視墓地，碧草萋萋，像是她的茵褥；仰望墓旁，青松繁茂，像是她的車蓋；輕風飄拂，彷彿是她的裳衣飄蕩；泉水叮咚，又像是她的環珮作響。碧草青松、輕風流泉，不過是墓間尋常景物，但詩人的心靈和詩心，卻將它們幻化成蘇小小的茵蓋裳佩，在它們之間，正活現出蘇小小的身姿面貌與美好靈魂。這些比喻，每一個都只涉及一部分，並不求全求細，更不直接涉及其具體容顏，而是用輕靈飄忽、亦幻亦真、似虛似實之筆作隨意點染，結果反而為讀者的想像留下了巨大的詩意空間。這種描繪形容，貌似賦筆，實為最高妙的詩筆。

「油壁車，夕相待。冷翠燭，勞光彩。」這四句，上承「結同心」，進一步想像蘇小小的芳魂將前去西陵與情郎相會的情景。值此暮夜時分，小小生前乘坐的油壁香車，想必已經在等待著她，墓上那對幽冷碧色的蠟燭，正煩勞它幽幽地泛出光彩，為小小乘車上路照明。前兩句是純粹的憑空想像，卻因古辭「我乘油壁車」之句，使讀者於恍惚迷離中彷彿若見，信假為真。後兩句以詩人的靈心妙筆，將原屬恐怖的事物化為悽美而極富人情味的物象，可謂古往今來寫鬼火和鬼境的絕唱。在李賀詩中，曾不止一次出現過鬼火的形象，如「漆炬迎新人，幽壙螢擾擾」（〈感諷五首〉之三）、「百年老鴞成木魅，笑聲碧火巢中起」（〈神弦

李賀

曲〉)、「迴風送客吹陰火」(〈長平箭頭歌〉)、「鬼燈如漆點松花」(〈南山田中行〉),均帶有不同程度的恐怖陰暗色彩,獨有這「冷翠燭,勞光彩」的想像和比喻,雖仍帶悽清的況味,卻完全去除了恐怖陰暗的色彩,表現為極具人情味的悽美,那「冷翠燭」彷彿有著溫暖的人情,默默地為小小前去赴情人的約會照明送行。特別是那個極富感情色彩的「勞」字,彷彿透露出小小心靈中的無限感謝之情和溫暖情意。

「西陵下,風吹雨。」末兩句從古辭「何處結同心?西陵松柏下」化出,想像小小所前往約會的西陵之氛圍意境。「風吹雨」的描寫單獨看似乎有些悽清,這自然跟蘇小小的鬼魂身分有關。但如果連繫《詩‧鄭風‧風雨》「風雨如晦,雞鳴不已。既見君子,云胡不喜」的描寫來體會,這「風吹雨」的氛圍不正反襯出了與情人相會的歡樂與喜悅嗎?它在悽清中帶有愛情的溫柔甜蜜,並不是純然的淒傷。

李賀的詩,總多幽峭奇險、瘦硬生澀之語,這首〈蘇小小墓〉雖寫鬼魂的愛情,卻幾乎看不到這種峭硬奇險之筆,反倒寫得極溫柔繾綣、婉麗多情,言辭也極明暢流麗,毫無生澀之弊。

秋來 [01]

桐風驚心壯士苦[02],衰燈絡緯啼寒素[03]。誰看青簡一編書[04],不遣花蟲粉空蠹[05]。思牽今夜腸應直[06],雨冷香魂弔書客[07]。秋墳鬼唱鮑家詩[08],恨血千年土中碧[09]。

📖 [校注]

[01] 據詩之首句,詩當是因風吹梧桐葉落而驚秋,引發人生的悲傷感慨。作年不詳。[02] 桐風,掠過梧桐樹的秋風。《廣群芳譜‧木譜六‧

桐》:「立秋之日,如某時立秋,至期一葉先墜,故云:梧桐一葉落,天下盡知秋。」《歲時廣記》卷三引唐人詩:「山僧不解數甲子,一葉落知天下秋。」[03] 衰燈,殘燈。絡緯,蟲名,即莎雞,俗稱絡絲娘、紡織娘。因其夜間振羽作聲,聲如紡線,故名。啼,悲鳴。寒素,指寒冷的素秋。李白〈長相思〉有「絡緯秋啼金井闌」之句,「絡緯啼寒素」即「絡緯秋啼」之意。王琦註解謂絡緯「其聲如紡績,故曰啼寒素」。或謂「猶趣織」,非。古代五行之說,秋屬金,其色白,故稱素秋。[04] 青簡,指寫書用的竹簡。竹簡以繩串聯成冊卷,故曰一編書。[05] 遣,讓。花蟲,指蛀書的蠹蟲,或稱蠹魚。體小,身上有銀色細鱗,尾有三毛,與身等長,看去甚美,故稱花蟲。此謂不讓辛苦著成的書被書蟲白白蛀蝕,屑粉狼藉。竹簡編成的書久無人看,則生粉蠹。[06] 腸盤曲迴環於腹腔內,因憂憤之「思」所「牽」引,迴腸亦為之直。極言憂憤之思之強烈與難受。[07] 香魂,當指青年女子的亡魂,亦即下句「秋墳鬼唱鮑家詩」之「鬼」魂。弔,慰問。書客,書生,詩人自指。〈題歸夢〉:「長安風雨夜,書客夢昌谷。」[08] 鮑家詩,劉宋詩人鮑照的詩。借指詩人自己的詩。按《南齊書·文學傳論》謂鮑照詩「發唱驚挺,操調險急,雕藻淫豔」,鍾嶸《詩品》謂鮑照「不避危仄」,《舊唐書·李賀傳》謂賀之「文思體勢,如崇巖峭壁,萬仞崛起」,可見二人風格相近,照詩多抒寒士懷才不遇之悲憤,亦與賀詩相類,故詩人以「鮑家詩」自喻其詩。錢鍾書《談藝錄》八云:「《閱微草堂筆記》謂『秋墳鬼唱鮑家詩』,當是指鮑昭,昭有〈代蒿里行〉、〈代輓歌〉頗為知名。長吉於古代作家中,風格最近明遠,不獨詩中說鬼已也。」[09]《莊子·外物》:「萇弘死於蜀,藏其血,三年而化為碧。」此謂秋墳之鬼,雖千年之後,而餘恨未消,怨恨之血化而為碧。而己亦如之。按鮑照〈松柏篇〉有句云:「大暮杳悠悠,長夜無時節。鬱湮重泉下,煩冤難具說。」設想死後怨憤難平,似可為此句作註解。

333

■ 李賀

📖 [鑑賞]

　　李賀優秀的鬼詩，意境雖有幽冷悽清的一面，卻寫得極富美感和人情味。〈蘇小小墓〉和〈秋來〉，堪稱這類作品的代表。有所不同的是，〈蘇小小墓〉是就墓前景物展開想像，描繪蘇小小美好的身姿面貌和對美好愛情的執著追求；而〈秋來〉卻是從悲秋抒憤引出人鬼之間的感情交流，境界更加奇幻哀豔，感情則更加沉痛憤鬱。前者柔婉幽麗，後者則多哀憤孤激之思。

　　「桐風驚心壯士苦，衰燈絡緯啼寒素。」開頭兩句，緊扣題目「秋來」，寫秋夜景物帶給抒情主角的驚心愁苦感受。秋風起而梧桐葉落，這本是常見的秋天景象，常人或根本無所察覺，或雖察覺而不以為意，但「壯士」卻聞之而「驚心」，而深感愁「苦」。李賀以多病而羸弱的身體自稱「壯士」，正是為了著重強調自己素懷「收取關山五十州」、「提攜玉龍為君死」的壯烈報國情懷和「拏雲」心事。這種情懷心志和英雄無主、沉淪困頓、「地老天荒無人識」的現實境遇之間的巨大反差，使他對時間消逝、生命短暫的感受比起一般的失意寒士格外敏銳而強烈，故雖聞風吹桐葉而知天下秋，「一年容易又秋風」的感受引發的是生命凋衰、壯志蹉跎的悲憤，自然會聞「桐風」而「心驚」、而愁苦。「驚」字突顯感受的突然與強烈，「苦」字突出其悲苦的深沉與無奈。次句進一步渲染秋夜淒涼凋零的氛圍。室內，殘燈熒熒，發出幽靜的光芒；室外，絡緯哀啼，彷彿因生命的秋天而悲鳴。「啼寒素」的字面同時還能引發對詩人寒苦生命境遇的聯想。

　　「誰看青簡一編書，不遣花蟲粉空蠹。」三、四兩句，承「壯士苦」和「驚心」，進而抒寫「苦」與「驚」的感情內涵，與引起這種感情的原因，是全詩中表達思想感情的核心詩句。想到自己每日每夜辛勤著書、

徹曉達旦，可是這心血鑄成的「青簡一編書」，在當下的現實中，又會有誰會瞧上一眼呢？自己又怎能不讓它白白地為蠹蟲所蛀蝕，化為粉塵，沒世無聞呢？「青簡」、「粉蟲」，色彩鮮明，語取對照，情抱奇悲。本應濟時匡世的著述，卻根本無人賞識，化為蠹蟲之食，這才是「壯士」最大的悲哀。這兩句以「誰看」、「不遣」領起，連結呼應，語氣憤激，表達出懷才不遇的強烈鬱憤。「誰看」二字語似泛指，意實針對當權的統治者。或引賀詩謂「青簡一編書」，乃指其苦吟而成的詩歌創作，恐未必。李賀雖為詩歌嘔心瀝血，但那只是因懷才不遇、英雄無主而發洩苦悶不平的行為，而非其作為「壯士」的素志。從「因遣戎韜一卷書」之句來看，這裡的「一編書」，指的應是有關治國理政的著作，而非「尋章摘句」的「雕蟲」、「文章」。

「思牽今夜腸應直」，第五句明點「今夜」，總攬以上四句，說明前四句所寫均係「今夜」所聞所見、所感所思。用一「牽」字，生動具體地表現出種種思緒互相牽引、互相纏繞，複雜交織、紛至沓來的狀態。由「牽」字又引出「腸應直」的奇想。腸本盤曲迴環，用以形容思緒之縈迴纏繞，本屬順理成章，但用「腸一夕而九迴」來形容愁思之百結，早成詩文俗套，這對追求詞必奇僻獨創的李賀來說是完全不可接受的。因此他別出蹊徑，從「牽」字生發出「直」字，創造出「腸應直」這一前無古人的奇語。有誰見過迴腸變「直」？但在詩人的具象思考邏輯中，這被愁「思」所「牽」的「腸」就是「應直」的。它突出了「思」的強度、「牽」的力度，以及「腸」被生拉硬拽、不堪忍受的痛感。這一句是對前四句內容和思想感情的概括，也是前四句感情的進一步發展和強化。

第六句卻突作轉折，出現幻境。在秋窗冷雨、殘燈明滅的淒冷幽清氛圍中，在心靈備受痛苦思緒的折磨中，詩人由思入幻，眼前恍惚出現

■ 李賀

了一位芳香幽潔的倩女幽魂，滿懷深情地勸慰自己這個孤寂悽清、懷才不遇的書生。李賀詩受屈原〈九歌〉及南朝寫豔情的樂府影響很深，往往思入幽豔，涉及神鬼之境，且往往與豔思結合，因此這裡的「香魂」，無論是從詞語本身的色彩和韻致來看，或是從詩人所繼承的傳統來看，都明顯是指年輕女子的魂靈，而非指前代詩人的幽魂。這種幽豔奇幻之思，也正是李賀詩的重要特徵。秋風落葉、秋雨清冷、殘燈熒熒，氛圍悽清幽冷，但「香魂」之「弔」，卻使這幽冷悽清的氛圍中平添了溫馨芳香的氣息，透出了濃郁的人情味。這想入非非中出現的「香魂」的同情慰問，使鬼魂充滿了人間氣息，也使詩人痛苦的心靈得到撫慰。她是詩人孤寂中的伴侶，也是詩人的知音。後世多寫鬼境的《聊齋》，最能得李賀這類詩之神髓。

「秋墳鬼唱鮑家詩，恨血千年土中碧。」恍惚中，詩人彷彿聽到了秋夜的墳墓之中，鬼魂在吟唱鮑照的詩篇，抒發懷才不遇的怨憤，不由得聯想到，這吟唱鮑家詩的鬼魂，雖身死千年，但懷才不遇的怨恨卻永遠難以消解，恨血積聚，滲入土中，千年之後，依然碧血隱隱，永懷長恨。在南朝詩人中，鮑照的詩因其抒發懷才不遇的憂憤，「發唱驚挺，操調險急，雕藻淫豔」，最近李賀詩風。詩人特別舉出「鬼唱鮑家詩」，言外自含以「鮑家詩」自況之意，當然也就蘊含鬼亦賞音之意。但自己的詩，竟要到鬼域去尋覓知音，就像上面所寫唯有香魂相弔一樣，更呈現出人間的冷漠，因此那「恨血千年土中碧」的長恨中，自然也包括詩人自己的無窮怨憤。最後兩句，雖仍寫鬼境，但感情卻由溫馨轉為憤激，以變徵之聲作結，正透露出詩人的憤鬱無可排解。

南園十三首(其一) [01]

　　花枝草蔓眼中開[02],小白長紅越女腮[03]。可憐日暮嫣香落[04],嫁與春風不用媒[05]。

📖 [校注]

　　[01] 南園,在河南府福昌縣昌谷,係李賀家居南面的園子。十三首雜詠昌谷景物與閒居期間的情思。除第十三首為五律外,其餘均為七絕。昌谷又有北園,見〈昌谷北園新筍四首〉。這組詩可能作於元和八年(西元 813 年)因病辭官歸昌谷以後的一段時間內。[02] 草蔓,猶蔓草,生有長莖能纏繞攀緣的雜草,蔓生的野草。[03] 小白長紅,形容盛開的花朵於豔紅之中,略帶白色。越女腮,猶如越地少女紅潤白皙的臉龐。或謂「小白長紅」指花朵或小或大,或白或紅,但下接云「越女腮」,則自指一朵花白中透紅,而非指或白或紅的眾花。蕭統〈十二月啟〉:「蓮花泛水,豔如越女之腮。」亦指蓮花之紅豔中泛白。[04] 可憐,可惜、可羨。嫣香,嬌豔芳香,此借指花。[05] 花為春風吹落,隨風飄去,故曰「嫁與春風」。

📖 [鑑賞]

　　這首詩寫南園的花朝開暮落,內容似乎很明白單純,但細味詩的格調意趣,卻並不一覽無遺,字裡行間,別有雋永耐味的情韻,這也正是此詩的藝術魅力所在。

　　前兩句寫園中花開。花枝,指掛滿枝頭的花朵;草蔓,指長在地上蔓生延伸的草花。無論高處低處,枝頭草間,到處都開滿了絢麗的花朵。著「眼中」二字,不僅寫出這是正在盛開的花朵,而且傳出仰觀俯視

之間，處處新豔，目不暇接的情景。用「小」來修飾「白」，用「長」來修飾「紅」，固是長吉一貫避熟求生的作風，但如果不和「越女腮」的生動比喻結合起來，不但易生歧義誤解，而且傳達不出「小白長紅」這四字獨具的風韻。越女之美豔，天下聞名。「越女天下白，鑑湖五月涼」（杜甫〈壯遊〉），這「白」乃是一種紅潤的白，白裡透紅的「白」。因此用「越女」白裡透紅的面頰來形容盛開的花朵，不僅將它的色彩之美描繪得真切傳神，而且傳達出其特有的青春氣息與風采，真正將花寫活了。儘管「越女腮」之語並非李賀新創，但「小白長紅越女腮」之句卻完全是意新語奇的李賀式詩風。

「可憐日暮嫣香落，嫁與春風不用媒。」三、四兩句寫園中花落。「可憐」二字，在唐人詩中有可惜、可愛、可嘆、可羨多種含義，這裡用「可憐」二字作轉，似自指可惜，但之所以可惜，首先由於它的惹人憐愛，故「可憐」之中自亦含「可愛」之義。日暮風起，枝頭草間，嬌豔馨香的花朵紛紛凋落，隨風飄揚。這種景象，本極易觸動青春易逝、芳華易凋的感傷，如果按照這種習慣思路來寫詩的三、四句，則這首詩便也未能擺脫俗套。但詩人卻別有靈心慧感、奇思妙想，將紛紛揚揚隨風飄蕩的落花想像成「嫁與春風」，而且這個「嫁」竟又如此輕鬆自由，無須父母之命、媒妁之言，春風一來，就悄無聲息地跟著走了。評論家盛讚詩句的「新巧」，其實在這新巧的比喻之中，自含雋永的情趣韻味。詩人好像是以欣喜的心情，慶幸這「嫣香」的落花終於有了一個美好的歸宿，而不致淪落成塵，化為泥淖。詩句的聲情口吻，不是沉重的嘆息，而是風趣的調侃，也說明它與傳統的嘆惜青春易逝、芳華易凋的感傷有著明顯的區別。回過頭去再體會第三句句首的「可憐」，則「可憐」之中似乎又帶有可羨的意涵了。北宋詞人張先著名的〈一叢花令〉詞化用李賀此句，寫

出「沉恨細思，不如桃李，猶解嫁東風」的警句，似乎也正確地理解了李賀原詩的含意與情味。

金銅仙人辭漢歌並序[01]

　　魏明帝青龍元年八月[02]，詔宮官牽車西取漢孝武捧露盤仙人[03]，欲立置前殿。宮官既拆盤，仙人臨載[04]，乃潸然淚下[05]。唐諸王孫李長吉乃作金銅仙人辭漢歌[06]。茂陵劉郎秋風客[07]，夜聞馬嘶曉無跡[08]。畫欄桂樹懸秋香[09]，三十六宮土花碧[10]。魏官牽車指千里[11]，東關酸風射眸子[12]。空將漢月出宮門[13]，憶君清淚如鉛水[14]。衰蘭送客咸陽道[15]，天若有情天亦老。攜盤獨出月荒涼，渭城已遠波聲小[16]。

📖 [校注]

　　[01] 金銅仙人，指漢武帝所建造的銅鑄仙人像。武帝迷信神仙，於建章宮築神明臺，立銅仙人舒掌捧銅盤承甘露，希望飲以延年。《漢書·郊祀志上》：「其後人作柏梁、銅柱、承露仙人掌之屬矣。」顏師古注引《三輔故事》云：「建章宮承露盤高二十丈，大七圍，以銅為之，上有仙人掌承露，和玉屑飲之。」《三輔黃圖》卷三引《廟記》：「神明臺，武帝造，祭仙人處，上有承露臺，有銅仙人，舒掌捧銅盤玉杯，以承雲表之露，以露和玉屑服之，以求仙道。」金銅仙人辭漢，指魏明帝青龍五年將金銅仙人像拆運到洛陽，離開西漢都城長安之事，參詩序及注。此詩可能作於元和七年（西元 812 年）因病辭奉禮郎歸昌谷時，見朱自清《李賀年譜》。[02] 青龍，魏明帝年號。青龍元年為西元 233 年。按：此記載有誤。《三國志·魏書·明帝紀》：「景初元年（即青龍五年，西元 237 年）……三月，定歷改年為孟夏四月。」裴松之注引甲子詔曰：「其改青

339

■ 李賀

龍五年三月為景初元年四月。」《魏略》曰:「是歲(指景初元年),徙長安諸鍾虡、駱駝、銅人承露盤,盤拆,銅人重不可致,留於霸城。」又引《漢晉春秋》曰:「帝徙盤,盤拆,聲聞數十里,金人(指銅人)或泣,因留於霸城。」據以上記載,「青龍元年八月」或為「青龍五年八月」之誤,然青龍五年無八月,實當為景初元年(西元237年)八月。[03] 牽,一作「𦐇」,同「轄」,駕駛。葉蔥奇《李賀詩集》校:「諸本均訛作『牽』,此從《彈雅》改正。」[04] 臨載,臨上車運載。[05] 潸(ㄕㄢ)然,淚流貌。[06] 李賀係唐宗室鄭王李亮(唐高祖李淵之叔)的後裔,故自稱「唐諸王孫」。[07] 茂陵,漢武帝劉徹的陵墓,在今陝西興平市東北。茂陵劉郎,即指漢武帝劉徹。漢武帝曾作〈秋風辭〉,故稱為「秋風客」。[08]《太平御覽》卷八十八引《漢武故事》:「甘泉宮恆自然有鐘鼓聲,候者時見從官鹵簿等似天子儀衛,自後轉稀。」此句化用其事,謂建章宮中夜聞武帝仗馬嘶鳴之聲,似其魂靈仍來巡遊,至曉則蹤跡全無。[09] 畫欄,指宮中彩畫的欄杆。秋香,借指桂花。桂花秋天綻放,香氣濃郁。[10]《文選·班固〈西都賦〉》:「西郊則有上囿禁苑,林麓藪澤,陂池連於蜀漢,繚以周牆,四百餘里。離宮別館,三十六所。」漢武帝擴建秦上林苑,苑中分為三十六個小區域的苑囿,各由宮觀、池沼、園林組成。建章宮即其中之一。土花碧,指碧綠的苔蘚。[11] 指千里,指車行指向千里之外的魏都洛陽,《三國志·魏書·文帝紀》:「黃初元年……十二月,初營洛陽宮,戊午幸洛陽。」[12] 東關,指長安城東門。酸風,刺眼的寒風。眸子,指銅人的眼珠。[13] 將,與、伴。漢月,或謂指圓形的承露盤。恐非。[14] 君,指漢武帝。鉛水,形容淚之沉重。[15] 客,指金銅仙人。咸陽,秦朝都城,在今西安市西北。此借指長安。[16] 渭城,秦都咸陽,漢代改稱渭城。此亦借指長安。波聲,指渭水的波濤聲。

📖 [鑑賞]

這首詩從杜牧開始,就被視為李賀最重要的代表作。除了取材新穎、想像奇特和言語獨創外,在內容方面,又兼容對國家命運的深憂與對身世命運的哀傷,亦即所謂荊棘銅駝之憂與宗臣去國之悲。在李賀詩中,這是思想感情最深沉的一篇。

李賀現存的二百多首詩中,有序的不過八首,多數僅為交代作詩的事由,但杜牧序中提到〈金銅仙人辭漢歌〉和〈還自會稽歌〉,不但都有序,而且前者明顯蘊含易代之悲,後者則明點「國勢淪敗,肩吾先潛難會稽,後始還家」,可見二詩在內容方面具有一致性和相關性。如果兩詩的創作時間確定在元和七年(西元 812 年)辭奉禮郎歸昌谷後,則銅人辭漢、肩吾歸家與詩人歸昌谷之間的連繫,便可以梳理得比較清楚了。陳沆的《詩比興箋》以比興說詩,常有穿鑿附會之弊,但他連繫〈還自會稽歌〉和〈春歸昌谷〉詩來闡明詩人的「宗臣去國之思」,確為有得之見。不過他似乎沒有注意到「銅人辭漢」這個故事中所包含的易代之感,因此他的所謂「宗臣去國之思」中,缺少家國淪亡之憂這個最主要的內容,這點在原詩中已有明顯表露。

「茂陵劉郎秋風客,夜聞馬嘶曉無跡。」開頭兩句,寫漢武帝的幽靈夜間在漢宮出沒。用「茂陵劉郎秋風客」來稱呼早已故去的漢武帝,確實是前無古人的奇語。「茂陵」是武帝陵墓,點出「茂陵」自指武帝早已長眠於陵墓之中。武帝在位五十四年,卒年已七十一歲,埋葬在茂陵的武帝早已不是少壯的「劉郎」,「秋風客」自是由於武帝寫過一首流傳後世的著名作品〈秋風辭〉。解者或因武帝迷信神仙、企求長生、以金盤承露之事,而謂其亦如秋風中之過客,甚至認為語有譏諷之意。李賀在〈馬詩〉之二十三中,的確譏刺過武帝求仙:「武帝愛神仙,燒金得紫煙。廄中皆

肉馬，不解上青天。」不過，這首詩中的漢武帝卻不是諷刺的對象，而是作為已經淪亡的王朝的代表，被「金銅仙人」所追思憶念的對象。因此，「茂陵劉郎秋風客」這個稱謂，給人的感覺倒是在懷念追思中透出了幾分親切，彷彿長眠茂陵的不是一位功業威權蓋世、年過古稀的帝王，而是一位英俊瀟灑的年輕詩客。王琦認為：「以古之帝王而渺稱之曰劉郎，又曰秋風客，亦是長吉欠理處。」固然是出於封建君臣倫理觀念的批判，反過來說這正表現出李賀兀傲不羈的性格，和不受封建等級觀念束縛的精神，似亦有些刻意提升。「夜聞馬嘶曉無跡」，是說漢宮中夜間似乎聽到馬嘶鳴的聲音，大概是漢武帝的幽靈曾在此出沒徘徊，一到清晨就杳無蹤跡。把虛幻荒誕的景象寫得恍惚迷離，意在渲染漢宮的荒涼淒寂，也兼寫武帝幽靈對舊日宮苑的懷戀。

「畫欄桂樹懸秋香，三十六宮土花碧。」三、四兩句，進一步正面描繪漢宮荒涼景象。彩畫欄杆旁的桂樹開滿了芬芳的桂花，宮中的奇花異草、珍奇樹木依舊像以前一樣開花結果，但宮苑的主人卻早已不在，昔日豪華美麗的三十六宮，宮觀寂寂，滿目蒼涼，只見滿地苔蘚，一片碧綠。用「懸秋香」來借代枝頭懸掛秋天開花的桂花，不但造語新穎，而且符合月夜看不清細小的桂花卻聞得到濃郁桂香的特定情境。用「土花碧」來借代碧綠的苔蘚，給人古銅鏽綠般的色感，在月色的映照下，更顯出了漢宮別苑的荒寂。這兩句一訴之於嗅覺，一訴之於視覺，它們相互映襯，創造出幽豔淒清的氛圍意境。其中隱隱透露出詩人對這樣一座荒宮舊苑的深沉悲傷感慨。杜牧〈李長吉歌詩敘〉說：「荒國陊殿，梗莽丘荒，不足為其怨恨悲愁也。」上面四句詩，恐怕在杜牧寫序時，浮現於其腦際。

接下來四句，敘寫魏官拆運銅人之事和銅人辭別漢宮的情景，也就

是詩序中所說的「詔宮官牽車西取漢武帝捧露盤仙人……仙人臨載,乃潸然淚下」之事。「魏官牽車指千里」句是對事件的總敘,「指千里」是說指向千里之外的洛陽(文帝黃初元年冬,魏已遷都於洛陽,舊注或謂鄴都,或謂許昌,均誤)。銅人因為過重,最後並未運至洛陽,而留在了霸城,但詩人只說「指千里」,並未道及是否運抵並不違背歷史。緊接著一句「東關酸風射眸子」,便設身處地,化身為銅人,寫銅人出長安東城門時的感受。時值秋天,夜風凜冽,出城關時風力凝聚,直吹銅人。詩人用「酸風射眸子」來形容秋風刺眼的感受,極見精采。不說「寒風」、「悽風」,而說「酸風」,不僅傳神地表現出淒厲的寒風直吹眼目時,生理上的痠痛感、刺激感,而且透露出銅人心理上無法忍受的悽楚傷痛;它和「射」字並用,更能表現這風的勁厲、迅疾,給予人冷箭直射眸子般的刺痛感。寫到這裡,詩人已身化銅人,感同身受了。

「空將漢月出宮門,憶君清淚如鉛水。」李賀寫詩,總是對章法大不理會,即使像「金銅仙人辭漢」這樣帶有敘事性的題材,也不太講究敘次的先後,前面已經講到車出東關、酸風射眸,這裡又回過頭來說銅人空自伴著漢月出了宮門,不免先後顛倒。但李賀只是跟著自己的主觀感受走,故忽起忽落,忽前忽後,常有這種出人意料的跳躍。這裡是因為要寫銅人悲傷落淚,須先用酸風射眸襯墊一筆,使「清淚」之落顯得更加自然合理,就沒有顧及「東關」與「宮門」在地理上的反轉。這種「少理」處,正是李賀詩重主觀、重感受造成的。「漢月」姚文燮認為即「露盤」,依據大概是下面的「攜盤獨出」之語,殊不知此四字下還有「月荒涼」三字,可見在李賀筆下,盤和月明顯是二物而非一事。「漢月」之語,王琦的分析最詳而切,其中蘊含的正是銅人離開漢宮時那種孤獨寂寞、哀傷沉痛的易代之悲。漢宮中過去熟悉的一切都將永遠與自己告別,與自己

■ 李賀

相伴出宮的只有曾經照臨故宮的那一輪明月。著「空將」二字，正暗示漢宮中的一切，包括舊日的主人都離自己遠去，全句所表達的正是時代滄桑感，這就自然逼出「憶君清淚如鉛水」。銅人在被拆卸臨載時落淚，是《魏略》中的原始記載，這事件本身就帶有神異的傳奇色彩，而且蘊含了漢魏易代的滄桑之悲。李賀把它寫到詩裡，作為全篇思想感情的重點，本屬自然，但李賀的表達方式卻極奇特。在他的想像中，銅人因為思憶故君而不禁流淚，而這淚竟是「如鉛水」的「清淚」。這似乎相當荒誕無稽，但詩人自有其思考邏輯。在天真的詩人想來，銅人是一個「高二十丈，大七圍」的銅像，如果掉淚，也一定是沉重的、金屬性質的眼淚；而淚珠，按生活經驗，是透明的液體，即所謂「清淚」。又要有沉重的質感和金屬性質，又要是透明的清淚，符合這個條件的，非「鉛水」而莫屬了。透過這一系列想像，才創造出「憶君清淚如鉛水」的奇句，既寫出了銅人的「人性」，又寫出了銅人的「物性」，而在宛若童話的天真想像中，呈現的卻是銅人辭別故園、故土時沉重的悲涼。

最後四句，寫銅人上車就路後的情景。「衰蘭送客咸陽道」，是說秋天凋衰的蘭草在長安道旁，默默相送銅人寂寞地離去，表明無知的草木也為此而感傷留戀；而緊接著「天若有情天亦老」這一奇句，則是全詩感情的充分迸發，也是詩人感情的充分表現。這一警動千古的奇句，既有其合理的思考邏輯，又和景物的烘染觸發有密切關聯。在常人心目中，相對於短暫的人生和滄桑的歷史來說，自然界的代表天，是永恆的、不變的，自然也不會衰老，但詩人卻認為，天如果有情感，看到人世的這種滄桑變化，看到銅人辭漢潸然淚下和衰蘭送客的情景，恐怕也會因悲傷而變老吧。強調無知無言的天尚且會因為人間的鉅變而動情甚至衰老，正是為了反托人世的易代鉅變，造成生活在人世間的人們心靈巨創

和無限傷痛。在詩人想像中，銅人辭漢時正值夜間，雖有月而天色黯淡陰沉，看上去像是滿懷愁緒、衰容滿面，因此才不禁想到，老天這樣陰淒，恐怕也是由於愁緒過多而變老的吧。由於詩人略去觸發聯想的景物描寫，讀者便只感到構想的新奇犀利而莫尋思路。這句詩貌似議論，卻飽含強烈深沉的悲傷感慨，又隱含特定景物的觸發，實際上兼含議論、抒情和寫景。而它的情感核心，即是對人間易代之滄桑鉅變的深沉悲傷感慨。

「攜盤獨出月荒涼，渭城已遠波聲小。」結尾二句，從突然迸發的悲傷感慨轉回銅人身上，描寫銅人登車就道、離長安漸行漸遠的情景。在「攜盤獨出」的銅人眼中，月色是荒涼冷寂的，透露出辭別漢宮後銅人獨登長途的孤寂感和滿目荒涼的故國之悲。上句寫視覺，下句轉從聽覺角度描寫：長安故城漸行漸遠，渭水的波聲也越來越小。透過這種細膩的聽覺感受，寫出銅人對故都的深切留戀和無限悵惘。李賀的詩往往直起直落，不刻意於收處作含蓄之詞，但這首詩的結尾描寫銅人的視聽感受所寓含的心理狀態，卻寫得富饒韻味，像是在銅人辭漢的道路上，留下一串餘味深長的刪節號。

全篇奇思妙想迭出，其核心情節不過是銅人落淚，而抒發的主要感慨則是銅人辭漢所象徵的易代滄桑悲慨。客觀地看歷史，李賀所處的貞元、元和時代，唐王朝雖經安史之亂後已走向衰頹，危機深重，但遠未到崩潰滅亡之日。不過像李賀這樣自身遭遇不偶而又生性極為敏感的詩人，卻憑自己的主觀感受甚至是直覺感受，察覺到國勢淪亡的易代危機正在逼近。在他眼中，當時的現實世界是「天迷迷，地密密。熊虺食人魂，雪霜斷人骨。嗾犬狺狺相索索，舐掌偏宜佩蘭客」，一片陰暗悽迷、到處布滿危機的衰頹之世。因此，在離唐亡還有近一個世紀，史家號稱

「元和中興」的時代,他卻唱出了沉痛悲涼的前朝亡國哀音,以抒發對唐王朝前途命運的深沉憂慮,感到唐王朝也不免要演出金銅仙人辭漢這種悲劇性的易代場面。詩人在序中特意標明「唐諸王孫」的宗室身分,正是為了表現自己作為宗室後裔,對王朝的命運有著特殊的關切和深憂。陳沆用「宗臣去國之思」來概括全詩的主旨,但他只著眼於李賀「志在用世,又惡進不以道,故述此二篇以志其悲」的個人遭際之悲,不免見其小而遺其大。如果要說是「宗臣去國之思」,也應該是對國家命運懷著深切憂思感、危機感的「宗臣去國之思」。銅人辭漢與宗臣去國(辭奉禮郎即歸昌谷)的重合,國家命運之憂患與個人遭際之不偶的重合,使李賀對唐王朝的深重危機感受更加痛切、更加沉重,於是便有了銅人辭漢時「憶君清淚如鉛水」的沉重悲感描寫,有了從內心深處迸發出來「天若有情天亦老」的悲傷感慨。借用魯迅評《紅樓夢》的話來說,「悲涼之霧,遍布華林,然呼吸而獨領之者」,唯李賀而已。

馬詩二十三首 [01] (其四)

此馬非凡馬,房星是本星[02]。向前敲瘦骨[03],猶自帶銅聲[04]。

📖 [校注]

[01]〈馬詩二十三首〉,是李賀一組以五絕為體裁,以詠馬為題材,以抒寫懷才不遇為基本主題的託物寓懷組詩。作年未詳。這是組詩的第四首。[02]是本星,《全唐詩》原作「本是星」,校:「一作是精。」按:作「房星本是星」或「房星本是精」均不通,且與上句不對。茲依葉蔥奇《李賀詩集》改。葉本未註明所據何本。房星,星宿名,即房宿,古時以之象徵天馬。《晉書·天文志上》:「房四星……亦曰天駟,為天馬,主車駕。」

古代認為超凡的人或馬上應列宿,「房星是本星」,猶謂房星乃是此馬之本星,即此馬係天馬之意。[03] 瘦骨,指馬的肢體骨骼強壯而不痴肥。駿馬多瘦勁。杜甫〈房兵曹胡馬〉:「胡馬大宛名,鋒稜瘦骨成。」[04] 帶銅聲,形容其骨堅勁,故敲之鏗然而帶銅聲。

[鑑賞]

這一首以天馬神駿、瘦骨堅勁自喻,妙在設喻新奇犀利,生動展現出詩人的氣骨個性、精神風采。

「此馬非凡馬,房星是本星。」前兩句對起,而語意一氣貫注。說這匹馬並非凡庸之馬,牠本是天上的房星之精所化,乃是一匹「天馬」。這兩句似乎說得很直白,但言辭口吻之間,可以體會出本為神駿,卻被世俗視為凡馬的不平之氣和自負自信。

「向前敲瘦骨,猶自帶銅聲。」謂予不信,那就不妨近前敲一敲牠的瘦骨,原來其所發出的聲響猶自帶著銅聲啊!「瘦骨」之語,首先給人的印象是瘦骨嶙峋的外形。杜甫在〈瘦馬行〉中說:「東郊瘦馬使我傷,骨骼硉兀如堵牆。」外形瘦和骨骼突出代表著牠「食不飽,力不足,才美不外見」,這樣的馬往往被不識者誤認為是「凡馬」甚至「病馬」,棄而不用;但真正的駿馬又往往如杜甫在〈房兵曹胡馬〉中所描繪的那樣,是「鋒稜瘦骨成」而非痴肥者。因此,這首詩的「瘦骨」就兼具兩方面的含義,一是牠外形的骨瘦嶙峋,不被賞識,沒有良好際遇;二是牠的骨骼堅挺,具有駿馬的骨骼素質。兩方面的含義實際上揭示出駿馬不被賞識的悲劇。第四句用「猶自」起頭,突作轉折,說儘管「瘦骨」的駿馬不被人所賞識,但牠的骨骼卻依然堅挺,如銅鐵般堅硬,試敲其瘦骨,仍然發出敲打銅鐵所發出的錚錚聲響。這「帶銅聲」的「瘦骨」,既表現出其

為骨骼堅勁的千里神駿，更象徵著其剛直不屈的氣骨格調。「猶自」二字，著重強調的正是雖見棄於時、生活困頓，而錚錚鐵骨依然如故的氣節品格。由骨骼之堅聯想到銅鐵之堅，又由銅鐵之堅聯想到銅鐵之聲，輾轉聯想，創造出「向前敲瘦骨，猶自帶銅聲」這樣出人意想、含義深刻的新奇詩句，展現的正是懷才不遇的才俊之士，在困頓境遇中剛直不屈的精神風格。其自負、自傲、自賞、自強之情，充溢於字裡行間。前兩句的平直正襯托出後兩句的拔群。

老夫採玉歌 [01]

採玉採玉須水碧 [02]，琢作步搖徒好色 [03]。老夫飢寒龍為愁，藍溪水氣無清白 [04]。夜雨岡頭食蓁子 [05]，杜鵑口血老夫淚 [06]。藍溪之水厭生人 [07]，身死千年恨溪水 [08]。斜山柏風雨如嘯 [09]，泉腳掛繩青裊裊 [10]。村寒白屋念嬌嬰 [11]，古臺石磴懸腸草 [12]。

[校注]

[01] 詩寫老年男子被官府強徵入藍溪水採玉的情景。《元和郡縣圖志・關內道・京兆府》：「藍田縣，畿，東北至府八十里。本秦孝公置。按《周禮》：『玉之美者曰球，其次為藍。』蓋以縣出美玉，故曰藍田。』」、「藍田山，一名玉山……在縣東二十八里。」詩可能作於李賀任奉禮郎［憲宗元和五年至八年（西元 810～813 年）］期間。[02] 水碧，碧玉的一種。《山海經・東山經》：「耿山無草木，多水碧。」郭璞注：「亦水玉類。」王琦謂「水玉是今之水精，水碧是今之碧玉」。[03] 步搖，婦女頭飾，附於簪釵之上。《釋名・釋首飾》：「步搖上有垂珠，步則搖動也。」《後漢書・輿服志下》「步搖以黃金為山題」數句，王先謙集解引陳祥道曰：「漢

之步搖,以金為鳳,下有邸,前有笄,綴五采玉以垂下,行則動搖。」徒,徒然、只不過。好色,美好的顏色,猶漂亮、華美。[04] 藍溪,在藍田山下,水中產碧玉,名藍田碧。無清白,謂渾濁。二句謂老夫飢寒交迫,入藍溪採玉,使水中的龍亦為之愁苦,藍溪水因人之採玉與龍之愁苦攪動而失去清澈,變得渾濁。[05] 蓁,通「榛」。榛(ㄓㄣ)子,榛樹的果實。《山海經‧西山經》「下多榛楛」,郭璞注:「榛子似慄而小,味美。」[06] 杜鵑口血,傳說杜鵑鳥(即子規)係古蜀王杜宇之魂所化,春末夏初,常晝夜悲鳴,直至口中出血。[07] 厭,吃飽。生人,活人。採玉者入深水採玉,常被淹死。[08] 謂被淹死的採玉者雖身死千年,猶恨溪水。王琦謂「夫不恨官吏,而恨溪水,微詞也」。[09] 柏風,吹過柏樹的風。雨如嘯,形容雨勢之大,其聲如同呼嘯。[10] 泉腳,流瀉而下的泉水。裊裊,搖動貌。此句寫採玉者從山頂掛懸繩索,身繫於繩,順著泉流下到藍溪水中採玉。[11] 白屋,窮苦人家所住的簡陋房屋。[12] 古臺石磴,有石臺階的古老山路。懸腸草,一名思子蔓,蔓生植物。

📖 [鑑賞]

　　不少評論家都注意到稍早於李賀的中唐詩人韋應物有一首所詠題材相同、地點相同、主題相近的〈採玉行〉,這似乎可以說明官府強徵百姓上藍田山、下藍溪水採玉,使得百姓妻離子散、飢寒交迫、身歷險境的現象,已經非常顯著,以致淡泊如韋應物、重主觀如李賀這樣的詩人也都關注這一民不堪命的社會現象,並表現出對被役使之百姓的深切哀憫同情。值得注意的是,韋詩中官府強徵的對象是「白丁」,即平民中的丁壯,而李詩中則連「老夫」也在所不免,統治者為滿足私慾而奴役百姓、草菅人命已經不擇對象、不循章法了。韋詩簡約含蓄,猶如素描,李詩則感情濃烈、色彩斑斕、描繪細緻,猶如油畫。它所詠題材符合「歌生

民病」的時代詩歌主流，卻極具賀詩的獨特風貌與獨創性。

「採玉採玉須水碧，琢作步搖徒好色。」開頭兩句，以抒情性的議論起頭，直接入題，揭示官府強徵百姓採玉之事的不合理。重複「採玉」二字，以詠嘆筆調傳達採玉者的怨憤，也意含採玉之事無休無止。官府所「須」的不是普通的玉石，而是藏於深水中的「水碧」，這就為下文以繩懸身、入藍溪採玉等一系列描寫，預先留下廣闊的空間，使官府之「須」與百姓之「苦」與「恨」連結在一起。而如此辛苦採來的水碧，只不過雕琢成步搖上所綴的玉飾，徒然華美漂亮而已。這說明官府之所「須」，不過是為上層社會的婦女奢華生活添色，也說明統治者為自己的奢華私欲可以絲毫不顧民命。這樣的開頭，一針見血，直接將逼民採玉者推向被告席。

「老夫飢寒龍為愁，藍溪水氣無清白。」三、四兩句，出現這首詩的主要描寫對象——一位飢寒交迫的採玉老人。他忍受飢寒，被迫入水採玉，這種悲慘的景象連蟄伏於深水中的龍也為之愁苦煩怨，它不安地攪動著溪水，使清瑩的藍溪和籠罩其上的一層水氣都變得渾濁不堪。「老夫飢寒」和「龍為愁」之間，上句與下句之間，省略了詩人的推想所構成的連繫，乍看似接非接，細味自有詩人的思想邏輯。在詩人心目中，龍也像人一樣，善體人情，為老夫之愁苦而愁苦，且因此而躁動不寧，攪動翻騰。寫龍之愁、水之渾正是為了突出老夫飢寒交迫、入水採玉的愁苦怨憤。這種想像和筆法，純然是長吉體特有的。

「夜雨岡頭食蓁子，杜鵑口血老夫淚。」第五句承上「飢寒」，進一步作具體描繪渲染。夜間悽風冷雨，露宿山頭，寒冷瑟縮之狀可想；無食可以充飢，只得採野生的蓁子為食，其飢餓難忍之狀可知。韋詩中同樣寫到採玉者「絕頂夜無人，深蓁雨中宿」，可見這句所寫並非出之想像，

而是真實生活的反映。第六句將「杜鵑口血」與「老夫淚」這兩個似無直接關聯的景象串聯起來，構成寫實與象徵融合、意涵豐富深長的詩句。夜宿深山茂林，聽到杜鵑鳥啼血般的哀鳴聲，老夫聯想到自己飢寒交迫的悲慘境遇，不禁辛酸下淚。這是觸景生悲，是寫實，但杜鵑啼血的神話傳說及由此構成的典故意象中，又積澱了無窮哀怨悲苦的意涵，因此「杜鵑口血老夫淚」的詩句中又含有豐富的象徵色彩，使人聯想到那哀鳴不止直至泣血的杜鵑，彷彿就是懷著無窮怨恨愁苦的老人化身，「杜鵑口血」與「老夫淚」之間也就構成了象徵關係。

「藍溪之水厭生人，身死千年恨溪水。」七、八兩句，又跳脫出眼前採玉老人的悲慘境遇，想到千餘年來，藍溪水不知吞食了多少採玉人的生命，以致他們雖身死千年，幽魂仍然怨恨這無情的溪水。採玉人要潛入深潭，在潭底長時間地尋覓、採取水碧，稍有不慎，便會葬身水中，成為冤鬼。上句著一「厭」字，寫出溪水的可怖猙獰；下句著一「恨」字，寫出無數因採玉而死之冤魂的怨恨鬱憤。其實，說「水厭生人」或「人恨溪水」都是微詞，真正吞食生人的、冤魂真正怨恨的，都是凶殘無情的官府乃至更高層的封建統治者。這兩句由個別的典型，連繫至千餘年來官府強逼百姓造成的無數犧牲，使揭露統治者的主旨更深入一層，說明這種悲劇，千餘年來一直在上演。

寫到這裡，由近及遠、由點而面、由「老夫」而無數為採玉而死的冤鬼，似已將詩意推向極致。結尾四句，將筆墨又轉回到採玉老夫身上，描繪出下水採玉的瞬間一幅驚心動魄之景。三十里藍溪，傍藍田山迤邐北流。產玉的深潭，兩岸峭壁懸崖，入水採玉必須從山頂懸繩掛身而下。這四句所寫的正是這一最能表現採玉勞動之艱苦，也最能揭示主角內心所感的經典場景：傾斜欹側的山勢，狂風吹過茂密的柏樹，暴雨傾

■ 李賀

瀉而下，發出呼嘯般的聲響，一條繩索，從山頂懸下，採玉老人身繫長繩，懸空而下，直到飛泉之底。風雨中繩索在搖曳晃動，顯出一條裊裊青色。就在這時，身繫長繩的老人瞥見了生長在古老石臺階上的懸腸草（思子蔓），不由得思念起寒村茅屋中的嬌嬰。

　　詩寫到這裡，忽然收住，老人「念嬌嬰」時的具體思想感情，以及詩人對此的感慨，都不再置一詞。而這宛如電影特寫鏡頭的典型場景，卻因其濃墨重彩的氛圍渲染和細節描寫，引發讀者豐富的聯想。那傾斜歆側的山勢，那狂暴的風雨，不但表現出勞動條件的艱苦，也透露出採玉老人內心的躁動不安；而那條懸掛向下的裊裊繩索和繫身其上的老人，更展現出主角命懸一線的處境和內心的艱危恐怖感。在這種情景下，因瞥見斷腸草而念及嬌嬰，其中蘊含的思想感情變化便不難領會：自己萬一墜落深淵，葬身溪水，茅屋中的嬌子嬰孩將遭到怎樣悲慘的命運？「斷腸草」的名稱有豐富的暗示性：由於它一名「思子蔓」，故由此而自然聯想到白屋中的嬌嬰；又由於「斷腸」二字，透露出主角於自己命懸一線時，對嬌嬰牽腸掛肚的思念。這一切，融合成極富悲劇氣氛和象徵暗示色彩的意境，將詩情、詩境、詩意推向最高潮，詩就在最高潮時煞住，點而不破，不加任何說明，而詩的韻味更加濃郁。

　　哀憫民生疾苦，是中唐詩歌的時代潮流和重要主題。但這類詩，由於種種原因，寫得深刻細緻、富有藝術渲染力的作品為數不多。特別是注重氛圍渲染、深刻揭示人物心理的作品更屬罕見。李賀的這首〈老夫採玉歌〉是這方面一個成功的範例。

將進酒 [01]

琉璃鍾[02]，琥珀濃[03]，小槽酒滴真珠紅[04]。烹龍炮鳳玉脂泣[05]，羅幃繡幕圍香風[06]。吹龍笛[07]，擊鼉鼓[08]；皓齒歌[09]，細腰舞[10]。況是青春日將暮[11]，桃花亂落如紅雨。勸君終日酩酊醉[12]，酒不到劉伶墳上土[13]！

📖 [校注]

[01]〈將進酒〉，樂府舊題。《宋書·樂志四》之「漢鼓吹鐃歌十八曲」有〈將進酒曲〉。辭有云「將進酒，乘太白」，大略以飲酒放歌為言。參李白〈將進酒〉題注。作年未詳。[02] 琉璃，一種有色半透明的玉石。琉璃鍾，用琉璃玉製的酒杯。《晉書》載汝南王亮嘗宴公卿，以琉璃鍾行酒。[03] 琥珀，古代松柏樹脂的化石，色淡黃、褐或紅褐色。此處用以指酒的顏色。連繫下句「酒滴真珠紅」，鍾內之酒當為褐紅色。[04] 小槽，指榨酒時用來承酒的容器。真珠紅，美酒名。宋蔡絛《西清詩話·紅麴酒》：「李賀云：『酒滴真珠紅。』夏彥剛云：『江南人造紅麴酒。』」[05] 烹龍炮（ㄅㄠ）鳳，極言烹製餚饌之珍奇。烹，煮；炮，將魚、肉等放在鍋或鐺中，置於旺火上迅速攪拌的烹調方法。玉脂，指雪白的動物肌肉。泣，形容烹炮時原料發出的聲響。[06] 幃，《全唐詩》原作「屏」，校：「一作幃。」茲據改。羅幃繡幕，絲織的華美幃幕。[07] 龍笛，指笛，據說其聲擬水中龍鳴，故稱。漢馬融〈長笛賦〉：「龍鳴水中不見已，截竹吹之聲相似。」後多指管首為龍形之笛。[08] 鼉鼓，鼉皮做的鼓。傅玄〈正都賦〉：「吹鳳簫，擊鼉鼓。」[09]《楚辭·大招》：「朱唇皓齒，嫭以姱只。」[10] 細腰，《後漢書·馬廖傳》：「傳曰：楚王好細腰，宮中多餓死。」[11] 青春，指春天。青春日將暮，指春天即將消逝。王琦注：「暮，指時

■ 李賀

節言,謂春日無多,固將暮矣,不謂日暮也。桃花亂落,正暮春景候。」[12] 酩酊,酒醉貌。[13] 劉伶,魏晉間人,與阮籍、嵇康等同為竹林之遊。《晉書·劉伶傳》:「常乘鹿車,攜一壺酒,使人荷鍤而隨之,謂曰:『死便埋我。』……嘗渴甚,求酒於其妻。妻捐酒毀器涕泣諫……伶跪祝曰:『天生劉伶,以酒為名,一飲一斛,五斗解酲……』……著〈酒德頌〉一篇。」劉伶墓在光州(今河南潢川)。

📖 [鑑賞]

　　這首詩寫一個熱烈而豪華的宴飲場面,和詩人沉醉其中時,引發出強烈而深沉的人生悲傷感慨。

　　「琉璃鍾,琥珀濃,小槽酒滴真珠紅。」開頭三句,直接入題,圍繞「酒」字進行多方面的描繪渲染:琉璃玉製作的酒杯裡面盛滿琥珀色的濃濃酒漿,酒槽裡滴瀝著「真珠紅」的名酒。琉璃、琥珀、「真珠」,這一連串珍貴的寶物著重渲染出酒器和酒的名貴。琥珀多為黃色,這裡,連繫下句「真珠紅」,當指褐紅色。透明的琉璃杯,映出了盛在杯中的褐紅色酒漿,著一「濃」字,不但寫出酒的黏稠質感,酒的濃豔色感,而且寫出了酒的濃烈芳香和醇濃滋味,一字而色、香、味、觸諸覺全出。「小槽酒滴真珠紅」句不但補充交代酒杯裡所盛的是「真珠紅」的名酒,而且暗示這酒是新釀的美酒。一邊盡興地喝,一邊正在不斷續添,給予人絡繹相繼,永不終席之感。「真珠」的晶瑩透明,與「紅」色相映,也使這「真珠紅」的美酒給予人明豔的美感。

　　「烹龍炮鳳玉脂泣,羅幃繡幕圍香風。」三、四兩句,寫菜餚的珍奇和宴飲場所的豪華。所謂「龍」、「鳳」,實際上不過是魚和雞一類普通食材,最多也不過是海鮮和山雞一類,但在詩人筆下卻通通變成了人世間

根本不存在的「龍」和「鳳」,則其餚饌的珍奇可稱「只應天上有」了。本來普通的動物肌肉,用「玉脂」來形容,其晶瑩雪白的色感、質感和華美珍奇也宛然在目。一句中運用「烹」、「炮」、「泣」三個動詞,不但突顯出烹調方式多種多樣,而且宛若可以聞到烹製過程中散發出來的撲鼻濃香,彷彿可以聽到原料下鍋時發出的極具刺激性和誘惑力的聲響。把餚饌的烹製過程寫得如此顯露而又具有誘惑力,似未見於此前詩中。下句「羅幃繡幕」見室中裝飾之華美,透露出這可能是一個豪貴人家的宴會,妙在「圍香風」三字,不僅將重重幃幕合圍中的宴會場所寫得濃香充溢,令人在香風的薰染中感到陶醉,而且將前面所寫的酒香、烹調菜餚的香味,以及後面所寫的眾多吹笛擊鼓、輕歌曼舞的美人身上的芳香全都融合在一起,密不通風,歷久不散,使所有參加宴會的人,都在這眾香雜陳的薰人香風中感到沉醉甚至窒息。

「吹龍笛,擊鼉鼓;皓齒歌,細腰舞。」四句連用四個三字短句,節短勢促,用來著重渲染場面的歡快熱烈和宴會參與者的情緒激動熱切。吹笛擊鼓、唱歌跳舞,這些原來常見的宴樂場景,因為「龍」、「鼉」的修飾和「皓齒」、「細腰」的形容,變得既新奇華美,又給予人強烈的視聽感受。笛如龍吟,見樂聲之清亮悠揚,引人遐想;鼓而鼉皮,見鼓聲之洪亮有力,震人心弦。再加上朱唇皓齒的歌女所發出的優美歌聲,細腰嫋娜的舞女所呈現的曼妙舞姿,在在給予人目不暇接、美不勝收的感受。四句連續而下,不但將宴會的熱烈氣氛渲染到極致,而且將詩人的陶醉之情渲染到極致。

「況是青春日將暮,桃花亂落如紅雨。」「況是」二字,在上面對宴飲場面作盡情描繪渲染的情況下突作轉折,從時令季節和所見景物的描寫中,反映出深沉強烈的青春將逝之悲傷感慨。說當下正值春季已到末

■ 李賀

梢之際,滿樹的桃花,紛亂地飄落下來,就像下著一陣陣紅雨。「青春日將暮」,是對美好的春天即將消逝的敘述,而「桃花亂落如紅雨」則是對「青春日將暮」極富創意的描寫。用花凋謝來寫春之消逝本很平常,但說它「亂落」,便見其片片瓣瓣,隨風飄蕩,紛紛揚揚,密密匝匝,到處墜落的態勢,而將這一切景象用「如紅雨」來形容,就更因其新奇浪漫的想像和形象生動的比喻,而創造出前所未有的詩境。它是青春年華消逝的象徵,極端哀傷,又極端美麗。用這樣新奇犀利而華美的意象來表現對青春和生命凋衰的哀輓,既怵目驚心,又刻骨銘心。即使是生命的凋零,也要將這種凋零的美表現到極致。

「勸君終日酩酊醉,酒不到劉伶墳上土!」末二句在前兩句象徵性描寫的基礎上,進一步抒寫深沉的人生悲傷感慨,揭出全篇主旨。既然青春和生命的消逝無可挽回,那就勸你終日喝得酩酊大醉,趁著青春尚存之時盡情地享受人生,因為酒是絕不會灑到劉伶墳上去的。在貌似曠達的人生宣言中,蘊含著對青春和生命消逝的極端感傷,在極端感傷之中又透出對青春和生命的深刻眷戀。

常見的宴飲場面,在李賀筆下,被表現得如此華美穠豔,富有刺激性的美感。在一片以紅色為基調的氛圍中,透出對青春生命即將消逝的深刻恐懼和極端感傷。那紅色的酒、紅色的杯、亂落如紅雨的桃花,以及庖廚中「烹龍炮鳳玉脂泣」的聲音,羅幃繡幕中充滿的香氣,伴著龍笛鼉鼓的歡歌狂舞,處處都給予人感官上、心理上的強烈刺激,在目眩神迷中喚起及時行樂的亢奮與沉醉。這種強烈的刺激正是詩人內心深刻苦悶的宣洩和反彈。

元稹

　　元稹（西元 779～831 年），字微之，別字威明，行九，郡望河南洛陽，世居京兆萬年（今陝西西安）。貞元九年（西元 793 年）以明經及第，十九年與白居易同登書判拔萃科，授祕書省校書郎。元和元年（西元 806 年），登才識兼茂明於體用科，授左拾遺。因屢上書論時事為執政所忌，出為河南縣尉。四年，拜監察御史，曾奉使東川。五年貶江陵士曹參軍。十年奉召還京。歷通州司馬、虢州長史。十四年，回朝任膳部員外郎。穆宗即位，擢祠部郎中、知制誥，遷中書舍人，充翰林學士承旨。長慶二年（西元 822 年）由工部侍郎拜相。六月，出為同州刺史。次年授浙東觀察使。文宗大和三年（西元 829 年）入為尚書左丞，尋出為武昌軍節度使。五年卒於鎮。與白居易同倡新樂府詩的創作，其〈樂府古題序〉等著作在文學評論史上具有重要意義。但藝術上真正有特色的則是他的悼亡詩、豔詩和抒寫友誼之作。有《元氏長慶集》一百卷，今存者六十卷。《全唐詩》編其詩二十八卷。今人楊軍有《元稹集編年注箋（詩歌卷）》。

遣悲懷三首 [01]

其一

　　謝公最小偏憐女 [02]，自嫁黔婁百事乖 [03]。顧我無衣搜藎篋 [04]，泥他沽酒拔金釵 [05]。野蔬充膳甘長藿 [06]，落葉添薪仰古槐 [07]。今日俸錢過十萬，與君營奠復營齋 [08]。

■ 元稹

其二

　　昔日戲言身後意[09]，今朝都到眼前來。衣裳已施行看盡[10]，針線猶存未忍開[11]。尚想舊情憐婢僕[12]，也曾因夢送錢財[13]。誠知此恨人人有[14]，貧賤夫妻百事哀。

其三

　　閒坐悲君亦自悲，百年都是幾多時。鄧攸無子尋知命[15]，潘岳悼亡猶費詞[16]。同穴窅冥何所望[17]，他生緣會更難期[18]。唯將終夜長開眼[19]，報答平生未展眉[20]。

📖 [校注]

　　[01] 貞元十九年（西元803年），元稹二十五歲，娶名重當世的太子賓客韋夏卿之幼女韋叢為妻。元和四年（西元809年）七月，韋叢去世。元稹寫了一系列悼亡詩，抒寫對亡妻的懷念和傷悼。〈遣悲懷三首〉是其中最著名的組詩。詩題一作〈三遣悲懷〉。[02] 謝公，東晉宰相謝安，此指韋夏卿。韋夏卿出身高門，元稹娶其女韋叢時官已至太子賓客。貞元十九年出為東都留守，永貞元年改太子少傅，元和元年卒，追贈左僕射，故以謝安比擬。偏伶，偏愛。韋叢係夏卿幼女，故云「最小偏憐女」。[03] 自嫁，《全唐詩》原作「嫁與」，依明弘治楊氏據宋本影抄本改。黔婁，春秋魯人（或說齊人）。《列女傳·賢明傳·魯黔婁妻傳》：「（黔婁）先生死，曾子與門人往弔之。其妻出戶，曾子弔之。上堂，見先生之屍在牖下，枕墼席藁，縕袍不表。覆以布被，手足不盡斂，覆頭則足見，覆足則頭見……其妻曰：『昔先生，君嘗欲授之政，以為國相，辭而不為，是有餘貴也。君嘗賜粟三十鍾，先生辭而不受，是有餘富也。彼先生者，甘天下之淡味，安天下之卑位。不戚戚於貧賤，不忻忻於富貴。求仁而得仁，求義而得義。」事又見《高士傳·黔婁先生》。此處用以自

比。乖，違，不順利。[04] 顧，顧惜、眷念。藎（ㄐㄧㄣˋ）篋，《全唐詩》原作「畫篋」，校「一作藎篋」，茲據改。藎篋，用藎草編的箱子。[05] 泥（ㄋㄧˋ），軟求、軟纏。《升庵詩話·泥人嬌》：「俗謂柔言索物曰泥，乃計切，諺所謂軟纏也。」沽酒，買酒。[06] 藿，豆葉。豆類植物枝梗較長，故曰「長藿」。甘長藿，以食長藿為甘。[07] 薪，柴火。仰，仗。[08] 君，指妻韋叢。營奠，舉行祭奠儀式。營齋，為死者延請僧道舉行誦經拜懺、禱祝祈福的宗教活動，即所謂做齋。[09] 身後意，身故後的情景。[10] 施，施捨。行看盡，眼看即將施捨完。[11] 針線，當指韋叢往日做的針線活。開，打開。[12] 舊情，指韋叢生前對婢僕的憐愛之情。句意指至今尚回想起韋叢往日對婢僕的憐愛之情，因而自己也對婢僕加意憐愛。[13] 此句意當緊承上句，說韋叢曾在夢中囑咐自己善待婢僕，因而有送婢僕錢財之事。[14] 此恨，此指夫妻的死別之恨。[15] 鄧攸，西晉末人，字伯道。永嘉末，石勒作亂，攸以牛馬負妻子而逃。「又遇賊，掠其牛馬，步走，擔其兒及其弟子綏。度不能兩全，乃謂其妻曰：『吾弟早亡，唯有一息（子），理不可絕，止應自棄我兒耳。幸而得存，我後當有子。』妻泣而從之，乃棄之。其子朝棄而暮及。明日，攸繫之於樹而去……攸棄子之後，妻不復孕……卒以無嗣。時人義而哀之，為之語曰：『天道無知，使鄧伯道無兒。』弟子綏服攸喪三年。」攸曾任吳郡太守，「在郡刑政清明，百姓歡悅，為中興良守。後稱疾去職，郡常有送迎錢數百萬，攸去郡，不受一錢」。事見《晉書·良吏傳》，此以自比。尋，隨即，旋即。[16] 潘岳，西晉著名詩人，喪妻後賦〈悼亡詩三首〉。此以潘岳賦悼亡詩自喻。猶費詞，謂自己反覆寫詩悼念亡妻。[17] 同穴，指夫妻同墓合葬。《詩·王風·大車》：「穀則異室，死則同穴。」窅（一ㄠˇ）冥：幽暗貌。[18] 他生緣會，指來生再結姻緣，同為夫婦。[19]《釋名·釋親屬》：「無妻曰鰥。鰥，昆也；昆，明也。愁悒不寐，目恆鰥鰥然。

元稹

故其字從魚，魚目恆不閉也。」終夜長開眼，指自己像鰥魚一樣，愁悒不寐，長相思念。或解為「自誓終鰥」，不再婚娶。[20] 未展眉，指妻子因生活艱困而平生從未過上舒心歡笑的日子。

[鑑賞]

元稹的妻子韋叢卒於元和四年（西元 809 年）七月九日。從這年秋天開始，直至元和六年春，首尾三年中，他陸續寫了三十多首悼念韋叢的各體詩歌，除七律〈遣悲懷三首〉最為後世傳誦外，如〈六年春遣懷八首〉、〈感夢〉、〈夜閒〉、〈除夜〉等也都是情真語摯的佳作。唐代詩人中寫悼亡詩多而好的，元稹之前有韋應物，元稹之後有李商隱。韋應物的悼亡詩中，缺乏特別優秀之作如〈遣悲懷三首〉者，故不甚為人所知，元、李風格不同，而皆具勝境。

韋叢葬於元和四年十月十三日（據韓愈〈韋氏墓誌〉），此組詩第三首有「同穴窅冥何所望」之句，當作於韋氏既葬之後。

第一首回顧韋叢嫁給自己後，這六、七年來貧困相守的生活和賢惠品德，並為韋氏過早去世深感抱憾。首聯總敘，連用謝安、黔婁二典。韋叢以高門顯宦人家最受寵愛的幼女身分，下嫁給自己這樣的寒門士子，本來就是超越門當戶對婚姻習俗的委屈。「謝公」和「黔婁」在身分上的鮮明對照，突顯出自己的歉疚之意。次句更進一層，說自從韋叢嫁到自己家中以後，就沒有過過一天順遂的日子。「百事乖」三字，用筆的分量很重，包含的內容也很豐富。不止是指生活上的貧困清苦與韋叢出嫁前過慣的大家閨秀無憂無慮的生活相差天壤，而且也包含元稹自己在仕途上遇到的種種坎坷。元和元年，元稹任左拾遺，上疏論政。八月，憲宗召對，宰相惡之，九月貶為河南縣尉。這是元稹人生道路上遇到的

首次挫折。不久母親鄭氏去世，丁憂守喪，直到元和四年二月才因宰相裴垍的提拔而任監察御史。「百事乖」中應該也包含這方面乖違不順的情事。

　　名門閨秀且又屬「最小偏憐女」的韋叢，面對這樣清貧而「百事乖」的家庭環境，該何以自處呢？「顧我無衣搜藎篋，泥他沽酒拔金釵。」領聯透過對家庭清貧生活瑣事的追憶，著重表現韋叢對自己的體貼關愛，以及貧賤夫妻間雖清苦卻充滿生活情趣和溫馨感情的家庭生活。「顧」有「看」義，但這個「顧」卻不是一般的「看」，而是「顧惜」、「眷念」之意，也就是說，心裡老是惦記、顧惜著丈夫沒有像樣的衣服，而搜尋自己那草編的箱子，想從中找出一點布料來為丈夫縫製新衣。「顧」字中透露出來的正是這種發自內心的體貼關愛。而「搜」字則說明在這簡陋的「藎篋」中實在沒有太多可供搜尋的東西，須費力尋找才能偶爾發現一、兩段可供成衣的布料，則可見其生活之清貧。由於生活清苦，喝酒也成為奢侈，實在想喝酒時便只能纏著韋叢，央求她想方設法弄點錢來買酒，而她唯一能想出來的辦法，就是拔下頭上戴的金釵去換錢。貧居家無長物，頭上的金釵這僅有的首飾大概還是娘家帶來的舊物，今日已成清貧生活的點綴，為了讓嗜酒的丈夫過一下酒癮，也毫不猶豫地拔掉買酒了。既見出韋叢的賢惠體貼，為自己的一點小小嗜好竟心甘情願地放棄心愛的飾品，也反映出清貧相守的生活中，自有溫馨的情意和融洽和諧的生活情趣。

　　「野蔬充膳甘長藿，落葉添薪仰古槐。」腹聯專寫家庭生活的清貧。一日三餐的飯食中，常常要搭配一些野菜、豆葉之類的東西來充飢果腹，連燒飯的薪柴也不得不仰仗古槐的落葉來增添一點燃料。以古槐落葉添炊，以野蔬長藿充膳，這是散文的樸素敘述，要把它化為詩句，並

■ 元稹

且寫得富有詩味，就需要組織的功夫和點睛的字眼。詩人將它們組成一聯工整而流暢的對仗，並在上句和下句分別用了「充」和「添」、「甘」和「仰」四個動詞，整聯詩句就頓時有了生氣並流淌著興味。如果說「充」字、「添」字、「仰」字側重於表現生活的清貧和雖清貧而不乏詩意，那麼「甘」字就側重於表現作為家庭主婦的韋叢對這一切都心甘情願地承受，安之若素，甚至甘之如飴的賢惠品格。詩人對她這種品格的深情讚美也自然融入其中。寫清貧生活容易流於寒儉甚至酸腐，這一聯卻把這種生活寫得富有詩味和人情味，讀來毫無矯情之感，關鍵就在於這種生活與韋叢賢淑品格水乳交融，生活與人格和諧統一。讀到這裡，再回過頭去品味首句「謝公最小偏憐女」，就能深刻感受到在如此優裕的家庭環境中成長的韋叢能做到這一切之不易，更能體會到她的這一切表現完全出於其賢淑的內在品性，因而開頭所表現的家庭環境，正為頷、腹兩聯描寫其品性提供強力的反襯。

「今日俸錢過十萬，與君營奠復營齋。」尾聯從追憶往昔回到眼前，說如今自己的俸錢已過十萬，卻不能和妳一起渡過比較寬裕的生活，只能用它來為妳舉行祭奠儀式，做齋祈福了。「俸錢過十萬」彷彿極俗，但轉出一句「與君營奠復營齋」，卻令人悽絕。生前不能為賢淑的妻子提供最低限度的溫飽生活條件，死後方能為之「營奠復營齋」，則所抱的遺憾又何止是終身難釋！極俗，卻極真實、極深至、極本色。第二首側重抒寫韋叢去世後自己的種種哀思。首聯亦總起重筆抒慨：「昔日戲言身後意，今朝都到眼前來。」過去夫妻之間曾戲言一方身死之後的悲傷情事，今天都成了眼前活生生的現實。韋叢去世時，元稹三十一歲，正當壯盛之年，根本料想不到會有盛年喪妻的遭遇，「戲言」竟成讖語，這種完全出乎意料的沉重打擊，使詩人的感情處於難以承受的境地。以下兩聯，就進而具體敘寫妻子亡故以後引發自身哀思的一些情事。

「衣裳已施行看盡，針線猶存未忍開。」按照妻子生前「戲言」時曾經提到過的話，在她去世以後已經陸陸續續將她穿過的衣裳施捨給別人，眼看就要贈送完了。這樣做，既是遵從她生前的囑咐，也是怕自己睹物思人，更增悲愴，但從「行看盡」三字中，又可隱隱體會出不忍心捨棄的矛盾感情，故自然引出下句：過去妻子做的針線活都還完整地保存著，不忍心打開。這種已竟或未竟的針線活，拿去送人並不合適，但對自己來說，卻是永久的親密紀念。「未忍開」三字，寫出詩人那種既想打開它來看，重溫妻子的手澤，又怕觸物傷感的矛盾感情。或「施」或「存」，都是怕觸動舊痛。

「尚想舊情憐婢僕，也曾因夢送錢財。」腹聯上句意分兩層，一層意思是說，如今還清楚地回想起妻子舊日對待婢僕的憐愛，深感妻子為人寬厚善良；另一層意思是說，自己內心深愛妻子，想到她昔日對婢僕的憐愛，不由自主地對婢僕平添憐愛之情。這既顯示出詩人愛妻而憐婢僕的感情，也顯示妻子的品德感召力。兩層意思在重疊中推進，使情感表達得既婉曲又深摯。下句是說，有時夢見韋叢囑咐自己善待婢僕，因而自己也有贈送婢僕錢財之事，「也」字緊承上句「憐婢僕」，上下句意方一貫。連夢中都不忘囑丈夫善待婢僕，更可見韋叢的善良寬厚出自本性。以上兩聯，透露出「昔日戲言身後意」中可能包括諸如將衣裳、針線施捨給別人，以及善待婢僕一類的話，故詩人有此敘述，彷彿是對死者生前「戲言」的鄭重回應和交代。

「誠知此恨人人有，貧賤夫妻百事哀。」尾聯回抱首聯，就妻子已故後不能自已的思念和悲恨抒慨。出句先跳脫一層，說誠然知道夫妻之間一方先故的死別之恨人人都會遇到，對句反過來轉進一層，說像自己和韋叢這樣貧賤相守、同甘共苦、相濡以沫的夫妻，突然過早地死別，卻

■ 元稹

令人倍感傷痛，回想六、七年間經歷的種種艱難困苦，深感百事可哀！「百事哀」遙承第一首「百事乖」，是對六、七年共同生活經歷充滿悲傷感慨的總結。

第三首側重抒寫喪妻後的自悲之情。首句「閒坐悲君亦自悲」總挈，「悲君」承上二首，「自悲」啟下七句。次句感慨人生即使活到百年，到底又有多少時日呢？這是由於傷痛相期百年的愛妻逝去之後，對生活意義深感迷茫的情況下發出的感慨。它不是感慨年壽的短促、人生的有限，其潛臺詞是，失去了相濡以沫的愛妻，即使活到百歲，又有多少人生樂趣呢？感情極沉摯悲痛，出語卻貌似曠達，表裡之間存在強烈反差，使感情的表達格外深沉。

「鄧攸無子尋知命，潘岳悼亡猶費詞。」頷聯出句悲無子，人生更覺孤子。韋叢過早去世，連兒女也沒有留下，自己在喪妻之餘連聊可慰藉寂寞心靈的兒女也沒有，不免更感到孤寂淒涼。「尋知命」三字，以知命自解，實際上包含著對「天道無知」的不平與悲憤。對句說自己明知像潘岳那樣寫詩悼念亡妻，並不能使亡妻復生，不過徒費文辭而已，但出於感情宣洩的需求，卻仍然要這樣做，「猶」字正表現出這種明知無用，卻無法抑制的深悲。

「同穴窅冥何所望，他生緣會更難期。」妻子既已去世，往昔共同發出的「死則同穴」的誓言已經成空，至於來生再有緣分相會、結成婚姻，便更渺茫無期了。上句是無情的死別現實粉碎了「死則同穴」的誓願，下句是本就渺茫的來生再結良緣之希望，更加虛幻難期。今生來世，重聚的希望只剩一片空無！

「唯將終夜長開眼，報答平生未展眉。」尾聯是在同穴無望、他生難期的情況下迸發出的一片赤誠之意。對於韋叢過早去世，詩人懷著強烈

的歉疚之情，感到自己由於貧賤使她始終過著不如意的艱困生活，儘管她生性賢淑溫柔，自甘清貧，自己卻因此倍感傷痛。死者已矣，自己唯一能做的就是終夜不眠，長期思念，來報答韋叢平生從未舒心展眉的長恨。這是發自內心深處的至情至性之語，於萬般無奈之中流露的正是痴頑至極、沉痛徹骨的悲傷感慨。死者有知，或可「展眉」於九泉之下了。這兩句，不僅是對本篇的總結，也是對三首詩的總結。

　　元稹的這三首悼亡詩之所以感人，大致上有以下幾個原因。一是寫出一種特殊的真情實感。韋叢以高門顯宦之家下嫁寒門庶族，品性又如此賢淑，六、七年的時間中甘受清貧，默默奉獻，還沒有來得及過上一天舒心展眉的日子便猝然離去，使元稹始終對她懷著的歉疚之情。詩中將這種感情反覆地加以渲染、強調，使它成為貫串全詩的感情主調。由於詩人的這種感受特別真切深刻而獨特，因而使讀者留下深刻的印象。二是寓情於事，透過親身經歷的具體情事乃至細節，來描寫妻子的賢淑品性和對自己的體貼關愛，因此特別能打動人。三是在透過具體情事抒寫悼念亡妻感情之時，往往同時抒發基於深刻人生體悟、帶有普遍性的人生悲傷感慨，如每首詩的起、結兩聯。這幾方面因素互相配合，遂使這三首悼亡詩具有情與事、特殊與普遍高度融合的特色。

行宮 [01]

寥落古行宮[02]，宮花寂寞紅。白頭宮女在，閒坐說玄宗[03]。

[校注]

[01] 此詩《文苑英華》卷三百十一置王建〈溫泉宮〉後，題作〈古行宮〉，但題下並未署「前人」字（僅目錄中有「前人」字）。宋洪邁《萬首唐

■ 元稹

人絕句》五言卷六、《容齋隨筆》卷二均以此為元稹作。《唐音統籤》卷三十五王建五言絕句補此詩於卷末,當據《文苑英華》補入。茲從洪邁作元稹詩。卞孝萱《元稹年譜》謂此詩為元稹任監察御史分務東臺時作,時在元和四年（西元 809 年）。此「行宮」,或為建於自長安至洛陽途中,供皇帝東巡時臨時休憩之宮殿；或即建於東都洛陽之行宮,如上陽宮之類。[02] 寥落,冷落空寂。[03] 說玄宗,談論玄宗舊事。

📖 [鑑賞]

　　安史之亂成為唐王朝由繁榮昌盛走向衰亂沒落的重大歷史轉捩點。從此以後,唐詩中就不斷出現感慨今昔盛衰的作品。中唐時期,以劉禹錫的懷古詩為典型代表的詩作,便充分抒發了這種歷史感慨。元稹的這首〈行宮〉,在更廣泛的意義上來說,也屬於懷古詩的範疇。以短短二十字卻反映出時代的盛衰變化和不勝今昔滄桑的深沉感慨,將古典詩歌精練含蓄的特點發揮到極致,是這首詩卓越的藝術成就。

　　詩中的行宮,或說即東都洛陽的上陽宮,但也有可能是由長安到洛陽途中的行宮,類似連昌宮這種舊宮。即使所指為東都上陽宮,詩的主題也和白居易「愍怨曠」的〈上陽白髮人〉顯然有別。說詩者因此詩中有「白頭宮女」而將它與〈上陽白髮人〉連繫起來,認為詩中抒寫宮女的淒涼身世、哀怨情懷,可能對詩的性質有所誤解。它不是宮怨詩,而是抒寫今昔盛衰之慨的懷古詩。

　　「寥落古行宮」,起句大處落墨,抒寫對行宮的整體印象和感受。「行宮」而曰「古」,未必是指其年代久遠,屬於前朝遺跡,而是眼前這座破敗的行宮使自己產生恍如隔世之感。「寥落」二字,是詩人對它的顯著印象,包含冷落空寂、蕭條破敗等意涵。二字一篇之主,貫串全詩。

「宮花寂寞紅。」次句將目光聚集在宮中正在綻放的紅花上。「紅」的顏色，通常給予人鮮豔、熱鬧、繁盛乃至興奮喜悅之感，但這裡卻用「寂寞」來形容它。這是因為整個行宮冷落空寂、蕭條破敗的環境氣氛，使那紅豔的花朵似乎也染上了寥落冷寂的氣氛，無人欣賞，自開自落，顯得分外寂寞。這句藉助色彩與環境，與人的普遍感受呈現反向對比，傳達出古行宮「寥落」的神韻。

「白頭宮女在，閒坐說玄宗。」三、四兩句，由宮花轉到行宮中孤寂的白頭宮女身上。這幾位白髮蒼蒼的宮女，應是玄宗開、天時期進入行宮的，當時都是妙齡青春少女，半個多世紀之後，都成為風燭殘年的老嫗了。從「說玄宗」三字所透露出的訊息來看，她們當年可能在玄宗多次東巡中，聽說過皇帝巡遊的浩蕩聲勢和熱鬧場面，或聽說過許多宮中的舊事，就像詩人在〈連昌宮詞〉中所描繪的那樣。但這一切盛世風光，都已隨著安史之亂這場浩劫而一去不復返，成為白頭宮女的遙遠記憶和舊夢。如今，只有在寂寞閒坐、打發時光時，將它們作為談資，而加以咀嚼回味。表面上來看，詩人似乎只是在平靜從容、不動聲色地描寫幾位白頭宮女閒坐談說玄宗舊事的場景，但細加品味，則其中蘊含著很深的時代盛衰之慨。說「白頭宮女在」，這句句末似不經意的「在」字，透露出往日豪華熱鬧的行宮，如今已經一片空寂、滿目蕭條，只剩下幾位白頭宮女。反言之，白頭宮女的「在」，正暗示她們曾歷經的盛世繁華風光已經永遠不「在」了。而末句的「閒坐」，不僅表現她們生活的寂寞無聊，而且進一步顯示出行宮的「寥落」。「說玄宗」，妙在「說」字中不含任何議論褒貶，只是閒來無事的隨意談說和追憶，而所說的對象玄宗，卻一下子將讀者的思緒引到玄宗所代表的開天盛世，觸發對已經逝去的盛世的無窮想像。想像追憶中的盛世繁華，與眼前這寥落冷寂且蕭條破

■ 元稹

敗的古行宮、寂寞綻放的紅色宮花、寂寞閒坐的白頭宮女，形成強烈鮮明對照，其中所蘊含的深沉今昔盛衰之慨，便使人味之無極，極具啟示性。〈連昌宮詞〉中的老人，在追憶玄宗舊事、敘說安史之亂後的社會景象之後，曾提出「太平誰致亂者誰」此一尖銳問題並作出解答，這首僅二十個字的五絕自然不可能也沒必要這樣做，但在「閒坐說玄宗」的平淡敘寫中卻自然包含了上述意涵。正是在這個意義上，評論家認為「『寥落古行宮』二十字，足賅〈連昌宮詞〉六百餘字，尤為妙境」，「此詩可謂〈連昌宮詞〉之縮寫」。

這首詩之所以有如此豐富深刻的內涵，精妙的構思是關鍵原因之一。詩中的兩個重要意象「行宮」和「宮女」，正是詩人用以表現今昔盛衰之慨的主要憑藉。「行宮」曾經接待過玄宗的東巡，有過繁華熱鬧的過去；又經歷過安史之亂的破壞和亂後長期空置的冷寂，它本身的變化就是大唐王朝由盛而亂而衰的歷史見證。而現今白頭閒坐的宮人，也親歷過往昔的繁華，同樣是時代盛衰的歷史見證人。今日寥落冷寂的行宮和白頭閒坐的宮女，正襯托出往昔的繁華昌盛。儘管詩中沒有一字正面描寫往昔之盛，但是「說玄宗」三字中，已經暗示往昔的繁華熱鬧，也包含亂後的冷寂蕭條，因為玄宗本身，就既是開天盛世的締造者，又是釀亂致衰的禍首。

這首詩很像一幅畫，而且其「設色渲染之妙」也饒有畫意，但千萬不要忘了在這幅畫圖旁邊的詩人。行宮的「寥落」、宮花的「寂寞」，都包含著詩人的主觀感受；而「白頭宮女在，閒坐說玄宗」的場景，就身在其中的白頭宮女來說，不過是冷寂無聊生活的寫照，她們本身未必有今昔盛衰的深沉歷史感慨，但身處這一場景之外的詩人，卻由「白頭宮女在，閒坐說玄宗」的場景引發無限深沉的今昔盛衰的滄桑感。詩境的含蓄，正在畫中人渾然不覺，畫外人感愴不盡處見之。

聞樂天授江州司馬 [01]

殘燈無焰影幢幢 [02]，此夕聞君謫九江 [03]。垂死病中驚坐起 [04]，暗風吹雨入寒窗 [05]。

📖 [校注]

[01] 元和十年（西元 815 年）六月三日，藩鎮李師道派刺客刺死主張對藩鎮用兵的宰相武元衡，並刺傷御史中丞裴度。時任太子左贊善大夫的白居易上書主張捕賊，宰相以其越職言事，誣之者謂其母因看花墜井而死仍作〈賞花〉、〈新井〉詩，貶為江州司馬。元稹當時在通州司馬任上，聽到白居易貶江州的消息，便寫了這首詩。詩作於是年八月。江州，唐江南西道州名，今江西九江市。司馬，州郡佐吏。唐郡，上州司馬一人，從五品下。司馬一職，唐代常用於安置貶謫官吏。[02] 幢幢，形容燈影搖曳不定之狀。[03] 九江，即江州。江州潯陽郡，本九江郡，天寶元年（西元 742 年）更名。白居易〈琵琶引〉序：「元和十年，予左遷九江郡司馬。」[04] 時元稹患瘧疾。〈酬樂天見寄〉云：「瘴色滿身治不盡，瘡痕刮骨洗應難。」〈獻滎陽公五十韻〉自注云：「稹病瘧二年。」驚坐起，《全唐詩》校：「一作仍悵望。」[05] 雨，《全唐詩》校：「一作面。」

📖 [鑑賞]

在元、白數百首唱酬寄贈之作中，這首〈聞樂天授江州司馬〉是感情最為沉痛淒涼的一首。這是因為，寫這首詩時，兩位志同道合的摯友都處於人生的谷底。元稹於元和元年因上疏論政遭宰相嫌惡，出為河南縣尉；元和五年，又因彈劾貪官，遭權貴宦官怨恨，貶江陵士曹參軍。元和十年正月，奉詔歸京，本以為能得到朝廷任用，心存樂觀的希望，這

■ 元稹

在〈西歸絕句十二首〉中有所流露,但二月到京,三月出為通州司馬,通州地處荒僻,自然環境惡劣,元稹到任後不久即患瘧疾,綿延百日。他在〈酬樂天東南行詩一百韻並序〉中說:「元和十年閏六月至通州,染瘴危重。八月聞樂天司馬江州。」三次被貶,又「瘧病將死」,自己的人生道路彷彿已到絕境,正在這時,又傳來摯友貶江州司馬的消息,無異於雪上加霜,使詩人的情緒受到極大衝擊。這種經歷重重打擊之後瀕於絕境的寫作背景,正是此詩「悲傷感慨特甚」的原因。

此詩主句,即次句「此夕聞君謫九江」七字,感人之處,全在氣氛的烘托渲染。起句「殘燈無焰影幢幢」,即用濃重筆墨渲染出一片黯淡悲悽的氣氛。「殘燈」表明燈將燃盡,時已深夜,燈光黯淡而無光焰,在寒風的吹拂下,暗影搖曳不定。這種景象,於深夜的寂靜、幽暗中帶有陰森的色彩。它既是對當時環境氣氛的寫實,又是詩人瀕臨絕境(包括處境與病況)時心境的具象化,與下面的「垂死病中」相互對應,令人自然聯想到處在這種環境中的詩人所面臨的絕境。王堯衢說「夜境病境愁境,都從此文字寫出」,是相對深切的體會。

次句敘事切題。七字中人、事、地、時全部囊括。由於上句已經對當下的環境氣氛作了充分的渲染,因此句首的「此夕」二字就顯得分外沉重。在自己瀕臨絕境的情況下「聞君謫九江」,不但悲己,且復悲君,同病相憐之感,天道悠悠之慨,全寓言外。

「垂死病中驚坐起」,緊承次句,寫乍聞噩耗之際自己的反應。「垂死病中」的形容,對於感染瘧疾百日、病勢危重的人來說,並非誇張之詞,如果再將詩人三次遭貶,人生道路彷彿已到盡頭的境況考慮進去,那麼這「垂死病中」四字所包含的意涵便更豐富,感情也更加悲悽沉痛。處在這種境況中的人,按一般情況,起坐是十分艱難的,但乍聞此消

息，竟突然因「驚」而「坐起」，可以想像這一噩耗在感情上帶給他的巨大震撼和沉重打擊。這種近乎身體反射反應的生動描寫，正透露出此刻詩人心靈受到的巨大創痛，是傳神寫照之筆。

「暗風吹雨入寒窗。」以情感的強度來說，上句已經達到最高潮，下句如續寫「驚坐起」時的感情變化，不免成為強弩之末，甚至成為蛇足。詩人於極緊要處忽然宕開，轉而寫景：在昏暗的深夜中，風雨交加，陣陣寒風，吹送著冰涼的雨絲，進入詩人居室的窗戶，只覺寒氣襲人，寒意蕭森，砭肌徹骨。在暗夜中，寒風吹雨入窗的情景是看不見的，全憑感受（主要是觸覺）感知，故「風」而曰「暗」，「窗」而曰「寒」。這句所寫的既是深夜風雨交加、涼氣襲人之景，更是寫詩人對環境的陰暗、森寒感受。它和一開頭的「殘燈無焰影幢幢」組合在一起，無形中帶有對詩人所處環境的象徵色彩。它能引發讀者對詩人境遇和心境的豐富聯想，但又帶有虛泛不確定的色彩，故讀來特別含蓄。沈德潛不滿此詩「過作苦語」、「成蹙頞聲」，此詩情調固然沉痛悲悽，但從藝術表現的角度來說，並沒有過度誇張渲染，「情非不摯」，景亦真切，結句尤有含蓄不盡之致。

連昌宮詞 [01]

連昌宮中滿宮竹，歲久無人森似束[02]。又有牆頭千葉桃[03]，風動落花紅蔌蔌[04]。宮邊老翁為余泣[05]，小年進食曾因入[06]。上皇正在望仙樓[07]，太真同憑闌干立[08]。樓上樓前盡珠翠[09]，炫轉熒煌照天地[10]。歸來如夢復如癡，何暇備言宮裡事[11]。初過寒食一百六[12]，店舍無煙宮樹綠[13]。夜半月高弦索鳴，賀老琵琶定場屋[14]。力士傳呼覓念奴[15]，念奴潛伴諸郎宿[16]。須臾覓得又連催，特敕街中許燃燭[17]。春嬌滿眼睡紅綃[18]，掠削雲鬟旋裝束[19]。飛上九天歌一聲[20]，二十五郎吹管逐[21]。

元稹

逡巡大遍涼州徹[22]，色色龜茲轟錄續[23]。李謩擫笛傍宮牆[24]，偷得新翻數般曲[25]。平明大駕發行宮[26]，萬人歌舞塗路中。百官隊仗避岐薛[27]，楊氏諸姨車鬥風[28]。明年十月東都破[29]，御路猶存祿山過[30]。驅令供頓不敢藏[31]，萬姓無聲淚潛墮[32]。兩京定後六七年[33]，卻尋家舍行宮前。莊園燒盡有枯井，行宮門閉樹宛然[34]。爾後相傳六皇帝[35]，不到離宮門久閉。往來年少說長安，玄武樓成花萼廢[36]。去年敕使因斫竹[37]，偶值門開暫相逐[38]。荊榛櫛比塞池塘[39]，狐兔驕癡緣樹木[40]。舞榭歌傾基尚在[41]，文窗窈窕紗猶綠[42]。塵埋粉壁舊花鈿[43]，烏啄風箏碎珠玉[44]。上皇偏愛臨砌花[45]，依然御榻臨階斜。蛇出燕巢盤鬥栱[46]，菌生香案正當衙[47]。寢殿相連端正樓[48]，太真梳洗樓上頭。晨光未出簾影黑[49]，至今反掛珊瑚鉤[50]。指似傍人因慟哭[51]，卻出宮門淚相續。自從此後還閉門，夜夜狐狸上門屋。我聞此語心骨悲[52]，太平誰致亂者誰。翁言野父何分別[53]，耳聞眼見為君說[54]。姚崇宋璟作相公[55]，勸諫上皇言語切[56]。燮理陰陽禾黍豐[57]，調和中外無兵戎[58]。長官清平太守好，揀選皆言由相公[59]。開元之末姚宋死，朝廷漸漸由妃子[60]。祿山宮裡養作兒[61]，虢國門前鬧如市[62]。弄權宰相不記名，依稀憶得楊與李[63]。廟謨顛倒四海搖[64]，五十年來作瘡痏[65]。今皇神聖丞相明[66]，詔書才下吳蜀平[67]。官軍又取淮西賊[68]，此賊亦除天下寧。年年耕種宮前道，今年不遣子孫耕[69]。老翁此意深望幸[70]，努力廟謀休用兵[71]。

[校注]

[01] 連昌宮，在唐河南府河南郡壽安縣（今河南宜陽）西二十九里，顯慶三年（西元658年）置。見《新唐書·地理志二》。陳寅恪《元白詩箋證稿》第三章「連昌宮詞」考證元稹自元和十年（西元815年）暮春至十四年暮春，均未經過壽安，斷定〈連昌宮詞〉「非作者經過其地之作，而為依題懸擬之作」。並據詩中述及「官軍又取淮西賊」及「年年耕種宮前道，今年不遣子孫耕」等句，定此詩作於元和十三年暮春。其時作者仍

在通州司馬任。[02] 森似束，繁密無間，猶如捆束。張協〈雜詩〉之四：「密葉日夜疏，叢林森似束。」森，樹木高聳繁密貌。[03] 千葉桃，碧桃的名，花重瓣，不結實。王仁裕《開元天寶遺事》：「明皇於禁苑中，初有千葉桃盛開，常與貴妃日逐宴於樹下，帝曰：『不獨萱草忘憂，此花亦能銷恨。』」[04] 簌（ㄙㄨˋ）簌，紛紛下落貌。[05] 為，介詞，對、向。《史記·張丞相列傳》：「鄧通既至，為文帝泣曰：『丞相幾殺臣。』」陶淵明〈桃花源記〉：「此中人語云：『不足為外人道也。』」[06] 小年，年少時。《全唐詩》校：「一作『小年選進因曾入』。」[07] 上皇，指唐玄宗。天寶十五載，玄宗傳位給太子李亨（即肅宗），尊玄宗為上皇天帝。望仙樓，在華清宮。此借用為連昌宮中樓名。[08] 太真，指楊貴妃。太真是楊貴妃當宮中女道士時的道號。[09] 盡珠翠，形容宮中妃嬪、宮女之眾多。[10] 炫轉熒煌，形容嬪妃的首飾光彩轉動，輝煌閃耀。[11] 句意謂當時為宮中的華美景象所陶醉，無暇顧及詳細敘說宮中的情事。[12] 寒食，節令名。《荊楚歲時記》：「去冬節（冬至日）一百五日，即有疾風甚雨，謂之寒食，禁火三日，造餳大麥粥。」剛過寒食節，故謂「一百六」（冬至後一百零六天）。[13] 寒食節禁火三日，故店舍無煙。[14] 賀老，指賀懷智（一作賀申智），善彈奏琵琶的宮廷樂師。《開元天寶遺事》：「一日明皇與親王棋，會賀懷智獨奏琵琶，妃子立於局前觀之。」定場屋，壓場。[15] 力士，高力士（西元 684～762 年），玄宗最寵信的宦官，兩《唐書》有傳。念奴，玄宗時名倡，善歌，色藝雙絕。原注：「念奴，天寶中名倡。善歌。每歲樓下酺宴，累日之後，萬眾喧隘，嚴安之、韋黃裳輩辟易不能禁，眾樂為之罷奏。明皇遣高力士呼於樓上曰：『欲遣念奴唱歌，邠二十五郎吹小管逐，看人能聽否？』未嘗不悄然奉詔。其為當時所重如此。然而明皇不欲奪俠遊之盛，未嘗置在宮禁，或歲幸湯泉，時巡東洛，有司遣從行而已。」《開元天寶遺事》：「念奴者，有姿色，善

■ 元稹

歌唱，未嘗一日離帝左右。每執板當席顧眄，帝謂妃子（楊玉環）曰：『此女妖麗，眼色媚人。』每囀聲歌喉，則聲出於朝霞之上，雖鐘鼓笙竽嘈雜而莫能遏。宮妓中帝之鍾愛也。」[16] 諸郎，或謂指隨從皇帝的侍衛人員，或謂指供奉宮廷的其他年輕藝人。然連繫下文「二十五郎吹管逐」，此「諸郎」或指皇室子弟。[17] 寒食節禁火三日，街中自不能燃燭。因傳呼念奴回宮，故特下敕令許於街上燃燭照明。[18] 紅綃，紅色薄綢做的被子。[19] 掠削，梳理齊整貌。旋裝束，旋即就完成梳妝打扮。[20] 飛上九天，謂進入宮中。連下「歌一聲」，亦形容其高唱入雲。[21] 二十五郎，指邠王李承寧，排行二十五，故稱。善吹笛。吹管逐，指李承寧吹笛伴奏。笛聲緊相配合歌聲，如相追隨。[22] 逡巡，頃刻。大遍，指一整套大曲。遍，指樂曲的一章。每套大曲由十餘遍組成，凡完整演唱各遍的，稱大遍。沈括《夢溪筆談》卷五：「所謂大遍者，有序、引、歌、㲚、嶵、哨、催、攧、袞、破、行、中腔、踏歌之類，凡數十解，每解有數疊者。」〈涼州〉，《新唐書·禮樂志十二》：「〈涼州曲〉，本自涼州獻也。其聲有宮調，有大遍、小遍。」徹，從頭唱到尾。[23] 色色，各式各樣。龜茲，本漢西域國名，此指龜茲的樂曲。《西域記》：「龜茲國王與臣庶知樂者，於大山間聽風水之聲，約節成音，後翻入中國，如〈伊州〉、〈涼州〉、〈甘州〉皆龜茲之境也。」錄續，即陸續。轟錄續，熱鬧地陸續演奏。[24] 李謩（一作謨，又作牟），長安人，善吹笛。原注：「又玄宗嘗於上陽宮夜後按新翻一曲。屬明夕正月十五日，潛游燈下，忽聞酒樓上有笛奏前之新曲，大駭之。明日密遣捕捉笛者，詰驗之，自云：『某其夕竊於天津橋玩月，聞宮中度曲，遂於橋柱上插譜記之。臣即長安少年善笛者李謩也。』玄宗異而遣之。」李肇《唐國史補》：「李舟好事，嘗得村舍煙竹，截以為笛，鑑如鐵石，以遺李牟（謩），牟吹笛天下第一。」段安節《樂府雜錄》：「笛者羌樂也，古有〈落梅花〉曲。開元中有

李謩，獨步於當時。」張祜〈李謩笛〉：「平明東幸洛陽城，天樂宮中夜徹明。無奈李謩偷曲譜，酒樓吹笛是新聲。」擫，按。[25] 新翻，新譜寫。般、種，支。[26] 行宮，此指連昌宮。[27] 岐薛，岐王李範、薛王李業。均玄宗之弟。二王均卒於開元年間。隊仗，隊伍儀仗。[28] 楊氏諸姨，指楊貴妃的姊姊韓國夫人、虢國夫人、秦國夫人。鬥，賽。車鬥風，謂車行迅速，賽過風之掠過。[29] 明年十月，原注：「天寶十三年，祿山破洛陽。」按：天寶十四載（西元755年）十二月，安祿山陷洛陽，此當是作者誤記。[30] 祿山，安祿山。天寶十四載十一月甲子，發所部兵及同羅、奚、契丹、室韋凡十五萬眾，號二十萬反於范陽。十二月丁酉陷東京。陳寅恪據《通鑑考異》，證「祿山自反後未嘗至長安。連昌宮為長安、洛陽間之行宮，祿山既自反後未嘗至長安，則當無緣經過連昌宮前之御路。故此事與楊貴妃之曾在連昌宮之端正樓上梳洗者，同出於假想虛構」。（《元白詩箋證稿》第80頁）[31] 供頓，供給安頓食宿。北魏崔光〈諫靈太后幸嵩高表〉：「供頓候迎，公私擾費。」頓，宿食之所，此指宿食所需之物。[32] 萬姓，萬民。[33] 兩京定後，指長安、洛陽兩京平定收復以後。指至德二載（西元757年）九、十月，唐軍先後收復長安、洛陽。「兩京定後六七年」，當在代宗廣德元、二年間（西元763～764年）。[34] 宛然，彷彿依舊。[35] 原注：「肅、代、德、順、憲、穆。」陳寅恪曰：「據詩中文義，謂『今皇』平吳、蜀，取淮西……則『今皇』自是指憲宗而言，自玄宗不到離宮之後，順數至『今皇』至憲宗，只有五帝，何能預計穆宗或加數玄宗而成『六皇帝』？」（《元白詩箋證稿》第76頁）按：詩云「爾後相傳六皇帝」，「爾後」緊承上文「兩京定後六七年」，則其時已是代宗即位以後，不當將肅宗包括在內，即使將「今皇」憲宗包括在內，亦不過代、德、順、憲四帝。而元集各本均作「六帝」，似是將玄宗及憲宗俱包括在內而計之。原注「穆」字顯誤。[36] 玄武樓，在大明宮

■ 元稹

北,德宗時新建,係神策軍宿衛之處。花萼,樓名,在興慶宮西南角,玄宗時建。《舊唐書·讓皇帝憲傳》:「玄宗於興慶宮西南置樓,西邊題曰花萼相輝之樓……玄宗時登樓,聞諸王音樂之聲,咸召登樓,同榻宴謔。」[37] 敕使因,《全唐詩》校:「一作因敕使。」[38] 暫相逐,暫且跟隨敕使入宮內。[39] 荊榛櫛比,雜樹叢生,如同梳齒之密。[40] 驕癡,形容其大膽不畏人。緣,繞。[41] 欹傾,傾斜,歪歪倒倒。基,建築物的基礎。[42] 文窗,雕飾花紋的窗格。窈窕,幽深貌。紗,指窗紗。[43] 花鈿,用金翠珠寶製成的花形首飾。句意謂為灰塵所蒙的屋壁上還掛著舊花鈿。[44] 風箏,懸掛在殿閣屋簷下的金屬片,風起作聲,又稱風琴、鐵馬、簷馬。句意謂烏鴉啄殿簷下的風箏,發出碎珠玉般的聲響。[45] 砌,臺階。[46] 盤,盤繞。鬥栱,亦作「斗栱」。在立柱與橫梁的交接處,從柱頂探出的弓形肘木叫栱,栱與栱之間的方形墊木叫斗。斗栱,即斗榫之栱木,係房屋之承重構件。[47] 菌生香案,腐朽的舊香案上已長出了菌類。正當衙,正對著天子居住的門庭。《新唐書·儀衛志上》:「天子居曰衙。」[48] 寢殿,皇帝的寢宮。端正樓,在華清宮。宋樂史《太真外傳下》:「華清宮有端正樓,即貴妃梳洗之所。」陳寅恪謂:「自楊妃於開元二十九年正月一日入道,即入宮之後,明皇既未有巡幸洛陽之事,則太真更無以皇帝妃嬪之資格從遊連昌之理,是太真始終未嘗伴得玄宗一至連昌宮也。詩中『上皇正在望仙樓,太真同憑欄干立』,及『寢殿相連端正樓,太真梳洗樓上頭』等句,皆傅會華清舊說,構成藻飾之詞。」[49] 黑,《全唐詩》校:「一作動。」[50] 珊瑚鉤,珊瑚製成的簾鉤。[51] 指似,指與、指點。[52] 心骨,心、內心。[53] 野父,猶野老,山野老人。分別,分辨清楚。[54] 君,老翁稱元稹。[55] 姚崇(西元650~721年),武后、睿宗、玄宗三朝為相。玄宗朝三入相,除弊政。為唐代著名賢相。宋璟(西元663~737年),睿宗、玄宗兩朝為相,與

姚崇先後輔佐玄宗，創開元之治，並稱姚宋。[56] 切，激切。[57] 燮理陰陽，指宰相調和陰陽、順四時、育萬物等輔佐君主的功績。語本《書·周官》：「立太師、太傅、太保，唯茲三公，論道經邦，燮理陰陽。」孔傳：「和理陰陽。」[58] 兵戎，指戰爭。[59] 揀選，挑選官吏。相，《全唐詩》校：「一作至。」[60] 妃子，指楊貴妃。[61] 祿山，安祿山。《安祿山事蹟》：「祿山生日後三日，明皇召入內。貴妃以錦繡繃縛祿山令內人以繡輿舁之，歡呼動地，云：『貴妃與祿兒作三日洗兒。』帝就觀大悅，因賜洗兒金銀錢物。自是宮中皆呼祿山為祿兒，不禁出入。」[62] 虢國，指楊貴妃的姊姊虢國夫人。鬧如市，指其弄權納賄，上門獻納求官的人很多。[63] 楊與李，指楊國忠與李林甫。楊國忠（？～西元756年），楊貴妃堂兄。借貴妃之寵，於李林甫死後代為右相，兼吏部尚書，兼領四十餘使。結黨營私，貨賂公行，發動對南詔的戰爭，釀成大亂。李林甫（？～西元752年），開元二十三年（西元735年）為相，在相任十九年，為人陰柔狡猾，有「口蜜腹劍」之稱。專政自恣，杜絕言路，妒賢嫉能，殘害善類，是玄宗朝政治由開明轉為腐朽的關鍵性人物。[64] 廟謨，朝廷的大政方針。四海搖，全國政治局面動亂，天下大亂。[65] 瘡痏（ㄨㄟˇ），瘡癰潰瘍和癰疽。作瘡痏猶言「作禍害」。自安史之亂爆發（西元755年）至作此詩時（西元818年），已六十餘年。[66] 今皇，指當今皇帝，即唐憲宗。[67] 吳蜀平，指元和元年、二年，先後平定據蜀叛亂的藩鎮劉辟和據吳叛亂的藩鎮李錡。[68] 淮西賊，指據淮西叛亂的藩鎮吳元濟。元和十二年十一月，淮西亂平，擒吳元濟。[69] 連繫下句「深望幸」，知今年不種宮前道是由於希望皇帝於平定藩鎮之亂後東巡洛陽，經過連昌宮。[70] 深望幸，深切盼望皇帝巡幸。[71] 謀，《全唐詩》校：「一作謨。」

■ 元稹

📖 [鑑賞]

　　〈連昌宮詞〉是元稹最著名的作品，與白居易的〈長恨歌〉、〈琵琶行〉先後問世，代表了中唐文人敘事詩的藝術成就。〈連昌宮詞〉作於元和十三年（西元818年），比〈長恨歌〉晚十二年，比〈琵琶行〉晚三年。從元白唱和酬贈的創作風氣看，元稹此作可能有與白爭勝的意圖，但它和〈長恨歌〉之歌詠帝妃之間悲劇性的愛情傳奇，和〈琵琶行〉之借琵琶女彈奏琵琶抒寫天涯淪落之感不同，全詩借連昌宮的興廢，反映安史之亂前後的治亂興衰及其原因，有很明顯的政治主題和鑑戒意涵。儘管採用敘事體制、傳奇筆法，但從精神實質層面來看，它卻更接近杜甫以來反映時事、「即事名篇」的新題樂府。

　　全詩九十句，六百三十字，篇幅較〈長恨歌〉少四分之一，與〈琵琶行〉大體相當，在中國古代文人敘事詩中都算得上是長篇。但〈長恨歌〉與〈琵琶行〉以抒情、描寫貫穿敘事，而〈連昌宮詞〉則明顯分成兩截：前面一大段借連昌宮之興廢反映時代盛衰，主要是敘述與描繪；而後面一大段則以議論為主而夾雜敘事。整體來看，白詩抒情成分突出，抒情氣氛濃郁；而元詩則偏重於敘寫和議論，在描繪今昔盛衰中雖亦有抒情色彩，但相較於白作，則並不突出。這是〈連昌宮詞〉和〈長恨歌〉、〈琵琶行〉不同藝術風貌的主要表現。

　　詩的前段六十四句，雖然整體而言是借連昌宮的興廢來反映時代盛衰，但詩人並不採取平鋪直敘的寫法，即先渲染鋪寫昔時之盛，然後描繪形容今日之衰，而是在架構構思上下了一番功夫。一開頭四句，便直接入題，在讀者面前展現出一座荒涼破敗、杳無人跡的連昌宮。連昌宮中多種竹，這可能是當年建造時根據當地物產特點有意栽植，也是連昌宮景觀的一大特點。但眼前所見的景象，卻是滿宮亂生的竹子，這裡一

叢，那裡一堆，荒蕪雜亂，不成行列，它不但沒有呈現出行宮的幽深清涼，反而顯出它的荒寂悽清。「歲久無人」四字，是四句之眼，也是全篇點睛之處。接著，又寫宮牆上的千葉桃花，春風吹過，落紅繽紛，簌簌下墜。由於滿宮杳無人跡，這美麗的重瓣桃花，也只能自開自落，無人欣賞，這「風動落花紅簌簌」的景象，不但沒有為連昌宮增色添彩，反而襯出它的荒寂，其神韻意境，與〈行宮〉的「宮花寂寞紅」正相似。這四句詩，雖只寫了連昌宮中的叢竹和千葉桃兩種景物，但卻將一座已荒廢的宮苑神魂展現出來，精練傳神，有氛圍、有意境，籠蓋全詩，可以說一開頭就抓住了讀者的注意力。

從「宮邊老翁為余泣」到「楊氏諸姨車鬥風」二十八句，引出一位親歷連昌宮興廢的「宮邊老翁」，借他之口，先描繪渲染安史之亂前，連昌宮的熱鬧奢華盛況。共分三層。第一層八句，寫老人年少時曾因進獻食物偶入宮中，得見玄宗與楊妃在望仙樓上同憑欄杆而立，樓前樓上，嬪妃宮女，珠環翠繞，頭上的首飾光彩轉動，輝煌閃爍，照耀天地，歸家之後但覺如夢如痴，精神上受到強烈震撼。「何暇備言宮裡事」一句，既交代了當年無暇詳細描敘宮中情事的原因，又自然引出第二層十六句對「宮裡事」的具體描敘。詩人把時令季節集中安排在一年之中最富生意活力的寒食清明時節，又將描繪的重點聚焦在宮中的音樂演奏場景上。這不僅是由於唐明皇和楊貴妃這兩位主角就是音樂家和歌舞高手，更因為這種場景在春日明麗景色的映襯下，更顯示出聲色並茂、風流旖旎、熱鬧繁華的特徵。寒食剛過，店舍無煙，宮中的樹木一片翠綠。夜半時分，月亮高懸，宮中弦索之聲鳴響，這是資深宮廷樂師賀懷智在作宮廷演奏會的壓軸演出。而玄宗意興正濃，宦官高力士急忙傳呼名妓念奴前來唱歌獻藝，而念奴此時正暗自陪伴皇室子弟夜寢。好不容易尋覓到念

■ 元積

奴的蹤影，又一迭聲地連連催促，並下令特許街上可以燃燭照明，以便念奴回宮。睡在紅綃被裡嬌慵滿眼的念奴被喚醒後，匆忙梳理一下如雲的鬢髮，稍事裝束便回宮獻藝，高歌一聲，直上九天，二十五郎邠王守禮，吹笛伴奏，樂聲與歌聲緊相追逐。更有那李謩傍著宮牆，按笛記譜，偷得宮中新譜的幾支樂曲。作者刻意將這些宮廷內外當紅明星、重量級人物聚集在一起，又加上一些桃色新聞的渲染，目的自然是要創造出極聲色視聽之娛的歡樂場景，以見當時太平盛世的氣象。接下來第三層「平明」四句，寫車駕啟程回京，道路兩旁，萬人夾道歌舞，百官的隊伍儀仗浩浩蕩蕩，一路前行，但遇到了岐王、薛王的車駕時卻紛紛避讓，而貴妃諸姊的車馬更疾速如風，氣派非凡。這四句的出色渲染，將太平盛世的景象推向極致，也將皇家貴戚的聲勢威權渲染到極致。整個這一段對盛世宮廷景象的描繪中，流露的感情主要是欣賞與追戀，而不是否定與批判。即使結末二句稍有微詞，也並不影響整體上對盛世追戀嚮往的感情傾向。

　　物極必反，樂極生悲。「明年十月東都破」一句，突然轉折，寫安史之亂，兩京陷落、百姓遭難、行宮荒廢的情景。這一段共三十句，結合著老翁的耳聞目睹，大體上可分兩層。第一層十二句，用比較簡括的筆墨寫安史亂起，東都淪陷，連昌宮前昔日皇帝的御道，成為今日安祿山大搖大擺彰顯威風的通道。附近的百姓被驅遣供應食宿不敢躲藏，只能無聲垂淚，暗自傷悲。捱到兩京平定之後六、七年，自己才從避難之處回到家鄉，尋找行宮前的家舍。莊園燒盡，唯存枯井，行宮門前，宮樹宛然。此後相傳的六代皇帝，再未到過連昌宮。路上往來的少年說起長安的情況，得知玄武樓剛建成，而興慶宮的花萼樓卻早已荒廢。這一層主要是寫安史之亂以來衰亂的大背景，以揭示連昌宮荒廢的直接原

因。並圍繞這個中心,展示安史之亂造成的破壞和長安的變遷。第二層十八句,寫因敕使砍竹,自己得以相隨入宮,親眼目睹連昌宮荒廢的情景:宮裡到處長滿雜樹荒草,連池塘也被塞滿,狐狸兔子成為宮苑的主人,驕恣大膽,緣樹而行。歌臺舞榭歪歪倒倒,臺基猶在,雕花的窗戶幽深,窗紗猶綠。灰塵蒙遍粉壁,上面還掛著昔日嬪妃用過的花鈿,烏鴉啄簷邊的風箏,發出碎玉般的聲響。玄宗偏愛臨階而生的花,如今依然在廢棄的御案旁,寂寞地綻放。蛇出沒於燕巢、盤繞於斗栱,菌類植物長在昔日的香案上,正對著天子居住的門庭。昔日楊妃梳洗的端正樓上,晨光熹微,簾影猶黑,簾上至今還因風吹簾動而反掛著珊瑚鉤。每天夜裡狐狸出沒,登上門屋。看到聽到這一切荒涼破敗的景象,老翁不禁傷心慟哭,涕淚相續。這一層整體,除直接描繪荒廢景象外,主要採取今昔映襯對比的手法,於今之荒涼破敗中,見昔之繁華富麗的面貌,使讀者於撫今追昔中更增昔盛今衰、恍如隔世的感愴。在全篇中,這是寫得最精采的部分。

 「我聞」以下二十六句,是全詩的第二大段,借詩人聽了老翁的敘說之後,提出的問題和老翁的回答,以揭示全詩的主題。「太平誰致亂者誰」一句,提綱挈領,從連昌宮的興廢連繫到時代政治的興衰治亂,探究唐王朝由盛而衰的原因。這也是詩人寫作〈連昌宮詞〉的政治動機。老翁認為開元之治,是由於皇帝任用姚、宋這樣的賢相,揀選官吏得人;天寶以來,皇帝寵幸楊妃,任用李林甫、楊國忠這種奸相,弄權納賄,大興裙帶之風,致使國家的大政方針顛倒錯亂,天下動搖。五十年來,瘡痍之患未除。當今皇上神聖、丞相賢明,接連平定吳、蜀,如今又平淮西,國家統一、天下太平有望。自己年年耕種宮前的舊道,今年則不再讓子孫前去耕種。作者認為老翁這番話是迫切希望國家中興,皇帝東

■ 元稹

巡,自己殷切期盼當權的大臣與宰相努力掌握國家的大政方針,使天下太平,不再用兵。這一段全用議論,雖借老翁之口,實表作者之意。作者的見解,無非君相賢明,成就太平之業,不再使天下陷於無休無止的戰爭中。議論本身,並無卓越識見,藝術方面亦平平不足取,在全篇中,無論是思想或藝術,均屬庸常之筆。

這首詩在藝術層面最突出的特點,是採取傳奇筆法。中唐時期,傳奇發展到鼎盛階段,傳奇在藝術上透過想像虛構,編織故事、塑造人物的手法,直接影響當時興起的敘事詩創作,使之帶有鮮明的傳奇化色彩。〈連昌宮詞〉傳奇筆法的運用主要表現在以下三個方面。

一是透過移植、剪接,將許多在歷史事實上並非同時同地發生的人物事件集中在特定時空中,以著重表現特定的時代氛圍。詩中寫連昌宮昔日的盛況,據「明年十月東都破」三句,時間當在天寶十三載(西元754年)。而據《唐國史補》,玄宗自開元二十四年(西元736年)自東都歸駕長安後,再未至東都,而楊貴妃則開元二十九年始入宮為女道士,天寶四載方冊為貴妃。整個天寶年間,玄宗既未曾至東都,楊妃自亦未曾從遊而至連昌宮。故詩中「上皇」、「太真」於天寶末同在連昌宮的情事,純屬藝術虛構。詩中提及的岐王李範、薛王李業卒於開元年間,自不可能於天寶末從遊連昌宮。而「望仙樓」、「端正樓」則均在華清宮,李暮偷曲事則發生在東都上陽宮而非連昌宮。這些人事實際發生的時地,與詩中所寫時地明顯不符,但這並非詩人誤記,而純粹是出於藝術上充分概括和塑造的需求,說明作者是有意運用傳奇小說的藝術虛構,將一系列在歷史事實中並非發生在天寶末年的人事,透過移植、剪接和綜合,集中到天寶末連昌宮中這個特定的時空中,並以宮廷音樂會的方式,集合各路藝術明星同臺獻藝,以表現太平盛世宮廷生活的豪華熱

鬧，渲染盛世的氛圍。

　　二是詩中對連昌宮亂後荒廢景象的渲染描繪，純出藝術想像，而非親歷目睹。元稹生平，實未至連昌宮。詩中作為親歷目睹連昌宮興廢的故事敘述者「宮邊老翁」，其實是個虛構的人物。這一點，從詩的後段縱論開元、天寶，直至「今皇」的朝政治亂，可以看得非常清楚。實際上，他就是作者的代言人。這種全憑已有的生活經驗進行藝術想像，刻意渲染氛圍的寫法，也是典型的傳奇筆法。

　　三是注重細節描寫。詩中寫連昌宮昔日之盛，充分描繪渲染宮中宴樂的盛大場景，其中對歌妓念奴的描寫長達十句，從力士傳呼到念奴不見，潛伴諸郎夜宿，到連夜尋覓、催促，到特下敕旨許燃燭照明，到念奴被喚醒時的嬌慵之態及匆忙裝束的情景，一直寫到回宮歌唱的場面，其用筆之細膩正是典型傳奇小說描繪人物常用的手法。對於如此重大、表現時代盛衰及其原因的政治歷史題材和主題，竟用如此細緻的小說筆法，在藝術層面顯然是一種創造性嘗試。

劉學鍇講唐詩 —— 唐詩經典新解：

孟郊、韓愈、柳宗元……字句交織，墨香縈繞，體會唐詩的壯麗與深情

作　　　者：劉學鍇	國家圖書館出版品預行編目資料
發　行　人：黃振庭	
出　版　者：複刻文化事業有限公司	劉學鍇講唐詩——唐詩經典新解：
發　行　者：崧燁文化事業有限公司	孟郊、韓愈、柳宗元……字句交
E-mail：sonbookservice@gmail.com	織，墨香縈繞，體會唐詩的壯麗
粉　絲　頁：https://www.facebook.com/sonbookss/	與深情 / 劉學鍇 著. -- 第一版. --臺北市：複刻文化事業有限公司，2025.04
網　　　址：https://sonbook.net/	面；　公分
地　　　址：台北市中正區重慶南路一段 61 號 8 樓	POD 版
8F., No.61, Sec. 1, Chongqing S. Rd., Zhongzheng Dist., Taipei City 100, Taiwan	ISBN 978-626-428-048-8(平裝)
	831.4　　　　　114003790

電　　　話：(02)2370-3310
傳　　　真：(02)2388-1990
印　　　刷：京峯數位服務有限公司
律師顧問：廣華律師事務所 張珮琦律師

-版權聲明————————————

本書版權為中州古籍出版社所有授權複刻文化事業有限公司獨家發行繁體字版電子書及紙本書。若有其他相關權利及授權需求請與本公司聯繫。

未經書面許可，不可複製、發行。

定　　　價：520 元
發行日期：2025 年 04 月第一版
◎本書以 POD 印製

電子書購買

爽讀 APP

臉書